HEPTA

HEPTA

Alexandre de Sousa

© FARIA E SILVA Editora, 2022
© Alexandre de Sousa

Editor
Rodrigo de Faria e Silva

Revisão
Do autor

Capa
J.R. Penteado

Diagramação
Faria e Silva Editora

Esta publicação teve o apoio do Município de Óbidos

APOIO:

Dados internacionais para catalogação (CIP)

M827a
Sousa, Alexandre de
Hepta / Alexandre de Sousa – São Paulo: Faria e Silva
Editora, 2022
344 p.

ISBN 978-65-89573-82-1

1. B869 – Literatura portuguesa

FARIA E SILVA Editora
Rua Oliveira Dias, 330 | Cj. 31 | Jardim Paulista
São Paulo | SP | CEP 01433-030
contato@fariaesilva.com.br
www.fariaesilva.com.br

*Ao meu pai,
a quem eu quero um dia abraçar*

AGRADECIMENTOS

Aos meus pais, pelo seu amor e pelas muitas histórias contadas sobre a sua infância que retratavam a vida na Vila de Óbidos, durante as décadas de 30 e 40, do século XX.

À minha Sandra, companheira de viagem e de outras viagens, constante inspiração, a mais linda mulher por quem o meu coração se apaixona a cada segundo.

Aos meus adorados filhos Francisco, Maria, Tomás, André e Constança, para quem esta história se escreveu, para que nunca se esqueçam de Óbidos, para que nunca se esqueçam de contar histórias, para que nunca se esqueçam de Amar.

À minha querida irmã, pelo amor incondicional que nos une e pelas memórias do nosso tempo que ainda hoje e sempre me fazem sorrir e a abraçar a Saudade.

À Dina, por toda a dedicação e carinho, por toda a força e coragem que sempre invocou, pela fé que em mim depositou, pelos laços de amor que nos unem para lá deste mundo, pelas palavras que nunca esquecerei – "Acredita que um dia esse livro vai ser um best-seller...".

Ao meu irmão Carlos Coutinho, pela força do seu Abraço, pela sua imensa generosidade e carinho, incansável na sua eterna dedicação a uma fraternidade intemporal.

À Teresa Cruz, pela sua gentileza e bondade, por acreditar que esta história merecia ser contada.

A todos os familiares e amigos que generosamente dispuseram do seu tempo para lerem as primeiras provas do livro. Ao Miguel Silva, ao Carlos Oliveira, ao Samuel Félix, ao Ademar Félix, ao Aurélio Almeida, ao Carlos Neves, ao José Morais, à Irina Silva, ao Professor Carlos e à Ana Jorge. A todos eles devo palavras de incentivo e de apreço pelo meu trabalho, as quais foram determinantes para ter a ousadia de julgar este romance digno de ser publicado.

Ao José Pinho da Editora Vila Literária e da Livraria "Ler Devagar", pela amabilidade e pelo extraordinário profissionalismo que permitiu em poucas semanas a publicação deste livro.

Aos Minidesigners, Andreia e Ricardo, pela delicadeza, pelo profissionalismo, pela criatividade e pelo singular espírito de missão demonstrados nos poucos dias que tiveram para conceber a capa do Hepta.

Ao Pedro Maia, pela simpatia e pelo trabalho técnico dedicado à obra.

Ao Engenheiro Humberto Marques e à Dra. Celeste Afonso, na qualidade de Presidente e Vereadora da Câmara Municipal de Óbidos respectivamente, por acreditarem no Hepta, pelo apoio concedido, sem o qual não seria possível realizar a publicação da obra.

Ao meu Génio, fiel companheiro das horas tardias que graciosamente nos acolheram enquanto escrevíamos esta história. Eu fiz a minha parte, aceitei escrever um livro. Tu também cumpriste a tua, soprando-me ao ouvido as palavras certas, a que muitos chamam inspiração.

A todos os leitores a quem o Hepta fará companhia nas noites mais longas, nos dias mais frios e nos momentos silenciosos quebrados pelo barulho das palavras escritas nas páginas que agora começam a deslizar entre os seus dedos...

CAPÍTULO I

Olhei pela janela do meu quarto. Um manto de escuridão, frio e desconfortável, cobria toda a vila fortificada. No horizonte, escuro como breu, descobria-se o recorte das muralhas, das torres e dos telhados de algumas igrejas que subjugavam as antigas guardiãs de pedra. Aqui e ali nasciam pontos de luz nas janelas ou nas mãos dos que aguardavam pela passagem do corpo do homem morto, o que conferia um ambiente ainda mais tenebroso e arrepiante à estreita rua que eu podia observar.

Examinei de novo o papel que tinha na mão. Depois abri a janela de madeira esbranquiçada, gasta e empenada pela proximidade do Atlântico, para melhor presenciar o sinistro cenário que envolvia a noite. Respirava-se um ar misterioso, denso, carregado de um profundo silêncio. Podia ouvir-se, a dezenas de metros de distância, um murmurar ansioso e intimidado que serpenteava por entre algumas pessoas. As crianças questionavam sobre o terrível acontecimento que tinha emudecido a noite.

Quase de forma imperceptível, começava a distinguir-se, ao longe, o ressoar solene, triste e lento dos tambores que anunciavam o aproximar do cortejo fúnebre. Já mais perto, o ribombar ecoava nas muralhas, fazendo estremecer as paredes das casas caiadas de branco, as pedras do chão e o peito daqueles que inquietamente esperavam ver, pela última vez, o corpo do homem.

Apesar de me sentir excluído de toda aquela angústia e tormento, que pareciam assolar tudo e todos, acabei por ser atingido pela onda de sofrimento, fonte de inevitável atracção, e dei por mim, impaciente, com os olhos pregados no arco recortado na muralha que acolhia a porta da vila. Passados alguns minutos, irromperam os primeiros vultos, também eles negros como a noite. Eram como sombras vagueando na sombra. Um pouco mais atrás vinham umas personagens ameaçadoras, deslocadas no tempo. Romanos. Soldados romanos que escoltavam os seis homens, toldados com mantos negros, que em ombros transportavam o esquife do homem morto. Algumas pessoas encolhiam-se à sua passagem, outras colocavam-se em bicos de pés para tentar ver o cadáver que seguia embrulhado em mortalhas de linho. Do meu posto privilegiado, podia observar o corpo ainda jovem, martirizado pela ignorância, pelo desprezo, pela arrogância e pelo medo dos homens. Podia ver as marcas de sangue nos pés e nas mãos, cruzadas sobre o peito. A face estava também ensanguentada. Na cabeça tinha ainda a coroa de espinhos que simbolizava o seu penoso reinado. As centenas de pessoas, que ladeavam por inteiro as ruas por onde passava a comitiva, seguiam depois atrás, para acompanhar o defunto até à sua última morada. Mas esta não seria a sua última morada.

O decurso da história iria alterar a ordem natural da vida, tal como a conhecemos. Nascimento e morte. O homem morto iria ressuscitar três dias depois. Morte e Ressurreição. Há mais de dois mil anos que se chora e invoca a morte de Jesus Cristo. É a sua morte, ano após ano, que permite a remissão dos pecados do mundo cristão. É a sua ressurreição, ano após ano, que alimenta a fé dos homens na salvação.

Ainda pensei sair e esperar pelo regresso da luz eléctrica às ruas da vila. Sexta-feira à noite, apesar da Quaresma, é tempo de diversão para os mais jovens e talvez acabasse por reencontrar algumas caras conhecidas. Mas decidi deitar-me em cima da cama por uns minutos. Voltei ao papel. Continuava a não perceber nada do que ali estava gravado a carvão.

Fechei os olhos e pensei que para quem não gostava de funerais, caixões e tudo o que se relacionava com a morte, a última semana tinha sido absolutamente extraordinária. Sempre tivera o cuidado de me afastar dela o mais possível. Nos funerais dos parentes ou amigos deixava-me sempre ficar para trás, evitando a todo o custo o contacto com o "fim". O final é sempre triste ainda que forçoso e indeclinável.

Naquela trágica semana assistira à partida do meu pai. As poucas vezes que pensei como seria sentir a morte dos meus pais, imaginava sempre receber a notícia algum tempo depois do facto consumado, o que de alguma forma iria atenuar a dor e o vazio. Seria algo distante ou que eu saberia distanciar. Todavia, quis o destino tornar-me testemunha do último suspiro do meu criador. Na minha mente ficara o receio de que jamais conseguiria esbater da memória o momento único do fim. - "Pai... Pai... Respira Pai! Respira! Não morras... Por favor, não morras..." - E depois, quando senti o corpo abandonado, já sem vida, quis pedir-lhe perdão por tudo o que fiz e que não fiz, por tudo o que disse e que não disse. Percebi rapidamente a minha mortalidade e tive fé na minha perpetuidade. – "Quando te encontrar de novo, quero abraçar-te, beijar-te e dizer-te que te amo muito. Que te devo muito do que sou." Ao contrário dos meus habituais instintos, deixei as lágrimas escorrerem, lentamente, pela minha face. Carregavam com elas muito da minha dor e da minha angústia. Agarrei com força a mão do meu pai. Não queria que o calor enjeitasse o seu corpo. Não queria que a vida o abandonasse.

Apossaram-se de mim pensamentos que evitara desde o meu intrínseco nascimento. Receava a morte, como qualquer mortal, mas simultaneamente temia a eternidade. "Como será viver para sempre? Nunca acabar." A infinda existência assustava-me tão intensamente como a fugaz presença na Terra. Pensava que a melhor solução seria viver uns cem anos, sem sofrimento, e depois suspender a vida como se apaga uma luz, durante um determinado período de tempo. Talvez outros cem de anos. Para depois voltar a iniciar novo ciclo de luz e trevas. Não percebia bem porquê mas este sistema cíclico acalmava o meu desassossego e permitia que o sono me aprisionasse.

Acordei cedo. A manhã admirava o Sol de Abril, subindo no horizonte. "Curioso, outro ciclo de luz e trevas." – pensei – "Talvez tudo na Natureza, no Universo, não passe de luz e trevas, uma como consequência da outra. Sempre. Como uma roda gigante, metade branca, metade negra." Apesar de todas as adversidades que de repente pareciam ter tomado o leme da minha vida, senti-me bem, com vontade de sair de casa, de ver as pessoas, de aproveitar o mundo que se mostrava renovado. Estava no meu ciclo de luz.

Pedi à dona da pensão se seria possível tomar o pequeno--almoço tão cedo, pois pouco passava das seis da manhã. A D. Noémia disse logo que não havia qualquer problema e passados breves instantes já tinha disposto em cima de uma mesa umas fatias de pão caseiro, manteiga, marmelada e leite com café. Embora diferente dos pequenos-almoços a que estava habituado, deliciei-me com a modesta mas convidativa refeição. Passados alguns minutos, agradeci a amabilidade e despedi-me:

– Muito obrigado D. Noémia. Estava delicioso. Só devo voltar lá para o fim da tarde.

– O senhor contenta-se com muito pouco. Até logo. Aproveite o dia. – e deixou-me com um sorriso franco e generoso.

E desci a escadaria da pensão. Saí para a rua onde ainda se notavam vestígios da noite anterior. Pedaços de ramos de flores, restos de velas, latas de cerveja... Estas últimas, ainda que pouco ajustadas à formalidade religiosa, pareciam recordar a folia da horda romana após a crucificação, dois milénios antes.

Após a morte do meu pai sentira um impulso visceral em voltar a Óbidos. A terra dos meus pais. Não visitava o velho burgo há mais de vinte anos. Teria uns quinze, quando pela última vez passara férias com os meus tios. Talvez procurasse agora nas minhas origens sentir--me um pouco mais próximo do homem que eu chorava e que ao longo da nossa vida em comum me fora sempre distante, pelas mais variadas razões. Não creio ter havido um único dia em que fosse possível encontrar um assunto sem iniciarmos uma discussão, na maioria das vezes absolutamente fútil. Iria, com certeza, reencontrar os lugares que tinham sido palco de grande parte da sua vida, enquanto jovem. Pisar as pedras que ele pisara, ver as casas e as muralhas que ele vira, respirar o ar que ele respirara. Tinha esperança que isso me fizesse compreender um pouco melhor o meu pai.

Resolvi andar pela vila, sem um plano previamente traçado. Queria apenas percorrer os caminhos de pedra que separavam o casario. Tentar recordar os meus tempos de infância, enquanto imaginava o meu pai, esfarrapado e descalço como qualquer miúdo da vila, correndo e saltando nas mesmas pedras que eu agora macerava. A insuspeita e inocente aleatoriedade do passeio era, porém, aparente. O papel que colocara na minha bolsa parecia ter vida própria e estar permanentemente a chamar-me a atenção, a traçar o meu caminho. Alguma força, que certamente estava relacionada com o papel e cuja mensagem era absolutamente enigmática para mim, estava a conduzir-me ao local onde há muito tempo o meu pai tinha tido o primeiro encontro com o Destino.

Aquela força governava os meus passos. O papel já estava de novo na minha mão. Passados breves minutos, encontrava-me em frente à porta da Igreja de Santa Maria. O coração batia agora acelerado e algumas gotas de suor começavam a nascer-me nas frontes.

"O que se passa contigo? Não vais fazer um exame. Nem nada que se pareça com isso. Acalma-te. Ainda tens um ataque." – disse para comigo mesmo, tentando serenar o inexplicável nervosismo. Eu não fazia a mínima ideia do que iria encontrar. Não desconfiava sequer qual o significado daqueles símbolos, traçados por um analfabeto. Nada do que estava a acontecer fazia sentido, exceptuando a sincera demanda pela memória do meu pai, que incluía aquela ininteligível herança. A mensagem que me legara nos seus últimos momentos.

CAPÍTULO II

Começava a desenhar-se por detrás do outeiro um esbatido riscado de cor cinzenta que contrastava com o límpido azul celeste. Finalmente aproximava-se o tão desejado comboio. O padre, aliviado, respirou profundamente e esboçou um sorriso, preparando o discurso de boas vindas para o ilustre artista que vinha de Sintra para restaurar as obras da igreja de Santa Maria. Eram painéis de inestimável valor, obras-primas que o tempo, a incúria dos seus predecessores e o valor avultado do projecto, que impossibilitara a intervenção da autarquia, tinham permitido degradar. A recuperação desses quadros era o propósito pelo qual se tinha justamente empenhado, tendo invocado por diversas vezes a intercessão do Episcopado de Leiria, que sempre lhe fora negada por falta de recursos financeiros e talvez também por alguma teimosia discriminatória. Finalmente, numa última e desesperada tentativa, ultrapassando a hierarquia clerical, dirigira-se ao próprio Cardeal Patriarca de Lisboa, argumentando o valor incalculável das obras em questão, cuja manutenção em muito enriqueceria o património da Igreja. Como homem de artes e negócios, mas também sensibilizado pela coragem e ousadia do pároco, o Cardeal decidira financiar a restauração das obras.

Principiava naquele dia a concretização do seu sonho. O seu templo predilecto iria de novo exibir, em todo o seu esplendor, as pinturas que representavam passagens do Velho e Novo Testamento. Renovadas, estas iriam proporcionar a atmosfera perfeita para colorir a excelência da oratória que era apanágio dos seus sermões.

Os olhos do sacerdote percorreram a pente fino as três carruagens do comboio que acabava de parar na velha estação dos caminhos-de-ferro. Deteve-se um pouco mais nas portas, observando as pessoas que saíam. Procurava um sujeito alto, bem composto, educado, bem vestido, de faces limpas e austeras. Era assim que imaginava um restaurador de arte sacra.

Depois de verificar que já nenhum dos passageiros a bordo tinha intenção de sair, o senhor Simão, chefe da estação, investido no papel de comandante supremo das tropas e meios ao seu serviço, colocou-se em sentido perante o cavalo de ferro e soprou para o apito todo ar que tinha nos pulmões. A face ruborizou-se quase até à explosão. Os olhos pareciam querer saltar das órbitas, o que poderia suceder a qualquer instante. E um sibilar estridente voou distintamente sobre o barulho ensurdecedor da caldeira a vapor, avisando assim as pessoas menos atentas que o comboio ia de novo desencadear a sua inexorável marcha. Simultaneamente, agitava no ar, com forte determinação, a bandeira vermelha, autorizando a sua partida, rumo à sua próxima paragem. Rumo ao seu destino, porque também os comboios no seu palmilhar de terra cumprem um desígnio maior.

O Padre Jacinto ficou para morrer, a tez pálida do seu rosto anunciava um eminente desmaio. Paradoxalmente, o coração, descontrolado, impulsionava-lhe o sangue com tamanha força para o cérebro que o impedia de raciocinar. Voltava-se para todos os lados, procurando em vão, por entre os passageiros que cumprimentavam familiares e amigos ou apenas se dirigiam para a porta da saída, a personagem que criara momentos antes. Enrolou-se na batina e só por intervenção divina não se estatelou no empedrado da estação. O seu aspecto, de batina preta, e a sua movimentação célere e errática, eram o verdadeiro paradigma da "barata tonta".

– *Signor* Padre!

– Como...? – Disse o sacerdote, semicerrando os olhos e voltando-se de repente para a voz com sotaque estrangeiro que chamava por si.

Tornou a atrapalhar-se com a sotaina e quase caiu nos braços de um homem de baixa estatura, anafado, com barba de dois dias que enquadrava um bigode farto e negro, e que lhe sorria com um cigarro ao canto da boca, deixando entre lábios a certeza de que já não contava com todos os dentes que Deus lhe concedera. Não estaria completa a apresentação sem referir um ligeiro bafo a vinho que levantou imediatamente o nariz ao sacerdote.

– Bom *giorno*. *Credo* que me espera – referiu numa pronúncia agora inequivocamente italiana, enquanto, respeitosamente, se curvou um pouco para frente, desenhando uma vénia. Depois tirou da cabeça uma boina redonda, preta, mostrando uma curta cabeleira também negra e oleosa. Faltaram, naquele instante, palavras ao Padre Jacinto para verbalizar o que a mente lhe ordenava. O seu cérebro estava ainda entorpecido e a mensagem de boas vindas, que tinha sobejamente ensaiado, parecia-lhe inadequada para aquele ser pouco dado à ordem, à disciplina e à higiene. Após alguns segundos, que pareceram durar minutos, lá conseguiu proferir os primeiros sons.

– O senhor desculpe... Não sei... Espero um artista, um restaurador de arte. - hesitou e anuiu – De facto, fui informado de que seria um especialista italiano, mas...

– Pois, aqui estou! – continuou o homem em grande euforia, como é apanágio dos transalpinos.

– Meu caro senhor, não quero de forma alguma ofender os seus créditos como artista – respondeu com cinismo e desdém – Mas eu aguardo um restaurador italiano que tem estado a trabalhar no palácio de Sintra e que foi contratado para restaurar os painéis da igreja matriz de Santa Maria, de Óbidos. Não creio que... – foi repentinamente interrompido, uma vez mais.

– *Signor* Padre, sou *io* o artista que *aspetta*. O cardeal *ha parlatto* comigo pessoalmente.

O padre, durante a análise que efectuava à indumentária do sujeito, pouco menos que imunda, reparou numa embalagem de cartão enfiada no bolso do casaco. Enquanto falava com o homem, colocou a cabeça em várias posições tentando alinhar as letras que estavam escritas no pacote. Finalmente, e a muito custo, conseguiu ler – "Queijadas de Si...". Um tremor percorreu-lhe a espinha. Sintra! Queijadas de Sintra! Já não restavam grandes dúvidas. Aquela criatura indigna e indecente era o enviado do Cardeal para restaurar as obras à sua tutela. Sentiu-se ultrajado, até um pouco afrontado.

"Não pode ser. Este homem só pode ser um impostor." – disse

para si mesmo – "Terá o Cardeal enlouquecido? Não... Não é de todo possível!"

Lembrou-se que tinha consigo, no bolso da batina, o ofício enviado pelo secretário do Cardeal, informando sobre o despacho favorável ao seu pedido. O ofício, além dos habituais cumprimentos e intróitos, dizia:

"(...) *Mais se informa que o especialista contratado, de nacionalidade italiana, senhor Giacomo Fraschetti, se encontra presentemente ao serviço do Município de Sintra, restaurando algumas das salas do Palácio de Sintra.*

Devido a este último facto, as obras de restauro a efectuar na Igreja acima referida só poderão ser iniciadas em data posterior a 24 de Abril de 1939. (...)"

Giacomo Fraschetti! Talvez neste nome estivesse a sua salvação.

– O senhor, por favor, teria a bondade de me dizer qual o seu nome? – a pergunta era acompanhada por um tom afável, bondoso e, acima de tudo, esperançado que a resposta não coincidisse com a que acabava de ler no ofício.

– Giacomo. Giacomo Fraschetti. *Molto* prazer! – respondeu o italiano, com nova vénia, mas agora com um sorriso generosamente rasgado, revelando uma dentadura que em muito se assemelhava ao recortado das muralhas que, no alto da encosta, pareciam estar a apreciar aquela cena absolutamente extraordinária.

A mesma carta que tanta alegria lhe trouxera meses antes, e a qual publicitara vezes sem conta durante as suas homilias para demonstrar a sua influência sobre o poderoso governo da Igreja, sentenciava-o agora à companhia daquele espécime peçonhento.

O que começara por ser um dia de grande expectativa para o Padre Jacinto, e em última instância para a renovação da fé, estava a tornar-se na mais completa e descarada ingerência do Demónio nos sonhos do pároco. Era evidente a influência do Demo em todo aquele enredo. Aquele indivíduo estava ali, seguramente, para lhe arruinar a igreja e não para a recuperar. Sentia-se perdido, sem saber como reagir ao pesadelo que o cercava.

"Se o mando embora, o cardeal jamais me perdoará o insulto.

Se o aceito, arrisco-me a perder o respeito da paróquia e muito provavelmente as obras da igreja. Este sujeito é um perfeito incompetente e um beberrão." – pensou apavorado – "Seja como Deus quer. Mas não vou tolerar o mínimo descuido. Bastará que me dês o mais pequeno argumento…"

– Meu caro senhor – não havia nada a fazer - Eu sou o Padre Jacinto. O seu nome corresponde à identificação da pessoa que eu esperava. Por conseguinte, faça o favor de me acompanhar.

– *Ma* com certeza, *signor* Padre. Sou muito contente de estar *in* Óbidos e…

E o artista italiano não mais se calou enquanto caminharam pelo carreiro que os levaria desde a estação dos comboios, colina acima, passando pela Porta da Cerca, um arco na muralha exterior que permitia aceder ao espaço da antiga almedina, e depois pela Porta de São Tiago, até ao centro do velho burgo, o que lhes tomaria perto de vinte minutos.

Pelo caminho, Giacomo mostrou-se verdadeiramente deslumbrado pelo magnífico espectáculo dos campos lavrados que se estendiam para além do quartel-general do senhor Simão, em direcção à Lagoa de Óbidos. Referiu por diversas vezes a beleza ímpar do castelo, que se ia desnudando aos poucos nas voltas e revoltas da vereda, assim como o seu extraordinário estado de conservação. E começou desde logo a deixar-se seduzir pelas flores que lhes perfumavam e coloriam o trajecto.

Antes de passarem o primeiro arco, já Giacomo Fraschetti arfava com o calor que se fazia sentir, suplicando por um passo mais vagaroso, ao que o sacerdote respondia com uma passada ainda mais vigorosa, determinado a mostrar desde o princípio que esta não seria uma relação muito amigável. No que dependesse dele, todos os contactos estabelecidos entre ambos iriam decorrer dentro do mais estrito relacionamento profissional. Não pretendia de modo algum criar outro tipo de laços com este pretenso mestre, nem que este se viesse a revelar o Miguel Ângelo reencarnado. Hipótese altamente improvável.

Ao atravessar o segundo arco na muralha, que dava acesso à antepassada povoação mourisca, o italiano sentiu-se também transpor as portas do tempo. Olhava com admiração a praça-forte que tinha inebriado vários povos ao longo dos séculos. Fatigado, pois o seu canastro era mais dado a gorduras que a músculos, esboçou mais um daqueles sorrisos, próprios das crianças na muda da dentição. Aliviou-se dos ares carregados de nicotina, como um pneu furado, e contemplou a paisagem, maravilhado. Para o padre, o encantamento apenas adivinhava o final da subida e a descida empedrada que agora se seguia até perto da Praça de Santa Maria.

– Bom Dia, Senhor Padre Jacinto. – cumprimentaram algumas mulheres que repararam no seu andamento apressado e na sua estranha companhia.

– Ora viva. Bom dia. Perdoem a minha urgência, mas tenho afazeres que não podem, nem devem esperar – respondeu sem sequer olhar para elas. E lá seguiu o prior em passo acelerado.

O pobre italiano bem tentou retribuir o cumprimento às damas que o miravam com espanto, mas a falta de ar que ainda o atormentava impediu grandes cortesias, que se resumiram a um leve baixar da cabeça e a um aceno com a boina. E afastaram-se, o sacerdote em marcha desenfreada e o seu perseguidor tentando acompanhá-lo, carregando o casaco num braço e uma pequena mala de pele castanha no outro. É que a bagagem de um artista guarda-se na alma e não numa qualquer mala de viagem.

O Padre Jacinto conduziu Giacomo até à hospedaria "Inácio", pertença da D. Alzira. Passara mesmo em frente à igreja de Santa Maria, mas a sua indignação era tal que nem queria dirigir palavra ao transalpino. A hospedaria ficava na Rua Direita, ao lado da taberna do Rogério. Era uma casa antiga, com meia dúzia de quartos, que a D. Alzira alugava aos viajantes que se deixavam apaixonar pelo cenário ancestral. O vigário tinha reservado o melhor quarto, com uma janela adornada por uma lindíssima buganvília cor-de-rosa que dava para a Rua Direita, por deferência para com o artista italiano. Soubesse antecipadamente da duvidosa categoria do fulano e teria, por certo, reservado um quarto na pensão "Cardote", esta sim ajustada ao calibre da pessoa que lhe martirizava o espírito.

Contudo, agora já nada podia fazer. A D. Alzira andava há duas semanas a preparar o aposento, que de acordo com o pedido incluía flores perfumadas, toalhas de linho, colcha de renda e alguns mimos às refeições. Estes últimos, com certeza, ainda iam a tempo de ser dispensados.

O desnorteado sacerdote entrou na hospedaria, sem quaisquer cortesias para com o seu convidado, estatuto que jamais ostentaria, e subiu a íngreme escadaria que dava acesso a uma espécie de recepção. Os passos pesados que calcavam os degraus alertaram a hospedeira que saiu da cozinha para dar as boas vindas a quem acabara de chegar.

– Bom Dia! Bom Jú! Gude Móni! – disparou ela com uma voz forte e alegre, como sempre fazia, esgotando a totalidade dos seus conhecimentos linguísticos.

– Bom Dia, D. Alzira. – respondeu o pároco com pouca paciência para o protocolo habitual. E apontando para as escadas, onde muito a custo subia Giacomo, continuou – Trago comigo o tal senhor de que lhe falei.

– Ah! Bom Dia, senhor prior! Mas façam o favor de subir – disse ela, com uma pequena gargalhada, como era seu costume. – O quarto do senhor artista está pronto! Bom Jú! Gude Móni! – repetiu ela, olhando para o pobre homem enquanto limpava as mãos ao avental para os cumprimentar.

– Bom *giorno*, *Signora*! – Respondeu Giacomo com o pouco fôlego que lhe restava, deixando-se cair sobre uma cadeira que afortunadamente se encontrava ao cimo da escada.

A D. Alzira olhou para o homem cheia de compaixão e não se conteve – Coitado! Deve ter um "volvo" no coração (referindo-se à doença de Wolf, que lhe havia sido diagnosticada uns meses antes) ... É como eu! Nem sei como aguento esta vida. Sinto-me sempre tão doente, tão cansada. – ao proferir estas palavras, deixou partir o sorriso, genuíno, e compôs uma face sofrida e martirizada pela dor - Espere aí que já lhe mostro o rol de remédios que tenho de...

– D. Alzira! – retomou o padre, levantando o tom de voz, quase de cabeça perdida e sem paciência para conversas fiadas – Acomode este senhor e depois, por obséquio, indique-lhe o caminho da igreja de Santa Maria onde o aguardarei na sacristia. - e sem mais demoras, puxou a vestimenta negra até aos joelhos e desceu a escadaria como um foguete, como que a fugir do demónio.

"Tanta coisa com o artista e agora está mal disposto." – estranhou a mulher – "Correm-lhe mal as esmolas é o que é."

A hospedeira acabou por concluir as apresentações no seu modo peculiar, demorando uma eternidade em cada sílaba, sem deixar que Giacomo lhe conseguisse dizer que percebia a língua portuguesa. O italiano desistiu e deixou-a falar, enquanto recuperava forças com um copo de vinho tinto que a D. Alzira entretanto lhe trouxera. Dizia o artista que aquele era um remédio divino que tudo curava.

Levou depois para o quarto a sua pouca bagagem e resolveu deitar-se um pouco na cama. O ar fresco e perfumado que entrava pela janela conferiram-lhe novo alento. Sentiu-se revigorado. Pensou na recepção pouco amistosa, que não lhe causara estranheza. Acreditava que os artistas eram criaturas incompreendidas que tardiamente alcançavam o devido reconhecimento. O seu temperamento afável e sereno não permitia que o seu espírito perdesse muito tempo com disparates e insignificâncias. Já recomposto, pediu então à D. Alzira para lhe indicar o caminho para a igreja. Estava ansioso por ver alguns dos quadros da famosa pintora Josefa de Óbidos.

Pedrito, o filho mais novo da hospedeira, foi incumbido de levar Giacomo até à Praça de Santa Maria, onde ficava o templo. O pequeno olhou para o homem, cumprimentou-o com um ligeiro acenar da cabeça e desceu a escadaria.

A igreja ficava a cerca de duzentos metros dali, seguindo pela Rua Direita na direcção do castelo. No curto trajecto foram escoltados pela garotada que brincava na rua.

– Pedrito! Onde vais? Quem é este senhor? – perguntavam com curiosidade os miúdos.

– Não sei. Acho que vai falar com o Padre Jacinto à igreja de Santa Maria.

– Podemos ir contigo?

– Está bem. Mas tenho que voltar para casa. Estou de castigo. A minha mãe não me deixa andar na rua.

Giacomo seguia os pequenos, apenas com o olhar, porque estes já tinham começado a correr, afastando-se à velocidade da luz. "Meu

Deus" – pensava ele – "as crianças parecem estar sempre com pressa. Como se o mundo fosse acabar nesse instante. Canso-me só de as ver correr."

Chegaram à praça e desceram a ladeira até à porta da igreja matriz. Os miúdos, que não queriam perder a brincadeira, disseram ao homem onde ficava a sacristia e logo desapareceram. Pedrito voltou para casa, cabisbaixo, sentindo-se injustiçado por não poder participar na algazarra que se estendia pelas artérias da vila e que aos poucos se ia afastando.

O artista entrou no espaço sagrado, ajoelhou-se e benzeu-se com reverência, apesar de não ser católico, pois discordava em grande parte das práticas da Igreja Católica. Era, todavia, um cristão convicto. Dirigiu-se à sacristia que ficava à direita do altar. O padre aguardava-o inquieto. Com uma voz áspera e sem se perder com conversa fiada, resolveu mostrar as obras da igreja que requeriam os trabalhos de restauração.

A igreja de Santa Maria era o templo mais antigo da vila. Tinha sido erguida pelos Godos no século VI. Após três séculos ao serviço do Cristianismo, tornara-se abrigo da religião muçulmana durante a ocupação árabe, até que D. Afonso Henriques em 1148 a cristianizara de novo, concedendo-lhe o título de igreja matriz. Agora, do estilo gótico primitivo, já poucos traços restavam. As diversas renovações e melhoramentos, ao estilo e gosto das várias épocas, tinham gerado um local de culto com múltiplas influências culturais e arquitectónicas. Todavia, permanecia a imponência das suas três naves, cujo tecto se encontrava forrado e pintado com motivos bíblicos. As paredes da igreja estavam forradas até meio com azulejo, decoradas depois com dezasseis painéis na nave do meio, sobre a arcada. Entre os arcos estavam representados os Evangelistas. Todos estes quadros tinham sido obra da delicada mão de Baltazar Gomes Figueira, pai de Josefa de Óbidos. Da ilustre pintora obidense existia uma colecção de cinco pinturas no altar colateral direito, a Capela de Santa Catarina. Mereceram ainda especial referência as oito pinturas sobre madeira no altar-mor, de autoria de João da Costa.

Eram os quadros do pai de Josefa, expostos na nave central, os mais castigados pelas enfermidades impostas pelo tempo e pela mão criminosa. Iriam sobre eles incidir os cuidados do restaurador italiano, para assim voltar ao esplendor que o pintor lhes houvera intencionado.

Giacomo demorou-se perante cada uma das telas, anotando a espaços algumas notas num pequeno bloco de papel. O seu semblante tranquilo e arrebatado olhava-as com minúcia, sentindo na sua própria carne as cicatrizes infligidas aos seus novos pacientes. "Bárbaros"- acusou o artista entre dentes. Não eram senão bárbaros, os dementes capazes de tal infâmia. A perspectiva do sacerdote era outra. Bárbaro era aquele impostor, enviado pelo diabo para lhe atormentar a vida. Ainda que fosse de facto um restaurador de arte, seria, seguramente, pior a cura que a doença.

Ao fim de uma hora, sem que tivesse ocorrido qualquer troca de palavras, o padre foi confrontado com uma lista onde constavam os diversos materiais que seriam utilizados na recuperação das obras. Ao lado de cada produto, vinha indicada a loja onde este deveria ser adquirido. O italiano já residia em Portugal há mais de cinco anos, tendo passado grande parte deste tempo nas igrejas e capelas da Diocese de Lisboa e, por conseguinte, conhecia todas as lojas que lhe podiam fornecer os materiais adequados.

– *Signor* Padre, esse é o *materiale* que deve ser comprado. As lojas são de Lisboa. Logo que aqui estiver o *materiale* posso começar a *laborare*.

– Muito bem, Senhor Giacomo. Amanhã mesmo irei a Lisboa. Eu próprio comprarei estes materiais. Na quarta-feira, pelas oito horas da manhã, espero vê-lo aqui na igreja para que se iniciem os trabalhos, que deverão ser concluídos no prazo de três meses. Nem mais um dia será tolerado. São estas as ordens do Cardeal.

– *Va benne*. Mas tenho ainda um *altro* pedido.

– Pois faça o favor de dizer. – anuiu o pároco irritado.

– *Bisogno* um ajudante. Um jovem, de preferência. Não precisa de ter conhecimento da profissão.

– Um ajudante? Para quê? Para segurar os pincéis? Ou talvez o tinto?...Quero dizer, as tintas? – corrigiu, tocado por uma réstia de decência que lhe castigou a língua.

– *Carissimo* Padre. Os painéis são *molto* altos. Vou ter que montar uma *struttura* para chegar *la cima*. Se tiver que andar *baixo cima*, vou levar seis meses em vez de *tre*.

Apesar de não estar absolutamente convencido, mais por teimosia do que pela fraqueza do argumento, o padre lá assentiu em encontrar um jovem para o ajudar. E não tendo mais que dizer, afastou-se, dirigindo-se para a sacristia.

O italiano, já não estranhando os modos pouco afáveis do sacerdote, entreteve-se entre as obras expostas, pensando para si como era abastada e magnificente a Igreja que pregava o legado de Cristo, que sempre rejeitara todas as formas de opulência. Para Giacomo, a vida era um caminho, ao longo do qual a grande maioria das pessoas apenas ambicionava encher os alforges da carne, permitindo-se esquecer as carências do espírito. Mas o peso da carne era imenso assim como a leveza do espírito era infinita. Como era penoso o caminhar daqueles que evitavam despejar os alforges. E como seria suave e delicado o passear dos generosos e altruístas. Ele sentia-se ligeiro e feliz por nada ter. Não temia ladrões ou credores. Porém, e apesar da abnegação que sempre lhe fizera companhia, era extraordinariamente sensível à arte. A arte era sinónimo de Humanidade.

Envolto nesta discussão, que travava consigo mesmo, saiu do templo e deixou a luz do sol aquecer-lhe o rosto, fechar-lhe os olhos e esticar-lhe os lábios. O seu estômago implorava agora por alguma exclusividade. Resolveu percorrer as principais ruas do burgo. Logo encontraria uma taberna para petiscar qualquer coisa. Subiu de novo à Rua direita e voltou à esquerda rumo à Porta da Vila.

Àquela hora não havia muita gente por ali. As fazendas que circundavam o monte, onde se erguia o castelo, acolhiam de sol a sol grande parte do povo. Restavam os anciãos e as crianças pequenas que deambulavam pelas ruas e travessas, como o sangue que nos percorre e mantém vivos.

Quando passou a muralha, todos os seus sentidos se uniram num só. O olfacto congregou em si todos os outros e assim em uníssono foram levados por um aroma inebriante. Sardinhas assadas. O nariz do italiano já estava acostumado aquela fragrância e comandava agora o seu senhorio, sem ordem para desvios ou atrasos, até à taberna do Chico.

A primeira refeição de Giacomo em Óbidos foi memorável, não só para ele como para o taberneiro. Três dúzias de sardinhas e um pão caseiro foram despachados em meia-hora. O Chico, no fogareiro, mal dava aviamento. As sardinhas ganhavam asas do assador até ao estômago do italiano. E nos meios tempos, dois jarros de vinho tinto ajudaram o repasto. O dono da taberna, não obstante a azáfama e a falta de sardinhas para a clientela habitual, mostrava-se satisfeito. Era um prazer dobrado, para quem comia e para quem via comer. Pois como diz a sabedoria popular, quem não é para comer não é para trabalhar. E para o Chico, assim como para os homens que se encontravam na taberna, às voltas com as pedras cor de marfim de um dominó, Giacomo era com certeza um homem de trabalho... de muito trabalho.

Já com o estômago de Giacomo saciado, o taberneiro satisfez a sua curiosidade. Ficou a saber que a igreja de Santa Maria ia ser alvo de algumas restaurações e que a D. Alzira tinha um novo hóspede. Depois de recusar um bagaço, pois tinha um amor fiel ao vinho tinto, o freguês despediu-se, dizendo que precisava de andar um pouco para ajudar a digestão.

CAPÍTULO III

No Jogo da Bola faziam-se os preparativos para mais um desafio de futebol. Os dois guarda-redes, ambos em circunstâncias forçadas, tiravam sortes para decidir qual o primeiro a iniciar a escolha alternada dos restantes companheiros de equipa. Ser guarda-redes implicava o reconhecimento público da condição de inferioridade técnica. Mas naquele dia ia também jogar o Faustino. À inata falta de jeito para jogar na frente do campo de batalha, poderia juntar-se hoje o infortúnio de jogar contra o "Foguete", como já era conhecido na vila e arredores. Faustino era como um foguete, demasiado rápido para os demais e perigosamente explosivo quando empregava toda a força, que o seu pequeno corpo não deixava adivinhar, na ponta dos seus pés descalços.

Tiradas as sortes, que apenas requeriam uma pedra escondida numa das mãos de um dos contendores que o outro tentaria adivinhar, um modo primitivo mas eficaz para decidir a primazia de processos, ficou a saber-se que seria o Ginja a sofrer na pele a potência dos remates do afamado jogador. O Estabidés radiava de felicidade, além da vitória mais que garantida, quaisquer que fossem os outros atletas, eram umas nódoas negras a menos naquele corpito franzino. Da última vez que tinha jogado contra o Faustino, tinha levado com um "tiro" na testa e caído desamparado nas pedras da calçada. Fora o golo, foram as marcas do esférico improvisado entre os olhos, visíveis durante quinze dias, e fora um galo na nuca que ainda lhe doía ao toque e já tinha passado mais de um mês.

Ia o encontro a meio, com a equipa do Faustino largamente

adiantada no marcador, quando alguns miúdos repararam num espectador atento que se tinha sentado na muralha por cima do Jogo da Bola, nome que tinha sido atribuído ao terreiro que ficava junto à muralha do lado poente. Dissimuladamente, foram passando a palavra uns aos outros, alertando para o desconhecido que os observava. Ninguém o conhecia, pensaram que seria apenas um turista que lhes tinha achado graça. O Tangerina até disse que podia ser um "olheiro" de algum clube de futebol. O espectador começava a influenciar o desenrolar do jogo, diminuindo a concentração dos jovens jogadores e permitindo ao Faustino marcar mais dois golos num minuto. Este, que detestava não ter oposição, decidiu falar com ele:

– Boa tarde. O senhor desculpe, mas não é aqui de Óbidos, pois não?

– *Ciao.* – retribuiu Giacomo o cumprimento do garoto - Não, não sou *d'qui*. Mas vou estar *qui* nos próximos *tempos*. *Perdoni si* incomodo. Estava apenas a *guardare il gioco*.

– Estava o quê? – perguntaram alguns dos miúdos, estranhando o vocabulário do homem.

– Deve ser do Porto. Não se percebe nada do que diz. – comentou o Tangerina.

– Calem-se. – ordenou um dos mais velhos com receio de continuar o diálogo com um perfeito desconhecido – É melhor acabar com o jogo e irmos embora.

– Nem pensar! – replicou o Faustino.

– Tens sempre a mania que és o mais esperto. Sabes lá quem é o sujeito.

Perante a desconfiança do grupo, o goleador resolveu dirigir-se ao inesperado espectador:

– O senhor não é português, pois não? Como se chama?

– Sou italiano e chamo-me *Giacomo* – retorquiu o homem.

– Obrigado. Eu chamo-me Faustino – e virou-se de novo para os companheiros – Vá lá. Vamos continuar. Já sabemos quem é o senhor. Agora já não há desculpas.

Entre os suspiros de uns e a alegria de outros, lá recomeçou a partida que só viria a terminar já com o Sol a esconder-se por detrás do horizonte. Os rapazes estavam extenuados mas felizes. No final o resultado pouco interessava porque no dia seguinte as equipas seriam diferentes e as esperanças iriam renovar-se. Talvez amanhã fossem da equipa do "Foguete".

– Eh! Faustino! *Aspetta*, por favor! – gritou Giacomo para o miúdo que o prendera durante tanto tempo ali em cima na bancada ancestral. Faustino olhou para cima, curioso, e disse aos amigos que se juntaria a eles na Porta da Vila. Era o Destino que o chamava.

– Olha Faustino, tu vais à *scuola*? – perguntou-lhe o artista prevendo a resposta. Tinha-o observado desde o primeiro segundo. O seu corpo ágil dançava no campo como um pardal que voa, livre e feliz, subindo e descendo, virando, voltando, rodopiando, agora devagar, depois inesperadamente mais rápido, por entre uns passaritos que mal esvoaçavam, presos de ideias e movimentos. Eram sinais de uma maturidade precoce que não se adquiria na escola, aprendia-se com a vida.

– Não senhor. – respondeu o miúdo.

– Então *lavoras*? Trabalhas? – insistiu o homem perante a barreira de comunicação provocada pela sua língua materna.

– Trabalhava até hoje de manhã. Mas agora já não tenho trabalho. – Faustino tinha guardado três vacas, desde os quatro anos. Hoje com sete, tinha experimentado pela primeira vez o desemprego. As vacas tinham sido vendidas para que o seu dono pudesse honrar uma dívida.

– E queres *lavorare* comigo?

– Não sei. O senhor tem que falar com o meu pai. Por mim pode ser… E o que é que o senhor quer que eu faça? – receou o pequeno.

– Vamos lá *parlare* com o teu *papa*. *Il lavoro* não é *difficile*, vais ver que até é engraçado. *Te piace* a pintura?

– Pintura?! O senhor é pintor? – estranhou.

– Não sou pintor. Sou restaurador. Sabes o que é?

– Não sei.

– Arranjo quadros antigos.

– Oh! Mas eu não percebo nada disso! – assustou-se o jovem, também ele artista, mas da bola.

– Não te *preocupes*. Só tens que fazer aquilo que eu te pedir. Trazer-me tintas, pincéis e *altro materiale* de que preciso. É *molto facile*.

Faustino estranhou um pouco as facilidades. Até aquele dia nunca soubera o que eram facilidades. Mas como tinha que dar aos pais uma má notícia, melhor seria que lhes trouxesse também uma boa.

Assim que o pai do rapaz ouviu falar em mil reis por dia e almoço, não quis saber de mais nada. Garantiu ao italiano que, na manhã seguinte, o filho estaria na igreja de Santa Maria. Mil reis por dia. Era a jorna de um homem adulto no trabalho duro da fazenda.

No dia seguinte, no primeiro comboio que parou na estação de Óbidos, entrou o Padre Jacinto. Deslocava-se a Lisboa para comprar os materiais pedidos por Giacomo. Iria passar todo dia na capital. Apesar de todas as lojas se encontrarem perto umas das outras, na baixa de Lisboa, o sacerdote iria aproveitar para visitar alguns amigos dos tempos do seminário. A sua vontade era pedir uma audiência ao Cardeal Patriarca para lhe exigir explicações, mas achou por bem não se envolver em situações que, provavelmente, lhe trariam mais dissabores do que alegrias. Afinal a sua influência no patriarcado não era assim tanta como a que tinha publicitado na vila.

Em Óbidos, Giacomo ia verificando com mais detalhe as tarefas que seriam necessárias enquanto descrevia para o seu mais recente aprendiz as características genéricas de cada quadro. O miúdo olhava pasmado para as pinturas e também para o restaurador. Todas aquelas telas pintadas tinham ali estado desde sempre, mas curiosamente nunca reparara em nada do que o seu novo mestre agora lhe dizia. Por outro lado, ninguém diria que um sujeito com tão fraca apresentação pudesse falar tanto tempo e saber tantas coisas sobre um quadro. Com o passar do dia, Faustino foi-se deixando cativar pela voz doce, pelos gestos exuberantes e acima de tudo pela cumplicidade que Giacomo concedia. O farto almoço que o italiano lhe proporcionara, uma vez mais na taberna do Chico, também terá contribuído para cumprir o Destino.

Para Faustino o dia correra bem. Estava contente com o seu patrão e com o serviço que supostamente deveria desempenhar.

Ouviam-se oitos ruidosas badaladas, naquela nova manhã, quando Giacomo assomou ao cimo da ladeira da Praça de Santa Maria. Junto à porta da igreja, já esperavam o Padre Jacinto e o

Faustino. Pregado na velha porta de madeira encontrava-se um papel com a inscrição – A *igreja de Santa Maria encontra-se encerrada por motivos de obras. Todos os serviços religiosos serão celebrados na igreja de São Pedro. O pároco de Óbidos.*

Ao cumprimento matinal de Giacomo, o padre respondeu com um seco – "Ás oito horas começa o trabalho, o que não deve ser confundido com a hora de chegada. Além disso ficou acordado que eu lhe encontraria um ajudante." Giacomo respondeu que apenas pretendera poupá-lo a esforços desnecessários e como tivera o dia anterior livre para procurar…

O pequeno cumprimentou-o com um imenso e aliviado sorriso, pois durante os dez minutos que antecederam a chegada do italiano, o sacerdote entreteve-se a questionar o rapaz sobre as conversas que tivera com Giacomo, sobre o facto de não ir à escola, assim como uma diversidade de assuntos aos quais Faustino nem se atreveu a responder, mantendo os olhos colados ao chão e rezando para que o interrogatório acabasse rapidamente.

Uma vez que as exigências do artista estavam satisfeitas não havia porque protelar o início dos trabalhos. Ainda que contrafeito o sacerdote aceitou o Faustino.

Mãos à obra. As primeiras horas foram dedicadas à construção da estrutura de andaimes, ao som de alegres canções transalpinas, umas vezes cantadas, outras vezes assobiadas, às quais o pequeno ajudante tentava acompanhar, com óbvio insucesso. Após a sua conclusão, Giacomo subiu à estrutura de madeira.

– Forte. Está forte. – informou o atarracado homem enquanto flectia as pernas para cima e para baixo verificando a robustez da construção. Tocou, depois, a primeira tela como um médico que acaricia um paciente a quem vai infligir dor, na esperança de o poder curar. Voltou-se para o aprendiz:

– *Besogno* um pincel grande… isso, esse aí. Um pano e uma lata verde.

O rapaz subiu com ligeireza o andaime e entregou o material ao "curandeiro". Durante cerca de duas horas, Faustino observou o modo como Giacomo foi fazendo desaparecer uma mancha acinzentada que há muito descoloria a pintura. Os seus gestos eram hábeis e seguros. Umas vezes na vertical, outras na horizontal, outras eram como pequenas massagens circulares. A pouco e pouco a mancha foi desaparecendo, deixando surgir de novo as cores que davam vida ao quadro. O pequeno estava espantado:

– "Senhor Giacomo. Não tem medo de estragar o quadro?"

Giacomo, sem olhar para o seu interlocutor, respondeu – Meu caro Faustino, pior do que *stava* não fica. E aqui só para *noi*, não *imagginas* os quadros famosos que *tem* um bocadinho, aqui e ali, do traço de *Giacomo Fraschetti*.

Faustino riu-se baixinho, não queria ouvir o padre ralhar e tinha receio que o verdadeiro Dono da casa não aprovasse as acções de Giacomo. De repente, o italiano voltou-se, respirando fundo, como se durante todo aquele período de tempo tivesse estado a reter a respiração:

– *Guarda* Faustino! Que te *parece*?

– Bom… Não sei. Cá para mim, está bom. Mas sabe que eu não percebo nada…

– Tu *sentes* que não percebes. Mas *io* vou ensinar-te a perceber. Repara na luz. – e apontou para vários pontos específicos na pintura.

– Qual luz? – Perguntou o pequeno à espera de ver uma vela ou um candeeiro a petróleo.

– A luz do dia *representada* no quadro. A luz que o pintor usou para *iluminare* a cena. É a luz ou a sua falta que *torna* um quadro vivo ou morto.

– Não percebo, senhor Giacomo. Desculpe…

– Deixa lá. Não faz mal. Com o tempo vais *aprender*. *Guarda*, vai à taberna e traz meio-litro de *vino rosso*. Estou a ficar com sede. Diz para *mia* conta, *per favore*.

– Vino rosso?! – o pequeno ficou aflito, sem saber o que deveria trazer.

– Sim…*Rosso*. Tinto. *Vino* tinto.

– Ah! Vinho tinto.

Compreendida a mensagem, Faustino saiu da igreja e dirigiu-se a correr até à taberna do Hilário que ficava junto à igreja de São Pedro. Não demorou mais do que dois minutos. Lá estava o senhor Hilário sentado a uma mesa de "sueca" na companhia de três colegas de jogo.

– Bom dia senhor Hilário. Quero meio-litro de vinho tinto. É para por na conta do senhor Giacomo.
– Ora viva rapaz! Vens com pressa. E quem é o tal senhor "Jácumo"?
– O senhor Giacomo está a arranjar os quadros da igreja de Santa Maria. É um artista.
– Ora vistes. Temos um artista cá na terra e ninguém nos disse nada. Então vamos lá aviar meio-litro de vinho ao senhor. E tu já não andas para o senhor Zé do Rei? – inquiriu o taberneiro enquanto se dirigia para o balcão.
– Não senhor. As vacas foram vendidas – explicou o pequeno.

Aquela cena repetiu-se vezes sem conta durante as semanas seguintes. Enquanto Giacomo se dedicava de alma e coração ao terceiro painel, Faustino acabou por ganhar mais uma alcunha para juntar à de "Foguete". Agora, fora dos palcos desportivos, era conhecido por "Meio-litro". Tantas vezes, na taberna do Hilário, repetira o pedido que este acabou por marcá-lo para o resto da vida, sem que o pequeno, e mais tarde homem, alguma vez acusasse qualquer depreciação no epíteto que jamais iria perder. Aceitava-o, tal como orgulhosamente admitia que lhe chamassem "Foguete". Curiosamente, o homem que o "baptizara" era dos poucos que não usava a meia unidade quando se dirigia ao Faustino.

Os dias foram passando sem grandes sobressaltos. Os olhos e a alma do aprendiz iam desenvolvendo o alfabeto da arte da pintura. O jovem não sabia ler, as letras eram para si um estranho e indecifrável código, mas os quadros começavam a revelar-se à sua ingénua e genuína sensibilidade. Por vezes, dava por si espacado a olhar para um qualquer pormenor de um quadro, durante largos minutos. Só parava quando o seu mestre o arrancava desse novo mundo encantado, para lhe levar material ou para fazer jus ao novo cognome.

Naquela manhã, o Sol espreguiçava-se devagar, complacente, espreitando por detrás da muralha, avançando metro a metro no seu imperioso cortejo, encetando assim um novo dia.

Apesar da brisa que refrescava a manhã e que lhe arrepiava a pele dos braços, Faustino levantara-se cedo, para apreciar o nascer do dia que graciosamente o Astro-Rei lhe oferecia. Corria muralha acima, os seus passos largos seguiam tão certos e apressados como o bater do seu coração. As pedras daquela estreita, íngreme e velha passagem, dispostas há séculos por gente pouco dada ao conforto e à ergonomia, saudavam os seus pés descalços, marcados pelos combates antigos que ambos tinham travado e das quais os seus pés saíam sempre derrotados. Não raramente, um dos seus dedos ficava órfão da unha, tendo ele quase a certeza de que as pedras ainda acabavam por troçar da sua dolorosa mutilação. Não as deixava gozar a glória por muito tempo, lembrando-lhes com desdém a sua condição ignóbil e obtusa.

– São mesmo parvas, não sabem que a unha torna a crescer…

Agora, adquirira tal destreza que tinha as pedras como velhas aliadas, cujos lombos lhe permitiam subir à plateia onde pobres e ricos admiravam, lado a lado, o esplendor da Luz.

Chegado lá acima, ao topo da muralha, junto ao Torreão dos Morcegos, como lhe chamavam devido à grande comunidade de tais seres que por ali habitava, parava e olhava a várzea acender-se pouco a pouco, dissipando a névoa matinal que envolvia o cenário numa aura de mistério e revelação, libertando as cores misturadas pela Natureza, verdes, castanhos, amarelos, e pinceladas pelas enxadas dos homens.

As inúmeras conversas com Giacomo tinham gerado em si uma alma nova que lhe permitia agora olhar a grandeza da obra de Deus na simplicidade das coisas, nos montes, nos campos, nos pardais, nos gatos, no sorrir, no chorar, no anoitecer e no iluminar da Várzea da Rainha. Estes terrenos férteis tinham sido doados por D. Pedro ao povo da região, como recompensa pela bravura e lealdade ao serviço da Coroa portuguesa, durante os severos combates contra as legiões mouriscas.

Nada lhe dava mais prazer… respirava o ar da manhã, com os olhos fechados e a boca toda aberta; enchia os pulmões o mais que podia, sentindo o frio abrir caminho pela garganta abaixo e depois abria os olhos para os campos lavrados, imensos, que iam tocar a lagoa e depois, mais ao longe, o mar. Pareciam traçados a régua e esquadro, todos alinhados entre si. Deixava o ar e os males abandonar o seu corpo, lentamente, ao ritmo do Sol, enquanto a sua alma também ela se iluminava impondo-lhe um sorriso inocente, apaziguador, que iria durar para o resto do dia. Era um cerimonial de purificação, genuíno e sem a complexidade de outros rituais inventados pelo homem.

Dois ou três minutos bastavam, depois galgava muralha abaixo, mas agora por um percurso diferente, pois todas as pedras eram filhas de Deus e merecedoras da sua humilde e deferente saudação. Descia como uma flecha em direcção ao seu Destino. Uma das certezas da Vida. Tal como as estrelas, a lua, a chuva e a morte… Aceitava o novo dia como uma dádiva e daí o seu respeitoso cumprimento dirigido aos céus, junto à igreja da Nossa Senhora do Carmo, agora em ruínas e alvo dos profanadores do património da Igreja Católica, quer em busca do ouro paradoxalmente apreciado pelos auto-denominados herdeiros de Cristo, quer dos mistérios que sempre a rodearam.

Faustino voava agora na direcção do Arco do Castelo para entrar na vila amuralhada, Rua Direita abaixo, já com a alma composta, a barriga ainda tinha que esperar, quando se fizeram ouvir uns gritos histéricos e ensurdecedores que o fizeram saltar assustado.

– VIVA Ó SABÃO MACOL! VIVA Ó SABÃO MACOL! – era o Batata.

– Porra! Este maluco está cada vez pior. Ia-me mijando todo.

Toda a gente tinha vindo para a rua ou assomara-se à janela para se inteirar do que se passava. Até o senhor Sousa, quarteleiro dos Bombeiros Voluntários, já tinha começado a rodar a sirene, o que conferia uma atmosfera ainda mais dramática e teatral à primeira apresentação do novo sabão azul e branco, à venda na loja do Tição.

– VIVA Ó SABÃO MACOL! VIVA Ó SABÃO MACOL! – e lá foi o Batata, rua acima até ao castelo, para depois voltar em contínuo alvoroço até à Porta da Vila, sempre empregando a sua voz berrante e esganiçada ao absurdo acto de publicidade do Sabão Macol. O corpo franzinho e tresloucado que dava voz ao anúncio resumia-se a um miúdo imundo, ranhoso, de cabelo desgrenhado, de pele escurecida por outros fenómenos químicos que não a acção directa dos raios do Sol, vestido apenas com uma camisola interior e umas cuecas de cor indefinida, que à sua passagem libertava um aroma que deixava adivinhar o pouco, ou mesmo nenhum, contacto com sabão, Macol ou de qualquer outra marca. Passado o susto inicial, foi a gargalhada geral e a conclusão óbvia de que os responsáveis pela área de publicidade do sabão Macol teriam que rever as suas estratégias e parcerias.

Recuperado do episódio, Faustino dirigiu-se rapidamente para o seu local de trabalho. Como sempre, e tal como manda o protocolo, são os alunos que esperam pelos mestres. Ele e o patrão, o Padre Jacinto, que nunca perdia a oportunidade de mimar Giacomo com novos predicados, sempre relacionados com a falta de higiene, de pontualidade, de carácter... enfim, de tudo e mais alguma coisa que servisse para denegrir a imagem do artista. Todavia, o sacerdote nunca tinha referido qualquer crítica ou comentário menos decorosos ao trabalho de Giacomo. Em segredo, após terminados os trabalhos diários e quando ficava sozinho, o padre admirava a forma como o italiano ia ressuscitando os quadros da igreja matriz. Intrigado e rendido à arte do restaurador, perguntava-se, vezes sem conta, como era possível Deus servir-se das mãos imundas e prodigiosas daquele anjo perverso.

Apesar da secreta admiração pela evidente competência do mestre, aquele dia não foi excepção, assim que Giacomo apareceu à esquina da casa do Malta, Faustino, num gesto repentino e rotineiro, tapou os ouvidos:

– Como sempre e para que se mantenham os padrões irremissíveis da sua conduta irresponsável, assim como do péssimo exemplo para este jovem que o acompanha... Atrasado! – gritava o sacerdote com as faces ruborizadas e as veias do pescoço inchadas, para que toda a vila o ouvisse.

O homem, tranquilamente, sem pestanejar, descia a travessa até à porta da igreja, saudava o aprendiz com o seu sorriso em xadrez e deixava sair um "Bom *giorno anche per* Vossa Eminência.", num tom que roçava a provocação. Depois empinava o nariz, sorria de novo para o pequeno, puxava-o para si e lá entravam de novo no seu palco, onde os aguardavam as velhas obras de arte. Umas vaidosas e cheias de vida, já curadas pelo génio e talento do italiano; outras tristes e ansiosas pelo desejado regresso a uma nova e gloriosa existência.

Ia a manhã a meio, quando Giacomo se virou para o Faustino e lhe pediu para ir buscar meio-litro. O pequeno não respondeu.

– Faustino! Ó Faustino, estás *ouvindo*? – repetiu o italiano a quem a sede começava a incomodar. – Ó *ragazzo* estás *dormindo*? Anda lá, acorda.

Faustino estava como que hipnotizado a olhar para o quadro que o italiano restaurava. Tinha reparado numas letras, ou sinais parecidos com letras, que começavam a aparecer por baixo da tinta, ou da sujidade, que o mestre limpava no quadro.

– Faustino. Faustininho. *Bambino*. Meio-litro!! – foi repetindo o italiano, aumentando o tom de voz. Até que finalmente o pequeno saiu daquele estranho transe que o dominara.

– Mestre Giacomo. Desculpe, estava distraído. Já viu aquelas… – o rapaz não teve tempo de acabar. A secura do italiano, naquele instante, sobrepunha-se a qualquer outro assunto por mais importante ou urgente que fosse.

– Se não *vai* depressa buscar meio-litro, acabo por beber *questa* lata de tinta. Se tens pena de *me*, não percas *piu* tempo e vai *correndo*. – suplicou, em grande aflição.

O aprendiz saiu disparado sem fazer mais perguntas. Primeiro que tudo estava o bem-estar do seu mentor. Foi num pé e voltou no outro. Demorou mais tempo o senhor Hilário a encher meia garrafa de vinho que o miúdo no trajecto.

Assim que entregou a garrafa a Giacomo, o rapaz perguntou-lhe o que seriam aqueles rabiscos que estavam por baixo da tinta que limpara há pouco. Após breves instantes, suficientes para esvaziar o conteúdo da garrafa, olhou para o pequeno e com um enorme suspiro disse-lhe:

– Ia *morindo*. Se não fosses tu, *mio* querido Faustino, *moria* à sede e nunca mais se salvavam *questos* pobres moribundos. Te devo a *mia vita*…e eles também – disse o homem com um enorme alívio, enquanto apontava para os quadros.

– Ora, Mestre Giacomo, deixe-se lá dessas conversas e diga-me lá o que são estas coisas. – insistiu o miúdo cheio de curiosidade, indicando o canto inferior esquerdo do quadro, o local onde se viam uns gatafunhos alinhados entre si.

Ele desviou o olhar na direcção que o jovem aprendiz indicava

e tentou decifrar o que representavam os tais rabiscos.
— Bom...Devem ser anotações. *Cosas* que, por vezes, os pintores *facem* nos esboços. — o restaurador ainda fez uma tentativa para tentar decifrar os hipotéticos caracteres, mas como a vontade também não era muita... — Nada de importante. Não te preocupes, não se vai *a* notar nada."

O resto do dia decorreu com normalidade. Giacomo ia, pedaço a pedaço, canto a canto, retirando das trevas as velhas pinturas. Após as limpezas, o pincel, qual varinha mágica, ia iluminando a tela, tornando-a assim num novo ponto de luz dentro do nobre templo. Dos treze quadros em restauro, aquele era já o sétimo. Se nada acontecesse de anormal, as obras estariam terminadas dentro do prazo que fora inicialmente definido.

Apenas quando se preparavam para sair, o jovem alterou a rotina que até então se havia estabelecido. Após a arrumação dos diversos materiais, procedimento que o Padre Jacinto exigia diariamente desde o início das obras, pois jamais iria tolerar desarrumação e desleixo na Casa de Deus, Faustino disse a Giacomo que não o iria acompanhar até à pensão da D. Alzira, que ficava a caminho de sua casa.

— Mestre Giacomo, se não se importar, fico mais um pouco. Vou dar uma lavadela no chão para tirar estas nódoas de tinta. Não quero que o padre ralhe comigo. E o senhor sabe como ele é.

— *Va benne*, Faustino. Mas não te demores *molto*. Vais mas é ter com os teus *amicos*. Pode ser que ainda consigas dar uns pontapés na bola. Quanto ao padre *no* te preocupes. Ele gosta é de ralhar *con me* e olha que *io* não me importo nada. *Creo* que já nem ouço...

O miúdo foi buscar um balde com água e uma vassoura para esfregar o chão da igreja. Mas a lavagem foi feita tão apressadamente que a água nem chegou a incomodar a maioria das nódoas de tinta. Ele não estava nem um pouco preocupado com a tinta no chão. Por uma força absolutamente estranha à sua vontade, o miúdo sentiu-se impelido a copiar os rabiscos que estavam inscritos na tela. E tinha que o fazer rapidamente. O Padre Jacinto já não tardaria a chegar, para controlar a arrumação dos materiais e fechar o templo. No dia seguinte, o Mestre Giacomo iria tapar aqueles sinais com tinta e escondê-los de novo dos olhos do mundo. E também não se sentia muito à vontade sozinho dentro da igreja.

Subiu à estrutura de madeira e olhou em seu redor. Parecia que os quadros ganhavam vida e que todas aquelas personagens representadas nas pinturas começavam a olhar para ele com um ar desconfiado e ameaçador, como se lhes estivesse a roubar um segredo que não era suposto desvendar.

Agarrou num pedaço de papel e num lápis de carvão que pertenciam a Giacomo e encetou uma tarefa que para qualquer miúdo que andasse na escola iria demorar poucos minutos. Contudo, para um analfabeto escrever uma letra é como fazer um desenho. E Faustino tinha sete linhas de desenhos para fazer num curtíssimo período de tempo. Começou a tremer tal era a sua ansiedade, o que dificultava a cópia. Esperava ver entrar o pároco a qualquer instante e este certamente iria massacrá-lo com um infindável rol de perguntas. O coração batia-lhe no peito, nos ouvidos, na ponta dos dedos. Mal conseguia manter o lápis direito. E o jeito, claro está, também não era muito. Nunca se tinha dedicado à escrita e muito menos ao desenho.

Com dificuldade, conseguiu terminar a primeira linha. Tentou, apressadamente, fazer a verificação da reprodução, mas não tinha tempo. Começou a segunda linha. Riscos verticais. Riscos horizontais. Riscos direitos. Riscos curvos. Uns ligados entre si, outros separados. "Gaita. Mas que complicação." - pensava o rapaz. Ao fim da segunda linha, outra vez numa tentativa desesperada para comparar o original e a cópia, pareceu-lhe que estava tudo diferente. Pensou em desistir. Nunca iria conseguir desenhar o que estava à sua frente no quadro. Porém, qualquer coisa lhe dizia que era importante continuar. Algo de sobrenatural ia guiando-lhe o traço. Agora, quase que contra a sua própria vontade.

Esse estranho poder que o tinha possuído não o deixava movimentar. As únicas partes do corpo que ainda se mexiam, eram os dedos e os olhos. Estes já embaciados pelos suores frios. Terceira linha. Quarta linha. Já não parava para verificar o quer que fosse. Como ficasse, ficava. Os segundos, os minutos, corriam, voavam, para lado nenhum, apenas para lhe aumentar a aflição e diminuir a destreza. Os dedos cada vez mais trémulos e a escrita, disforme, cada vez mais incerta. Quinta linha. Os símbolos, que nas primeiras linhas mantinham alguma uniformidade de tamanho e traço, eram agora formas desfiguradas que dificilmente poderiam ser decifradas. Mas esse já não seria um problema seu. Sabia que tinha que o fazer, por simples curiosidade que não conseguia controlar, ou por obra do Destino que o tinha encarcerado naquele espaço e tempo, para cumprir um propósito que lhe era absolutamente estranho. Sexta linha. Faltavam apenas mais alguns riscos e iria sair daquele suplício, aparentemente auto-inflingido.

De repente, como um raio de luz que quebra a escuridão, o rugir da porta da igreja inundou o silêncio que envolvia o templo. Faustino parecia atingido por um tiro. Imediatamente deixou cair o lápis e o papel. E ele próprio, que se encontrava em cima do andaime, devido ao tamanho susto e subsequente atrapalhação, acabou por se entregar às forças da natureza. Na ocasião, a força da gravidade. Acabou estatelado no piso de pedra da igreja. Ironicamente, numa zona repleta de marcas de tinta, que supostamente já não deveriam ali estar. Caíra de barriga para baixo e não se atrevia a voltar-se com receio de enfrentar o padre. Além disso, devido ao aparato da queda, não estava seguro da integridade do seu esqueleto. Os olhos quase colados ao chão procuravam pelo papel que deixara cair. Não o conseguia ver. O bater das solas dos sapatos na pedra tornava-se cada vez mais distinto, anunciando o encontro que temia, desde o primeiro segundo.

– Olá Faustino. Ainda estás por aqui? Então o que te aconteceu garoto? Caíste? – era a D. Maria José. Era responsável pela limpeza da igreja.

– Olá, D. Maria José. - respondeu o rapaz, reconhecendo a voz da mulher. Depois virou-se com muito cuidado para não piorar o lastimável estado em que se encontrava e com receio de que algum pedaço de si mesmo não o acompanhasse. – Estava a acabar de arrumar o material.

– Encontrei o Sr. Giacomo na Rua Direita e pensei que já tivessem terminado o serviço por hoje. – continuou a senhora.

– Já acabámos, já. Mas eu fiquei só mais uns minutos para arrumar melhor as latas. O senhor padre não gosta de ver isto desarrumado.

– Pois não. Olha, eu venho limpar estas nódoas de tinta. O Padre Jacinto vem fechar a igreja mais tarde e pediu-me para vir limpar o chão. Diz ele que está imundo. – ia alertando a senhora enquanto ajudava o rapaz a levantar-se – E com razão.

Já em pé, o garoto procurava pelo papel. A D. Maria José continuou na conversa, mas ele já não a ouvia. Só queria encontrar o papel e ir-se embora dali.

– Isto é teu, Faustino? – a mulher apontava para um pedaço de papel preso no andaime. Que alívio. Era o papel que momentos antes ficara marcado pelo carvão, conduzido pelos dedos do miúdo. Agarrou-o com força, meteu-o no bolso e despediu-se da senhora. Esta quando se virou para lhe retribuir o cumprimento, já só viu a porta entreaberta.

– Miúdos. – disse em voz alta – Sempre com pressa.

O pequeno só parou de correr junto ao cemitério. Este era um local seguro para retirar o papel do bolso e poder observar o que tinha escrito. Um...dois... três...quatro...cinco...seis...e... – "Porra! Contei sete no quadro! Queres ver que me esqueci de uma linha. Ora gaita!" Embora fosse analfabeto, Faustino nunca se deixava enganar nas contas. O rapaz cedo desenvolvera um sistema que lhe permitia usar a aritmética de uma forma básica mas hábil.

Nem mais um risco iria ser acrescentado naquele bocado de papel. Era demasiado tarde. Ele já não voltaria ao templo naquele final de dia. Jamais se atreveria a entrar na igreja à noite, depois do padre a fechar. O Batata tinha tentado a façanha e, além da carga de porrada à antiga portuguesa, tivera que se apresentar na missa durante um mês inteiro. Nunca se percebeu qual dos castigos lhe causara maior dor e sofrimento.

Na manhã seguinte, o sacerdote parecia ter adivinhado a pretensão do jovem aprendiz e entreve-se junto ao quadro em restauro, sem nunca enxergar a mensagem, que ainda tivera tempo para receber os primeiros raios de luz, que à socapa se esgueiraram por uma pequena clarabóia, a nascente. O rapaz, inquieto, olhou de soslaio, por diversas vezes, para as linhas negras onduladas que só ele vislumbrava ao longe, mas a distância impedia-o de reproduzir os pequenos riscos serpenteados no ambicionado conjunto de traços verticais, horizontais, diagonais, curvos e rectos, que quando reunidos de acordo com um código pré-definido se poderiam transformar em letras de um qualquer alfabeto.

– Paciência. – conformou-se em murmúrio.

– Bom dia, Faustino. E bom dia também para o nosso patrão. – apregoou Giacomo, espreitando à ombreira da porta.

– Está atrasado, como é seu triste hábito. – rezingou o padre, como era também seu costume.

Não havia nada a fazer. O italiano ia, dentro de poucos minutos, sepultar outra vez os estranhos sinais.

CAPÍTULO IV

Observava o papel com curiosidade mas também com temor. Embora à primeira impressão pudesse pensar que tudo aquilo poderia ser apenas fruto da imaginação de uma criança analfabeta e assim não ter qualquer significado, nunca achei que o meu pai fosse pessoa dada a grandes imaginações.
"Toma este papel. Está muito velho mas ainda se consegue ler o que escrevi. Como se eu soubesse escrever. – riu-se com dificuldade – O que aí vês foi copiado de um quadro que está na Igreja de Santa Maria, em Óbidos. O sétimo quadro, se começares a contar da tua direita para a esquerda. Se lá fores hoje não vais conseguir ver nada, porque essas letras só viram a luz do dia durante algumas horas. Só eu e o mestre Giacomo é que as vimos e ele não lhes ligou nenhuma. Disse-me que deveriam ser notas do pintor. – a sua respiração era muito leve e acelerada o que lhe dificultava o discurso - Depois, passado muito pouco tempo, pintou por cima delas outra vez para restaurar o quadro. No dia em que o mestre Giacomo limpou o quadro e elas ficaram à vista, foi o dia mais estranho da minha vida. Andei o dia todo com a cabeça esquisita e com o corpo a tremer. Esses rabiscos que nunca consegui ler, e que nunca ninguém viu, puxavam-me como se tivessem um encantamento qualquer."
Estas palavras continuavam a soar dentro da minha cabeça enquanto tentava reler uma vez mais o que estava inscrito no velho papel. O meu pai tivera-o escondido, religiosamente, dentro de uma pequena caixa de rapé que eu nunca tinha visto em toda a minha vida. Tenho dúvidas se mesmo a minha mãe alguma vez soubera da

existência da caixa e muito menos do papel.

Já dentro da igreja, procurei o sétimo quadro a contar da direita. Mas tal como o meu pai me advertira não consegui vislumbrar nenhuma inscrição na pintura. No papel distinguiam-se símbolos que se poderiam assemelhar a letras de um alfabeto. Estes, por sua vez, pareciam formar palavras que dificilmente conseguia relacionar com algum vocábulo moderno pertencente a línguas de que eu tivesse algum conhecimento. A sonoridade das palavras que tentava articular conjugada com a possibilidade de que tudo aquilo fosse mais do que uma mera ilusão do meu pai, indiciavam um idioma antigo. Talvez Latim. Olhei de novo para a mensagem transcrita sessenta anos antes, por uma criança analfabeta.

Andei um pouco pela igreja. Observei os quadros, as paredes de azulejo, as colunas que sustentavam o tecto também repleto de pinturas, o altar em talha dourada, o chão de pedra, composto por várias lápides já muito gastas pelo tempo e pelas solas dos sapatos. Enquanto percorria o templo, ansiava instintivamente por um sinal. Algo que me iluminasse o espírito, de modo a olhar para as estranhas e enigmáticas palavras e poder lê-las num português perfeitamente claro e perceptível.

Sentei-me depois num dos bancos mais recatados, fora do ângulo de visão das pessoas que, de quando em quando, entravam apenas alguns metros para uma curta visita, como que com receio que os céus lhes caíssem em cima. A imagem fez-me recordar os meus tempos de leitor assíduo da velha e gloriosa resistência gaulesa, cujo único temor era que um dia os céus se abatessem sobre as suas cabeças.

Durante uns minutos, recostei-me com o papel entre as mãos e fechei os olhos. Conseguia criar na minha mente a imagem dos símbolos impressos a carvão, primeiro tolhidos pela ansiedade, depois mais calmo, distintos, um após o outro. Esperava que, de repente, ganhassem vida própria e que numa qualquer dança iniciática se fossem alinhar numa forma reveladora, onde se desnudassem de segredos e mistérios. Todavia, como bastiões de pedra, não lhes descobri o mais pequeno indício de vida. Acabei por perdê-los na agitação dos meus pensamentos.

Saí da igreja sem vitórias nem derrotas, não que as tivesse antecipado, apenas constatava o facto. No entanto, encarei de novo a luz do Sol com duas certezas. A primeira era que jamais conseguiria decifrar aquele pedaço de papel; a segunda era a de que por uma qualquer razão não tinha grandes dúvidas sobre a veracidade da história que o meu pai me contara.

Até à hora de almoço, vagueei pelas ruelas e travessas da vila. Descobri encantos que, nas minhas visitas anteriores, eram absorvidos pelo fervor e a alegria dos jogos e das brincadeiras. O meu pai fora certamente feliz neste pequeno mundo enfeitiçado pela magia do castelo, das muralhas, do complexo xadrez urbano do burgo, que seguramente servia de refúgio aos milhões de sonhos e fantasias de quem nada mais possuía a não ser a própria existência.

De vez em quando, ao cruzar-me com habitantes locais, fáceis de identificar pela ausência de máquinas fotográficas ou câmaras de vídeo, ou ainda pelos cumprimentos que trocavam entre si, fazia um exercício de retrospecção, tentando rejuvenescer rostos com traços familiares até à sua correspondência com as faces de crianças com quem brincara e que ainda pululavam nas minhas memórias. Quase me atrevi a interpelar uma ou duas, quando a minha mente inequivocamente colava o tempo presente e passado, mas o receio das perguntas sobre os meus pais, particularmente sobre o meu pai, acabaram por me demover as intenções. Sem grande surpresa percorri incógnito a cidadela.

Ao meio-dia, quase que com uma sincronização premeditada, o sino da igreja de São Pedro e a minha barriga deram o sinal de alerta. Estava na hora de comer qualquer coisa. O apetite tinha-me abandonado depois do trágico evento e, curiosamente, parecia que o apertado colete-de-forças, que me tivera cativo nos últimos dias, estava agora a fraquejar, permitindo-me sentir fome.

Sentei-me na esplanada do "1º de Dezembro", que ficava protegida entre a parede a sul da igreja de São Pedro e a fachada dos Paços do Concelho, onde se situava a Câmara Municipal. Meia-dúzia de mesas, que balouçavam devido ao piso de pedra incerto e desnivelado, reuniam à sua volta várias nacionalidades. Dos clientes, eu era o único representante da nação lusa, o que pareceu agradar à rapariga que nos servia. Pelo meio do infindável interrogatório a que fui submetido – "Então e de onde vem? Vem em trabalho? Vai ficar por muito tempo? ..." – lá fui pedindo a minha refeição. Bacalhau assado com batatas e salada de tomate. Tudo regado com azeite e alho. Muito alho, como eu gostava. Mais uma série de perguntas e comentários – "... Ah! Não me diga que tem cá família? Teve... Teve, pois... Percebo... O mundo é cada vez mais pequeno. Sabe o senhor que também eu..."

Entretanto já se ouviam, em diversos idiomas, algumas vozes que reclamavam pela sua presença. Lá consegui pedir um jarro pequeno de vinho tinto, enquanto ela se afastava, com um sorriso, na direcção dos outros fregueses.

Durante o almoço, abri o papel em cima da mesa. Já tinha lido e relido vezes sem conta aquelas supostas palavras. Até agora e mesmo depois de vários exercícios de linguística, trocando as presumíveis letras e ou as prováveis palavras, nada. Nada do que ia criando com base naqueles "hieróglifos", como lhes começava a chamar, fazia sentido para mim. Duvidava se seriam letras, poderiam muito bem ser pequenos símbolos.

Começou a germinar na minha cabeça a necessidade de partilhar o segredo com alguém mais capaz do que eu para lidar com assuntos daquela natureza. Esta área do conhecimento nunca tinha despertado a minha curiosidade, desde miúdo que me inclinara mais para a Matemática ou a Física. Essa fora a minha secreta vocação.

Depois de me ter deliciado com o almoço, despedi-me com delicadeza da minha jovem interrogadora:

– Muito obrigado. O almoço estava óptimo mas é da sua simpatia que me vou recordar. – disse-lhe enquanto lhe entregava uma generosa gratificação.

– Não diga isso. Nem tempo tive para o atender como deveria ser. – respondeu ela agradecida e com alguma vergonha, exposta pelas faces avermelhadas. – Fico à espera que me volte a visitar um dia destes. O meu nome é Maria.

– Gabriel. – retribui o pequeno laivo de intimidade. - Fica então prometido, Maria. Até breve e um bom dia de trabalho.

Dirigi-me de novo, através da Rua Padre António de Almeida, até à Praça de Santa Maria. Subi até ao Pelourinho e sentei-me nos degraus que em semi-círculo o rodeavam. Ali fiquei durante algum tempo, olhando para a igreja matriz, para o papel e também para o meu pai. O aconchego dos raios que aqueciam o dia e das muralhas da vila retiraram-me a consciência do tempo e do espaço. Só o desconforto das sombras, que serenamente vieram ocupar a luz do sol ao fim de um par de horas, me despertou de novo e me limitou ao pelourinho e à praça. Tinha viajado com o meu pai por entre papéis, palavras, letras, sinais, igrejas, quadros, santos e altares. Apesar de me sentir vazio, como se tivesse saltado no tempo, estava feliz. Aquele lapso temporal aproximara-me do meu pai. Sentia que se regeneravam os laços que há muito se haviam desfeito, ou até que se criavam alianças que jamais tinham existido.

Fui até à pensão. Tomei banho e vesti uma camisola mais quente para enfrentar a noite fria que se adivinhava e saí de novo para a rua que já fervilhava de gente. Depois da noite anterior, repleta de silêncio e sofrimento, as travessas e ruelas da vila enchiam-se de alegria e divertimento. Os bares e cafés abarrotavam agora de gente alegre e barulhenta. Novos e velhos, todos amnistiados dos seus pecados por força da morte do Homem. Todos deixavam que as estrelas que começavam a acender o céu lhes apadrinhassem uma nova vida, renascida e sem mácula. Seria, todavia, breve esta condição de inocência. Muitos e atractivos eram os motivos para tornar a cair em pecado. Morte, ressurreição, morte…

No pequeno pátio que se situava junto à Casa da Música, encontrava-se uma das esplanadas mais apetecíveis para uma primeira ou última paragem na Vila de Óbidos. Naquela noite que ainda se espreguiçava, uma pequena multidão em sadia animação invadia o improvisado camarote de onde se podia assistir à passagem dos turistas na Rua Direita ou contemplar o famoso Padrão Camoniano. Um monumento de pedra erguido em 1932, em homenagem ao genial Luís Vaz de Camões e à elogiosa passagem dedicada a Óbidos, que o poeta inscrevera nos Lusíadas.

Senti-me também contagiado pela vida que pulsava por ali. Passei a Porta de Nossa Senhora da Piedade, mais conhecida por Porta da Vila, e sentei-me no muro que serve de banco aos mais observadores, que indiscriminadamente revistam com o olhar, e em primeira mão, quem entra e quem sai daquele mágico lugar. Dei por mim também a vasculhar as pessoas que iam passando. O espírito do velho muro era, com certeza, o principal guardião do pórtico medieval e era também ele que nos autorizava a desempenhar as funções de porteiros atentos e meticulosos.

Três crianças brigavam entre si pela posse de uma pedra da calçada que todos juravam ter pisado primeiro. Este impasse enlouquecia um jovem casal que supus serem os seus pais. Não contive o riso quando o filho mais velho levou uma palmada na nuca enquanto os outros dois, uma menina e um menino, mais pequenos, troçavam do mais velho enquanto fugiam da mesma sorte e começavam já a pisar outra pedra, encetando novo conflito territorial. A mãe respirava fundo, tentando conter a ira que a começava a dominar.

Ora estava eu em pleno cumprimento das ordens do velho muro quando ouvi uma voz ao meu lado:

– Boa noite. Desculpe se o interrompo.

Virei-me de repente e reparei numa lindíssima mulher que falava comigo.

– Boa noite. Não. Não interrompe. Estava apenas a observar aquele pobre casal e o modo como os filhos os deixam fora de si. – desci do muro. Instintivamente reparei nos seus grandes e graciosos olhos cinzentos, que cativariam qualquer olhar – Em que posso ajudá-la?

– Venho ter com uns amigos a um bar chamado "Império Romano" e disseram-me que seria melhor perguntar onde ficava quando aqui chegasse. Aparentemente, não fica nas ruas principais. – disse ela com um encolher de ombros, um pouco embaraçada.

– Peço desculpa, mas também não sei onde fica. Sou apenas mais um visitante que tem uma noite de vantagem, o que ainda não chegou para conhecer todos os bares que existem por cá.

– Não tem importância. Fico agradecida na mesma. Vou entrar e pergunto a outra pessoa. Um resto de boa noite. – despediu-se com um sorriso encantador e começou a afastar-se.

– Espere. Se não se importar, posso acompanhá-la. Apesar de não ser de Óbidos e não saber onde fica o tal bar, conheço a vila desde pequeno e será mais fácil se a ajudar. Além disso, aproveito, pois já bebia qualquer coisa.

– Como queira. Mas não queria retirá-lo do seu posto de observação. E parecia estar a divertir-se imenso.

Tinha sido descoberto. A forma discreta como os observadores profissionais cumpriam as suas funções requeria muita experiência e a minha ingenuidade era evidente.

– Já aqui estou há algum tempo e, embora seja engraçado observar as pessoas, estou a precisar de andar um pouco e como estou sozinho até agradeço a sua companhia, nem que seja por breves minutos. – e com estas palavras fui até junto dela.

Assim que atravessámos a torre cuja estrutura suportou as verdadeiras portas da vila até ao ano de 1940, vi uma cara que me pareceu familiar. Talvez algum dos muitos miúdos com quem brincara, há muitos anos atrás.

– Boa noite. Podia dizer-nos, por favor, onde fica o "Império Romano"?

– Olá. Viva. Olhem, virem já ali em baixo à direita, sigam sempre junto à muralha e quando passarem o largo do hospital, um largozito pequeno, voltem para cima na primeira travessa à esquerda. Vêem logo um arco e debaixo, à esquerda, uma porta com um letreiro onde se lê "Império Romano".

– Muito obrigado. – antecipou-se a minha companhia.

E lá fomos os dois. Com medo de dizer qualquer coisa estúpida ou descabida fiquei alguns momentos sem dizer nada. O silêncio fez-me ouvir as batidas apressadas do coração. Parecia que ela se entretinha com a minha indisfarçável timidez. Nem por uma vez sequer olhou para mim ou esboçou o mais leve som, o que obviamente facilitaria o encetar de uma conversa. Nada. Ia a rir-se de mim tal como eu me tinha rido daquele jovem casal. Arrisquei:

– Posso perguntar-lhe de onde vem?

Ela olhou então para mim, com aqueles olhos imensos, e respondeu:

– Venho de Lisboa. Mas tenho amigos nas Caldas da Rainha que supostamente estarão à minha espera.

– É curioso. Também venho de Lisboa. Moro em Campo de Ourique. E a senhora onde mora?

– Por favor, não me trate por senhora. Pareço assim tão velha?

– Não. Claro que não. É uma questão de princípio, de educação se quiser, e como não a conheço... Peço desculpa. Não queria que sentisse ofendida.

– Não me ofendeu. Mas fez-me sentir velha.

– Reitero o meu pedido de desculpas.

– Estão aceites. Moro no Lumiar.

– Costuma vir a Óbidos? – respondi à minha própria pergunta logo a seguir. - Claro que não. Senão muito provavelmente saberia onde fica o bar. – "Pronto, já está! Começaste a dar barraca!" – pensei.

Ela riu-se. – Muito raramente. E esta é a primeira vez à noite. Das outras vezes que aqui estive foram muito breves as visitas, apenas para vir buscar alguns documentos à Câmara Municipal.

Trocámos mais algumas informações, muito genéricas e pouco comprometedoras até chegarmos ao tal largo do hospital. De acordo com as instruções recebidas, estaríamos já perto do bar.

– Devemos estar a chegar. Deve ser aquela travessa à esquerda. – disse com alguma pena. Estava a gostar de ter alguém com quem conversar.

– Creio que tem razão. Não vejo qualquer outra travessa por aqui.

Assim que virámos a esquina, lá estava o arco e uma lanterna acesa por cima de uma porta onde se encontrava uma placa de madeira com a esperada inscrição.

– Posso saber como se chama a senhora... Perdão, a... a donzela que me trouxe ao "Império Romano"?

– "Donzela" é, pelo menos, adequado ao local. – aceitou ela.

– Ainda bem. É que desde miúdo que me sinto fascinado pelo assunto dos romanos. Cumpre-se assim um sonho de criança.

– O meu nome é Juliana. – estava visivelmente bem disposta. - E estamos, então, quites. Muito obrigado pela companhia e pela sua atenção.

Estendi-lhe a mão para me despedir – Muito prazer em conhecê-la, Juliana. Eu chamo-me Gabriel. E eu é que agradeço a sua companhia, ainda que por tão breves momentos.

Entrámos os dois no bar. Estava quase cheio. Não eram locais onde me sentisse propriamente confortável. Sempre tivera alguma relutância em frequentar aqueles sítios escuros, cuja ténue iluminação me incomodava, e quase sempre cheios de fumo de cigarro. Sentia que todas as pessoas se observavam e avaliavam entre si, dissimuladamente, pelo canto dos olhos, incutindo um inevitável clima de suspeição e de obscuridade. Ela respondeu ao cumprimento do empregado do balcão e procurou pelos amigos nas duas salas do bar, acabando por se sentar na sala mais recatada. Eu sentei-me na outra sala à espera que o empregado viesse ter comigo para lhe pedir um sumo de laranja fresco. Estava de facto com sede. Pensei que devia ser do bacalhau. Bacalhau! Entrei em pânico. –"Bacalhau! E o alho! Meu Deus, fartei-me de comer alho e nem sequer lavei os dentes. Devo ter um hálito horrível." Quando o empregado chegou ao pé de mim, estava eu com as mãos em concha, junto à boca e ao nariz, a cheirar o meu próprio bafo. Tentei disfarçar o melhor que pude. Bocejei.

– Que sono. Estas procissões à noite dão cabo de um tipo. Se não se importa, traz-me um sumo de laranja. Com gelo, por favor.

– Com certeza. – respondeu com um ar desconfiado.

Tinha passado cerca de meia-hora quando resolvi levantar-me. Há muito que o sumo de laranja tinha acabado e já tinha a minha dose de bares por mais dois ou três anos. Enquanto pagava, junto ao balcão, não consegui evitar um breve e insuspeito reconhecimento pela sala onde deveria estar a minha parceira de viagem com os amigos. Estranho. Reparei que se encontrava sozinha numa mesa. Hesitei entre sair e ir ter com ela. Talvez os amigos fossem apenas um só amigo e tivesse ido à casa de banho. Notei, porém, que não havia mais nada em cima da mesa à excepção de uma chávena de café. Pensei que seria demasiado arrojo da minha parte aproximar-me de novo. Nem o local ajudava. Ela iria, obviamente, pensar que eu era mais um dos ases do engate. Além de tudo mais, tinha ultrapassado os meus limites de timidez e atrevimento numa só noite.

Saí do bar e subi a rua do Arco da Cadeia. Depois de duas dezenas de degraus encontrava-me na Praça de Santa Maria. Novamente o amplo terreiro da igreja matriz. Começava a ter retoques de perseguição. Do lado esquerdo da igreja havia uma espécie de pátio, junto ao edifício do Museu Municipal que outrora servira de prisão, limitado por um muro de onde se via a Calçada da Misericórdia. Esta era ladeada por fachadas muito bonitas, cujas características medievais, intocadas, a remetiam para épocas longínquas. Podiam facilmente imaginar-se gentes com outras vestes e costumes a subir e descer a íngreme via. Óbidos era um local absolutamente extraordinário.

Mesmo para quem julgava conhecer aquela preciosidade medieval, havia sempre pequenos tesouros por descobrir. Bastava dar dois passos para o lado, subir a um pequeno muro, trocar o Sol pela Lua. Entretive-me pela praça, repleta de gente. Um bando de crianças espalhava a sua alegria pelo local. Corriam, brincavam às escondidas, jogavam à bola. Lembrei-me do meu pai. Embora ele nunca me falasse muito dos seus tempos de infância, recordei-me dos inúmeros relatos que me faziam quando em pequeno passava as férias em Óbidos. – "O teu pai era o melhor jogador da vila. Vinha gente de todo lado para lhe pedir para jogar pelas suas equipas. Os do Sobral ofereciam-lhe sacas de cebola, os das Gaeiras davam-lhe vinho. E as raparigas, novas e velhas, adoravam vê-lo jogar. Até lhe chamavam o Foguete." Senti saudades do meu pai.

Acabava de dar um pontapé numa bola para a devolver aos miúdos, quando ouvi uma voz conhecida.

– Vejo que se continua a divertir.

– Como? – era a segunda vez naquela noite que me interpelavam

enquanto eu estava distraído. Voltei-me e revi aqueles olhos que me tinham fascinado, uma hora atrás, agora mais brilhantes. – Olá. Parece-me triste. Os seus amigos não vieram?
– Na verdade era só um amigo e de facto não apareceu. Pelo menos até agora.
– E não lhe telefonou? Pode ter acontecido alguma coisa.
– Espero que não. Creio que apenas se deve ter esquecido.
– Juliana. Posso tratá-la por Juliana? – ela sorriu, o que julguei ser uma concessão. - Não acredito que alguém se esqueça de uma mulher. Muito menos de uma mulher assim tão bonita. Deve ter acontecido alguma coisa.
– Por favor, Gabriel. Não me faça corar. – a sua melancolia aumentava o brilho dos seus olhos, mas fazia com que perdesse a chama do seu sorriso. – Faz-me lembrar um colega do Conservatório.
– Conservatório? – perguntei enquanto começava a andar.
Ela acompanhou-me. – Sim. Dou aulas de piano no Conservatório Nacional, em Lisboa. E o Gabriel?
– Eu não. Não dou aulas de piano, ou qualquer outro instrumento no Conservatório.
Ela riu-se. – Eu sei. Já nos teríamos cruzado pelos corredores. O que faz para passar o tempo?
– Sou piloto. Estive na Força Aérea durante uns anos e agora estou a voar numa pequena escola em Tires...
Fomos conversando, partilhando pequenos traços de nós, enquanto cruzávamos os nossos destinos. Passados alguns minutos, estávamos junto à igreja de Nossa Senhora do Carmo, um templo antigo que ficava fora da muralha virada a poente. A noite estava estrelada, revelando os campos de lavoura que se estendiam até um limbo de luz branca que era o reflexo do luar no oceano, que se adivinhava atrás do horizonte. Ficámos por instantes calados. O silêncio fez-me sentir o bater do coração, cada vez mais apressado. Se estivéssemos num filme, aquele seria o momento ideal para eu sentir os lábios de Juliana junto aos meus. Fechei os olhos e tentei continuar a ver o filme. Mas não estávamos num filme, nem eu era um grande actor. Assim que senti Juliana chegar-se mais perto de mim, dei um salto e fiquei com coração colado ao céu-da-boca. Nem consegui falar.

— Desculpe se o assustei, Gabriel. — referiu Juliana atrapalhada. — Eu só quis dizer-lhe que nunca aqui tinha estado. É um sítio magnífico.

Muito a custo lá consegui articular umas palavras. — Eu...Eu é que peço desculpa, Juliana. Estava completamente deliciado pela paisagem. E também pela companhia. — o coração voltara a descer ao seu local adequado, mas não parava de saltar de um lado para o outro.

De repente ouviu-se distintamente um toque de telemóvel.

— É o meu. — disse Juliana.

— Deve ser o seu amigo. — antecipei com desilusão. Tinha-se partido a fita do filme.

— Estou. Diogo?... Sim sou eu... O que aconteceu?... Podias ter ligado mais cedo... Sim, ainda estou em Óbidos... Não. Não vale a pena. Já me vou embora... Estou a chegar ao carro... Sim... Paciência... Podias ter ligado... Está bem... Falamos amanhã... Um beijo. — Juliana parecia magoada e desiludida, mas também conformada.

— Então, está tudo bem com o seu amigo? — eu queria que a noite não acabasse naquele instante. Mas pela cara de Juliana já não seria possível colar a fita. Tinha acabado a sessão de cinema.

— Sim, está tudo bem. O meu amigo é médico no hospital das Caldas e diz que teve uma urgência. — as palavras mais do que resignação traziam desconfiança e descrédito.

— Não fique triste. Gosto mais de a ver sorrir. Muito mais...

— Olhe, Gabriel, se não se importa eu vou voltar para o carro. Ainda não é muito tarde, mas tenho que regressar a Lisboa. Não gosto de conduzir à noite, por causa dessa gente louca e irresponsável que conduz embriagada.

— Tenho pena que não fique mais um pouco, mas acho que faz bem, Juliana. Eu acompanho-a até ao parque.

Durante o percurso até ao carro já não houve muitas palavras. Ela porque não tinha grande vontade e eu porque quis respeitar o seu silêncio. Que tipo de amigo era aquele que a tinha feito vir de Lisboa, para nada. Ainda era uma hora de viagem. E de facto podia ter feito um telefonema. Senti-me também triste por ela. Chegámos ao carro e Juliana não quis perder muito tempo com despedidas.

– Obrigado por não me ter deixado só, Gabriel. Foi muito simpático. Aliás, é muito simpático. – beijou-me na face.

Enquanto se sentava enchi-me de coragem e perguntei-lhe se lhe poderia telefonar. Uma vez que morávamos ambos em Lisboa poderíamos tomar um café ou até ir jantar. Ela escreveu o número no talão do parque e disse que, normalmente, aos dias de semana não tinha muito tempo. Peguei no pequeno bilhete e guardei-o junto ao outro papel. Fiquei ali no parque até deixar de ver as luzes do carro que se perderam por trás do aqueduto da Usseira.

CAPÍTULO V

Estava de novo em Lisboa. O fim-de-semana em Óbidos afastara os fantasmas que me incomodavam desde a morte do meu pai. Sentia-me cheio de vontade de voltar a Tires, sentar-me num avião e voar. Estacionei o carro no parque do aeródromo e entrei junto ao portão da torre de controlo.

– Bom dia, João. Como está?

– Bom dia, senhor Sampaio. Está tudo bem, obrigado. E o senhor como tem passado? Já soube da notícia. Não o via há uns dias e perguntei por si ao senhor Almeida. Lamento muito.

– A vida é assim, João. Mas, apesar de tudo, sinto-me bem. Em paz com as memórias do meu pai. E nada melhor do que um voozito para animar. Até logo.

– Bom voo, senhor Sampaio. Até logo.

Dirigi-me ao hangar da escola de voo. Por cima das grandes portas, podia ler-se "Escola Aeronáutica Millenium". Era uma empresa relativamente pequena que ministrava cursos de piloto particular e piloto comercial.

Assim que entrei no hangar vi um dos pilotos da escola, o Carlos. Era um bom piloto, instrutor há pouco tempo mas muito competente. Tinha conquistado a minha simpatia e a minha admiração desde que nos conhecemos. Estava junto ao *Piper Tomahawk*. Este era um dos seis aviões monomotores que compunham a frota da escola. Os outros eram quatro *Cessna* 172 e um velho *Piper Colt*.

– Se não sabes, não estragues. – brinquei com ele.

– Gabriel! Meu velho, por aqui? – estava visivelmente contente

por me ver. – Aqui a avioneta deve estar com saudades tuas. Há duas semanas que não quer pegar.
   Levantou-se na minha direcção e deu-me um forte abraço.
   – Como estás? – perguntou-me preocupado.
   – Já passou. A vida continua. E o "éter" espera por nós. Por mim e por esta geringonça que tu dizes não trabalhar – passei a mão por cima da protecção do motor, como se estivesse a afagar um cavalo. – Então hoje não há alunos? Está tudo na balda.
   – Estão todos em exames no INAC[1]. E eu estava para aqui a tentar perceber qual o problema da Avioneta. – respondeu o Carlos.
   Avioneta era o nome com que eu baptizara o *Tomahawk*. Entre nós existia uma estranha cumplicidade, como se pudesse existir alguma cumplicidade entre homem e máquina.
   – Queres experimentá-lo? – desafiou-me. Sabia que muito provavelmente eu não resistiria ao desafio e que talvez por intervenção das mais estranhas forças, magias ou artes, o engenho se recompusesse.
   – Vamos lá então, antes que a magoes. Tenho sentido falta dos aviões e dos alunos, mas hoje ainda bem que a rapaziada está fora. Preciso de ir dar uma volta com a Avioneta. Faz-me um favor, enquanto eu vejo o que se passa, telefona para a torre e faz um aviso de voo local. Uma hora de voo, das dez às onze. Três mil pés.
   – Roger... a jacto e os ases da América. – anuiu com ironia e boa disposição, ainda incrédulo quanto ao bons ofícios dos meus cuidados. Apesar da esperança nas rápidas melhoras do aparelho, não acreditava muito que o *Tomahawk* fosse voar sem passar pelas mãos experientes e miraculosas dos mecânicos.
   – Vá lá. A avioneta precisa de mãos que a tratem com carinho. Não de um urso como tu. – insisti enquanto trazia para fora do hangar o meu companheiro dos céus.
   Depois de colocar o avião na placa, fiz a inspecção exterior. Ao fim de cinco minutos, estava pronto para pôr o motor em marcha. Sentei-me aos comandos e iniciei o *checklist*, uma lista de procedimentos obrigatórios que deveria ser cumprida em determinadas

---

[1] Instituto Nacional de Aviação Civil

fases de voo. Travões. Manetes. Bateria. Combustível. Óleo. Rádio…
– Torre de Tires. Bom dia. É o *Charlie Sierra Alfa Tango Papa*.
– *Tango Papa*. Tires. Transmita.
– Tires. *Tango Papa*. Autorização para pôr em marcha para efectuar testes de motor.
– *Tango Papa*. Autorizado.

Carreguei no botão da ignição a primeira vez e… nada. Esperei um pouco para tentar uma outra vez. À segunda tentativa vi o hélice dar duas voltas e… parar de novo.

– Vamos lá Avioneta. Não me deixes ficar mal. Não me apetece levar um daqueles trambolhos. – disse para comigo ao olhar para os restantes aviões.

Deixei-a ganhar fôlego. Mais uma tentativa e… o motor começou a roncar. Primeiro um bocado engasgado, mas depois prosseguiu com um ruído mais saudável. Aparentemente, estava tudo bem, teriam sido apenas as saudades da minha companhia. Ainda faltava muito tempo para as dez da manhã. Resolvi deixar o motor a trabalhar durante uns minutos para verificar a temperatura e a pressão do óleo.

Quando o Carlos apareceu, começou logo a abanar a cabeça em sinal de resignação. Veio ter comigo à cabine.

– Parece mentira. Dá vontade de lhe dar umas valentes pancadas.
– Vês. Por isso é que depois ela não colabora convosco. Vocês têm má vontade. São brutos.
– Eu acho que tu deves é desligar um fio qualquer. Ganancioso. Ciumento. Tu és mas é ciumento. – riu-se o Carlos.
- Vocês são mesmo fraquinhos. Queres vir aprender qualquer coisa?
– Gostava muito de ir contigo Gabriel, mas tenho que ficar a tomar conta da tasca. Já sei que não aparece ninguém, mas se for voar aparecem para aí uns cem candidatos. O costume.

Ainda conversámos durante largos minutos até que chegou a hora de cruzar o céu azul daquela manhã de Abril.

– Torre de Tires. *Charlie Sierra Alfa Tango Papa*. Autorização para rolar.
– *Tango Papa*. Tires. Autorizado a rolar. Pista três cinco.

— Tires. *Tango Papa*. Autorizado a rolar. Pista três cinco.

Começámos a nossa viagem. Eu e a Avioneta. Fomos deslizando, devagar, pelos caminhos de rolagem, enquanto efectuava as verificações obrigatórias antes da descolagem. Sabia de cor o *checklist*, mas por princípio percorria os passos requeridos um a um, como se fosse sempre o baptismo de voo. Quando fomos autorizados a entrar e a alinhar na pista três cinco, senti-me como um prisioneiro a quem se concede de novo a liberdade. Apenas esperava a última ordem. – "Anda. Podes sair. Vai e aproveita... a Terra e o Céu..."

— *Tango Papa*. Tires. Vento de zero dois zero, com oito nós. Autorizado a descolar. Mantenha esta frequência.

— *Tango Papa*. Autorizado a descolar. – respondi, enquanto lentamente levava a manete de potência à frente.

Adorava sentir a força do motor a degladiar-se com os travões. Um impelia-nos para a frente, enquanto os outros resistiam, tentando impedir o movimento. Seria eu a decidir quem iria ganhar, como um imperador em Roma, polegar para cima ou para baixo. Abandonava os travões. Inevitavelmente, concedia a glória do triunfo ao ruidoso motor, que já desesperava por rasgar os céus. Era ele quem me iria presentear a tão desejada liberdade.

Cavalguei sobre o alcatrão da pista três cinco, montado naquela obra arte da Engenharia que transformava combustível numa força explosiva capaz de nos elevar do solo ao fim de uns segundos de correria. Elevámo-nos lentamente, leves, livres, contrariando as forças da natureza. Ou talvez não. Enfeitiçados como Alice no País das Maravilhas, fomos ficando maiores do que homens, as árvores, as casas, todos eles reduzidos à exiguidade da pele do mundo. Durante cerca de uma hora, dançámos com as poucas nuvens que matizavam o céu, desafiámos o vento e travámos amizade com duas gaivotas junto ao Cabo da Roca.

Saciados de liberdade, resolvemos voltar para acariciar o planeta:

— Por mim chega, amiga. Que dizes? Vamos aterrar?... Está bem, mais uma volta. Mas só esta.

Voltámos pela esquerda, suavemente, vislumbrando a fronteira entre terra e o mar, desde Cascais até à península de Tróia.

Despedimo-nos do par de gaivotas que iria permanecer por ali à espera dos barcos de pesca que lhes traziam o almoço.

– Torre de Tires. Tango Papa a dirigir-se para o vento de cauda esquerdo da pista três cinco, para aproximação visual.

– *Tango Papa*. Tires. Entendido. Reporte vento de cauda esquerdo da três cinco. Número dois para aproximação. Confirme intenções.

– Tires. *Tango Papa*. Aproximação visual para aterragem final.

– Tires. Entendido. Prossiga.

Estávamos autorizados para regressar ao planeta. Apesar da visibilidade limitada, devido à ligeira bruma que pairava junto ao solo, conseguimos avistar a pista de aterragem a cerca de cinco milhas de distância. Lá estava o porto seguro. Uma faixa negra, perpendicular ao nosso rumo, que todos os pilotos e aviões anseiam ver quando procuram repousar.

Ao aproximarmo-nos do aeródromo, iniciámos uma volta pela direita e seguimos numa direcção paralela à pista, deixando-a ao nosso lado esquerdo. Depois voltámos para ela, já com menor velocidade. Era agradável a volta para a final. Começava ali uma etapa que requeria maior perícia e atenção. Velocidade, altitude, rumo. Velocidade, altitude, rumo. Era o jogo coordenado entre estas três variáveis que nos conduzia com segurança ao regaço da mãe Terra.

Tocámos o solo com delicadeza, como uma mão que afaga a pele de um rosto. Uma aterragem perfeita, o motor em baixa rotação, primeiro as rodas do trem principal, depois o trem de nariz. No solo, perdemos rapidamente velocidade e foi preciso pedir de novo a ajuda do motor para nos levar de volta à placa de estacionamento, onde nos esperava o Carlos. Executado o último *checklist*, restava-me fazer uma breve inspecção exterior para me certificar do bom estado de saúde da Avioneta, agradecer-lhe a companhia e despedir-me.

– Obrigado, amiga. Voltamos a ver-nos amanhã.

– E então? Que tal se portou a geringonça? – lá vinha o Carlos, contente por nos rever.

– Como sempre. É uma máquina infernal. – respondi com orgulho paternal.

– Eu acho que é uma máquina sentimental. Só voa com quem

lhe apetece. Está cada vez mais caprichosa.
– Não sejas assim. É apenas uma questão de jeito, sensibilidade. Tem que ser tratada como uma mulher. À força não se convencem. Requerem atenção e paciência... muita paciência.
Conversei mais um pouco com o meu companheiro aeronáutico. Falámos, como sempre, dos novos candidatos a cavaleiros dos céus que se tinham apresentado na semana anterior. Se havia alguém conhecido, ou pelo menos parente de alguém do nosso círculo de amizades; quais os que se tinham já destacado, pela positiva ou pela negativa, o que inevitavelmente acontecia em todas as classes, preenchendo assim o padrão típico de comportamento grupal há muito identificado; e até os candidatos que ganhariam as asas e aqueles que só as teriam se fossem anjos ou alvo de intervenção da ciência genética. Obviamente, esta avaliação inicial ia sendo sujeita a pequenos desvios e acertos, todavia a margem de erro era assustadoramente pequena.
Regressei à cidade capital. Agora, em vez de ter os meus pensamentos afectados constantemente pela mesma coisa, o papel, o que me causara algum desequilíbrio, tinha duas coisas que me assaltavam o espírito a todo o instante, uma mensagem e uma mulher.
Durante alguns anos tinha conseguido construir uma redoma que me mantinha afastado de tudo aquilo que normalmente perturba a vida de homens e mulheres, a ambição desmedida e o amor. A minha única ambição era viver um dia após o outro, são de corpo e mente. A minha única paixão, a Avioneta, com quem não tinha discussões, desilusões ou expectativas. Apesar de, aparentemente, ser uma situação oca, fútil e desprovida de sentido, eu sentia-me feliz, independente e completo.
Já tivera ambições. Percorrer o mundo, conhecer pessoas, ter muito dinheiro, nunca soube muito bem para quê, ter poder e autoridade, para que não os exercessem sobre mim. Já fora ferido pelo amor. Amara desmesuradamente. Não conhecia outra forma, e já fora amado das mais estranhas maneiras, das quais aprendera a duvidar porque o amor não tinha normas, escalas de medida ou qualquer espécie de limites. O amor sublime e perfeito só tinha um limite, o infinito. Uma medida, a plenitude. Uma forma, o universo.

Até à última despedida do meu pai, aceitava sem discussão o que os meus deuses me concediam. Aceitava os dias bons, os dias maus, a alegria, a tristeza, os amigos, a solidão, o conforto e a dor. O modo como resolvera encarar a vida tinha terminado com as incertezas, tinha esbatido os medos. Apesar das mais diversas ameaças que permanentemente nos assaltam, sentia-me seguro e confiante. Tudo acabara por se tornar simples, estável e linear. Não amava, não me comprometia com ninguém, aceitava tudo e sorria para todos. Talvez tudo isto fosse amor. Um profundo sentimento de abandono e pertença. Uma total entrega e renúncia.

Um inesperado revés do destino impusera-me um compromisso para com o papel, para com o meu pai. Estranho como combatemos sem armistícios, incessantemente, durante tantos anos, incapazes de estabelecer o mais pequeno acordo, até aos seus derradeiros momentos. Agora depois de morto obrigava-me a quebrar os meus princípios, as minhas convicções. Passara a haver uma ambição, embora ainda controlável. Mais tarde, viria a perceber como me deixei enganar por esse falso sentimento de domínio.

Também o meu coração me traía e abandonava à cobiça. Debilitado e desordenado, sentia também algumas borboletas voarem no meu estômago, provocando-me cócegas. Era uma sensação desconfortável. Uma mulher voltava a ocupar os meus pensamentos. Desejava estar com ela. Sentir os seus olhos nos meus. Vê-la sorrir para mim.

Adivinhava que, mais dia, menos dia, iria tentar encontrar-me com ela outra vez. Perdera o equilíbrio. Tinha a noção de que já não bastava esperar que os meus anjos da guarda resolvessem tudo por mim, teria de tomar a iniciativa para alcançar a minha tão desejada paz de espírito. Tinha que desafiar de novo o mundo, tentar decifrar a mensagem do meu pai e enfrentar Juliana.

Foi perante a inegável constatação de que teria que medir forças com o destino, como o mais comum dos mortais, que pensei em aliviar o meu fardo. Reunir os dois problemas num só. Concentrar a minha força num só alvo.

– "Vou contar a história da mensagem a Juliana! Pedir-lhe ajuda. Ou ela me despacha logo à partida e passo a ter só um problema, ou ela me ajuda e juntos tentamos descobrir, se é que há algo para descobrir, o mistério enterrado no papel."

Fiquei reconfortado, até porque encontrara um pretexto para lhe telefonar caso sentisse a necessidade de fingir algum. O facto de me esconder das mulheres durante tanto tempo fizera com que tivesse perdido o jeito e o atrevimento, virtudes que aliás nunca tivera, para me relacionar com o sexo oposto.

Receava, naturalmente, telefonar a Juliana sob pena de parecer desajeitado, inseguro e até insolente. Mas telefonei. Creio que o medo de enfrentar sozinho as dificuldades foi maior do que o medo da rejeição e do compromisso.

– Estou? Juliana?
– Sim. Quem fala, por favor?
– Olá. Espero não incomodar. É o Gabriel.
– Ah! Olá, Gabriel. Como está? Não incomoda nada.
– Espero não interromper nenhuma aula.
– Não, Gabriel. Nem sequer estou no Conservatório. Hoje, estou em casa, como sempre às quartas-feiras de tarde. Aproveito para preparar algumas aulas. Em que posso ajudar?
– Bom, Juliana, estou a telefonar para... – tudo seria tão mais fácil se o meu coração não batesse tão depressa. Mas não, logo agora, e tal como eu pressentira minutos antes, resolvera encetar uma série de arritmias que me turvavam o espírito, prendiam a língua e adormeciam as pernas. Por Deus, ninguém me observava naquele momento, pois era com certeza um dos momentos mais angustiantes da história da minha relação com as mulheres. As borboletas esvoaçavam enlouquecidas – ...Gostaria de a convidar para jantar.

Do outro lado da linha apenas se ouvia o silêncio, o que ainda acentuou mais o meu nervosismo. – "Anda fala! Diz qualquer coisa! Por favor, diz qualquer coisa!" – foi tudo o que consegui ouvir na minha cabeça. Passados alguns segundos, longos e penosos, ouvi de novo a voz de Juliana envolta em benevolência e algum sarcasmo.

Ela riu-se – Não acredito que um homem tão grande se sinta tão pouco à vontade para me fazer um convite. Será que devo desconfiar?
– Não, Juliana. Não há razões para desconfiar. Eu sou mesmo assim. Os assuntos do coração intimidam-me. Aliás, sempre me

intimidaram. – apressei-me a descartar quaisquer réstias de dúvida ou suspeição que pudessem pairar sobre mim.

– Muito bem. E como já percebi que me deseja como companhia para o jantar, resta-me saber quando e onde pretende levar-me.

– Hoje à noite. Quanto ao local, reservo-me o direito de a surpreender. – a voz não me tremeu tanto como anteriormente.

– Estarei à espera. Pode ser por volta das sete e meia? Ainda queria terminar esta aula.

– Claro que sim. Às sete e meia, então. Mas não sei onde mora.

– Conhece o centro comercial do Lumiar? Estarei à porta.

Despedimo-nos com amizade e ternura. Devo ter ficado com o sorriso estampado no rosto o resto da tarde. O mesmo que iria receber o olhar de Juliana ao entardecer.

CAPÍTULO VI

 Começava a sentir de novo o coração a disparar e as borboletas a incomodar-me, enquanto me aproximava do ponto de encontro. O final de tarde oferecia uma luz alaranjada e uma temperatura amena. Juliana ainda não chegara, mas também ainda não eram sete e meia. Manda o protocolo que seja o homem a esperar pela mulher e não iríamos ser nós a quebrá-lo.
 Passados alguns minutos, sem eu dar conta, aproximou-se de mim vinda do interior do centro e soprou-me um cumprimento bem perto do meu ouvido.
 – Olá, Gabriel. Espero que não esteja há muito à minha espera.
 – Juliana. – voltei-me para trás e reencontrei os olhos que me tinham aprisionado desde a viagem a Óbidos. – É bom rever o seu sorriso e acabei de chegar. Nem tive tempo de me entreter a observar as pessoas…
 – Ainda bem. Não gosto de me fazer esperar. – respondeu, visivelmente contente. – Tenho, porém, uma exigência que se não for respeitada, receio poder tornar-se num grande obstáculo para o resto da noite.
 – Claro, Juliana… – fiquei apreensivo, à espera de uma estranha imposição.
 – Se não nos tratarmos por tu, parece que estamos num evento demasiado formal. Não gosto de estar sempre à procura das palavras certas. Gosto de dizer o que me passa pela cabeça, mas só o consigo fazer quando sinto alguma proximidade.
 – Até me assustou. – que alívio. Também eu desejava poder

tratá-la por tu e encurtar assim o espaço natural que havia entre nós.
– Eu também prefiro deixar para trás as cerimónias.
– Ainda bem. – e deu-me um beijo na face. – Onde me vais levar? É perto ou longe?
– Uma hora de caminho. Se não te importares.
– Não. Por mim está bem. Desde que estejamos de volta até à meia-noite.
– Como a Cinderela...
Juliana riu-se – Não. Tenho que me levantar cedo e se não durmo as minhas horas de sono, ando o resto do dia rabugenta.
– Não te preocupes. Prometo que estarás em casa antes da meia-noite.
– Está combinado.
Ao som de uma conversa alegre, que teve a virtude de quebrar todas as barreiras que instintivamente nos protegem quando se encetam novas amizades, dirigimo-nos ao meu carro e partimos acariciados por um esplendoroso fim de tarde. O Sol, já meio adormecido, realçou um cinzento azulado naqueles olhos que seriam a minha perdição.
Entrámos na A8, a autoestrada que nos conduziria até Óbidos. Passámos por Loures e subimos ao alto da serra, com uma vista lindíssima sobre os montes de Odivelas. Aproximávamo-nos de Torres Vedras quando Juliana adivinhou onde eu a levava.
– És muito previsível. Se me tens perguntado onde eu achava que me irias trazer, eu teria respondido Óbidos.
– Acertaste. Descobri um restaurante excelente. Pequeno, mas com uma cozinheira estupenda. Vais gostar. E tem outra vantagem, pelo menos para mim, é recatado. Não aprecio muito a confusão.
– E como se chama?
– A Muralha. Fica logo a seguir à Albergaria Josefa de Óbidos.
– Já sei onde fica. Mas nunca lá estive e para te ser sincera nunca tinha ouvido falar.
– Vais gostar. Além disso o que importa é poder estar contigo.
– És muito simpático, Gabriel. Obrigado. Também gosto da tua companhia.
A A8 conduziu-nos quase às portas da nobre vila, iluminada

por uma Lua muito branca e rechonchuda. Parecia enorme e muito perto de nós. O cerco amuralhado desenhava uma linha de luz que enfeitava a noite acabada de nascer.

Estacionei o carro no parque junto ao posto de turismo. Caminhámos depois na direcção do antigo burgo. O restaurante ficava na rua que seguia encostada à muralha, à direita da Porta da Vila. Era uma casa pequena, composta apenas por uma sala de refeições e um pequeno bar. Além de nós, dois casais estrangeiros compunham o ambiente plácido do restaurante.

Juliana deliciou-se com uma espetada de cherne e gambas e uma travessa de legumes cozidos. Cenouras, couve-flor e brócolos. Eu não resisti aos sabores brasileiros. Entretive-me com uma picanha mal passada, arroz branco, feijão preto e uma banana assada. O paladar de tais pitéus foi exaltado com um vinho tinto da região, saboroso, frutado, fresco e macio. Absolutamente divinal. Creio, todavia, que embora não estivessem em causa os méritos culinários da cozinheira, a presença de Juliana inebriara todos os meus sentidos. Falámos sobre os nossos passados, os nossos gostos, os nossos projectos. Abrimos páginas dos livros onde se escreviam as nossas vidas.

A certa altura, retirei da minha bolsa o pedaço de papel que me continuava a acompanhar para todo o lado. Também ele resolvera aparecer para jantar. A partir desse instante não descansei enquanto os meus lábios não desenrolaram toda a história que eu pretendia contar a Juliana. Até ela própria me começava a achar algo inquieto.

– Gabriel, está tudo bem? Estás mal disposto?

– Não. Está tudo bem. Mas tenho uma coisa para te contar.

– Algum problema?

– Não. Não acho que seja um problema. Ou melhor, é um problema. Mas nada de grave. É uma coisa estranha que me aconteceu e se não a partilho com alguém, corro o risco de que se possa então tornar um problema.

– Diz-me o que se passa. Estás a deixar-me curiosa.

– Sabes, Juliana, não tenho muitos amigos...Quer dizer, tenho amigos, pessoas com quem falo da minha vida, com quem passo algum tempo a conversar. São, no entanto, pessoas a quem não conto os meus segredos, com quem não tenho grande intimidade. Para dizer a verdade, também tu não sabes quase nada de mim, nem eu de ti. Mas sinto que posso confiar. Há algo em ti que me agrada profundamente. Diz-me que te posso revelar um segredo.

— Bom, conhecemo-nos há muito pouco tempo e de facto não sabemos quase nada um do outro, mas estou como tu dizes. Há algo em ti que me ... Não sei. Mas sinto uma grande cumplicidade entre nós. Tudo o que te posso dizer é que se te puder ajudar, fá-lo-ei de bom grado. Podes contar-me o que quiseres, a não ser que seja para cometer um crime hediondo ou algo assim desse género.

Respondi-lhe que não era coisa para tanto. Ainda com alguma relutância, receando estar a atraiçoar a memória do meu pai, contei-lhe tudo o que tinha acontecido na noite em que perdera o meu progenitor e herdara um documento onde se inscrevia um suposto mistério. Tirei do bolso a origem da minha inquietação e coloquei-a na sua mão.

— Aqui está.

Ela pegou-lhe com medo que se desfizesse, tal era o aspecto antigo e frágil que apresentava.

— É estranho estar a pegar numa coisa escrita há tantos e anos e que pode conter um segredo qualquer. - apesar da imensa curiosidade, parecia ter algum receio em ler o que estava escrito no papel.

— Não o queres abrir e ver o que lá está? – perguntei com alguma ansiedade, na esperança de que ela o decifrasse assim que o lesse.

— Espera Gabriel. Até me fazes arrepiar.

Juliana abriu o papel:

Passados alguns instantes, disse:

– Não percebo nada do que aqui está, aliás como já suspeitava depois de ouvir a história. Contudo, não tenho grandes dúvidas de que serão letras do nosso alfabeto. Talvez Latim.

– Também foi essa a minha primeira impressão.

– Mas não sei. É curioso que algumas partes das palavras, se forem de facto palavras, me parecem familiares. Não perguntes porquê ou de onde, porque não te sei responder.

– A sério? – fiquei absolutamente surpreendido, apesar da paradoxal esperança inicial.

– É verdade. Estão aqui determinados trechos que jurava já ter visto. Ou num texto ou num desenho. Não sei. – também ela mostrava admiração e curiosidade. – Olha, sei que ainda me arrepia mais, provavelmente sem qualquer razão para tal. Já pensaste que pode não haver segredo nenhum, que pode ser apenas um conjunto de notas de um pintor, como disse o tal artista italiano.

– Claro que sim. Essa, aliás, parece-me ser a hipótese mais provável. Mas se tu soubesses como esse papel por vezes parece dominar as minhas acções. Há qualquer coisa esquisita no meio de tudo isto. E ainda por cima, tu agora dizes que já viste pelo menos partes do que aí está escrito. E quais são as partes?

– Não sei. Quando olho separadamente para o que parecem ser palavras não me lembram nada. Mas quando olho para o conjunto das seis linhas, tenho a sensação de que há determinadas partes que já vi ou já li noutro sítio. É esquisito. Não te sei explicar.

Entretanto, o jantar estava terminado. Depois de pagar e agradecer a refeição, saímos para a rua. A noite já adulta convidava a um passeio pela vila. As pedras da muralha e dos pisos das ruas guardavam as essências das flores que tinham desabrochado e murchado ao longo dos séculos, concedendo um aroma fresco e perfumado às noites de Primavera. Enquanto caminhámos pelas ruas repletas de gente, ela pediu-me para contar e recontar todo o enredo, pedinchando detalhes que eu não podia descrever. A certa altura apercebi-me que o seu interesse começava a ser maior do que o meu. Havia de facto uma força misteriosa naquele pequeno escrito que reclamava a nossa exclusiva atenção.

– Sabes, toda esta situação faz-me lembrar aqueles filmes do Indiana Jones ou dos livros do Humberto Ecco. – confessou Juliana com manifesta excitação.

– Eu acho que andaste a ver demasiados filmes do Jones e a ler paletes de livros do tal Humberto. – respondi com uma pequena risada, mas ao mesmo tempo sentindo-me cúmplice daquele íntimo desejo de nos ver envolvidos num qualquer mistério.

– A herança é tua e tu é que sabes o que queres fazer. Vamos tentar descobrir que segredos esconde ou simplesmente esquecer que alguma vez existiu?

– Não sei. O que achas?

– Eu acho que não tenho nada melhor para fazer no fim-de-semana.

E lá fomos os dois, lado a lado, até ao carro que nos ia levar até ao palácio da Cinderela antes que as doze badaladas inundassem o escuro da noite, como era seu desejo.

O resto da semana esgotou-se num ápice. Eu voltei aos meus alunos, candidatos a piloto de aviões, e ela voltou às suas aulas de música no Conservatório Nacional. Falámos pelo telefone algumas vezes mas só nos encontrámos de novo no sábado, bem cedo pela manhã. Concordámos que o melhor local para iniciar a nossa viagem ao passado seria o mesmo onde o papel teria sido escrito. A auto-estrada levou-nos outra vez até Óbidos mas agora à luz de um sol muito brilhante pendurado num impetuoso azul celeste, que anunciava um fantástico dia de Primavera.

– Vieste carregada. O que trazes ali dentro? – comentei ao apontar-lhe a mala de viagem que ela trouxera.

– Não te assustes que não fugi de casa. É um portátil e alguns livros sobre línguas e dialectos antigos. Pensei que pudessem ser úteis. Até porque calculava que não trouxesses nada. Certo? – olhou-me com ar de desafio.

– Certíssimo. – concordei envergonhado.

– Meu caro Watson, vê se pões os olhos em mim e aprendes alguma coisa.

– Pois claro. E quem te elegeu a ti como Sherlock?

– Os factos e as circunstâncias. Falta-te método e iniciativa, tal

como ao Watson, e além disso tens uma relação emocional com o papel. Sherlock era frio como gelo.
— *Roger*.
— *Roger*?! – ficou espantada com o inesperado aparecimento de um novo fulano. – Não me lembro de nenhum Roger nas histórias do Sherlock.

Soltei uma sonora gargalhada e respondi ainda meio engasgado – *Roger* não é nenhum personagem. Faz parte do vocabulário que se utiliza nos contactos por rádio e é também utilizado na linguagem aeronáutica. É uma expressão que significa "Está bem" ou "Entendido". Significa que se compreendeu o recado.

— E é sempre uma expressão irónica, como a de há pouco?
— Não. Só às vezes. Como neste caso, Sherlock. – e olhei-a com falsa deferência.

Juliana fez-me uma careta e iniciou uma série de ordens, procedimentos e recomendações, imitando o detective mais famoso da minha adolescência e com certeza da dela também, dada a minúcia e o léxico que empregava.

Assim que chegámos a Óbidos, procurei cumprir a primeira tarefa que me fora determinada pelo detective reencarnado. Tirar várias fotocópias do papel. Como era possível nunca me ter lembrado de tal coisa? Primeiro, como me fez notar o meu recente chefe de expedição, podia perder-se o papel e depois porque podíamos usar as fotocópias como laboratório, riscando ou apagando sem alterar ou estragar o original. Enquanto isso, Juliana iria para a igreja de Santa Maria analisar com mais rigor o quadro, o sétimo a contar da direita, para tentar encontrar alguma coisa que me tivesse escapado na minha visita inicial. Admiti que este último facto seria até muito provável, atentando à minha manifesta inépcia para estas actividades, tão evidentemente demonstrada. E em tão pouco tempo.

Assim que entrei na igreja, vi Juliana sentada num dos bancos da ala esquerda. Dentro do templo estavam apenas mais duas pessoas. Uma senhora encontrava-se na outra ala, nas primeiras filas de bancos, estava ajoelhada e as mãos unidas deixavam adivinhar uma conversa com Deus.

Na mesma ala, mas exactamente na última fila, estava um

homem sentado. Dos cabelos brancos e da longa barba da mesma cor, envelhecidos pelo tempo, sobressaíam dois olhos imensamente azuis, como faróis na meia escuridão que pairava no interior da igreja. O pouco que se via dos seus lábios desenhava um magnífico sorriso. Era o perfeito retrato de uma paz e de uma tranquilidade infrangíveis. Seria capaz de olhar aquele rosto horas sem fim, como se olha rendido e maravilhado para uma pintura. Aquele rosto velho e desgastado era uma obra torneada e amadurecida pela Natureza. Deve ter pressentido os meus pensamentos, pois voltou-se para mim e invadiu-me a alma. Tinha os dentes surpreendentemente brancos e a felicidade estampada no rosto. Inexplicavelmente, senti que as lágrimas se empurravam umas às outras, enquanto o estômago se apertava. Sorri-lhe também, mas desviei depressa o olhar para impedir que as lágrimas me escorressem pela face. Senti-me como se estivesse a observar o mar pela primeira vez, como se tivesse acabado de escalar os Himalaias, ou perante as paisagens lindíssimas que nos cortam a respiração e nos dão vontade de chorar, como se finalmente tivéssemos atingido o paraíso.

    Quando cheguei ao pé da minha companheira de investigação, ou melhor, da responsável pela investigação, ia pedir-lhe para olhar discretamente para trás e reparar no homem velho que irradiava felicidade, quando notei que ele já tinha saído. Procurei pelo interior do templo. Tinha desaparecido.

    – Então, já tens as cópias? O que passa? – perguntou ela.

    – Nada. Está tudo bem. Ia mostrar-te uma pessoa, mas já saiu.

    Entretanto verifiquei que o seu bloco de notas já continha uma série de anotações que tentei ler, em vão.

    – Ah! Ah! Não vai ser assim tão fácil. – disse ela, enquanto virava o bloco ao contrário para que eu não o conseguisse ler. – Olha para o quadro e diz-me o que vês.

    – Vá lá, Juliana. Eu já aqui passei umas horas e não consegui descobrir nada que pudesse ajudar. Mostra lá o que já descobriste. – supliquei, com imensa curiosidade.

    – Faz um esforço. Repara na figura. Vai-me descrevendo o que vês. – parecia ter andado a ler os manuais de investigação forense, seguindo à risca os métodos que nos habituámos a assistir nas séries norte-americanas.

— Bom, está bem. - assenti, sem contudo perceber para quê aquela perda de tempo. — Vejo uma pessoa...uma águia... a pessoa está a escrever um livro, numa sala com muitos livros, que me parece ser uma espécie de biblioteca. Tem barba. Tem umas vestes vermelhas. Estamos numa igreja, pelo que presumo ser uma cena que se tenha passado há cerca de dois mil anos e... – esperei um pouco, tentando encontrar mais algum detalhe que merecesse destaque. -...e...creio que é tudo. A não ser que queiras que conte os livros e...

— Chega. Não está mal. Mas há uma coisa que não mencionaste que pode ser importante.

— Quem é a pessoa?! – questionei.

— Isso mesmo. Quem pode ser esta pessoa? – ficou satisfeita com a minha repentina perspicácia.

— Não faço a mínima ideia.

— Olha à tua volta. Talvez as outras pinturas te sugiram qualquer coisa.

Segui o seu olhar, enquanto ela revisitava os outros quadros exemplificando o que eu deveria fazer. É claro que não vi nada que pusesse relacionar com o nosso quadro.

— Desculpa, Juliana, mas sinceramente não me ocorre nada. Não vejo nada.

— Quantos quadros vês, representando uma pessoa a escrever?

Como num bailado, fiz mais uma pirueta sobre mim, desta vez com um objectivo bem definido. Assim era mais fácil. Um, dois, três e... quatro.

— Quatro.

— Muito bem. Quatro. Já ouviste falar nos apóstolos evangelistas?

— Não. Creio que não. Talvez há muito tempo. – comecei a sentir a ignorância a envolver-me, como um veneno que me asfixiava.

— Os apóstolos evangelistas foram os autores dos evangelhos que podes ler no Novo Testamento. Mateus, Marcos, Lucas e João. Se bem que haja muita gente que acredita que existem ou existiram muitos mais evangelhos que por variadas razões não foram escolhidos para integrar o Novo Testamento. Os Livros Apócrifos.

— Como sabes isso tudo? – perguntei estupefacto.

– Desde sempre me interessei muito por estes assuntos. Começou na catequese. Fiquei fascinada com a Bíblia e com Jesus. Até aos dias de hoje, devoro livros e documentários sobre o tema. E o mais interessante é que cada vez tenho mais dúvidas no lugar das certezas.
– Estou pasmado. Julgava-te uma maluquinha da música mas vejo que és muito mais do que isso.
– Tens razão. Sou maluca, no bom sentido da palavra, por muitas coisas. Gosto muito da vida e de tudo o que ela nos proporciona. E só quando somos malucos, eu diria apaixonados, arrebatados, obstinados, audaciosos, impetuosos, é que nos sentimos vivos. E eu sinto-me viva. Caso contrário não estaria aqui contigo.
– Estou a perceber. Mas voltemos aos apóstolos. A nossa pintura representa então um dos apóstolos evangelistas. – declarei, trazendo-a de volta à igreja.
– Não tenho dúvidas. Imagino que nem a vale a pena perguntar-te qual deles será?
– Excelente dedução! E achas que pode ser importante saber quem é?
– Talvez. O apóstolo representado no nosso quadro é... João. São João.
– Ah, sim? E porque...
– Iconografia! Recorri aos símbolos iconográficos para identificar os diferentes evangelistas. No nosso quadro, para além do apóstolo, está também representada uma águia, símbolo iconográfico de João "o Teólogo". A águia representa a perfeição. João foi o sublime escritor dos evangelhos. Há quem relacione a águia com as primeiras referências do seu evangelho ao Divino que se encontra nas alturas, tal como a águia, ou ainda com a natureza divina de Jesus. Repara nos outros quadros. – e foi apontando, um a um, as pinturas das restantes testemunhas de Jesus. – Aquele ali. Marcos... Vês? Tem um leão, que está relacionado com a pregação de São João Baptista no deserto. Este é aliás o facto que inicia o evangelho de São Marcos. A seguir vem Lucas. O seu símbolo é um touro porque este era o animal normalmente utilizado nos sacrifícios do Templo e o testemunho de São Lucas começa com a apresentação de Jesus no Templo. Por fim...

Mateus. É sempre acompanhado por um anjo com cara de homem que pretende caracterizar a natureza humana de Cristo, tal como o seu evangelho.

Continuou ainda por alguns minutos, para me apresentar o profeta Ezequiel e a sua visão da Glória de Deus, que também se relacionavam com toda a simbologia que me descrevera. Acho que poderia ter prosseguido durante horas, mas quando reparou que eu a fixava como um asno, calou-se. Perante o seu emudecimento e antes que dissesse alguma coisa, adiantei:

– Sabemos, então, que a mensagem do meu pai foi copiada de uma inscrição pintada no quadro de São João.

– Sim, meu caro Watson. – rematou com um trejeito trocista.

Respondi com falso ressentimento – Estava apenas a resumir os primeiros resultados da investigação.

Ela passou por mim e deu-me um pequeno empurrão. Adivinhei os seus pensamentos – "Vá lá não te aborreças." Respondi-lhe também em pensamento – "Não. Mas ainda te vou surpreender." Um sorriso malicioso terminou a transmissão de pensamentos – "Fico à espera!".

Ainda passámos umas horas na igreja, o que fez desconfiar, a senhora já idosa, que guardava o templo. Por duas vezes veio ter connosco para perguntar o que andávamos a fazer. Insistentemente, respondemos que éramos escritores e que estávamos a escrever um livro sobre a igreja de Santa Maria.

– Mas o senhor Padre não me avisou de nada! – respondia ela intrigada. Estávamos de saída quando lhe agradecemos, com promessas de que voltaríamos mais vezes o que ainda levantou mais suspeição.

– Mas têm que pedir autorização ao senhor Padre!

"Na terra das sete igrejas, no útero de Cristo, a trombeta do Santo abre as portas do Caminho, ao homem e à mulher." Esta frase ressoava na cabeça da misteriosa personagem que viu sair da igreja o casal que se mostrara tão interessado nos quadros dos apóstolos evangelistas. "Serão estes? Não acredito. Ela tem ar de esperta mas ele tem cara de burro." Quantas vezes tinham entrado casais pela porta da igreja.

Milhares, talvez milhões, ao longo de tantos anos. Nunca nenhum deles indiciara ter vontade em procurar o Caminho. Nada. Não seria com certeza naquele dia. Todavia, tinha que manter um permanente estado de alerta.

Juliana tinha registado duas páginas de notas. Eu não percebia bem para que serviram dados como: quantos quadros havia na igreja; o que representavam; a sua localização (tinha praticamente desenhado o interior da igreja); possíveis relações entre eles; possíveis relações entre eles e as outras peças e estruturas do templo; etc.

– A maioria, provavelmente para nada. Mas poderá bastar um deles para nos desbravar o caminho. – indignou-se Juliana com tantas perguntas.

– E agora? – indaguei, completamente perdido na pesquisa e desfigurado pela luz intensa que me invadia o rosto.

– Agora? Agora vou comer que estou cheia de fome!

Fomos petiscar ao Café 1º de Dezembro onde fui reconhecido pela mesma empregada que me servira há umas semanas atrás. Ficou notoriamente desiludida por eu levar companhia. Juliana também estranhou a frieza com que fomos atendidos ao que respondi não fazer a mínima ideia do porquê. Por entre sabores de queijos de cabra, uma salada de tomate, umas azeitonas e de umas fatias de pão saloio, combinámos o próximo passo.

– Temos toda a informação possível sobre o quadro onde estava a mensagem. Vamos agora dedicarmo-nos à mensagem. Concordas?

– Por quem sois, Sherlock. Quem sou eu, mero assistente, pajem e criado, qual Sancho Pança, para questionar os desejos e aspirações de Vossa Senhoria.

– Não sei se foi o queijo ou a empregada, que não tirou os olhos de ti, mas estás assim…meio…saído da casca.

– Anda. Vamos até à Cerca do Castelo. É um local encantador e pode ser que nos traga inspiração para decifrar a suposta mensagem.

Arranquei-a quase à força da cadeira, onde se tinha espraiado. O calor da tarde estava a torná-la mole e preguiçosa.

– Está bem. Vamos lá. De onde terá vindo tanta genica? – ironizou enquanto se levantava com esforço da cadeira e olhava de soslaio para a moça do café, para nos provocar aos dois.

Disfarcei indiferença e afastei-me. A rapariga, menos contida, atirou com raiva um pano para cima da mesa de um novo cliente, falhando a sua exagerada proeminência nasal por uma unha negra.

Subimos a travessa até à Rua Direita. Ao passarmos pelo antigo telheiro fomos cumprimentados pelos sorrisos rasgados e esburacados dos vários anciãos que eram certamente companheiros de profissão dos guardas da porta da vila, ordem da qual eu fizera parte por breves instantes na noite em que conhecera Juliana. Riam-se, com a libertinagem trazida pela idade, das nossas brincadeiras infantis, próprias das relações imaturas. Desafiei-os com o olhar, com alguma crueldade, expondo-lhes a virilidade que lhes fugira com o passar incessante dos anos. Percebi a minha vitória quando dois deles, cujas memórias lhes permitiu rever os longínquos momentos de maior empreendedorismo com o sexo oposto, cerraram os lábios deixando a boca num hilariante pregado de pele que evidenciava a inexistência de dentes.

Caminhámos depois na direcção da igreja de São Tiago, agora transformada num auditório cultural. Passámos o arco e fomos espojarmo-nos na relva junto à Porta da Traição.

Fora esta a porta por onde os cristãos, há pouco menos de nove séculos, tinham transposto a impenetrável fortaleza mourisca, cercada durante dois meses.

Reza a lenda que um manto de luar acolhia o exército de D. Afonso Henriques quando o próprio Rei e Gonçalo Mendes da Maia, o Lidador, planeavam o ataque para a alvorada do dia seguinte.

Descansavam já os nobres guerreiros nas suas tendas, quando Gonçalo terá sido acordado pela encantadora voz de uma mulher. Esta pedia para falar com o Rei, pois tinha uma mensagem importante e urgente para lhe transmitir. O Lidador reparou que a jovem mulher vestia uma indumentária sarracena, mas a sua tez era demasiado clara. Ela própria confessou que não sabia qual a sua origem pois nunca conhecera os seus pais.

Embora a mulher parecesse sincera, Gonçalo da Maia temeu que a sua presença fosse uma cilada arquitectada pelos mouros. Foi assim, com alguma relutância e prudência que o bravo guerreiro a conduziu à presença do Rei de Portugal.

Na tenda de Afonso Henriques, a jovem revelou um sonho que nas últimas três noites lhe mostrava um homem de barbas brancas e um olhar amável e doce que lhe concedeu a missão de transmitir uma mensagem ao Rei de Portugal.

Dizia a misteriosa mensagem que o monarca deveria reunir os seus soldados e comandar um ataque surpresa na parte fronteiriça do castelo. Enquanto decorresse o ataque, o Lidador deveria levar consigo dez homens até às traseiras da fortaleza muralhada, onde a jovem donzela abriria uma porta para permitir a sua furtiva entrada.

O homem de olhar doce prometia que Óbidos seria então dos cristãos e a jovem seria salva sem a mínima mazela. Embora todo aquele sonho parecesse estranho e Gonçalo da Maia estivesse deveras hesitante, D. Afonso Henriques recordou o Milagre de Ourique e não se atreveu a duvidar dos desígnios do Divino.

Na manhã seguinte, do dia 11 de Janeiro do ano de 1148, a praça-forte muçulmana foi conquistada tal como pressagiara o sonho da jovem moura encantada que nunca mais foi encontrada, viva ou morta.

Puxei por duas cópias da mensagem e passei uma a Juliana que entretanto ligara o computador portátil e estava agora a iniciar a ligação à Internet através do seu telemóvel. Comunicações via satélite. A oitava maravilha do mundo, pensei, ainda que os pilares da sua grandiosidade estivessem a milhares de quilómetros do planeta. Duvidei que pudesse ser uma maravilha deste mundo. Ou talvez fosse.

– Toma, Sherlock. Vamos lá ver o que vales. – incitei.

Ela aceitou o desafio e ajeitou-se junto a uma pedra. Depois franziu o olhar e concentrou-se na folha de tamanho A4, branca, com um pequeno rectângulo manchado a cinzento, que reflectia a impressão do papel que nos trouxera ali, a um dos marcos da história de Portugal.

– Tenta fazer palavras. Ao acaso. Para já é o que interessa. Eu farei o mesmo. Depois, no fim, logo se vê se concordamos em alguma. – recomendou ela.

Deitei-me na relva. Li e reli o texto vezes sem conta, tentando descobrir palavras com sentido estético ou formológico. Tudo me soava a remédio ou a um daqueles nomes requintados de planta. *Famulitvorum* ou *Famulitvo Rum*. *Labireacum* ou *Labiireatum*, talvez *Labiireaium*. Depois, *Miragestorum*...não...*Miragescorum*. *Ressonarefibris*. Esta não me deixava muitas dúvidas, se tivesse sido copiada com algum rigor, o que era uma conjectura altamente falível. *Viqviranilmxit*. A quinta linha era sem sombra de dúvida o paradigma da iletracia do meu pai. Absolutamente inteligível. Por fim, *Sancieioann* ou quiçá *Sancleionn*. Nada. Apenas a constatação da minha fraca ginástica mental com letras e o meu completo e absoluto desconhecimento sobre Latim. Entretanto, Juliana tinha feito várias buscas na Internet, sem dizer uma palavra.

O silêncio tinha-se instalado no terreiro onde as tropas lusitanas tinham quebrado a defesa mourisca, muitos séculos antes. Passado algum tempo olhei na sua direcção. Estava também deitada. O monitor do computador não me deixava ver a sua cabeça.

– E então? Nada?

Nem um insecto se ouvia.

– Sherlock?

Estranhei a ausência de resposta. Levantei-me e espreitei por cima do monitor. Ali estava a grande detective, pálpebras em baixo, respiração leve e ronceira. Hipnos, com o auxílio do Sol da tarde, tinha-a encarcerado nos seus braços. Deveria resgatá-la ou abandoná-la um pouco mais ao seu manso e tranquilo cativeiro? Resolvi deixá-la prisioneira do seu sono. Andaria seguramente cansada e sentia-me culpado por a ter envolvido nos meus problemas, retirando-lhe o tempo de repouso de que tanto precisaria. Puxei para mim o melhor amigo do homem moderno, o cão faz agora parte do passado, e ainda com o motor de busca aberto, dedilhei as invulgares palavras que me pareciam inscritas na fotocópia. Após alguns minutos de desapontamento, desisti.

Ia também desistir da companhia do inútil aparelho, quando me recordei da lição de teologia que Juliana me oferecera de manhã. "São João". Esperei uns segundos. "Dezassete mil, quinhentos e trinta e seis ficheiros encontrados". Escolhi um ao acaso:

"São João, que em hebraico significa "Deus concede a graça", na tradição bizantina é chamado habitualmente "o Teólogo", título reservado

a poucos e, particularmente, apropriado ao Apóstolo, sempre citado entre os primeiros, cuja insigne doutrina, através do seu evangelho, das Epístolas e do Apocalipse, tem nutrido a Igreja de todos os tempos."

Interessante. Nunca me tinha passado pela cabeça ler alguma coisa sobre a igreja, ou a Bíblia. Menos ainda sobre os apóstolos, mas agora que se tinham aproximado de mim, alimentavam um inesperado interesse sobre estes assuntos. Voltei atrás, e deslizei o pequeno indicador branco, extensão da minha própria mão no mundo dos *chips*, até um outro *link*.

"São João, o Teólogo. Santo e glorioso Apóstolo e Evangelista e amado amigo de Cristo, São João, o Teólogo, era filho de Zebedeu e Salomé, uma das filhas de São José, esposo de Maria. Nosso Senhor Jesus Cristo chamou-o para ser um dos Seus Apóstolos, juntamente com o seu irmão mais velho, Tiago. Os dois irmãos foram convocados no Lago Genezaré (Mar da Galiléia), e deixaram a sua família para seguir o Senhor.

Nosso Salvador tinha um grande amor pelo Apóstolo João, pelo seu amor oferente e a sua pureza de corpo e alma. Após ter sido chamado, o Apóstolo esteve com o Senhor em todos os momentos e era um dos três Apóstolos mais próximos de Cristo – ele esteve presente quando Nosso Senhor ressuscitou a filha de Jairo, e foi testemunha da Sua Transfiguração no Monte Tabor.

Durante a Última Ceia, ele deitou sua cabeça no colo do Senhor e perguntou-Lhe o nome do traidor. Após a prisão de Cristo, no Jardim do Getsêmani, São João seguiu o Senhor até à corte dos sumos-sacerdotes Anás e Caifás. Testemunhou o interrogatório do seu Mestre e seguiu-o até ao Gólgota, com o coração pesaroso.

Ele permaneceu aos pés da Cruz junto com a Mãe de Jesus e o Senhor Crucificado disse-lhes: "Mulher, eis aí teu filho". O Senhor então disse-lhe "Eis aí tua mãe" (Jo 19:26-27). Daquele momento em diante, São João, como um filho amoroso, cuidou da Santa Virgem Maria e serviu-a até à sua morte.

Após a morte da Mãe de Deus, o Santo Apóstolo João partiu para diversas cidades da Ásia Menor para pregar o Evangelho, levando com ele o seu discípulo Prócoro. Quando se dirigiam para Éfeso, por mar, uma terrível tempestade afundou o navio. Todos os viajantes consegui-

ram chegar a terra firme, excepto o Apóstolo, que se afundara. Muito triste após a perda do seu guia e pai espiritual, Prócoro decidiu partir sozinho para Éfeso.

No décimo quarto dia da sua jornada pelo litoral, ele viu que o mar havia trazido um homem para a praia. Ao aproximar-se, Prócoro viu que se tratava do Apóstolo João, que fora mantido vivo pelo Senhor durante catorze dias, no mar. Então, mestre e discípulo partiram para Éfeso, onde o Apóstolo pregou incessantemente para os pagãos. Durante a sua pregação ele fez inúmeros milagres, convertendo mais e mais pessoas a cada dia que passava.

Naquele tempo, porém, o imperador Nero (56 - 68 d.C.) iniciara a perseguição aos cristãos. São João foi levado a Roma para ser julgado. Por professar a sua fé em Jesus Cristo, ele foi condenado à morte por envenenamento, mas o Senhor salvou-o – após beber um cálice de veneno mortal, nada lhe aconteceu. Ele também saiu ileso de um caldeirão de óleo a ferver, no qual ele fora colocado pelo torturador.

Após tudo isto, o Apóstolo foi exilado para a ilha de Patmos, onde viveu por muitos anos. Enquanto estava a caminho do local de exílio, São João fez vários milagres. Ao chegar à ilha, a sua pregação e os seus milagres atraíram os ilhéus, que foram convertidos pela luz da Boa Nova. Ele também expulsou os demónios dos templos pagãos e curou muitos enfermos.

Feiticeiros com poderes demoníacos opuseram-se à pregação do Santo Apóstolo. O seu líder, um feiticeiro chamado Kinops, declarou que destruiria o Apóstolo. Mas o grande São João, pela graça de Deus, destruiu todos os ardis demoníacos de Kinops, e o arrogante feiticeiro suicidou-se lançando-se ao mar.

Então, São João retirou-se com o seu discípulo para uma colina desolada, onde jejuou durante três dias. Durante uma das suas orações a terra tremeu e os céus trovejaram. Prócoro atirou-se ao chão, assustado. O Apóstolo ajudou-o a levantar-se, dizendo-lhe para escrever o que ele iria dizer. "Eu sou o Alfa e o Ómega, o princípio e o fim, diz o Senhor Deus, aquele que é, aquele que era e aquele que vem, o Todo-Poderoso" (Apocalipse 1:8), proclamou o Espírito de Deus através do Apóstolo João. E assim, no ano de 67 d.C., foi escrito o Livro das Revelações, também conhecido como "Apocalipse", do Santo Apóstolo João, o Teólogo. Esse livro fala sobre um período de tribulação da Igreja e do fim do mundo.

Após o seu longo exílio, São João ganhou a liberdade e retornou a Éfeso, onde continuou o seu trabalho, instruindo os cristãos a terem cuidado com falsos profetas e os seus ensinamentos errôneos. No ano de 95, o Apóstolo escreveu seu Evangelho, em Éfeso.

Ele ensinava os cristãos a amarem o Senhor e a amarem-se uns aos outros, cumprindo desse modo os mandamentos de Cristo. A Igreja chama a São João o "Apóstolo do Amor", porque ele dizia constantemente que o homem não se pode aproximar de Deus sem amor.

Nas suas três Epístolas, São João fala da importância do amor a Deus e ao próximo. Já em idade avançada, ele soube de um jovem que se perdera ao juntar-se a um grupo de bandidos, e decidiu então sair em busca do rapaz. Ao ver o Santo Ancião, o jovem tentou fugir, mas o Apóstolo alcançou-o. Ele prometeu ao jovem que os seus pecados seriam perdoados se ele se arrependesse e não levasse sua alma à perdição. Movido pelo intenso amor do Ancião, o jovem bandido arrependeu-se e deixou a vida de crimes.

São João viveu até aos 100 anos, mais do que qualquer outro Apóstolo, e por muito tempo ele foi a única testemunha terrestre da vida terrena do Salvador. Quando chegou a hora do seu descanso, São João retirou-se para fora de Éfeso, acompanhado pelos seus discípulos e as suas famílias. Ele pediu que lhe preparassem um túmulo em forma de cruz, onde se deitou, pedindo em seguida para que os seus discípulos o enterrassem. Com muita tristeza e lágrimas nos olhos, os discípulos despediram-se do seu querido mestre, e embora tristes, obedeceram às suas ordens, envolvendo-o num sudário e cobrindo-o com terra.

Após o enterro, vieram outros discípulos visitar a sua sepultura para se despedirem. Ao abrir a cova, ela estava vazia.

A partir de então, a cada ano no dia 8 de Maio, saía do túmulo do Apóstolo uma fina areia, que curava as enfermidades dos fiéis. Por isso, a Igreja também celebra o milagre de São João, no dia 8 de Maio.

Nosso Senhor deu ao seu amado discípulo João e ao seu irmão, Tiago, o nome de "Filhos do Trovão", pois o trovão é um terrível mensa-

geiro, em seu poder purificador do fogo celeste. Foi justamente por este motivo que o Salvador destacou o carácter exaltado, ígneo e sacrificial do amor cristão, cujo principal mensageiro foi o Apóstolo João."

Extraordinário. Começava a compreender um pouco a paixão de Juliana por estes temas. Existia um imenso cosmos de milagres, mistérios e significados associados à Igreja, que influenciavam o mundo moderno, pelo menos em grande parte. Estudá-los seria como estudar a nossa própria humanidade. Preparava-me para abrir mais um ficheiro, quando o desconforto do leito improvisado provocou a libertação de Juliana dos grilhões de Hipnos.

– Perdoa-me, Gabriel, deixei-me adormecer. – desculpou-se com os cabelos desgrenhados e o olhar perdido, tentando orientar-se no meio daquele cenário medieval.

– Estás perdoada. Precisavas de descansar.

– E tu? Andaste na *net*? – reparou que eu lhe tinha tirado o computador.

– Andei a ler umas coisas sobre S. João. Muito interessante.

– Ainda bem que gostaste. E sobre a mensagem?

– Nada. Tentei umas palavras, mas nada. E tu? Encontraste alguma coisa? Ou devo perguntar se… sonhaste alguma coisa?

– Nem me lembro de sonhar. Mas enquanto resisti ao peso das pálpebras, estive a ler uns artigos sobre Latim e a consultar uns dicionários para ver se conseguia formar palavras com as letras que temos.

– E?

– E é muito difícil, porque existem muitas combinações possíveis, apesar de termos a sequência das letras definida. Tentei juntar grupos de palavras e deixar o "Google" fazer o resto. Mas nada. Apenas surgiram artigos que continham uma só das palavras e sem permitir qualquer relação com as outras. No entanto, tenho quase a certeza de que é Latim, por causa das terminações em "um". Não me recordo de qualquer outra língua com essa característica. O que não quer dizer que não exista.

- Temos que partir de algum pressuposto. Eu aposto no Latim. Além de que foi a língua oficial da Igreja durante muitos séculos. Faz todo o sentido.

Voltámos a Lisboa nessa tarde. Os avanços não tinham sido

de grande monta. Porém, tínhamos determinado uma certeza e uma premissa. O quadro era uma pintura de São João "o Teólogo", Apóstolo Evangelista. A língua expressa na mensagem tinha grandes probabilidades de ser Latim.

As buscas infrutíferas na Internet e os exercícios de linguística, infecundos, rabiscados nas fotocópias, preencheram dezenas de horas de pesquisa nos fins-de-semana que se seguiram.

CAPÍTULO VII

O aluno iniciara, com evidente nervosismo, a aproximação final à pista um sete. O atraso excessivo no voo de largada não era um bom presságio. À semelhança dos voos anteriores, este não tinha sido nada de extraordinário, muito pelo contrário. Ainda por cima, aquele era um dos dias em que o instrutor deveria tomar a difícil, e muitas vezes dolorosa, decisão de entregar, ou não, os comandos ao aluno na fase de aterragem.

O rapaz não era um ás da aviação, jamais faria parte da honrosa galeria onde figuram o Barão von Richthofen ou o célebre Major Alvega, companheiro dos meus tempos de leitor assíduo do Falcão (talvez até tenha sido esse bravo e destemido personagem o grande responsável pela minha precoce opção pela carreira aeronáutica), e alguém, mais tarde ou mais cedo, iria ter que o enfrentar com essa triste realidade. Mas agora o importante era aterrar o *Cessna* 152 em condições de ser reutilizado nos próximos dias.

Fui o mais parco possível nas palavras, limitando-me aos passos obrigatórios por *checklist*. Decidi não tocar nos comandos. Não se podia dizer que me entregara nas mãos de Deus, dado o meu carácter ateu, mas houve momentos em que senti próximo um prematuro encontro com São Pedro, e às portas do Céu, pois outro fim seria demasiado injusto. Como tinha sido possível aceitar este jovem como candidato a piloto? Bentes da Cunha! Ah, Claro! Bentes da Cunha, o senhor Comandante. O moço era filho do senhor Comandante da TAP. Nunca tinha percebido muito bem qual o facto científico que sustentava a existência de um genes aeronáutico hereditário. Tinha ali ao meu lado uma prova inequivocamente antagónica e exemplos semelhantes não faltavam. Contra mim estavam, porém, os registos da aeronáutica civil e militar, onde se podiam desenterrar verdadeiras dinastias.

– Alfa Victor Mike. Torre de Tires. Vento dois zero zero com doze nós, autorizado a aterrar. Pista um sete. Reporte final curta.

– Torre de Tires! *Alfa Victor Mike*! *Alfa Victor Mike*! Copiado! Copiado! – gritou o jovem Bentes da Cunha, enquanto tirava e punha potência com uma mão, lutava com o manche com a outra e dançava o fandango com os pedais, tudo isto a um ritmo alucinante.

À medida que a linha negra de alcatrão se ia alargando aos nossos olhos, o descontrolo da aeronave ia aumentando e eu começava a ver desenhar-se à minha frente a figura do porteiro dos céus.

"Potência! Potência! Pé esquerdo! Pé esquerdo! Asa direita em cima!" – ia pensando para mim mesmo numa tentativa desesperada para influenciar a perturbada mente do pobre rapaz.

– Não está mal, pois não? Talvez uns pezitos mais baixo do que deveria, eu sei. – comentou o aluno, puxando de repente o manche à barriga, o que provocou a subida exagerada do nariz do avião e a consequente e perigosa perca de velocidade.

– Como? – exclamei eu com dificuldade, devido à brusca e inesperada manobra que me colara à cadeira, e perfeitamente estarrecido com a avaliação do próprio. – Se não está mal? Não! Não está nada mal. Depende daquilo que o senhor Bentes da Cunha pretende fazer. Se a intenção for espetar com o nariz lá em baixo, eu creio que não seria capaz de fazer muito melhor.

O jovem candidato a aviador ficou paralisado com as minhas palavras. Para piorar a situação, o súbito entorpecimento afectara-lhe tanto a fala como os membros. A manete de potência estava bloqueada atrás, o que me impedia de acelerar o motor; o pé esquerdo bloqueou o pedal do mesmo lado, tal como eu lhe transmitira em pensamento; o manche estava completamente inclinado para o lado direito; estas duas últimas acções faziam com que o avião *glissasse* e se fosse afundando perigosamente. Simultaneamente, a Torre de Tires ia pedindo para confirmar que era o *Alfa Victor Mike* na final curta.

– Tires é o *Alfa Victor Mike*. Afirmativo. *Victor Mike* na final curta a borregar para nova aproximação. – respondi, substituindo o apático aspirante a piloto.
– *Victor Mike*, Copiado. Confirme que me está a ouvir cinco por cinco e que não tem problemas com a aeronave. – estranhou o controlador, dado o atraso na resposta às suas chamadas, bem como à anormal atitude do avião tão perto do solo.
– Tires, a ouvi-lo cinco por cinco e sem qualquer problema com a aeronave. Apenas a efectuar demonstração de voo lento na final. – repliquei com assertividade, para evitar mais perguntas do controlo.
Aquele não era o momento mais adequado para estar à conversa no rádio. O altímetro mostrava quinhentos e cinquenta pés e o velocímetro cinquenta nós. As leituras dos dois instrumentos aliadas à dificuldade que era retirar as mãos e os pés do meu pupilo dos comandos de voo, faziam-me suar abundantemente. Pensei que seria naquele dia o fim da minha honrosa carreira aeronáutica. Rapidamente, e sem vislumbrar alternativa, preguei um valente soco no queixo do rapaz. Sem soltar um ai, tombou para trás ficando encostado à cadeira, enquanto os auscultadores lhe saltaram da cabeça, embatendo violentamente na janela lateral. Os comandos estavam finalmente livres. Quatrocentos e vinte pés, quarenta nós. O avião começara a estremecer segundos antes, indicando que estávamos a voar abaixo da velocidade de perda. Para recuperar uma velocidade que me permitisse voar o avião, tinha que aumentar a potência e inclinar o nariz do avião para baixo. A duzentos e cinquenta pés acima do solo é uma resolução desesperada. Os campos verdes e as casas ocupavam todas as janelas do *Cessna* 152. Já não se via horizonte e muito menos o azul do céu.
– SÃO JOÃO! AJUDA-ME! – foram as únicas palavras que instintivamente pronunciei, durante os segundos que se seguiram. Manete de potência completamente encostada ao painel de instrumentos (perguntaram-me mais tarde se sabia porque estava o painel amolgado para dentro, na zona da manete de potência...) e o manche numa posição de compromisso, consentindo o nariz em baixo mas tentando não perder demasiada altitude. Por fim asas direitas. Cem pés acima do solo, quarenta e cinco nós. Aliviei um pouco o manche

para tentar ganhar mais uns nós. O imenso suor, que me escorria pela cara, provocava-me ardor nos olhos, fazendo com que estes fechassem e abrissem constantemente. Setenta pés, quarenta e cinco nós. A agulha do velocímetro teimava em não rodar. Cinquenta pés. As casas já tinham o tamanho normal, as pessoas cumprimentavam-me como se passeasse de automóvel. As linhas de alta tensão... Meu Deus! - percebi que mesmo sendo ateu podia invocar Deus, nem que fosse só para dimensionar a minha aflição. As linhas de alta tensão! Os cabos negros que voavam na minha direcção e à mesma altitude eram linhas de alta tensão. Dos casos que tivera conhecimento, os robustos cabos nunca tinham perdido uma batalha contra as pequenas aeronaves como a que eu tinha agora nas mãos. A minha preocupação passava agora por evitar causar danos em pessoas ou casas. Quarenta pés. Cinquenta nós. Voltei muito ligeiramente pela direita, alterando o rumo que nos levaria por certo a colidir com uma vivenda amarela, na qual se viam duas crianças a acenar para nós com grande satisfação. Quarenta pés. Cinquenta nós. A velocidade teimava em não aumentar. As linhas de alta tensão, que não desistiam do duelo, estavam a alguns metros de nós e já saboreavam antecipadamente mais uma vitória. Cerrei os olhos e os dentes, apertei o manche com força e senti que umas mãos agarraram as minhas e puxaram-no devagar para mim. Senti afundar-me na cadeira e esperei...esperei pelo choque, pelo barulho, pela confusão de peças, pedaços, formas e cores. Nada. Apenas o nó na barriga. Aliviei o manche, para não entrar em perda de novo e abri os olhos. Os riscos negros no céu tinham desaparecido. Cem pés, quarenta e cinco nós. À minha frente um campo verde de pasto e um pouco mais acima a linha do horizonte e depois azul... salpicado de branco. Aliviei um pouco mais o manche e desci quase até tocar na superfície, o suficiente para acelerar até aos sessenta... setenta...oitenta nós. Subi então devagar, sem sobressaltos. Limpei o rosto e as mãos, completamente encharcadas. Ao atingir os mil pés, olhei à minha volta e respirei fundo. As casas, as ruas, os carros, as pessoas, tudo se tinha afastado outra vez.

– Torre de Tires é o *Alfa Victor Mike* a voltar para o vento de cauda direito da pista um sete, para aproximação final.

– *Victor Mike*. Tires. Copiado. Confirme aterragem final.

– Afirmativo. *Alfa Victor Mike.*
– Copiado. Número um para aproximação.

Fiquei aliviado por não perceber na voz do controlador nada de extraordinário. Aparentemente, todo aquele incidente seria um segredo entre mim, o avião e os cabos de alta tensão, que a esta hora ainda deveriam estar a imaginar como é que eu tinha escapado. Esquecera-me de incluir Deus e São João. Também eles tinham partilhado aquela triste e quase trágica aventura. Talvez até tenham participado activamente…

Quando me preparava para reportar a volta para a perna base, reparei que o meu amigo Bentes da Cunha começava a despertar. Ainda meio atarantado, agarrou nos auscultadores e colocou-os na cabeça.

– Está tudo bem? – perguntei ao ver que o rapaz estava ainda desorientado.

– Claro. É meu! – retorquiu ele com um ar cândido e inocente, tentando pegar no manche.

Antes que ele tivesse oportunidade para fechar as mãos à volta do manche ou dizer outro disparate, preguei-lhe com outro soco em cheio no nariz. Sucumbiu novamente, encolhendo-se na cadeira. Uma vez mais os auscultadores saltaram pela cabine de voo, aterrando-lhe no colo.

Continuei o voo até à aterragem final. Parqueei o avião em frente ao hangar da escola e fui abrir a porta do lado esquerdo para retirar o aluno inanimado. Vieram logo ter comigo dois alunos que estavam à espera de avião para efectuar os seus voos de instrução.

- Então Comandante Sampaio, o que se passa com o Bentes da Cunha? – inquiriram com preocupação, enquanto me ajudavam a colocá-lo no chão.

– Não sei. Talvez se tenha sentido enjoado. – rematei sem grande convicção.

– Oh! Mas tem o nariz cheio de sangue. – notou um deles.

– É melhor levarem-no para dentro e dar-lhe um pouco de água para refrescar. Ele já fica bom.

Fui depois direito ao gabinete do director para propor a imediata eliminação do candidato Bentes da Cunha. Bati à porta. Ninguém

respondeu. Abri a porta e verifiquei que o gabinete estava vazio.
– Saiu. Só volta amanhã de manhã. – era o Carlos.
– Olá, Carlos. Precisava de falar com ele com relativa urgência. – afirmei desapontado. Queria terminar com aquele absurdo imediatamente.
– Calma, Gabriel. Pareces transtornado.
– E olha que o caso não é para menos. O filho do senhor comandante ia-nos matando.
– Estás a falar a sério?
– Claro que estou a falar a sério. Já alguma vez me ouviste brincar com estas coisas. O rapaz é mais perigoso que o pior *cumulonimbus*[2] que possas imaginar. Por mim deve ser desenganado e já.
– Sabes que o "Director" não gosta de eliminar ninguém. Diz que não é bom para o negócio. – disse o jovem piloto, torcendo o nariz.
– Olha, Carlos, comigo não voa mais e recomendo que ninguém lhe passe os comandos para as mãos outra vez. Vai acabar por se matar. E infelizmente não vai sozinho. Garanto-te que hoje só não morri porque o destino assim não quis.
– O destino? – riu-se Carlos.
– Pois podes não acreditar, mas não foram as minhas mãos que nos salvaram.
– Está bem. Quanto ao assunto do filho do comandante, vais ter que esperar até amanhã de manhã. Hoje, só se tentares falar com o chefe pelo telemóvel.
– Não. Prefiro falar com ele pessoalmente. Não consigo perceber como se podem aceitar este tipo de situações. Nem toda a gente nasce para isto e não me agrada andar a ver as pessoas a gastar dinheiro quando à partida se sabe que não vão conseguir ser largados e muito menos passar no exame do INAC.

---

[2] Os cumulonimbus são nuvens convectivas de trovoada que se desenvolvem verticalmente até grandes altitudes, com a forma de montanha, torre ou de uma gigantesca couve-flor. Têm uma base entre 300 e 1.500 metros e um topo que pode ir até 23 km de altitude podendo até ter quase 3 vezes a altura do monte Everest. São formadas por gotas de água, cristais de gelo, gotas muito geladas, flocos de neve e granizo. São alimentados por fenómenos de convecção muito vigorosos. Podem estar associados a todas as formas de precipitação forte, incluindo grandes gotículas de chuva, neve ou granizo. São capazes de produzir ventos fortes e tempestuosos, raios, trovões e mesmo, por vezes, violentos tornados.

Já ia a descer as escadas para o hangar quando o Carlos me gritou:

– Gabriel. Telefonou uma senhora para falar contigo. Juliana de Sousa. Perguntei-lhe se queria deixar recado, mas disse-me que tu sabias como contactá-la.

– Obrigado, Carlos. Eu sei quem é. Telefono-lhe mais tarde.

– Pareceu-me gira ao telefone. - Carlos sabia do meu intencional afastamento das raparigas e obviamente não perdia uma oportunidade para se meter comigo.

– *Roger*. Por sinal é até muito bonita. Se quiseres posso apresentar-te um dia destes. – foi com pouca convicção e com tímido ciúme que lhe endereci o convite.

Antes de sair da escola, fui certificar-me de que o infeliz Bentes da Cunha estava acordado. Pelo menos recuperara os sentidos, mas eram visíveis as feridas físicas e psicológicas. Perdera-se um piloto, mas tinha-se salvado uma vida. No mínimo.

Assim que entrei no carro, fechei a porta e respirei fundo. Aliviado. Podia ter perdido a vida naquela tarde. Fechei os olhos, coloquei as mãos no volante e esperei sentir o calor que sentira nas mãos quando pensei ir abalroar as linhas de alta tensão. O mesmo calor que se sente quando outra pessoa nos aperta as mãos. Imaginei o meu pai a equilibrar-me, com as suas mãos sobre as minhas, conduzindo os meus primeiros e curtos passeios de bicicleta.

Liguei o telemóvel e marquei o número da Juliana.

– Estou?

– Sim. Olá, Gabriel.

– Boa tarde, Juliana.

– Ainda bem que ligas. Queria muito falar contigo. Acho que decifrei a mensagem. – Juliana estava muito excitada, mas falava baixinho, o que aumentava a aura de mistério que nos prendera aos dois.

– Estás a brincar!? – começava também eu a ficar a ansioso. – Conta lá o que descobriste.

– Não. Vem ter comigo ao Conservatório. Espero aqui por ti.

– Está bem. Demoro talvez uma meia-hora.

– Despacha-te. Se não te mostro depressa, rebento. Estou na

sala de professores. Quando passares a porta principal, viras no corredor à direita. Depois é a terceira porta à esquerda. Até já.

Quando lhe disse também "Até já", já tinha desligado. Estava eufórica, perfeitamente enfeitiçada por aquele enredo.

Pouco passava dos trinta minutos previstos, quando bati à porta dos professores do Conservatório Nacional de Lisboa.

– Entre. – ouviu-se uma voz de homem de dentro da sala.

Abri a porta e espreitei à procura de um corpo para a voz. Não vislumbrei ninguém. Só se viam secretárias, cadeiras e armários.

– Boa tarde. Procuro pela professora Juliana. – disse eu, na esperança de obter resposta.

– A professora Juliana de Sousa está à sua espera. Pediu para aguardar um pouco. Pode sentar-se. – continuava a não haver uma cara para associar à voz que me autorizava a sentar-me.

Sentei-me numa cadeira e continuei a tentar encontrar o meu invisível interlocutor. De repente descobri uma batuta a esvoaçar, por detrás da perna de uma secretária. Levantei-me intrigado. A batuta estava segura numa mão que pertencia a um braço, que por sua vez parecia pertencer a um corpo que se encontrava deitado no chão. Era um homem forte, que já teria mais de sessenta anos, com uma cara bochechuda e uns olhos pequeninos escondidos atrás de um par de óculos redondos.

– O senhor está bem? – indaguei inquietado, ao perceber que de facto o homem estava estendido no chão.

– Já tive dias melhores. Bicos. - enquanto falava ia mexendo um braço, o tal que esvoaçava rente à alcatifa. O outro braço segurava uma pauta de música. Percebi que o homem conduzia uma orquestra imaginária, deitado no chão alcatifado da sala de professores.

– Bicos? – repeti, perplexo.

– Bicos, meu caro. Bicos de papagaio. Cravam-se nas costas como pregos no Corpo de Cristo.

– Ah! – exclamei. – Agora percebo.

– Pois é. Nesta figura, ainda que pouco decente, devo reconhecer, posso fazer aquilo que sentado ou em pé os malditos papagaios não permitem.

– Claro. Entendo. Por mim, não se incomode.

– Obrigado, meu caro rapaz. A professora Juliana vai com certeza dizer-lhe que sou um louco, rude e mal-educado, mas a verdade é que ao fim da tarde as minhas velhas costas já não têm forças para combater essas amaldiçoadas aves de rapina.

– Compreendo.

Apesar de ir mantendo a conversa comigo ia simultaneamente comandando a tão *sui generis* orquestra.

– E se for para casa, a minha mulher é ainda pior que a professora. Por conseguinte, prefiro ficar na escola. Até porque as pernas da minha mulher não se comparam às pernas…

Não pude deixar de escapar uma risada. Imaginei-a a ralhar e ele a espreitar-lhe as pernas.

A porta da sala abriu-se de repente.

– Maestro Policarpo, já chegou um… – não chegou a concluir a pergunta. - Olá Gabriel. Vejo que já conheces o maestro e os seus terríveis papagaios.

– Olá, Juliana. Sim. Acabei de conhecer o maestro… Policarpo.

– Muito prazer, meu caro Gabriel. – interveio o maestro, continuando a fazer dançar a sua batuta.

– Parece mentira, maestro. É assim que o Conservatório recebe as visitas? – Juliana piscou-me o olho ao repreender o maestro. Percebi então que os raspanetes da rapariga serviam apenas para desviar o olhar do maestro numa outra direcção que não a das suas elegantes pernas.

– Cara professora, tenha dó do sofrimento de um velho maestro. Sabe Deus o sacrifício que faço para fugir ao meu inevitável destino que é uma cama ortopédica. – e ao dizer isto também ele me piscou o olho. – Só o amor à música supera a lancinante dor do bico afiado dos diabólicos palradores.

– Vamos, Gabriel. Deixemos este velho fingido que ainda apodrece primeiro que a alcatifa. – Juliana puxou-me e riu-se para mim entre dois beijos.

– Adeus professora. - despediu-se o maestro com pena. – Até à próxima, meu caro amigo.

Fui praticamente arrastado, tal era o entusiasmo de Juliana, pelas escadas e corredores da famosa escola de música até chegarmos a uma sala de aulas.

– Esta é a sala onde se ministram as aulas de História da Música. Senta-te. Vou dar-te uma aula. Vou passar uns diapositivos com alguns tópicos. Se vires algo que te chame a atenção, diz-me.

– Por favor. Porque tens que tornar as coisas complicadas. Diz-me já o que encontraste – pedi desconsolado. Sabia que era mais um teste às minhas capacidades de observação.

– Meu caro Watson, quero que também tu sigas os meus passos, nem que seja para confirmar o meu raciocínio. Neste caso até nem tem muita aplicação, mas devemos conservar o princípio.

– Vá lá então, Sherlock. – aceitei conformado.

Juliana colocou o chapéu de professora de História da Música e foi passando os diapositivos, fazendo pequenos comentários em cada um deles.

Ia talvez no décimo diapositivo quando a interrompi:

– Juliana, espera. Importas-te de voltar atrás, por favor?

Ela parou a aula e sorriu.

– Não... Mais para trás. Esse. – era o sétimo diapositivo.

O Sistema das Sete Notas Musicais
(Monge Guido D'Arezzo – Séc XI)

Ut queant laxit
Ressonare fibris
Mira gestorum
Famuli tuorum
Solvi polluti
Labii reatum
Sancte Ioannes

– Tens contigo uma cópia da mensagem? – pedi eu à docente.

– Tenho. Toma. – estendeu-me a cópia.

Olhei para a cópia e para a parede onde estava reflectido o diapositivo. Comecei a comparar as letras. O turbilhão de letras e palavras que anteriormente me tinham passado pela mente, durante horas a fio, começavam a cair ordenadamente, peça a peça, encaixando-se num *puzzle* que se tornava cada vez mais nítido.

— *FAMULI TUORUM. LABII REATUM. MIRA GESTORUM. RESSONARE FIBRIS.* Esta é mais difícil. – seguia a ordem da cópia da mensagem. – Creio que só pode ser a primeira. A parte do LAXIT tira quaisquer dúvidas, não achas?

— Isso mesmo. Creio que tens razão. – concordou Juliana, visivelmente satisfeita. – Continua.

— *UT QUEANT LAXIT*…e finalmente, *SANCTE IOANNES*. Esta última não está completa. – adiantei.

— Pois não. E…

— E? – fiquei à espera de ouvir o que faltaria. Até agora tudo batia certo.

— E… não tens nada a acrescentar?

Lá vinha o fantasma do Sherlock. Contei as linhas da cópia e depois as linhas que a luz transportava até à tela improvisada. Na cópia, seis. Na parede, sete.

— Já percebi. Falta uma linha à mensagem. – cada vez me sentia mais Watson.

— E…

— Juliana, és impossível de aturar. O que é que foi agora?

— O óbvio. Não me digas que não achas nada de diferente entre as duas. Algo que seja relevante.

— Eu sei lá. – respondi enquanto olhava desesperado para os dois escritos, tentando descobrir algo de significante. – Talvez…a ordem das frases?!

— Claro, a ordem das frases! – exclamou. – Parece-me óbvio que a alteração na ordem das frases é um ponto-chave neste mistério.

— Provavelmente. – anui.

— Eu não acho que seja provável, tenho a certeza. Repara, o teu pai copiou a mensagem, ora seria improvável copiar linhas alternadas. Ele copiou-a como se copia um desenho e não um texto. Seria mais fácil que tu ou eu cometêssemos esse erro. – raciocinou a professora.

— Deve ser como dizes, Sherlock. E quanto à frase incompleta e à frase que falta? – questionei, tentando abrir uma pequena brecha nas suas teses.

Mas claro que a rapariga já tinha uma teoria para esses pequenos detalhes.

– Posso estar enganada, mas o teu pai pode não ter tido tempo para copiar integralmente a mensagem. E o facto de faltar o final da última, ou neste caso da penúltima, parece fazer todo o sentido.

– Muito bem. És capaz de ter acertado, até porque pelo que me lembro do meu pai, ele não era lá muito amigo de entrar nas igrejas. Deveria ter querido copiar o texto o mais rapidamente possível. Não que tivesse alguma coisa contra, pelo contrário até gostava que fôssemos à missa aos domingos. Ele costumava dizer que "Se não fizer bem, também não faz mal, é como o Melhoral."

– E o que era o "melhoral"? – até que enfim era ela a fazer perguntas.

– O Melhoral era um comprimido que existia antigamente, tipo aspirina. Servia para todas as maleitas, mas era uma espécie de placebo, com sabor a laranja.

Rimo-nos os dois. Não só pela história do Melhoral, mas também devido à exaltação que sentíamos por termos dado um grande passo na nossa investigação.

– Como é que descobriste este texto? – estava curioso por saber como é que ela tinha encontrado o texto.

– Por simples acaso. Vim dar um recado a uma colega que na altura estava a dar uma aula de História da Música. Quando entrei e olhei para a tela na parede, bati com os olhos no texto e fiquei absolutamente espantada. Num ápice, percebi as minhas dúvidas quando li a mensagem pela primeira vez, em Óbidos. Já tinha visto estas frases quando tive as aulas de História, durante o curso. Mas jamais iria conseguir lembrar-me. Assim que olhei para aquelas palavras na aula, fez-se luz na minha cabeça.

– E este texto foi escrito por aquele senhor? – referi apontando para o nome ainda exposto na tela.

– Sim. Monge Guido D'Arezzo. Ele aproveitou este texto sagrado, para conceber um sistema que permitia aprender música de ouvido. Ao texto associou uma melodia, curiosamente profana, que consistia num hino cantado pelas crianças em honra de São João.

Eu começava a gostar destas aulas particulares. Primeiro, porque os assuntos, apesar de estarem fora da minha escolha habitual, eram interessantes. E segundo porque, tal como o maestro Policarpo, sentia-me bem, perto daquela inteligente, culta e linda rapariga. "Continua...", ordenei eu em pensamento.

– Esta canção tinha inicialmente o objectivo de proteger a rouquidão dos pequenos. Cada linha começava com uma nota mais aguda que a anterior. A primeira sílaba de cada linha deste texto em Latim, deu nome às sete notas musicais. Claro que este foi apenas o alicerce que depois permitiu desenvolver o complexo sistema que actualmente utilizamos. Na altura era muito básico, mas extremamente útil para se obter uniformidade na expressão musical. Este sistema não é mais do que o solfejo que provavelmente já ouviste falar.

– Sim. Recordo-me das aulas de música do Preparatório e das batidas nas pernas para aprender o solfejo.

– Vês. Até sabes umas coisas. – gracejou Juliana.

– Um dia, Sherlock... Um dia... – atirei-lhe com ar ameaçador.

– Um dia, vais agradecer tudo isto que te ensino.

– Sim, Sherlock. Só não percebo o *UT* e o *SA*, na primeira e na última linha.

– O sistema foi sofrendo alterações e a sua complexidade foi também aumentando. No século dezanove, o *UT* passou a Dó e o *SA* a Si, muito por influência da escola francesa.

– Muito interessante. E para terminar a aula, vais traduzir-me o texto, presumo... – desafiei a minha professora.

– E porque não, meu caro? – acedeu rapidamente. – Queres apontar, ou fica de memória?

– Não posso acreditar! – era admirável.

– "Para que possam, de libertas vozes, ressoar as maravilhas das tuas acções, os teus servos, apaga dos impuros lábios a culpa, ó São João." – declamou ela.

– Estou sem palavras.

– Esta parte é o resultado das pesquisas desta tarde. – revelou Juliana ainda a troçar da minha cara de espanto.

Naquele momento, apeteceu-me abraçá-la e dar-lhe um beijo, mas não quis estragar o momento com uma situação que poderia tornar-se embaraçosa para os dois. Tentei compensar o abraço e o beijo com um convite para jantar, prontamente aceite. Havia agora muito para especular, perante as novas descobertas.

CAPÍTULO VIII

Passáramos o jantar a falar do texto, de São João, de segredos e mistérios, mas também, pela primeira vez, Juliana falou de si. Tinha nascido e crescido em Lisboa. Era filha única, os seus pais, ambos contabilistas, costumavam dizer que nem para ela tinham tempo quanto mais para irmãos. Esse fora aliás o seu maior desejo enquanto criança. No Natal, nunca pedia brinquedos. Durante muitos anos implorou ao Menino Jesus por um irmão ou uma irmã para brincar. O seu desejo nunca fora realizado. A sua precoce vocação para a música acabou por lhe trazer um piano, o que substituiu a falta de um companheiro para as habituais brincadeiras de criança. Também estas foram inevitavelmente postas de lado em detrimento das horas e horas que passava sentada ao piano. Fora da escola, a sua vida era um teclado branco e preto. Ao fim de pouco tempo, os rectângulos bicolores passaram a ser os seus maiores amigos. Diferenciava na perfeição a textura de cada um deles. Fechava os olhos e dedilhava, para a esquerda e para a direita. Os sons provocados pelo toque dos martelos nas cordas metálicas eram os gritos das crianças em alegre correria.

A forçada entrega ao piano e o dom inato, abriram-lhe as portas do Conservatório. Desde cedo, os professores lhe auspiciaram um futuro brilhante como pianista. Porém, porque as luzes do palco não lhe eram particularmente apetecíveis, decidiu enveredar pelo ensino, o que lhe dava imenso prazer.

Já passava das dez da noite quando chegámos a casa da Juliana.
– Não achas que já é um pouco tarde? – perguntei.

– Não. Quero sentar-me um bocadinho ao pé de ti e pensar no que descobrimos hoje.
– Descobriste! – corrigi prontamente.
– Sim. Mas tu também acabaste por descobrir. – adiantou ela com um jeito maternal, para que eu não me sentisse inútil.
– Está bem. Então ficamos até às onze, depois vou-me embora.
– Combinado. Até às onze.

Enquanto Juliana preparava um chá, eu fui olhando para uma cópia da mensagem do meu pai e para uma reprodução do venturoso diapositivo. Não restavam dúvidas de que o texto era o mesmo. Apenas as linhas estavam trocadas, ordenadas de forma diferente.

– Queres com ou sem leite? - gritou ela da cozinha.
– Com leite, por favor. – respondi – Posso ligar o computador?
– Podes, claro.

Juliana chegou com o chá. – Toma. Este é o teu. Posso saber o que vais fazer no computador?
– Estive a olhar para os dois textos. À partida, exceptuando a disposição das linhas, não encontro mais nada que possa sugerir o próximo passo.
– Partindo do princípio que há um próximo passo.
– Pensei nisso. Pode ser apenas um texto inócuo, escrito numa tela. Talvez o autor gostasse particularmente do texto. Contudo, por outro lado...
– Porquê a troca de linhas. – disse ela adivinhando o meu raciocínio.
– Exactamente. Porquê copiar um texto e trocar-lhe as frases?
– Para transmitir alguma mensagem que não propriamente o texto. Codificar alguma coisa.
– É uma hipótese bastante plausível. – acrescentei.
– Concordo que sim, Gabriel. Agora deixa-me confundir-te mais um pouco. –adensava-se o enigma.
– Mau. Então não me contaste tudo? – começava a ficar confuso. – O que foi agora?
– O São João do quadro é o apóstolo, o "Evangelista". O do texto é São João Baptista, o "Profeta" que baptizou Jesus.
– E isso é mau ou é bom? – perguntei desconfiado.

– Se queres que te diga…Não sei! Ainda não consegui estabelecer nenhuma relação entre os dois, a não ser, claro, o facto de ambos serem contemporâneos de Jesus Cristo.
– E agora? Eu ia ligar o computador para ver se encontrava algo sobre o texto do monge De Arrasa…
– D'Arezzo. Guido D'Arezzo.
– Ou isso. D'Arezzo. – empreguei o meu melhor sotaque italiano.
– Então vamos lá. Vai ao *Google* e escreve o nome do senhor. – ordenou.

Durante uns bons trinta minutos, lemos vários ficheiros sobre o frade músico. Quase todos faziam referência ao facto de ser ele o responsável pela invenção do solfejo, com ilustrações mais ou menos rebuscadas do texto que horas antes nos tinha trazido novo alento. Acho que ambos acreditávamos agora um pouco mais na possibilidade de existir um segredo escondido. Todavia, aquela personagem, que tinha vivido há mais de oitocentos anos, não se permitia a mais revelações.

– Temos um quadro de São João, sobre o qual foi escrito, ou pintado, um hino a João Baptista. As palavras do texto são como que uma espécie de pilar ou base para a Música. O quadro é do século dezasseis, o texto é do século onze. Por outro lado as frases do hino estão trocadas e partimos do princípio que o teu pai só não o escreveu todo porque por alguma razão não lho permitiram. – resumiu ela.

– E o quadro está na igreja de Santa Maria, que é a igreja matriz de Óbidos, e que esta se encontra em Óbidos, pois claro. E já agora, Óbidos está em Portugal e…

– E pára com isso. Daqui a pouco estamos na Via Láctea. O Watson era muito mais útil do que tu. – referiu Juliana. - Se bem que as primeiras observações possam não ser descabidas de todo. É importante, por vezes, distanciarmo-nos dos pormenores para poder ter uma perspectiva mais abrangente de um cenário qualquer. Podem existir peças do *puzzle* que isoladamente não têm importância, mas que quando nos afastamos e aumentamos a área de análise, possibilitam a criação de novas relações. Neste caso é ainda cedo para invalidar qualquer pedaço de informação.

– Vês. Ainda vais acabar por dar valor ao meu génio como investigador. – avancei sem grande convicção.

– É melhor esperar sentada, pois ainda pode demorar um pouco.

– Será?! E já pensaste em juntar as letras das notas de música, na ordem representada pelo meu pai?

Juliana parou por um instante. Quase que se ouviam os seus neurónios a correr de um lado para o outro, incansáveis, carregados de pastas com informação, distribuindo-a nos sectores apropriados. Depois pegou numa caneta e fez uns rabiscos nas costas da cópia da mensagem. Olhou para mim sem dizer palavra. Eu retribuí o olhar com ar de vitória, sem fazer ideia do que ela tinha escrito. Ela então virou o papel para mim, para que eu o pudesse ler.

"FA LA MI RE DO SI SOL
FALA MIRE DOSI SOL
FA LAMI REDO SI SOL
FALAMI REDOSI SOL"

– Creio que é isto que estás a sugerir. Os meus conhecimentos de Latim são manifestamente insuficientes para concluir se há aqui alguma sequência que faça sentido. – lamentou. - Mas vale a pena tentar. Amanhã vou falar com um amigo que talvez possa ajudar.

– Mas não vais dizer para o que é, pois não? – avisei com apreensão.

– Não. Claro que não. Mas devíamos procurar outros caminhos.

– E se usarmos a tradução que conheces, com a ordem das expressões alterada?

– Hum… Deixa ver como fica. – E começou a tentar lembrar-se das palavras que me tinha contado à tarde, na aula improvisada, enquanto olhava para as duas cópias.

– Alguma coisa tipo "Os teus servos, lábios a culpa, as maravilhas das tuas acções, vozes ressoar, para que possam libertas, São João, apaga dos impuros." - torci o nariz depois de me ouvir.

– Não me soa a nada. – referiu, enquanto bebeu mais um gole de chá.

– A mim também não. Mas ainda assim não devemos excluir esta hipótese. Eu estou como tu, ou pior do que tu, no que diz respeito ao Latim e pode ser que ao alterar a ordem das palavras se altere também o seu sentido.

– Talvez. – aceitou ela, com um ar pouco convencido. Depois dirigiu-se para um piano que dominava a sala de estar, esta já de si pequena, o que condizia com o restante apartamento de dimensões modestas.

Deixou a caneca de chá numa mesinha, sentou-se colocando uma das cópias no piano e pousou os dedos, delicadamente, no teclado. Dó, ré, mi, fá, sol, lá, si. Depois repetiu a melodia, mas mais pausadamente, e cantou o hino a João Baptista. Cada frase num tom cada vez mais alto, como se estivesse numa aula de canto, exercitando a voz.

Depois trocou de pauta e tocou a música que alguém deixara escondida no quadro da igreja. Fá, lá, mi, ré, dó, si, sol. Repetiu por diversas vezes a mesma sequência. Tentei recordar-me de alguma melodia que se assemelhasse aos sons que saíam do piano por ordem dos dedos de Juliana. Mas nada. A professora de música ia colorindo a sequência inicial, pouco a pouco, com harmoniosos acordes e diferentes tempos. Passados alguns segundos, o piano entoava uma música agradável.

– Descobriste a música, Juliana? – interrompi com entusiasmo.

– Não. Infelizmente não. Isto que estás a ouvir… inventei agora mesmo. – sorria enquanto continuava a bailar os dedos pelo teclado. – Receio que para resolver este problema tenhamos que nos concentrar no texto.

Bebi o resto do chá. A alegria provocada pela descoberta da tarde dava agora lugar à desilusão. Reparei que eram quase onze horas.

– Está na hora. Amanhã é dia de trabalho.

– Pois está. Mas não fiques assim. Hoje demos um passo em frente. – tentou reconfortar-me.

– Sim, eu sei. Mas gostava de saber mais e depressa.

– Amanhã, vou tentar saber se haverá algumas palavras que se encaixem na nova sequência das notas e qual seria a tradução para as palavras do teu pai. Talvez se consiga avançar mais um pouco.

– E eu não vou fazer nada a não ser esperar que tu saibas alguma coisa. – senti-me desprovido de utilidade.

– Não! Vai pensando também nos dados que já temos. Tenta relacioná-los. E tenta vê-los numa perspectiva de conjunto. – chegou-se a mim e deu-me um beijo na face. – Dorme bem. Assim que souber de alguma coisa, telefono.

– Até amanhã. Bons sonhos. - soube-me bem o toque dos seus lábios. Tive uma tímida vontade de a abraçar. Era a segunda vez.

CAPÍTULO IX

O dia seguinte, tal como eu previra, começou mal. Entrei no hangar decidido a falar com o dono da escola de aviação. Antes de chegar ao gabinete, onde na porta se encontrava escrito o pomposo título – Director de Instrução – avistei o homem alto, corpulento, careca por opção, a quem chamavam o "Director". Estava de costas para mim, a falar com dois alunos. Um deles era o Bentes da Cunha, o outro era um dos rapazes que tinha ajudado a retirá-lo do avião, no dia anterior.

Os rapazes falavam baixo, em surdina, e quando bateram com os olhos em mim calaram-se, comprometidos. O "Director" virou-se, ao ver a reacção dos seus interlocutores, suspeitando que se aproximava alguém.

– Ah! Sampaio! Ainda bem que chegou. Preciso de ter uma palavra consigo. Vocês, rapazes, podem ir à vossa vida. – disparou o velho piloto.

– Bom dia também para si, "Director". E eu também preciso de conversar consigo. – respondi com alguma brusquidão.

Reparei que o alvo do meu problema apresentava ainda traços visíveis do tratamento que tivera necessidade de aplicar para nos manter vivos. Dirigi-me atrás do director até ao seu covil.

– Entre e sente-se.

– Com licença. – e sentei-me.

– Qual é o assunto? – questionou-me ao puxar por um charuto, que se entreteve por uns segundos a rodopiar entre os dedos.

– Creio que deve ser o mesmo que o seu. O Bentes da Cunha.

— E que é que se passa com o Bentes da Cunha? – continuou, enquanto colocava o charuto apagado no canto da boca.

— O que se passa é que o moço deve procurar outra actividade. Esta pode trazer-lhe graves dissabores. A ele e a outros que nada têm que ver com ele. – fui directo ao assunto, pois não estava para enrolar aquilo que era evidente para os dois.

— E porquê?

— Porquê?! – repeti, irritado com a calma encenada do homem. – Por acaso já fez algum voo com ele?

— Por acaso já. E qual é o problema com o rapaz?

— O problema é que o rapaz não tem a mínima aptidão para a pilotagem. Não consegue ser coordenado. Cada vez que fala no rádio, estica um pé e puxa uma mão. Não sente o avião. Não percebe os procedimentos. Eu sei lá…É um rol de disparates que vão acabar por matá-lo se ninguém parar com esta imbecilidade.

— Não concordo com a sua avaliação. O Bentes da Cunha apenas precisa de tempo.

— De tempo?! O miúdo tem tempo para se matar, não precisa de ser agora, nem aqui. Além disso já falou com os outros instrutores?

— Os reportes não são de espantar, mas também não me parece que seja preciso chegar a tanto. E muito menos ao ponto de esmurrar o rapaz.

Tal como eu receara, o "Director" ia agora castigar-me com a violência, aparentemente gratuita, a que eu tinha sujeito um dos seus alunos.

— Antes que tire conclusões precipitadas, permita que eu lhe conte como tudo se passou.

— Estou ansioso. – disse o director ao encher os pulmões com o ar filtrado pelo charuto, que tinha acabado de acender.

Durante os minutos seguintes, tentei reviver com o maior detalhe possível todo o voo com o Bentes da Cunha, enfatizando as duas aproximações e especialmente o desempenho do jovem aluno. O director não parecia impressionado perante o cenário que eu ia descrevendo.

— Sim… Sim… Estou a ver…

Quando terminei, esperava outra reacção.

– E? É só isso que tem para argumentar?

Fiquei abismado. "Como só isso? O miúdo ia matar-nos aos dois!" – pensei antes de verbalizar.

– Desculpe. O aluno ia entrar pelo chão dentro. – inadvertidamente tornei o meu discurso mais formal. – Não cumpriu nenhum dos procedimentos estabelecidos. Não verificou nem velocidades, nem altitudes, em todo o circuito. E quando percebeu que se ia matar ficou completamente bloqueado. Parecem-me razões mais do que suficientes para elaborar um processo de eliminação que, não estarei muito enganado, será corroborado por qualquer teste psicotécnico.

– Sampaio, estive a falar com o pai do Bentes da Cunha. Está ainda a decidir se apresenta, ou não, queixa contra si. O rapaz está a pensar em desistir do curso, o que vai contra todos os desejos do pai para o futuro do filho. Por outro lado, se o Comandante Bentes da Cunha apresentar queixa, o assunto vai transpirar para os jornais e a escola vai ser bastante falada, mas como compreende pelos piores motivos.

Respirei fundo, o director estava a encostar-me à parede mas ainda não tinha dado a estocada final. Passaram-me várias hipóteses pela cabeça, mas como quase sempre acontece não acertei em nenhuma delas. O veredicto final cortou-me a respiração.

– Meu caro Sampaio, se quiser continuar a ser instrutor nesta escola, vai pedir desculpa ao aluno Bentes da Cunha aqui neste gabinete, na minha presença e na presença dos dois alunos que o ajudaram a retirar da aeronave. – tornou a aspirar o ar através do charuto e fez um ligeiro compasso de espera, dando a entender que não tinha terminado de ler a sentença e cortando qualquer tentativa de réplica da minha parte. – Depois vai voar com ele e largá-lo.

Se a primeira parte do acórdão era desproposida, então a segunda era absolutamente inacreditável. – O senhor director – o incremento de formalidade era agora propositado. – não percebeu. Em primeiro lugar, esmurrei o aluno Bentes da Cunha, não para o agredir ou violentar, mas para o retirar de um estado de profundo bloqueio que me impedia de controlar a aeronave e, assim, salvar a minha e a vida dele. Não lhe devo qualquer desculpa. Segundo, eu jamais voarei de novo com o senhor Bentes da Cunha aos comandos.

Mesmo que isso custe o meu lugar de instrutor.

– Você é um excelente piloto, mas esta escola é a minha vida e não vou permitir que seja você a ditar as regras da casa. O pai do Comandante Bentes da Cunha era piloto-aviador. O filho do Comandante Bentes da Cunha será piloto-aviador, quer você queira, quer não.

– O senhor é que devia pedir desculpa ao Bentes da Cunha, por ter deixado que ele andasse enganado durante tanto tempo. Deixou-o criar ilusões sobre uma profissão que não está na sua natureza. Quanto ao meu lugar na escola, é uma decisão do senhor director que não vou perder tempo a contestar. Como referiu, a escola é sua e fará dela o que bem entender. Espero, porém, nunca ser chamado a testemunhar sobre a sua credibilidade. As minhas palavras apenas reflectirão a verdade do aqui se tem passado. O caso do Bentes da Cunha apenas exacerbou a ausência de critérios rigorosos na selecção e admissão de candidatos. O senhor tem regido a escola através de parâmetros que, no mínimo, são altamente discutíveis: dinheiro e influência.

– Não me venha com tretas. A escola está conceituada no meio aeronáutico, como uma das melhores instituições deste país. – o homem perdeu a calma quando percebeu que o desfecho final não era o esperado. – E deixe-me avisá-lo que não será fácil arranjar novo emprego aqui em Tires. Farei questão disso mesmo.

A ameaça não me surpreendeu. O velho piloto tinha consciência de que nada daquilo que eu dissera era mentira. A escola, embora conhecida por "brevetar" nomes conhecidos da família aeronáutica, usava e abusava de uma grande latitude nos padrões de exigência, da qual era paradigma o caso Bentes da Cunha. Alguns nomes famosos da aviação portuguesa continuavam a rasgar os céus, de forma negligente e perigosa, muito por acção dos inusitados valores da Escola Aeronáutica Millenium.

A única maneira do "Director" não ver a reputação da escola ser beliscada era, obviamente, desacreditar-me. Sabia que, mal saísse do gabinete, o director ia encetar uma série de contactos, pelas várias escolas e clubes implantados no aeródromo de Tires, que inviabilizariam qualquer aproximação da minha parte. Por outras palavras o meu nome estava queimado, inscrito na lista negra da aviação.

    Levantei-me e encarei o "Director". A discussão estava terminada. Todas as cartas tinham sido jogadas. O Bentes da Cunha iria ter uma nova oportunidade para, pelo menos, despedaçar um avião. O director da escola ia manter a sua reputação entre os seus pares. E eu tinha que arrumar as minhas gavetas, que pertenciam a uma secretária que era partilhada com o Carlos.

    – Bom dia, senhor director. Irei agora mesmo buscar as minhas coisas e entregar o meu cartão.

    – Passe bem, senhor Sampaio. A contabilidade acertará as contas consigo. – respondeu o director com frieza. O charuto deixara os seus lábios, permanecendo entre os dedos, denotando preocupação.

    O caso em questão não era o primeiro. Já tínhamos tido algumas diferenças de opinião sobre diversos alunos, mas nunca me tinha deparado com um caso tão evidente de falta de aptidão. Caso tivesse sido conivente com o director e mais tarde ocorresse algum acidente, o que era inevitavelmente previsível, a minha consciência jamais me perdoaria. Seria como um assassínio premeditado.

    Apesar da profunda tristeza que me consumia, estava seguro da minha opção. A única escolha válida que me fora apresentada. Como sentiria falta da Avioneta. Tínhamos sido companheiros do ar durante alguns anos. Quase dez anos. E agora?

    – E agora?! – perguntou-me o Carlos incrédulo com o que se tinha passado. – Tu tens a certeza do que estás a fazer?! Não é o ordenado da TAP, mas não se ganha mal. E até gozamos mais que os gajos! - prosseguiu ele, referindo-se à relativa liberdade que tínhamos no espaço aéreo, face aos pilotos das grandes companhias.

    – Eu sei Carlos. Compreendo o que dizes, mas há princípios que não podemos contrariar. Este é um deles. Não posso matar um miúdo e sabe-se lá quem mais.

    – Achas mesmo que o puto ainda se mata? De facto, o João Peralta – outro dos instrutores da escola. – Também me confidenciou que ele não tinha jeito nenhum. Mas sabes como é, ninguém quer falar em eliminações ao "Director". – concluiu o jovem instrutor.

    – Esse é o grande problema desta escola. Todos têm que passar, até ao dia em que a Nossas Senhora do Ar tiver tanta gente a quem acudir, que acabe por se esquecer de alguém. Depois vão começar a fazer perguntas e nessa altura eu já não quero estar por cá.

– Espero que estejas enganado, Gabriel.

– Bom. Deixa-me arrumar as coisas. Se fizeres favor, ficas com o meu cartão e depois devolves mais tarde aos serviços do aeródromo. Não me apetece ir lá agora porque já sei que me vão fazer perguntas, às quais não me apetece responder.

– Olha lá, e já sabes para onde vais? Falaste com alguém?

– Ainda não. Nunca me passou pela cabeça que o homem me viesse com aquela conversa. Mas sei que aqui em Tires não tenho qualquer hipótese. Ele conhece toda a gente, há muitos anos. E há muita gente que lhe deve favores.

– Porra! Isto não vai ser o mesmo sem ti. Basta pensar na Avioneta. Quando se aborrecer, ninguém a põe a voar. Vai acabar por ser encostada e apodrecer. – lamentou o Carlos.

– Se eu tivesse dinheiro, comprava-a. Mas ele deve querer uma fortuna por ela e além disso, enquanto voar faz-lhe falta. – suspirei, começando a sentir saudades do meu fiel avião.

Despedi-me do Carlos com um abraço forte, desejando-lhe bons voos. Combinámos encontrarmo-nos com frequência, mas eu sabia que não voltaria a Tires tão depressa. Tinha que procurar um novo emprego, seguramente longe dali.

Fui depois cumprimentar os dois mecânicos que trabalhavam para a escola. Também eles me viam partir com pena e admirados com a repentina notícia. Claro que não lhes disse quais as verdadeiras razões da minha decisão, mas o seu semblante e as suas palavras deixavam adivinhar algum conhecimento sobre o que se passava. – Talvez o senhor tenha razão. A escola já teve dias melhores.

Antes de abandonar de vez as instalações da escola, tinha que fazer uma última tentativa. Fui até à sala de alunos. Assim que entrei, vi a minha suposta vítima à janela. Os outros alunos preparavam com afinco o voo seguinte, entretidos com cálculos e marcações nas cartas. Nenhum deles reparou em mim até eu falar.

– Rapazes, preciso de falar com o Bentes da Cunha. Importam-se de sair? – pedi com delicadeza. Ainda assim, ficaram todos assustados com a minha presença. À excepção do rapaz com a face ainda pintada de um vermelho azulado. Esse ficou petrificado, com as mãos junto ao peito, em posição de defesa.

– Claro que não. – respondeu um deles prontamente. – Vamos. – e saíram apressadamente, sem sequer olhar para trás.

– O... O... O que... é que o...senhor quer? – gaguejou o aluno.

– Descansa. Não te quero fazer mal. – tentei que ficasse à vontade, só assim me poderia escutar. – Tal como ontem não te fiz mal. Apenas te salvei a vida.

O rapaz permaneceu mudo, mantendo a postura inicial.

– Quero falar contigo. Como um pai fala para um filho. – sentei-me perto da janela e puxei uma cadeira para ele. – Anda. Senta-te aqui ao pé de mim.

Embora desconfiado, acabou por aceitar o apelo. Contudo, manteve as mãos como se fosse um pugilista. Resolvi tratá-lo pelo primeiro nome, o que nunca se fazia com os alunos.

– Hélder, quero que me ouças com atenção. Com certeza, imaginas qual foi o teor da conversa com o director. A minha opinião vale o que vale. Ele é mais experiente do que eu. É instrutor há muitos mais anos. Mas eu sempre tive a sensação de que vocês confiavam em mim. Assim como, nada tenho a ganhar, quer tu sejas "brevetado" ou não. Para o director é melhor que tu passes no curso. As eliminações não são boas para o negócio e no teu caso, o teu pai também não ia ficar satisfeito.

O aluno Bentes da Cunha continuou calado, com uma expressão tensa. As mãos tinham descido um pouco. Abriam-se brechas no seu muro protector.

– Sabes que há muitas actividades na vida que nos dão grande prazer. Voar é uma delas, se nos sentirmos confortáveis e seguros. De outro modo, pode ser um sofrimento atroz, absolutamente dispensável. Tu és um rapaz inteligente e deves compreender que tens dificuldades básicas que muito dificilmente vais ultrapassar.

– Eu... Eu detesto voar. – os seus olhos começaram a ficar inundados. – Tenho medo.

A inesperada interrupção roubou-me as palavras que eu já tinha preparado, segundos antes.

– Estou aqui para fazer a vontade ao meu pai. Desde pequeno que ele me leva para os aviões e me obriga a ir voar com ele.
– Mas porque é que tu não...
– Se eu lhe dissesse que não queria ser piloto, acho que morria de desgosto. – as lágrimas caíam com intensidade, molhando-lhe as palavras.
– Mas tu tens que lhe dizer. Não podes deixar que ele decida a tua vida.
– Eu sei. É muito fácil dizer mas sempre que tento tocar no assunto, ele vem com as histórias da nobreza, da bravura, da coragem e da honra e do raio que o parta. Há tanta coisa que eu gostava de fazer. Gostava tanto de ser músico.
– Músico?!
– Sim. Músico. Estudei música quando era pequeno mas depois o meu pai convenceu-me a deixar a música e a dedicar todo o meu tempo livre aos aviões.
– Que tu sempre detestaste?
– Hum. Hum.
– Já percebeste o que eu te queria dizer. Eu acabei de ser despedido por não concordar com a tua largada. Se tiveres coragem para enfrentar o teu pai e desistires, dou por bem empregue a discussão com o director. Está nas tuas mãos determinares a tua vida.

O jovem candidato tinha conseguido estancar as lágrimas, mas ainda soluçava. – Tem razão, senhor instrutor. Vou tentar.
– Já não sou teu instrutor, mas conheço uma pessoa que pode ser tua professora. – dei-lhe uma palmada no ombro, aliviado com o rumo do diálogo.
– Não percebo. – estranhou o aluno.
– Tenho uma amiga que é professora no Conservatório Nacional, em Lisboa. Talvez te possa ajudar. Se me prometeres que falas com o teu pai, eu prometo que falo com ela.

O rapaz estendeu-me a mão direita, enquanto limpava os olhos com a outra.
– Combinado.
– Está combinado. Aponta o meu número de telefone. Assim que tiveres novidades telefona. – e levantei-me, apertando com força

a mão do jovem Bentes da Cunha. – Desculpa os socos, mas acredita que foi para nos salvar.

– Eu sei, Comandante Sampaio. Eu confio em si. – disse ele, baixando a cabeça, envergonhado.

Apesar do péssimo início, o dia parecia querer clarear. Talvez tivesse acabado de salvar uma vida, que alguns teimavam em atentar.

Tinha saído de Tires com uma mistura de sentimentos. Tristeza e alegria, desilusão e esperança, raiva e tranquilidade. Do meio de todo este novelo, soltava-se uma ponta – confusão.

Queria desabafar com Juliana, mas detestava incomodar os outros com problemas meus. Incómodo, talvez não fosse o adjectivo mais correcto. Desconfortável. Não me sentia confortável quando a minha vida era estripada por estranhos. E já há muito tempo que, excluindo-me a mim próprio, todos eram estranhos. Era mais fácil assim.

Todavia, Juliana já penetrara no meu santuário. Melhor, eu puxara-a para dentro e agora não a podia, nem devia, expulsar. Seria injusto. "Porque não?" – pensei. – "Porque não hei-de falar com ela? Mais tarde ou mais cedo, vou acabar por lhe contar. E além do mais, preciso de arranjar alguma coisa para fazer. O dinheiro chega para dois ou três meses."

– Fico triste por ti, Gabriel. Imagino como te deves sentir. E ainda por cima, assim de repente, sem esperar. – confortou-me ela quando terminei de desbobinar o filme da manhã.

– E o pior é que não tenho ideia do que procurar. Desde os dezoito anos que ando nesta vida. Não me consigo ver a fazer outra coisa.

– Watson, não desesperes. Tudo se vai arranjar.

– Só tu me fazes sorrir, nestas circunstâncias, Sherlock. – suspirei.

– Achas mesmo que ninguém te vai aceitar como piloto. – insistiu ela. – Deves ser muito competente e acredito que terás muito jeito para ensinar.

Prolonguei o sorriso com o gracejo e respondi – O "Director" vai preservar o nome da escola a todo o custo e para isso vai precisar de denegrir o meu. Se quiser continuar a voar vou ter que ir para o

Algarve ou para Trás-os-Montes.

– Isso não! Não gostava que fosses para longe. E a nossa pesquisa?

– Continua. Mesmo que seja mais devagar, continua. Por falar nisso, falaste com o teu amigo do Latim?

– Falei. Ele disse-me que, à partida, não há ali nada que aponte para palavras ou expressões em Latim. Quanto ao texto, diz ele que não faz o menor sentido. No entanto, ia verificar alguns manuais com expressões idiomáticas menos correntes.

– Não te perguntou para o que era.

– Claro que sim. Disse-lhe que era um texto de música, antigo, que estávamos a analisar no Conservatório. Não menti, mas também não lhe revelei nada.

– Fizeste bem. Mas estamos na mesma. – Adiantei, desconsolado.

CAPÍTULO X

Chegara o mês de Junho, o calor fazia sentir-se com maior intensidade, incitando a uns mergulhos no mar. Eu e Juliana passávamos muito tempo juntos. As portas do meu recinto sagrado, depois de abertas, tinham permanecido escancaradas para ela. Passámos a entrelaçar as nossas vidas com mais frequência.

As borboletas, que no princípio esvoaçavam desaustinadas, tinham agora um voo mais governado, o que não deixava de ser doloroso e desconcertante. Intimamente, eu queria dar mais um passo. Repreender e acalmar as traquinas criaturas que não se cansavam de me infernizar o estômago.

A beleza, o carinho e a doçura daquela mulher, continuavam a alimentá-las e a fortalecê-las. Mas o medo de as matar era maior do que a vontade de as ver pousar tranquilamente nos dourados e verdes campos que certamente existiam dentro de mim. Muitas vezes me perguntava se não estaria também ela sob o terrível cerco das borboletas. Seria seguramente mais fácil se ambos estivéssemos a combater o mesmo inimigo. Celebrar uma aliança que as obrigasse a aterrar, sem baixas a registar para nenhum dos lados. Sem danos colaterais. Seria o tempo, velho e fiel conselheiro deste mundo, a decretar o juízo final do conflito.

O tal fulano do Latim tinha fechado definitivamente o caso das hipotéticas palavras e expressões, eventualmente escondidas na mensagem. Havia que descobrir novos indícios que abrissem outros caminhos. Óbidos. Era o local ideal para consumar os dois grandes objectivos a que nos propuséramos. Procurar novas pistas e refrescar

o corpo nas frias águas do Atlântico.
 Começava a não haver caminhos por descobrir que nos levassem ao cândido e amuralhado casario medieval. Desta vez, resolvêramos contornar a costa do Oeste. Saímos de Lisboa, cedo pela manhã, o Sol ainda se espreguiçava quando apanhámos a marginal na direcção de Cascais. Depois continuámos pelas estradas sinuosas que nos foram apresentando a Foz do Lizandro, as praias da Ericeira e de Santa Cruz, o Vimeiro, os areais da Consolação e da Areia Branca, e finalmente Peniche. A velha cidade piscatória marcava o ponto de inflexão para o interior, na direcção de Óbidos. Juliana já estava cansada da viagem e eu concordei imediatamente com ela quando me suplicou para pararmos um pouco:
 – Preciso de me esticar, mexer as pernas, e de apanhar ar fresco. Já me começo a sentir meio enjoada de tantas curvas.
 – Eu também. – assenti prontamente – E estou cheio de sede. O calor já está a apertar.
 Estivemos durante algum tempo junto ao farol do Cabo Carvoeiro. Exercitámos o corpo enquanto olhámos o mar revolto provocado pelas duas massas de água que se confrontavam apadrinhadas pelo pequeno promontório continental. Curiosas eram, no mínimo, as formações rochosas que separavam a terra do mar. Pareciam fatias de matéria, com formas definidas, coladas umas às outras com meticulosa dedicação, desenhando estranhas construções verticais. Algumas, formando pequenas torres, até já se haviam despedido da mãe-terra e haviam iniciado uma viagem intemporal, rumo ao seu inabalável destino. Faziam lembrar-me os bolos de bolacha, com que a minha mãe nos presenteava, a mim e à minha irmã, quase todos os domingos.
 – Ela ia sobrepondo camadas de bolacha Maria, embebidas em café, coladas entre si por uma generosa camada de creme de manteiga, que servia também para, por fim, barrar a doce construção. – descrevi assim, rapidamente, uma das mais famosas receitas de doçaria da minha mãe, que porém não explicava a enigmática origem daqueles bastiões que, desde há tempos incontáveis, sustinham a fúria das águas do oceano.
 – Gabriel, já falaste tanto sobre o teu pai, mas nunca sobre a tua

mãe ou a tua irmã. – inquiriu Sherlock. – Estão zangados?

– Não. Está tudo bem com a minha mãe e também com a minha irmã. E talvez por isso não fale tanto delas. – respondi, deixando o olhar perder-se na lonjura do mar. – Falar do meu pai é um acto de conciliação, uma forma de apaziguamento. Com a minha mãe e com a minha irmã existe um acordo tácito, umbilical, que nos permite a distância e o silêncio, sem falhas de relacionamento. Mesmo que estivesse anos sem ver a minha mãe ou a minha irmã, creio que tudo seria absolutamente tranquilo e sereno quando nos reencontrássemos. Sem cobranças, nem acusações de qualquer espécie. O não falar delas ou com elas não implica que não pense nelas ou que não as traga no coração. Existem entre nós laços inquebráveis e intemporais. Todas as semanas falo com a minha mãe, nem que seja pelo telefone, especialmente depois da morte do meu pai. Já com a minha irmã, posso estar meses sem a ouvir, mas quando falamos de novo é como se tivéssemos estado juntos no dia anterior.

– Acho esquisito – estranhou Juliana. – porque na minha família esse tipo de comportamento seria considerado uma falta de respeito, uma espécie de deserção. Então quando surgiram os telemóveis ainda foi pior. Quando saía à noite, tinha que telefonar de hora a hora. Era quase doentio. E até agora, que vivo sozinha, tenho que telefonar aos meus pais várias vezes por dia, só para informar que está tudo bem.

– Sabes que como és muito bonita, têm medo que te roubem. Se fosses feia…– e sorri para ela, com os olhos semi-cerrados pelos reflexos de luz que viajavam na crista das ondas amotinadas.

– Pois claro. – concordou com ironia a comandante do corpo de guerreiros alados que de repente me assaltou as entranhas.

– Vá. Pés ao caminho. Já falta pouco. – e ao proferir estas palavras, tentava vencer as terríveis forças da natureza que me impeliam para junto dela.

Ela virou-se para mim com aqueles olhos graciosos, apenas breves instantes que duraram séculos, e depois varreu a terra e o mar pela última vez. – Vamos. São quase onze horas.

Invariavelmente, dirigimo-nos à igreja matriz. A vila estava repleta de turistas, na sua grande maioria estrangeiros. Espanhóis, italianos, nórdicos e japoneses. Era difícil distinguir, entre o burburinho próprio das multidões, a língua portuguesa. Muito raramente se soltava um vocábulo lusitano. Para evitar os magotes de gente que se adivinhavam na Rua Direita, assim que entrámos pela Porta da Vila, descemos à direita pela Rua Josefa de Óbidos, até à Igreja de S. Pedro. Depois prosseguimos pela Rua Padre António de Almeida e entrámos na Praça de Santa Maria pela escadaria que ladeava a Igreja da Misericórdia.

A nossa identidade jamais fora questionada, a não ser quando entrámos uma vez mais no templo.

Escondido por detrás das fortes lentes de uns óculos, um par de olhos dobrou repentinamente o seu tamanho. - "Cá estão eles outra vez! Já não era sem tempo!"

Tal como nas visitas anteriores, a igreja albergava pouca gente. Três mulheres encontravam-se ajoelhadas, nos bancos da frente, em óbvio acto de prece. E também vislumbrei junto à porta da sacristia, à esquerda do altar, a nossa velha conhecida guarda do templo.

– Lá está a nossa amiga. – informei Juliana, indicando com a cabeça a direcção da sacristia.

– Deixa-a estar sossegada. Se nos descobre vai começar com perguntas e eu quero poder observar a igreja descansada. – recomendou a pseudo detective.

– Fica descansada. Serei invisível.

– Isso. Invisível é bom...

Entretive-me a verificar detalhes como inscrições nos azulejos, no chão de pedra, coisas em que jamais iria reparar não fosse o interesse incutido por aquela mulher que me ocupava todos os sentidos. Não conseguia estar mais do que uns curtos minutos sem olhar para ela. Escrevia no bloco, depois olhava para o interior da igreja, depois levantava-se, parecendo contar os passos que dava, e voltava a sentar-se para se fechar no bloco de apontamentos. Curiosamente a velha guardiã não nos incomodou. Pensei que já não estaria para se apoquentar, até porque não tínhamos aspecto de criminosos.

Junto ao altar, que me escusei profanar para não trespassar a linha imaginária que dividia o terreno do divino, olhei para trás e reparei no órgão de tubos que estava numa espécie de varanda que cobria a entrada do templo. Era um instrumento lindíssimo. Nunca tinha escutado, ao vivo, o som de tal instrumento. Será que ainda funcionaria?

De repente, a porta da sacristia abriu-se, e apareceu o padre – um homem de estatura mediana, com inequívocos sinais do pecado da gula, envergando a sotaina própria do sacerdócio católico apostólico romano – seguido de muito perto pela conhecida guarda. Discutiam. O sacerdote vinha visivelmente aborrecido e resmungava com a idosa. Voltou-se para trás fitando um hipotético horizonte, que passava muito acima da cabeça da velhota:

– Quantas vezes será preciso repetir que quem manda aqui sou eu! Já disse que não! E não quero voltar a ser incomodado com este assunto! – e com estas palavras retomou a direcção inicial, inclinando a cabeça para cima e fazendo um gesto de desprezo com a mão direita.

– Mas e …- insistiu a pobre mulher.

O homem de preto parou. Por alguns segundos ficámos todos em suspenso. Eu, as três mulheres que tinham interrompido as orações, devido ao tom de voz do padre, e até Juliana que parara as suas anotações para ver o final daquele invulgar episódio.

Sem alterar o seu rumo e mantendo o porte altivo, o homem disparou – É surda?!

A mulher curvou-se perante o peso da autoridade e certamente também da vergonha, sem deixar que o seu corpo produzisse o mais pequeno sinal de resposta, prostrando o olhar nas pedras do chão.

Num acto reflexo, fiz ouvir a minha voz – Sr. Padre, por favor… – e avancei para ele. Dava assim espaço e tempo para a mulher, guardiã do templo, se afastar do local e do constrangimento. Não era de todo apropriado tratar a idade daquele ser humano com tanta rudeza e despudor. E ainda por cima um sacerdote e dentro de uma igreja. Era uma cena pouco apropriada ao local e aos actores.

– O que você quer? – perguntou friamente, sem sequer olhar para mim.

– Perdoe se o incomodo, mas apenas pretendo saber se o órgão que está ali em cima ainda funciona.

– É claro que funciona. Mas que disparate! – e provocou um estalido com a língua, mostrando toda a sua antipatia, indelicadeza e grosseria. Depois olhou à sua volta, fazendo com que todas as cabeças mergulhassem imediatamente na mais profunda reflexão, inclusivamente a de Juliana, o que me provocou um riso contido. E com isto afastou-se, saindo da igreja.

Fui ter com a minha colega de investigação que estava de novo concentrada nas suas notas. Nem deu por me sentar na fila de bancos por detrás dela. Devagar encostei a minha cara perto dos seus cabelos. Quase que lhes senti o perfume, quando – Descobriste alguma coisa, Watson? – afinal tinha dado por mim.

– Não. É muito difícil para mim descobrir o quer que seja, para relacionar com alguma coisa que desconheço. Tudo isto é um universo de informação que eu ignoro. – desculpei-me ao voltar a encostar as costas no meu banco.

– Não desanimes, porque eu também não adiantei nada. – consolou-me a chefe de expedição.

– Viste a forma como o padre tratou a velhota? – inquiri.

– Vi e ouvi. – disse ela – Coitada da senhora. Como é possível tratar as pessoas assim. Rico padre aquele.

– Também estavas com medo dele, que eu bem vi.

– O que é que tu lhe perguntaste? – procurou disfarçar Juliana, embaraçada por ter desviado o olhar do sacerdote.

– Nada de especial. Foi só para tentar amenizar a cólera do homem. Perguntei-lhe se o órgão funcionava.

– Qual órgão? – inquiriu, procurando pelo instrumento à sua volta.

– Ali em cima. Olha. – apontei para o balcão que se encontrava atrás de nós, cujo murete de protecção apenas permitia vislumbrar alguns tubos do engenhoso aparelho.

Juliana levantou-se e andou um pouco na direcção do altar para poder observar melhor o órgão de tubos. – Que bonito. Ainda não tinha reparado. É sempre assim, focalizamos a nossa atenção em pormenores pré determinados e acabamos por não conseguir ver tudo o resto que nos rodeia.

– Eras capaz de tocar?

– Conseguiria apenas tocar no teclado convencional, com as

mãos. Em baixo, estes instrumentos possuem um outro teclado, ou até mais do que um, para os pés, o que exige uma extraordinária coordenação e técnica. Além disso, não me parece que nos deixassem aproximar dele. Estes órgãos de tubos são peças de arte valiosíssimas que devem ser tocados apenas por pessoas especializadas.

– É pena, gostava de te ouvir tocar. Deve ter um som diferente.

Estranhei o facto de ela permanecer estática a olhar para o varandim, sem dizer palavra.

– Sherlock? – intervi. – Sherlock? Então, o que se passa?

– Tenho um palpite que poderá resolver o nosso mistério. Temos que ir ao pé do órgão. – notava-se alguma agitação.

– Como? Ainda agora disseste que provavelmente não nos deixariam aproximar... – não me deixou acabar.

– Temos que subir até aquela varanda. Tem que haver umas escadas até lá acima.

– Também acho, senão só os anjos é que podiam tocar. – brinquei com ela ao perceber que não iria demovê-la. – Posso saber o que é que queres fazer ao órgão?

Ela não respondeu. Já só pensava em encontrar a passagem que nos permitisse aceder à câmara superior.

Foi fácil descobrir a porta, junto à entrada, do lado direito. Era uma porta pequena. Para a conseguir transpor teríamos que nos dobrar. Estava, como receáramos, fechada.

– E agora. Arrombamos a porta? – continuei a meter-me com ela.

– Se tiver que ser! – estava de facto decidida.

– Espera lá. Não me vais pedir para arrombar uma porta dentro da igreja, pois não? – até devo ter fechado os olhos com medo da resposta.

– Agora... Não. – as suas palavras pareciam seguras, como se todo o plano já estivesse delineado.

– Podemos perguntar à senhora se nos deixa subir, só para tirar umas fotografias para o tal livro que lhe dissémos estar a escrever. – sugeri.

– Podemos tentar, mas não acredito. Vai-nos dizer que não tem autorização do padre e depois da cena que ele lhe fez à bocado... Não vale a pena.

– Tens razão. E o que pensas fazer então?

– Voltamos à noite! - rematou sem a mais pequena sombra de dúvida.

– À noite?! Além de te chamar Sherlock, vou ter que te apelidar de Zé do Telhado. – estava a ficar atemorizado com os métodos da professora de música. – Não. Espera lá… O que tu estás a dizer é que temos que arrombar duas portas, porque à noite a porta principal da igreja também está fechada.

– Mas eu, porventura, disse que era preciso arrombar as portas? – continuou ela muito segura de si.

– Não estou a perceber. Não vamos entrar pelas portas?

– Vamos.

– Mas como? Só arrombando as portas. Ou por acaso tens as chaves?

– Vamos pedi-las emprestadas.

– Como? Vamos pedir as chaves emprestadas? – a minha surpresa ia aumentando a um ritmo exponencial. – A quem? À velhota? Ou talvez ao padre?

– A ninguém. Anda comigo. – pegou-me na mão e puxou-me até à sacristia.

– Explica-me por favor o que queres fazer. – eu estava a ficar apoquentado com todo aquele frenesim.

– Eu vou fazer com que a senhora saia da sacristia e te mostre onde guarda a chave da porta das escadas. – falava como um comandante militar, dando ordens para a batalha prestes a começar - Tu, assim que eu sair com ela, vais esconder-te lá dentro e esperas que ela regresse e te mostre o lugar onde a guarda. O padre não deve voltar tão depressa, de modo que assim que ela sair outra vez, só tens que tirar as chaves.

– As chaves?

– Sim. A chave da porta das escadas e a chave da porta principal, mas esse é um problema que vais resolver sozinho. Provavelmente, estarão todas guardadas no mesmo sítio.

– Tu não estás boa da cabeça. Já pensaste bem no que me estás a pedir?

– Claro que sim. Até já. Vou dar-te uma pequena ajuda – e

entrou pela sacristia dentro.

Ouvi-a falar alto, apressadamente, mas não percebi o que dizia. Passados uns segundos ouvi os passos das duas mulheres que se aproximavam da porta da sacristia. Só tive tempo de subir para a zona do altar e esconder-me atrás da parede, fazendo uso das minhas melhores recordações dos filmes do *007*. Depois reparei que uma das pessoas, que supostamente estaria a rezar, me mirava com um ar absolutamente espantado. Pensava, com certeza, que naquele dia até na casa de Jesus andava tudo maluco. Ofereci-lhe um enorme sorriso. Rasgado. Mais estilo *Pepsodent* que *007*.

Procurei disfarçar o meu estranhíssimo comportamento. Ajeitei o púlpito, voltei-me para o altar e fiz uma genuflexão enquanto gesticulava, pretendendo executar aquilo que deveria ser uma bênção. Porém, devo ter feito uma figura tão ridícula, que a fulana prontamente se benzeu e saiu em passo acelerado, como que fugindo do diabo, quase atropelando Juliana e a velha guarda do templo, que se também se dirigiam para a zona da saída.

Não havia tempo a perder. Rapidamente, entrei na sacristia. Subi meia dúzia de degraus e deparei-me com uma sala grande, onde havia uma secretária, umas estantes com diversos volumes, umas cadeiras e uma porta para uma sala que me pareceu bem mais pequena. Espreitei pela porta e percebi que era o vestiário, pois tinha um armário aberto onde estavam penduradas várias peças de vestuário, facilmente identificáveis com a indumentária sacerdotal.

Voltei a olhar em redor da sala grande, tentando encontrar algo que se parecesse com um chaveiro, mas não vi nada que me chamasse a atenção. Abri as gavetas da secretária, mas também só havia papéis e carimbos. Reparei então que entre duas estantes havia uma pequena passagem. Quando estava prestes a ver o que encontrava por detrás das estantes, ouvi a voz da mulher a resmungar. Cada vez mais distinta. Tinha poucos segundos para tomar uma decisão. Tinha que me esconder. A sala mais pequena. "Espero que não seja aqui que ela guarde as chaves."

Entrou na sala maior ainda a resmungar:

– Esta gente é doida e faz-nos também doidas a nós. Agora iam lá para cima? Fazer o quê? Tocar piano? Só visto!" – e desapareceu entre as estantes.

"Como eu suspeitava. Metade do trabalho está feito." – pensei, enquanto espreitava pela ombreira da porta.

Os dez minutos que decorreram, até que ela saísse de novo, demoraram dez séculos. Ia morrendo de ansiedade sempre que ela se aproximava da porta do meu covil. Finalmente, pelo ruído dos seus passos, percebi que descia de novo as escadas da sacristia. Ainda assim, receava arriscar, não fosse ela voltar de repente.

Estava a meio caminho, entre a sala pequena e as estantes quando ouvi sussurrar – "Gabriel. Gabriel."

Dei um salto para trás. – Meu Deus, Juliana. – respondi no mesmo volume de voz – Queres matar-me de susto?

– Cala-te. Vai buscar as chaves e despacha-te. Se ela voltar eu digo-te.

Nem lhe respondi. Entrei pela passagem e vi logo um pequeno armário pendurado na parede. "Só pode ser isto". Abri o chaveiro e deparei-me com cinco chaves, não identificadas. "Só me faltava esta. Eu sabia. Eu sabia que isto não ia correr bem. Como é que eu vou descobrir as chaves certas?" Já sentia o suor a humedecer-me as têmporas quando reparei que uma delas não parecia pertencer a uma porta, era demasiado pequena. Restavam-me quatro. Das quatro ficaram duas. Estavam em duplicado. "E agora se tiro duas chaves daqui a mulher vai perceber imediatamente."

– Watson, despacha-te. Aí vem ela.

Para mal dos meus pecados tive que regressar ao meu esconderijo, o que acabou por se revelar milagroso.

Estávamos a tomar um café à sombra de um chapéu-de-sol na esplanada da Casa da Música, que se tornara um local de culto para a professora do Conservatório, quando lhe mostrei as chaves e contei toda a história... bem, quase toda.

– Então e agora? – perguntou Juliana quase em pânico. – Ou ela ou o padre, vão descobrir imediatamente que as chaves foram roubadas e vão montar guarda à igreja.

– Calma, Sherlock. Relaxa. Talvez descubram... Talvez não. - a minha atitude demasiado calma estava a deixá-la em pulgas.

– Explica-te, por favor! – suplicou, bebendo o café de um trago.

– Já te disse para teres calma. – e sorvi um pouco, saboreando o café e aquele momento glorioso de vitória sobre a Sherlock.

– Gabriel! – apesar do tom de voz não ser muito alto, o olhar dela fuzilou-me, vezes sem conta.

– Muito bem, eu digo-te como resolvi esse pequeno detalhe das chaves, mas primeiro quero saber porque queres ir ver o órgão.

Juliana nem fez menção de me desafiar. Desvendou o mistério sem mais delongas. – Talvez seja preciso tocar a sequência de notas naquele órgão.

– Para quê? O que é que vai acontecer?

– Não sei, Gabriel. É só um palpite. Mas há algo que me diz que o segredo está guardado naquele órgão.

– Intuição feminina?

– Intuição feminina, sexto sentido, chama-lhe o que quiseres. Agora diz-me o que fizeste com as chaves.

Assim que ela percebeu que eu pretendia alongar a minha pequena vitória, deu-me um valente beliscão no braço. – Nem tentes, Gabriel! Nem tentes!

– Está bem! Pára! Não me recordo que o Sherlock fosse assim tão violento para o amigo Watson.

– Depressa.

– Está bem. – assenti, enquanto verificava a marca das unhas. – Quando voltei a esconder-me no vestíbulo, notei que a porta tinha uma chave parecida com a porta das escadas e que o armário onde estavam penduradas as roupas do padre também tinha uma chave. Não é muito parecida com a chave da porta da igreja, mas pode ser que passe despercebida. – contemplou-me com admiração, o que eu estava a saborear com todo o prazer – Depois, esperei que ela saísse de novo e substituí as chaves. Não me parece que façam grande uso das chaves que coloquei no chaveiro.

– Estou siderada. – deu-me um beijo na cara – Começo a achar que talvez não sejas tão inútil como cheguei a pensar.

– Inútil? Eu? – agarrei-a pelo braço como se a fosse também beliscar, mas deliciei-me apenas com a doce vingança do toque da sua pele.

Ao longo da tarde, a ânsia e a impaciência retocaram a tortura da espera. Agonizámos as horas, os minutos e os segundos que finalmente acabaram por empurrar o Sol para fora de cena. O Divino *Moliére* anunciou a queda da noite escura, aos poucos e poucos. O Céu foi ficando inundado de pequenos brilhantes. E seriam estes as únicas testemunhas de luz naquele novo acto. A Lua teimou em não aparecer. Renovava-se para as próximas encenações.

Numa tentativa desesperada de consumir o tempo, Juliana entregou-se à tarefa de criar ensaios musicais com a sequência de notas expressa na versão mais recente do poema a S. João. Eu, cuja inabilidade para a música consistia num mero estorvo, devorei um livro sobre a vida do santo apóstolo. Começava a nascer em mim uma curiosidade arrebatadora sobre o assunto. Quem sabe, talvez ainda se revelasse compensador este súbito interesse.

Embora absorvido pela leitura, constatei que a professora de música tinha preenchido dezenas de folhas pautadas. Como seria possível criar tantos excertos, sempre com a mesma sequência de sons?

Nem a fome, nem a sede nos tinham apresado. Saciámo-nos com pensamentos, cogitações, considerações e desejos, que nos transportavam à descoberta do segredo.

Contudo, agora que a escuridão completava o seu assédio, despertámos para as necessidades primárias da condição humana. Primeiro eu.

– Preciso de ir.

– Onde? – estranhou a minha chefe.

– Onde tu não podes ir comigo. Estou a rebentar.

– Ainda bem que me lembras porque também há muito que me passou a vontade. Até já dói. – confessou, colocando a mão sobre o ventre.

– E já agora podemos comer e beber qualquer coisa.

– Nem tenho fome. Mas tens razão. Vamos comer. Até ajuda a passar o tempo.

Concordámos que nada podíamos fazer enquanto andasse gente nas redondezas da igreja. A esplanada da praça não parecia ser muito popular. Não deveria ficar aberta até muito depois da meia--noite. Pior eram os bares que abundavam nas travessas e ruelas que convergiam no largo. As pessoas pareciam não ter fim, num sobe e desce constante que impedia a nossa oculta entrada no templo. Nada a fazer, a não ser esperar que a noite, madura, encaminhasse as gentes ao seu descanso, desbravando caminho para a nossa inusitada missão.

Como sentinelas, percorremos o mesmo traçado demasiadas vezes, sempre na esperança de ver a esplanada fechada e diminuído o fluxo de figuras que teimavam em macerar a pobre praça.

Pouco depois do relógio da torre da igreja comunicar que era uma da manhã de Domingo, a nova visita à praça encontrou a esplanada fechada e só a espaços subia um casal em murmúrio ou descia um grupo de rapazes espalhando uma alegria despropositada, dado o adiantado da hora.

– Não consigo esperar mais. – declarou e agarrou-me por um braço em direcção à porta do templo que para mal dos nossos pecados era o alvo de um forte holofote.

– Calma. A igreja não se vai embora.

– Calma. Calma. Tenho o estômago às voltas. Não descanso enquanto não tocar naquele órgão.

Eu também tinha o estômago em rebuliço, mas por outra razão. Obviamente, também estava ansioso por descobrir alguma coisa, mas aquele forçado passeio tinha estimulado as minhas velhas amigas. Ó sorte a minha!

Fomos até à entrada da igreja. Não se ouvia nada. Apenas o bailado das folhas das árvores, marcado por uma brisa fria que acompanhara a noite, que se mantinham vigilantes na Praça de Santa Maria.

– Chave. – Sherlock fez-me lembrar um cirurgião a solicitar o bisturi. – Chave. – repetiu.

– Estou a tirar, espera. Mas que rapariga tão impaciente. – a chave da porta era grande demais para o bolso das minhas calças de ganga e, ainda por cima, tinha ficado presa numa linha.

Era uma cena própria dos filmes portugueses da época do Vasco Santana e do António Silva. Dois ladrões inexperientes e qual deles o mais desajeitado. Um aflito e o outro, em vez de ajudar, só aumentava a ansiedade do primeiro.

- Será que tenho de meter a mão no bolso. – perguntou ela enquanto esticava o braço para as minhas calças.

Remédio santo. A chave de ferro parecia ter ganho vida e saiu do bolso disparada, caindo com violência nas pedras que serviam de tapete de entrada. O metal ao bater na pedra calcária, branca e lisa fez um barulho que rompeu profundamente o silêncio da escuridão. Ficámos inertes, sem reacção. Os olhos dela trespassaram-me. De imediato, ouviu-se o miar assustado de um gato que nos fez fugir da entrada para trás de uma árvore.

A luz do holofote parecia que tinha o seu ponto de focagem naquele objecto negro caído na laje de pedra. À espera que alguém o apanhasse.

– E agora? – sussurou ela.
– E agora? – repeti.
– Se alguém aparece e vê a chave? Era lindo. – continuou.
– Ninguém aparece.

Assim que nos mexemos para voltar ao local do crime, ouviram-se vozes. Era um grupo de quatro raparigas. Vinham do lado esquerdo da igreja, oposto ao qual nos encontrávamos escondidos. Tagarelavam num tom altíssimo e esganiçado.

– Acho que estão embriagadas. – notei com graça, o que não agradou a minha companheira de crime.

– Cccchhhiiiuuuu...
– Olhem ali. – uma das jovens apontou para a igreja. – Acho que nos devemos ir confessar.

As outras riram à gargalhada. – Vamos. – concordaram em uníssono.

– E se o padre for jeitoso...
– Também marcha. – adiantou outra que se estatelou logo a seguir provocando a risada das restantes. Os saltos altos eram pouco compatíveis com a irregularidade das implacáveis pedras seculares.

Mesmo alcoolizadas, era impossível não reparar no considerável pedaço de ferro que se destacava do chão.

– Parece que o padre deixou a chave de casa debaixo do tapete. – e continuava a galhofa desprendida. – Só que roubaram o tapete. – tudo servia para alimentar a hilaridade patética, provocada pela embriaguez.

"Só nos faltava isto. Daqui a pouco está aqui a vila toda. Tenho que fazer qualquer coisa. Já."

Saí detrás da árvore. Juliana ficou surpreendida.

– Espera... - tentou ela. Mas era tarde demais.

As raparigas não deram pela minha presença até eu falar. – Olá. Boa noite. Vejo que acharam a minha chave. Pensava que a tinha perdido. – disse num tom paternal.

– Olá. É o padre. – festejou uma delas. – E é um borracho.

– É meu! – gritou a que estava no chão, lutando desesperadamente com um pilar de pedra, tentando levantar-se.

Em menos de nada, as três que se mantinham de pé, tinham-me rodeado. – Esperem. Eu só quero a chave... Não... Parem... Parem com isso... - Eu estava a ser escandalosamente assediado. O meu corpo estava à mercê daquelas mãos sequiosas. – Vocês importam-se de parar com isso e dar-me a chave. Por favor. Parem... – a minha camisa já me tinha subido quase até ao pescoço e uma das jovens, completamente possessa por aqueles deuses de Vudu, tentava encostar a cabeça à minha barriga. Atrás de mim, senti umas nádegas junto às minhas. O cinema português dera lugar às fitas italianas de gosto duvidoso. – Por favor... Não façam isso... A chave... – eu já nem sabia onde estava a chave.

– Vamos lá ver se o padre foi abençoado... – ameaçou a rapariga que se roçava nas minhas costas, movendo-se rapidamente até parar à minha frente, com um ar atrevido e desafiador.

– Ó meninas. O que é que passa aqui? – o meu anjo da guarda! – E o senhor padre não devia estar já na paz dos lençóis?

– Como?! Ah, sim! Claro. Perdi a chave da igreja. – desculpei-me enquanto tentava colocar a roupa no seu devido lugar, trazendo algum decoro à embaraçosa situação.

As raparigas ficaram como hienas a quem tinham retirado a peça de caça. Ainda que aborrecidas, convulsavam pequenas risadas que o álcool teimava em acender. A outra, a quem a força da gravidade não dava tréguas, continuava abraçada ao fálico pedaço de pedra e repetia – É meu! É meu!

– Cala-te, estúpida! Vê lá se te levantas que eu não quero ficar aqui toda a noite. - contrariadas, foram ajudar a colega.

Muito a custo, foram-se afastando, subindo a ladeira que ligava à Rua Direita – Ciumenta. – iam gritando. – Ficas para a próxima ó jeitoso.

– A chave? – perguntou-me Juliana.

– Não sei. – respondi olhando à minha volta. – Meninas. Meninas. Ficaram com a minha chave? - gritei-lhes.

– Tem que a vir buscar. – uma das moças acenou o troféu.

– Atirem a chave, por favor. Preciso de entrar na igreja. – implorei.

– Dá lá a chave ao senhor padre. – ordenou outra. – Já chega.

E lá veio a chave pelo ar, aterrando perto de nós, fazendo de novo um tilintar ensurdecedor.

– Mas que quarteto. – disse Juliana irritada, apanhando a chave. – Só espero que as pessoas da vila estejam habituadas a estas noites de confusão.

Estariam com certeza porque nos minutos seguintes não se ouviu vivalma.

Finalmente, parecia que nada nos impediria de colocar a chave no ferrolho e trespassar as portas da aventura.

CAPÍTULO XI

Quando a porta se fechou atrás de nós e a Juliana me pediu para trancá-la de novo, fui percorrido por um estranho arrepio. Podia jurar que também ela não tinha ficado impune ao aspecto soturno e ao ambiente gélido e inóspito que provocava o interior da igreja. Todas aquelas imagens e formas, distintivas da simbologia católica, imersas num mar de sombras, eram pouco condizentes com a mensagem de luz e júbilo usualmente pregada. Era um cenário intimidante.

– Queres mesmo fazer isto? – murmurei a Juliana. A minha vontade era desaparecer rapidamente dali.

– Claro que sim. Não vamos desistir agora. – adiantou ela decidida. – Anda.

Suspirei fundo. Depois olhei à nossa volta, seguro de que todas as silhuetas nos espreitavam. Na altura em que os meus olhos passavam pelo altar, fechei-os, inconscientemente. Tive medo que o Divino me fitasse, o que me faria suspender todas as funções vitais.

Na verdade havia um par de olhos, com um brilho sinistro, que seguia os dois aventureiros atentamente, mas não eram os olhos do sagrado Senhorio.

Felizmente não foi preciso cometer um grande sacrilégio. Não foi necessário penetrar demasiado nas entranhas do templo. A porta da escadaria que conduzia à varanda estava a dois passos da entrada.

– Então, Gabriel? Estás com uma cara. Pareces apavorado.

– E estou mesmo. Não acho que seja boa ideia estar a invadir um lugar santo a estas horas da noite.

– Descansa que não vais acordar ninguém aqui dentro. Além do mais não vamos roubar nada. Dá cá a chave.

A velha peça de ferro funcionou na perfeição. À medida que a rapariga a ia rodando, no sentido dos ponteiros do relógio, o mecanismo obedeceu libertando um leve ranger metálico.

Tivemos que nos baixar para passar pela porta. Subimos os degraus de pedra, mantendo o corpo encostado à parede que nos apoiava a incómoda posição e depressa chegámos a um patamar superior. Era pequeno, tal como imagináramos. Tinha três bancos de madeira compridos, que provavelmente tinham servido para os meninos e meninas do coro, e um outro banco, mais pequeno mas menos austero, que se encontrava defronte ao nosso objectivo. O órgão de tubos. O nervoso miudinho aumentava de forma inversamente proporcional à distância a que nos encontrávamos do antigo instrumento. O órgão aparentava ser um complexo sistema de mecanismos. Teclados, para as mãos e para os pés. Muito pior que toda a maquinaria de um avião.

A obscuridade que envolvia a igreja deixara de nos incomodar em demasia. Podíamos estar a segundos de resolver o nosso mistério. Eu estava a segundos de poder ficar mais perto do meu pai.

Juliana não esperou mais tempo. Atravessou o pequeno espaço e foi sentar-se em frente ao teclado.

– Sugestões? – pediu, ao entrelaçar e massajar os dedos, como um pianista antes de começar um recital.

– Eu sei lá. Não tens aí um monte de papéis com sugestões? Começa, porque eu não quero ficar aqui a noite toda. E vê lá se não fazes muito barulho para não acordar os santos.

– Vamos lá então. – prosseguiu a professora de música, tirando uma série de folhas pautadas da mochila. Depois pousou os dedos no teclado, com suavidade, um a seguir ao outro. Enquanto isso, eu mantinha os ombros encolhidos e os olhos semi-cerrados, à espera dos ruídos melodiosos que iam romper o silêncio sepulcral que imperava naquele lugar.

Nada. Nada? Abri um olho. Um batedor que ia à frente do resto do meu ser, tacteando os cinzentos laivos de luz que se formavam à nossa volta. Encontrei Juliana batendo nas teclas, indiscriminadamente. Confusa. Tentando dar voz aos tubos verticais que estavam à sua frente.

– Mas…

– Estúpida. Claro que não pode sair nada. – interrompeu-me ela com desagrado.

- O que é que se passa? – cada vez eram mais profundas as batidas do meu coração, fazendo o meu corpo estremecer da cabeça aos pés.

– O que se passa é que a ansiedade me tolheu o cérebro. Primeiro é preciso abrir-lhe as goelas. – e ao dizer isto puxou uns botões do lado esquerdo do órgão. Curioso, como eram parecidos com as manetes de potência dos Cessna 152. De repente senti saudades dos meus aviões e de todo o ambiente que me vira forçado a abandonar.

– Agora já não há razão para não tocar. – acrescentou ela, voltando a tocar no teclado.

Mantive-me calado e suspenso. Sem fazer a menor ideia do que Juliana esperava que acontecesse. Seria uma música hipnótica? Uma manifestação divina? Uma aparição? Intimamente esperava que nada acontecesse, para que pudéssemos regressar sãos e salvos ao fresco da noite, ao ruído das folhas e até ao burburinho das adolescentes.

Os sons melódicos do órgão de tubos encetaram a sua viagem pelas paredes da igreja. As notas, apesar de serem sempre as mesmas, eram impelidas a velocidades diferentes, ritmos variados, tempos desiguais, o que lhes conferia uma diversidade de harmonias. Juliana tentava encontrar a chave do mistério no meio daquele novelo de música. Ao fim de alguns minutos e após frustradas tentativas, voltou-se para mim com ar desconsolado.

– Desculpa ter-te arrastado para estes momentos de loucura. Estava convencida de que a resposta estava no órgão. Tudo fazia sentido. O poema trocado, inscrito no quadro, indiciava uma música que supostamente deveria ser tocada no órgão. Não há mais nada na igreja onde se pudessem tocar as notas.

– O teu raciocínio não me parece mal. Talvez o segredo esteja na forma de as tocar. Ou… - não consegui esconder algum desalento, mais por ela do que por mim. -... talvez não haja qualquer...

– Tem que haver, Gabriel. Não acredito que fosse apenas uma brincadeira. Já reparaste que todo este enigma envolve as principais artes da humanidade: Pintura; Poesia; Literatura; Música; e ... Escultura. Se considerares este instrumento como uma obra de arte.

De facto aquele corpo de madeira e metal, e outros materiais que não eram visíveis, consistia um magnífico modelo da criação humana, elaborada por um dos maiores mestres portugueses. Joaquim António Peres Fontanes. Como mais tarde viemos a descobrir.

– Jamais faria essa associação. É curioso. – alguma coisa em mim queria acreditar que ela tinha razão. – Experimenta tocar outra vez. Achas que já tocaste tudo o que era possível?

– Não estás bom da cabeça. Se fosse tocar todas sequências possíveis, estávamos para aqui umas boas semanas...ou até meses.

– Então...?

– Apenas toquei o que me pareceu mais evidente...

Um rasgo divino. – Toca da forma mais simples possível. – solicitei.

– Como? Da forma mais simples? – Juliana ficou surpreendida com o pedido. – O que queres dizer?

– Não sei. Da forma mais simples. Não estarás a complicar demasiado?

Virou-se novamente para o conjunto de teclas, branco, salpicado de negro. Apenas com um dedo, tocou a primeira nota. Fá. Depois a segunda. Lá. A terceira. Mi. A seguir Ré. E então ouviu-se um ruído diferente. Um clique desproposito que não estava impresso na pauta. Na nossa pauta.

– Ouviste Juliana? – perguntei com nervosismo.

– Tu também ouviste? – ela não se moveu.

A sua voz dava evidentes sinais de inquietação. Continuou virada para a frente. Já não tocou a nota seguinte. Ficou paralisada. Esperou pela minha ordem. Tinha perdido o controlo. E eu não sabia se o desejava ter.

– Ouvi um som diferente. Uma espécie de clique.

Não respondeu. Continuava à espera. Ultrapassáramos a linha que eu receava transpor.

– Continua devagar.

Ela prosseguiu devagar. Cada nota demorou mais tempo nos nossos ouvidos. Dó. Clique. Si. Clique. Sol. E nada mais. A última nota, em virtude da crescente excitação da rapariga, não tinha demorado o tempo suficiente. Era isso. O tempo de espera! Era preciso tocar as notas pausadamente. Era preciso dar-lhes tempo para desvendar o seu mistério.

– Gabriel. – ela continuava hirta. – Aconteceu alguma coisa?

– Ainda não. Mas vai acontecer. Vais tocar outra vez. Do princípio. E vais esperar em cada nota até ouvirmos o clique. – sentia-me completamente entusiasmado. – Vá. Anda. Do princípio. Eu vou-te dizendo para passares de nota.

Ela obedeceu com movimentos robotizados. Perfeitamente envolvida por um imaginário colete-de-forças. Ela que como o Sherlock estivera até aquele momento à frente da investigação.

Fá... Clique. Lá... Clique. Mi... Clique. À medida que os cliques se iam sucedendo, a efervescência, a euforia e o medo do desconhecido iam crescendo. Na minha cabeça girava uma síndrome de bomba. Os sucessivos cliques assemelhavam-se ao tique-taque de um engenho explosivo.

Ré... Clique. Dó... Clique. "Pára! Pára! Não sabes o que estás a fazer!" - pensei. Mas a minha voz não cedeu. E Juliana continuou. Si... Clique. Sol... Clique.

Os cliques terminavam ali. E nada aconteceu. Continuámos na escuridão. O eco da última nota ia perdendo vigor ao longo dos trilhos que percorria na sua cela de pedra. Finalmente, a professora virou-se, os seus olhos procuraram os meus com uma ânsia perturbadora. Ambos sabíamos que tínhamos dado início a qualquer coisa que demorava a eclodir. O que seria? De que estávamos à espera? Levantou-se depois e calmamente veio encostar-se a mim. Deu-me a mão.

– Acho que devia ter acontecido qualquer coisa. – tentei quebrar o silêncio.

Espreitámos pela varanda. No interior do templo, aparentemente, tudo estava como antes. Não tínhamos acordado nenhuma criatura. Não tínhamos assistido a qualquer fenómeno sobrenatural.

"Será que estes dois asnos me andaram a fazer perder tempo?" Um sentimento de revolta e desilusão trespassou o coração do único ser vivo que partilhava com os dois aventureiros aquele chão sagrado. "Não é esta a trombeta do Santo!" No entanto resolveu esperar um pouco mais. A noite já estava perdida.

– E agora? – a Sherlock estava perdida e confusa. As suas inúmeras qualidades como detective tinham chegado a um beco sem saída.
– Pelo menos não estragámos nada. – sorri-lhe aliviado.
– Pelos vistos não. - respondeu, olhando para o instrumento, certificando-se de que tudo estava em ordem. – E daí…
– O que foi?
– Repara. Ali do lado esquerdo do altar. – voltava a crescente exaltação da descoberta e agora sem os receios iniciais do desconhecido.
Rapidamente, olhei na direcção do altar. Do lado esquerdo brilhava uma luz fraca, uma espécie de fogo-fátuo.
– Meu Deus. Juliana. Será que…?
– Eu tenho a certeza. Quando entrámos não havia nenhuma luz no meio desta total escuridão. Tenho a certeza! – ela tal como eu tinha sentido a força esmagadora das cores negras que sepultavam o interior do templo – Aquilo acendeu-se depois de entrarmos.
Ao pressionar as teclas na sequência correcta, Juliana tinha feito funcionar um engenhoso mecanismo que tinha revelado uma abertura secreta. Desceram rapidamente as escadas e dirigiram-se ao altar.

Todo o corpo da mulher estava numa ânsia desmedida. "Trocaram as notas! Como se julgam espertos. Desde sempre nos tentaram esconder os mais pequenos indícios, mas esquecem-se de que somos muito mais astutos do que eles. Somos filhos do Prometido!" Sentiu-se invadida pelos arrepios do poder. "Quanto a estes paspalhos, nem desconfiam no que se meteram." Nada nem ninguém a podia deter. A poucos metros de distância, estava a maior das relíquias do mundo. Podia destrui-la naquele instante e acabar com tudo. Esmagar a esperança e a fé dos cristãos. Mas uma vontade maior estancava os seus músculos, impedindo o espontâneo desejo de tocar naquele objecto sagrado. "Eu sei. Eu sei. Tenho que ter paciência. A minha missão é outra." Esfregava as mãos, satisfeita. Apesar de tudo sentia que finalmente chegara a hora. Misturou-se de novo nas trevas, abrindo o caminho ao Destino. "Venham queridos. Venham."

À medida que nos íamos aproximando do altar-mor, via-se mais claramente o pequeno e ainda inexplicável foco de luz que, agora mais distinto, saía de uma reduzida abertura no lado esquerdo do retábulo de madeira dourada. Um pequeno painel tinha-se deslocado, ao som da codificada melodia de São João, exibindo um cubículo cujo interior cintilava um brilho dourado.

– O que achas que pode estar ali dentro? – indaguei.

– Não imagino. Eu sei lá… Já vamos saber - ela estava entregue a uma imensa e incontrolável curiosidade.

– Vê tu primeiro. – disse-lhe, entregando-lhe os louros da descoberta.

– Não. Deves ser tu. Foi a ti que o teu pai entregou esta tarefa. – respondeu resoluta.

Olhei pela pequena abertura, que se encontrava à altura do meu peito. Teria pouco mais de dez centímetros de altura por vinte centímetros de largura e estava completamente revestida por um material de cor dourada. "Deve ser ouro!" – pensei. Lá dentro estava um objecto que parecia uma caixa.

– Anda ver. Parece-me ser uma caixa.

– Uma caixa? Deixa-me ver. – Juliana empurrou-me para o lado para poder também observar o local com o seu olhar mais minucioso - Talvez.

– E agora?

– Agora tira-a. Vá. Não tenhas medo. O mal que podíamos fazer está feito. – ordenou enquanto se afastava para me permitir retirar o pequeno objecto do seu esconderijo.

– Espero que tenhas razão. – e puxei para fora o conteúdo daquele sagrado escrínio.

Acabávamos de dar existência à descendência da mensagem do quadro.

– É um livro! – exclamou Juliana. - Encontrámos, Gabriel! Encontrámos! O teu pai estava certo. A mensagem era verdadeira. – estava delirante, louca de alegria.

Era um livro misterioso. Seguramente muito antigo. Na capa de couro castanho-escuro, muito grossa mas sem ser tosca, podiam ver-se em baixo relevo várias ilustrações. No centro um animal. Em seu redor, catorze gravuras mais pequenas.

– Parece uma ovelha. – adiantou ela – Quanto aos outros desenhos à volta..., não sei...são um pouco estranhos. Mas repara que se repetem. São sete deste tipo... Talvez conchas. E os outros sete...é difícil dizer.

O livro estava extraordinariamente bem conservado. E fechado. Fechado por sete estranhas peças, do tamanho de moedas de dois euros, que continham três símbolos gravados. Selos. A detective não tinha dúvidas de que eram selos.

א מ ת

Todas tinham a mesma inscrição, contudo o material que as constituía era diferente em todas elas. Metais. Eram, seguramente, metais à excepção de uma das peças que tinha um invólucro vermelho. Ouro, prata, chumbo, ferro e cobre. Estes, facilmente identificáveis, saíram-me dos lábios em direcção aos recantos mágicos daquele momento. Quanto aos restantes...

– Estanho. – disse ela apontando um dos redondos selos, depois continuou apontando para a tal cápsula vermelha – E este o que será, Watson?

– Eu sei lá. Parece-me uma pequena caixa, de vidro, pintada de vermelho. – suspirei fundo, percebendo que ela já tinha adivinhado o seu conteúdo - O que a exclui deste bizarro contexto.

– Não podias estar mais enganado, meu caro. Faz todo o sentido. Qual o metal associado à cor vermelha e que jamais poderia estar na forma dos restantes que aqui encontras? – o seu rosto estava repleto de luz. A luz do conhecimento e da descoberta.

Tentei, por entre o turbilhão de imagens que me avassalavam,

trazidas pelos inesperados acontecimentos, raciocinar por uns segundos. A cor vermelha não me adiantou grande coisa. A forma... "jamais poderia estar na forma dos restantes"... – Mercúrio! Mercúrio, não é?!
– Chiu! Fala mais baixo. De certeza que te ouviram na Porta da Vila.
– É mercúrio. Tenho razão, não tenho?
– Tens. Só faltava o mercúrio.
– Só faltava o mercúrio para quê? – o raciocínio dela ia já a léguas de distância.
– Alquimia. Os sete metais alquímicos. Estas peças foram feitas com os sete metais básicos consagrados por Hermes Trimegisto. O pai da Alquimia.
– Não. Espera lá... Tu também sabes de Alquimia? – esta palavra transportava-me a preconceitos relacionados com magia negra e transformações de pedras em ouro. Erradamente, como mais tarde Juliana fez questão de elucidar. Mas agora não era o momento para mais uma aula de Metafísica.

Tentámos, em vão, abrir as peças. Fomos incapazes de retirar os redondos blocos metálicos que mantinham as páginas do livro encerradas.

De repente, ouviu-se um estranho ruído. Um deslizar de madeira sobre madeira. O painel que nos tinha oferecido o livro começou lentamente a voltar ao seu lugar habitual, levando consigo as réstias de luz que nos tinham permitido observar o bizarro objecto.

– Mas... E agora? – voltei-me, assustado, e tentei evitar que o orifício se fechasse.

– Não. Não faças nada. – disse Juliana segurando o meu braço – Creio que tudo foi concebido para que assim acontecesse. Depois de encontrado o livro, este local deveria permanecer em absoluto segredo.

Poucos segundos depois, o retábulo voltava a estar intacto, impoluto, sem o menor sinal de corrupção. Era admirável o trabalho de quem tinha elaborado aquele mistério. Seria impossível descobrir, no meio de todo aquele entalhado de madeira dourada, o falso painel que encobria o pequeno cofre.

"Encontraram! Descobriram o Caminho! Quem diria que seriam estas duas aventesmas a despertar o segredo." A salvo pela capa da noite e pelos recantos da igreja, mais alguém rejubilava com o achado. "Abriram a porta. Na terra das sete igrejas, no útero de Cristo, a trombeta do Santo abre as portas do Caminho, ao homem e à mulher."

No alto do monte, do lado nascente do burgo medieval, uma alma cansada, pelo tempo e pelos homens, orava aos céus pedindo que o Senhor guiasse o homem e a mulher que acabavam de iniciar o Caminho.

CAPÍTULO XII

O livro adensava o mistério. Para Juliana não restavam dúvidas de que tínhamos tropeçado, ou melhor, o meu pai tinha tropeçado num qualquer sinal. Uma pista que deveria ter sido desvendada por alguém que a procurasse intencionalmente. A maçonaria? Os Templários? Seitas religiosas? Anti-religiosas? Ladrões de tesouros? Simples brincadeiras frequentes na época da Renascença, para divertir os génios mais iluminados? Segredos da nobreza ou do clero, que guardavam as histórias mal amadas da corte? Existia um sem número de hipóteses que não se podiam descartar prematuramente.

– Meu caro Watson, uma certeza e duas grandes dúvidas. – Juliana punha um ponto de ordem na operação – Comecemos pela certeza. Acabámos de desenterrar um mistério antigo. Quanto às dúvidas... Primeira. O que estará escrito no livro? Segunda. Como abrir o livro?

– Pois olha que eu, ao contrário de ti, tenho uma dúvida e duas certezas. A dúvida. Qual será o nosso destino se nos encontrarem aqui dentro a estas horas? As certezas. Quero ir-me embora daqui e depressa. – o ambiente sepulcral voltara a minar o meu espírito – E quanto ao meu lugarzinho no céu, chapéu! Acabámos de comprar dois bilhetes, no mínimo, para o Purgatório.

A professora sorriu e concordou em sair dali rapidamente. Toda a excitação, provocada pelo decifrar da mensagem do quadro de São João, fora esfriada pela completa ignorância sobre o livro.

A porta aberta pelo meu pai iluminara o Caminho, no qual déramos o primeiro passo.

Só olhámos de novo para o livro quando chegámos ao quarto. O meu cepticismo quanto ao deslindar o recente enigma colidiu desde logo com a teimosia e a obstinação de Juliana. – Dá-me tempo. O tempo carrega as respostas para todas as perguntas. Basta saber esperar. Deixa-me ver a figura da capa. – pediu-me ela, deitando-se visivelmente agastada pela agitação daquela noite fabulosa.

Eu dei-lhe o livro de bom grado. Na minha cabeça rodopiavam demasiados pensamentos avulsos sobre tudo o que testemunhara nas últimas horas. Deitei-me sobre a minha cama tentando esvaziar a mente e concentrar-me numa coisa só, para conseguir descansar. A linda mulher com quem partilhava a aventura. Só ela conseguiu expulsar os outros.

Tínhamos concordado ficar no mesmo quarto, desde que existissem duas camas. Era um acordo entre duas partes que só uma delas desejava cumprir. O pacto foi, ainda assim, honrado. Não sem que se registassem avultadas baixas no mais profundo do meu ser.

As amazonas aladas não me deram tréguas enquanto admirava as linhas perfeitas do rosto de Juliana, agora adormecido. As madeixas dos seus cabelos, acariciadas pela luz do Universo, ocupavam o brilho dos meus olhos. Aquele corpo que eu contemplava ali mesmo ao meu lado concentrava, simultaneamente, toda a doçura e toda a sensualidade do mundo. Queria deslizar a pele dos meus dedos pela pele do seu rosto, dos seus braços, das suas pernas, e ao mesmo tempo apertá-la para satisfazer o meu corpo. Misturar-me com ela. Perder-me nela.

Não quebrei o compromisso. Apenas me cheguei perto para lhe retirar da mão o livro. Sorria a sonhar. Estaria a saborear a vitória daquela noite? Bem a merecia. Apeteceu-me beijá-la. Fechei os olhos e senti o calor da sua boca junto à minha. Mas era apenas parte do meu sonho. Quis que fosse também o dela. Toquei-lhe ao de leve na mão. O seu sorriso tornou-se maior. E eu senti-me feliz. Aquele foi um dos raros momentos de felicidade que nos marcam a alma. Podia ficar ali para a eternidade. Os meus olhos no seu sorriso, a minha mão na sua mão, o meu coração sereno. Todo o meu corpo, toda a minha mente e todo o meu espírito estavam em paz. A mansidão absoluta. A perfeita união com o Cosmos. Talvez com Deus. O único ruído que atravessou o meu espaço foi um pensamento lento e melado - "A felicidade é a coisa mais simples do mundo."

Não me recordo do final daquele infinito instante. Teriam sido os anjos a deitarem-me na cama porque eu perdera a razão e o conhecimento. Sonhei com Juliana mas sonhei também com o meu pai. Contei-lhe tudo o que tinha acontecido naquela noite. Na igreja de Santa Maria. Onde o meu pai se fizera homem. Um homem ainda criança. Santa Maria. A mãe de Deus homem. A mãe que nos concedera agora a graça de uma escritura sagrada. Um livro selado. Depois voltei ao desejado regaço e esqueci-me de sonhar.

Acordei com a voz alegre e inspiradora da fonte do meu feliz desprendimento.

– Acorda mandrião. Está uma manhã fantástica.

Abri um olho para me certificar de que estava tudo como eu deixara na noite anterior. A dura bofetada da realidade. A luz do dia quebra sempre a magia da noite. Quer para o bem quer para o mal. Naquela manhã, fez-me acordar de um sonho que eu desejara perpétuo.

– Vamos a levantar. São horas de tomar o pequeno-almoço. – insistiu ela, cheia de genica.

– Está bem. Vamos lá. – e voltei-me para o outro lado, tentando deleitar-me com os últimos segundos de aconchego.

– Ontem à noite ainda estiveste a pensar no livro, não estiveste?

– Não. Estive a olhar para ele mas sinceramente a minha cabeça já não estava para grandes devaneios. – confessei-lhe enquanto me levantava meio contrafeito. – Que horas são? Parece que acabei de me deitar.

– Sete e meia.

– SETE E MEIA?? – repeti incrédulo.

– Sete e meia. E já é tarde porque quero ir à praia.

– Juliana, acordas-me de madrugada para ir à praia?

– Pois claro. É a melhor hora para tomar um banho no mar. Além disso precisamos de refrescar as ideias. – ia falando comigo enquanto se penteava.

Agora que estava acordado, não havia muito a fazer. Suspirei desconsolado.

– Pareces a mulher eléctrica.
– Cinco minutos.
– Mas...Estava na melhor parte do sono.
Já não tive resposta. Saíra porta fora. Eu detestava levantar-me à pressa e logo no fim-de-semana, quando me podia enroscar nos lençóis até à exaustão. Até às dores nas costas.
Ainda meio atordoado encontrei-me com Juliana e com a D. Noémia na exígua sala de refeições.
– Bom dia senhor Gabriel. – já éramos velhos conhecidos – A sua namorada não o deixa preguiçar, hem?
"Namorada?!" Ainda era muito cedo para começar a sentir o meu estômago completamente revolvido. Olhei para Juliana com espanto. Ela piscou-me o olho pedinchando a minha cumplicidade.
– Pois é, D. Noémia... – continuei a observar a cara de gozo da minha inesperada namorada. – Estava tão sossegado sem ninguém para me aborrecer. Agora já nem posso dormir uns minutos a mais.
– Ora. Não diga disparates. Fica muito bem junto desta jovem tão bonita. E simpática. O que é difícil de encontrar hoje em dia. São todas umas empinadas, magricelas e sem graça nenhuma. – e dito isto voltou para a cozinha – Deixem-me ir que o leite vai deitar por fora.
Cheguei-me perto da minha companheira de quarto e segredei-lhe – Que conversa é esta de namorada?
– Desculpa. Foi só para ela não estranhar. Começou a fazer perguntas e eu para lhe dar o final feliz que ela queria ouvir disse-lhe que éramos namorados. – ela fez uma daquelas poses de menina arrependida e deu-me um beijo na cara. – Bom dia, querido.
– Muito bem. Bom dia também para ti...meu amor. – resignei-me ao injusto papel de suposto namorado.
Ela fez-me uma festa na cara, mal barbeada, e deu-me um beijo na outra face. Quanto se chegou perto de mim, sussurrei-lhe:
– Olha lá, o que fizeste ao livro? Procurei por todo o lado mas não o encontrei.
– Quando me levantei, vi-o no chão. Adormeceste com ele não foi? – mostrou-se um pouco zangada – Tu por acaso já pensaste no valor que pode ter?

– Só para tua informação, tu também adormeceste com ele na mão… E primeiro do que eu. Onde é que o colocaste? – o ataque é sempre a melhor defesa.

– Não mudes de assunto. Está bem guardado. – assegurou ela, olhando-me de viés.

– Ora aqui está o leite. – a dona da pensão voltara da cozinha. Colocou em cima da mesa uma cafeteira cheia de leite. – Se quiserem eu depois aqueço mais. Ficam mesmo bonitos a arrulhar comos duas rolas enamoradas. – e deu uma risada maliciosa.

– Não vale a pena D. Noémia. Este chega porque vamos para a praia e não podemos comer demasiado.

– Comam. Comam porque é ao pequeno-almoço que se deve comer bem. Deixem-se lá de praias. – e afastou-se de novo a mordiscar uma côdea de pão caseiro.

Assim como não me deixou dormir, Juliana também não me deixou comer tudo o que o meu pobre estômago desejava. Tinha-se levantado naquele dia para me atazanar a alma. Como uma verdadeira esposa.

Lá fui arrastado, e contrariado, pela energia desmedida da rapariga para as praias do Oeste. Fomos para uma praia que se situava a sul da Foz do Arelho. A praia do Cortiço. Um areal pouco visitado pelos veraneantes que preferiam as praias mais movimentadas. Era um local sossegado e limpo, onde o mar azul-escuro do Atlântico nos fazia companhia. Apesar das águas frias, Juliana mergulhou e nadou como uma criança. Acenava-me de vez em quando, gritando convites para o banho. Eu preferia a inebriante dormência do corpo e da mente debaixo dos raios de sol que começavam a aquecer a manhã. Ia adiando as chamadas com os usuais "Vou já" mas o meu pensamento bradava um cínico "É já a seguir!"

Depois de cansada de tanto brincar com as ondas e a espuma esbranquiçada veio deitar-se ao meu lado.

– Não acredito que não vás ao banho. A água está óptima. Quentinha.

– Estou a ver. – respondi apontando para a sua pele repleta de pequenas erupções provocadas pelo frio.

– Agora já estava a ficar desconfortável mas estive lá dentro imenso tempo. Posso dar-te um abraço... namorado.

– Não! Por favor! Estou quente do sol. Se me tocas ainda apanho uma congestão. – e dei um salto para fora da toalha. – Não sejas má. Vocês, mulheres, são mesmo ruins.

– Anda cá. Não fujas. É só um abraço. – ameaçava Juliana, começando a correr atrás de mim.

Parecíamos dois garotos à beira-mar. Porém, durou pouco a perseguição, o meu entorpecimento fez-me estatelar na areia, passados poucos metros, e ela caiu-me em cima, gelando-me dos pés à cabeça. Tentei resistir-lhe mas alguns segundos depois as nossas temperaturas equilibraram-se. Senti-me molhado e frio.

– A vingança vai ser terrível. – intimidei-a, zangado – Não esperes pela demora.

– Ui! Estou apavorada. – riu-se, libertando-me do gélido grilhão.

Mal sabia ela que, no final do dia, a desforra viria da forma mais inesperada.

A mulher estava ansiosa por contactar os irmãos. Se louvasse a Deus, dar-lhe-ia graças por lhe ter concedido o privilégio de ter sido a escolhida. Mas a sua missão era precisamente embargar a obra do Senhor. "Impedir os desígnios de Deus" - foram as palavras que lhes repetiram incessantemente durante anos - "Forjar o reino do Prometido". À medida que foram crescendo, tinham sido enviados para os mais diversos lugares, ligados à igreja católica.

O mais velho, Franco, tinha sido educado num seminário em Roma, onde permanecera como professor depois de concluído o curso; um ano depois, Carmen fora entregue ao Convento de Pedralbes, em Barcelona; Karl, encontrava-se na Alemanha, numa pequena cidade da Baváriã; em Lourdes, na França, Sylvie dividia os seus dias como freira e professora num seminário; na ilha grega de Mikonos, Kuryados desempenhava as funções de padre ortodoxo; na Escócia, na abadia de Stirling vivia Miles, um dos mais proeminentes vigários da região; por fim, uma outra mulher, Carlota, que viera para Portugal dedicar-se ao Senhor no Convento de Freiria.

Na Turquia ficara a irmã mais nova, Mirna. Essa fazia parte de outro plano. A preservação da espécie. Casara com um homem que desde cedo lhe fora imposto. Os seus antepassados proviam o varão que garantia a próxima prole. Oito filhos. O último seria uma fêmea que gerava outros oito.

Desde há muitos séculos que a família fora escolhida para eliminar o "falso" Rei dos Céus e da Terra. De pais para filhos foi sendo passado o mandato – encontrar o Caminho e destruir a semente de Deus.

No seio deste grupo de guerreiros sagrados sabia-se o tempo e o local da nova obra de Deus. O terceiro milénio era o tempo. A Europa, o local. Há muito que se preparavam para a sua missão. Desconheciam, porém, a hora justa e o local exacto onde se iniciava o trilho sagrado, o que implicara a dispersão das gerações dos sete "pérfidos" por várias regiões na Europa.

Sabiam também que os prováveis lugares eram cidades ou vilas com uma característica singular, marcadas por um destino maior.

"Na terra das sete igrejas, no útero de Cristo, a trombeta do Santo abre as portas do Caminho ao homem e à mulher."

Itália, Espanha, Alemanha, França, Grécia, Reino Unido e Portugal. Em todos estes países de índole profundamente cristã existia um lugar onde ao longo dos séculos se haviam erigido sete igrejas. Era nestes sítios que diariamente, e ao longo de muitos séculos, a seita procurava indícios do Caminho.

Na noite anterior, a mais nova dos irmãos designados vira o seu propósito realizado. Todos os sinais se tinham manifestado como o pai lhe contara, assim como lhe tinham contado também a ele. Em Óbidos, terra de sete igrejas; na Igreja de Santa Maria, mãe de Jesus Cristo; foram tocadas, ainda que dissimuladamente, as sete notas musicais, a música de São João; na presença de um homem e de uma mulher.

Com setenta e três anos iria, seguramente e dentro de pouco tempo, passar o testemunho a um dos sobrinhos cuja iniciação estava concluída. Mas agora, quando já nada o fazia prever, iria cumprir o objectivo da sua vida. O Caminho.

Já tinha conseguido falar com Miles. Ele ficara surpreendido – "Tu? Nunca pensei que fosses tu a dar a notícia porque nunca acreditei que o Caminho começasse em Portugal. Vou já para aí." – Ao fim de duas horas já estavam todos a par da informação. Apesar da maior ou menor surpresa, ninguém duvidou da irmã, prometendo o reencontro familiar para os dias seguintes. Era o prelúdio de uma batalha há muito anunciada.

Estávamos os dois sentados na areia, lado a lado, olhando o mar que nos ia ameaçando. "Vou molhar-vos se não saírem daí." - ia dizendo com brandura e chegando-se cada vez mais perto. Desviei depois os olhos do mar e, disfarçadamente, percorri o perfil do rosto e dos cabelos de Juliana. Estavam em contra luz, o que lhes conferia uma aura dourada, angelical.

A presença assídua de Juliana tinha invocado a necessidade do feminino na minha vida. A complementaridade da minha alma, da minha existência. Contudo, toda aquela efervescência mais não era do que o descarregar da tensão e da ansiedade que tínhamos passado nos dias anteriores. Ela sentia-se contente.

– Claro que me sinto contente, Gabriel. Já pensaste bem no que aconteceu. Resolvemos um mistério. Daqueles que se lêem nos livros e se vêem no cinema. Aconteceu-nos a nós! Há uns meses atrás eu jamais sonharia com uma coisa destas.

– Pois é. Tudo isso está muito bem. E deves sentir-te feliz por teres resolvido...

– Termos! – corrigiu ela de pronto.

– Está bem. Termos resolvido o mistério. Mas e agora? Não receias que possamos ter aberto uma porta que deveria manter-se fechada.

– Talvez. – ficou pensativa.

– Fazes ideia do que possa ser aquele livro?

– Não. Tenho que pesquisar. De todos os símbolos que estão na capa, apenas desconfio do que possa ser o animal. Do resto nem sequer suspeito.

– Sempre achas que é uma ovelha?

– Não. *Agnus Dei*. – respondeu.

– *Agnus Dei*? – decididamente, eu estava no filme errado. – Cada tiro, cada melro.

Ela riu-se. – Então? Também nunca ouviste falar no *Agnus Dei*?

– Não. Já ouvi falar na *Opus Dei*… Mas nunca na *Agnus Dei*. É alguma sociedade secreta? A *Opus Dei* é uma coisa desse género, não é?

– O *Agnus Dei*. Não é a *Agnus Dei*. E não é nenhuma sociedade secreta. O *Opus Dei* é mais ou menos isso. É uma sociedade dentro da Igreja Católica que está mais ou menos envolvida…Eu não diria em secretismo, porque se sabe quem são os seus membros, qual a sua missão que é a divulgação do Evangelho e além disso foi aprovada pela Santa Sé… Sigilo. Enquadra-se dentro de algum sigilo porque, de acordo com determinadas opiniões, algumas das práticas usadas pelos seus membros são demasiado radicais.

– Radicais?

– Vais repetir tudo o que digo?

– Não. Continua.

– É que, ao que transparece para fora da sociedade, alguns dos costumes mais extremistas da Igreja Católica, que se julgavam enterrados pelo tempo, foram conservados no seio do *Opus Dei*.

– Estou a ver que estás de facto muito bem informada sobre estes assuntos.

– Mais ou menos. Como já te disse, este é o meu escape. De vez em quando preciso de me afastar da música.

– E o *Agnus Dei*?

– O *Agnus Dei*. Aposto contigo que já ouviste falar dele, só que com outro nome.

– Talvez.

– O Cordeiro de Deus.

– *Agnus Dei* é o Cordeiro de Deus? – perguntei surpreendido.

– Nem mais! É a denominação latina para o famoso Cordeiro de Deus.

– De facto já tinha ouvido falar em Cordeiro de Deus. Mas se queres que te diga a verdade, não sei muito bem o que representa. Acho que se relaciona com sacrifícios que os cristãos faziam nos tempos do Império Romano. – esta minha hipótese foi exposta com pouca convicção.

– Andas perto. Não eram quaisquer sacrifícios. Foi o sacrifício.

"Eis o Cordeiro de Deus. Aquele que tira o pecado do mundo."
– Jesus Cristo!
– Isso mesmo. Jesus Cristo foi, e é para os cristãos, o Cordeiro de Deus. Ele foi crucificado para resgatar os pecados até então cometidos pela Humanidade.
– Pobre Jesus. Já podia ter voltado mais de uma centena de vezes que, mesmo assim, não conseguia apagar os pecados que a Humanidade tem praticado. Às vezes até em Seu nome.
– Concordo contigo. Ao fim de tantos séculos, a raça humana ainda não foi capaz de perceber a forma correcta, elegante, digna e sensível de interagir com o planeta, incluindo a sua própria espécie. Somos brutos, em todas as acepções da palavra. E, quer acreditemos ou não em Deus ou em Jesus, Ele mostrou-nos como fazer. Amor. Amar tudo e a todos. O amor é a lei fundamental. A grande força do Universo, da Natureza. Todas as outras manifestações ou leis naturais derivam do amor, através das suas mais diversas formas.

Eu amei-a naquele instante. E cobicei o seu amor. – O mundo seria, seguramente, melhor se amássemos mais. Mas o ódio parece ser mais fácil. Não sei porquê, cada vez mais se desenvolve o culto do ódio como sentimento instintivo de defesa. Dá a sensação que odiar nos torna mais protegidos. É como que se o amor nos tornasse mais frágeis.

– Esse é o quadro pintado por todos os meios de informação. E o mundo está perdido nessa imbecilidade primária. – as palavras de Juliana estavam carregadas de desânimo.

– Voltemos ao Cordeiro de Deus. Não te quero ver nem triste, nem zangada.

– Não tenho muitas dúvidas de que o animal representado é um cordeiro. Os outros símbolos não são tão evidentes.

– E os fechos dourados? Será que os podemos tentar partir?

– As pequenas inscrições, também não sei o que são. Quebrar os fechos para ver o livro por dentro, apenas em último caso. Embora deva confessar que já me passou essa ideia pela cabeça.

– A curiosidade matou o gato...

– Exactamente. Não devemos tomar medidas precipitadas.

Estávamos de acordo quanto ao próximo passo a seguir.

Analisar o livro até à exaustão e não cair na tentação de partir os fechos de ouro que encobriam o segredo ou os segredos do livro.

Na encosta do monte, onde o Sol nascia todos os dias, o velho homem ajoelhava-se perante o Universo. E falava com Ele. "Meu Pai, guia-lhes os passos na coragem e na fé. Livra-os da tentação da quebra dos Selos." A sua prece era acompanhada pela força da idade. Sabia que a sua voz era escutada no Céu, por Aquele que lhe mostrara a Luz. Por aquele que era a Luz.

Como não tinha grande vontade para estar na praia, acabei por convencer a Juliana a voltar para a pensão. O argumento explícito e genuíno era estudar o livro mas outra razão havia para abandonar o mar à sua sorte: o corpo quase desnudado daquela mulher deixava-me à beira da loucura.

– Está bem. Vamos lá. Eu também estou desejosa para me sentar e observar melhor o livro.

Regressámos ao burgo. A curta viagem foi passada entre simuladas brincadeiras de namorados. Piropos e provocações. O quanto eu desejava que tudo aquilo fosse de facto verdade.

Quando chegámos de novo à pensão "Real", a D. Noémia esperava-nos com uma notícia que iria abalar a Juliana. O mecanismo do Destino rodava mais um dente na divina direcção.

– Meus queridos, tivemos um problema com a porcaria da água. – a mulher suava por todos os poros. O chão da casa estava coberto de panos encharcados em água. – Rebentou-se um cano na casa-de-banho que fica ali ao lado do vosso quarto.

– Mas que grande aborrecimento, D. Noémia. – condescendeu Juliana.

– E o pior é que o vosso quarto foi o que ficou pior. Tive que tirar todas as vossas coisas para o quarto do fundo. Aquele ali. – apontou-nos a direcção de um quarto que dava para as traseiras do edifício, enquanto me piscava o olho.

– Então mas não tinha a pensão toda ocupada? – inquiri com surpresa e fingindo que não percebera aquele imprevisto trejeito.

– Tinha. Mas disse ao homem, que ainda por cima não era

nada simpático, que precisava de tirar toda a gente da pensão por causa dos arranjos. – respondeu a D. Noémia baixinho. – Ele ficou meio aborrecido mas lá se foi embora. Que Deus o leve em boa hora.
– Então e as nossas malas já lá estão. – adiantou a minha companheira de quarto.
– Já, sim senhora. E aquela coisa antiga meio esquisita que estava guardada na mesa-de-cabeceira também já lá está. A chave está na porta.
Coisa esquisita? O livro! Olhámos um para o outro, estarrecidos. Não podíamos deixar o livro assim em qualquer lado, alguém o podia roubar.
– Muito obrigado, D. Noémia. – e fomos rapidamente para o quarto.
Lá estavam as nossas malas em cima da cama e o livro em cima de uma pequena cómoda. Depressa compreendi o piscar de olho da mulher e fiquei à espera da reacção da Juliana. Esta, porém, estava demasiado preocupada com o livro. Só ao fim de alguns minutos, depois de passado o susto, é que ouvi aquilo de que estava à espera há algum tempo.
– Gabriel! Não pode ser. Só temos uma cama no quarto. – exclamou.
– E eu aviso-te já que não durmo nem no chão nem no sofá. O chão é muito duro e torto. Quanto ao sofá, não há nenhum. – respondi sem olhar para ela. A vingança chegara mais cedo do que seria de esperar.
– Mas… Gabriel, não vamos dormir os dois na mesma cama.
– Podemos sempre ir para outro lado, mas eu penso que a D. Noémia iria ficar magoada. Ela mandou o outro senhor embora por nossa causa. E além disso somos… namorados. Não é, minha querida?
– Por favor. Era só uma brincadeira.
– Não se deve brincar com o fogo. – eu estava a saborear o momento. Ela ficara desarmada.
– Vou dormir vestida.
– Fazes muito bem. Eu vou dormir nu.
– Gabriel. Nem penses!

– Cada um dorme como quiser. Foi esse o nosso acordo.
– Pois foi. Mas era em camas separadas.
– Queres ir-te embora? – perguntei, simuladamente desconsolado.
– Não. Ficamos. Mas promete que te portas como um cavalheiro. – estava conformada.
– Absolutamente. Nem sei como podes ter pensado o contrário.

Juliana andou durante uns minutos como um animal desconfiado. Parecia observar todos os meus movimentos. Finalmente, agarrou-se ao livro e estudou-o ao ínfimo detalhe. Eu fui pesquisando na Internet a informação que encontrei sobre o Cordeiro de Deus. A única coisa que me despertou a atenção nos vários artigos e imagens sobre o *Agnus Dei* foi a existência de uma cruz que não aparecia na nossa capa. A cruz estava precisamente relacionada com o sacrifício consumado na crucificação. Nada mais encontrei, que merecesse especial referência, no maravilhoso mundo da informação digital.

– É uma boa observação, Watson. Talvez esteja enganada e não seja mesmo o *Agnus Dei*. Não me recordo, assim de repente, de outro cordeiro relacionado com a história da religião católica, ou mesmo outras de natureza cristã.

– Mas também nada nos diz que todo este mistério esteja relacionado com religião.

– À excepção da mensagem estar num quadro de São João, dentro da igreja de Santa Maria, e corresponder ao hino de São João… Não. – ela fez uma careta.

– Já percebi. Só tem mesmo a ver. Desculpa. Estava só a tentar ajudar.

– Eu sei. E acho que eliminaste o *Agnus Dei*, com um forte argumento.

Restavam duas opções. A primeira, ser um outro animal que não um cordeiro, se bem que tínhamos quase a certeza de que seria. A segunda, haver um outro cordeiro mencionado em Teologia.

– E tu já descobriste o que serão os outros desenhos?

– Bom, para começar, são apenas duas figuras que se repetem sete vezes cada. Uma parece-me uma concha a outra é uma espécie de peixe.

– Conchas...peixes...mar...oceano...pescadores – fui verbalizando o que a minha mente conseguia relacionar com os dois supostos substantivos.

– São João era um pescador! – ela saltou da cama onde se tinha aninhado. – Talvez haja uma ligação. Os quatro primeiros apóstolos a acompanhar Jesus eram pescadores. Depois Cristo apelidou-os de "pescadores de homens". Simão, a quem mais tarde Jesus chamou Pedro e lhe disse – "Sobre esta Pedra edificarei a minha Igreja".

– Sobre esta pedra...sobre este Pedro...É curiosa a analogia.

– Pois é... Ainda hoje Pedro é considerado o primeiro Papa do Vaticano. Depois André, irmão de Pedro. Tiago e João. Estes últimos eram também irmãos. Jesus chamava-lhes "os Filhos do Trovão" – *Boanerges* – porque eram extremamente zelosos. Se pudesse dizer-se que Jesus tinha preferidos, estes quatro seriam aqueles por quem ele nutria uma maior afeição.

– Eram os únicos pescadores? – indaguei.

– Creio que sim. Os outros vinham de outras origens profissionais. Mas pode ser que a relação nos traga mais informações. Procura conchas e Bíblia.

– E os peixes?

– Sobre os peixes há certamente imensos artigos. Procura primeiro as conchas.

– É para já, Sherlock. – e ordenei ao computador uma busca pelas palavras chave "Bíblia" e "concha".

Descobri referências a "concha" em Isaías, em São Tiago, numa lenda de Santo Agostinho, na iconografia portuguesa de São Francisco Xavier e, curiosamente, descobri que estava representada no brasão do Papa Bento XVI. Li com interesse os vários documentos. Estava a ficar viciado nos meandros da religião católica. Contudo, toda a informação obtida era pouco susceptível de se relacionar com o que procurávamos.

Tentei os "peixes" e tal como ela previra apareceram milhares de *links* sobre o tema. Percorri, superficialmente, os que vinham enunciados na primeira página do motor de busca. Nada de especial. Não havia pontes que me ajudassem a transpor as extraordinárias imagens do livro. A rapidez com que os computadores nos permitem aceder às intermináveis bases de dados faz com que não percamos muito tempo perdidos em buscas aparentemente estéreis.

Não satisfeito com os primeiros minutos de pesquisa, voltei ao animal. Desta vez associei ao "cordeiro" o tema recorrente na nossa investigação – "São João". Logo na segunda ligação oferecida, deparei-me com um outro cordeiro citado na Bíblia. O Cordeiro do Apocalipse.

– Juliana! Encontrei outro cordeiro na Bíblia. – referi entusiasmado.

Ela sentou-se direita na cama e virou-se para mim à espera de mais pormenores – Desembucha.

– Já ouviste falar no Livro do Apocalipse?

– O Livro da Revelação. É o último livro do Novo Testamento. São João. – ficou perplexa.

– Tens razão. Foi escrito por São João. – concordei, sem grande surpresa. Já não me deixava impressionar pelo seu nível de conhecimentos.

Juliana levou as mãos ao rosto e ficou hirta por uns segundos. Depois, falou com a voz embargada – Meu Deus. Não posso acreditar.

– Outra vez São João, não é?

– É…É São João outra vez… Tu não percebes, Gabriel. – empalideceu, sem eu perceber muito bem porquê – O Livro da Revelação…

– Aqui chamam-lhe Apocalipse. – corrigi.

– É a mesma coisa. Apocalipse quer dizer revelação. – continuava em choque, ao proferir estas palavras.

– Olha, vês. E eu que pensava que queria dizer "fim do mundo" ou "destruição total". Qualquer coisa relacionada com a guerra. Lembras-te do "Apocalispse Now"…? – ia continuar, mas um olhar recriminador fez-me perceber que estava a deslizar para uma nova demonstração de ignorância.

– Mais um paradigma da cultura moderna assimilada nos meios de comunicação grosseiros e desviantes.

Reduzi-me à insignificância de um secular embrutecido e resolvi manter-me calado à espera das próximas declarações de uma perita.

– Não me recordava do cordeiro no sonho de São João.

Perante o meu semblante pasmado, percebeu que teria que retroceder um pouco na história.

– O Livro da Revelação é o contributo de João para a percepção da chegada do juízo final. O apóstolo escreveu o livro baseando-se num sonho, durante o qual lhe foram transmitidas as revelações sobre o fim do mundo. Neste facto reside a confusão que normalmente se faz com a palavra "apocalipse". Muito genericamente, no sonho, João encontra-se com vinte e quatro anciãos e um anjo, que o vão guiando. No decorrer do sonho surge um cordeiro, a entidade escolhida para abrir um livro que contém os vários acontecimentos que marcarão os dias do juízo final.

– Um livro com sete selos? – a minha pergunta fora embrulhada no mais profundo dos meus receios.

– Nem mais. Como é que sabes? – era ela que agora se mostrava surpreendida.

– Estou a ler aqui. – respondi enquanto olhava para o monitor.

– O livro tinha sete selos, que o cordeiro foi abrindo um a um. Os quatro primeiros referem-se aos Cavaleiros do Apocalipse, e os outros contém outros sinais que testemunharão a morte dos que não se comportaram de acordo com a Lei de Deus, em oposição com a ressurreição dos bem-aventurados. Sete selos...

– Achas que...? – senti-me estremecer, ao adivinhar os seus pensamentos.

– Não sei, Gabriel, não sei. Em boa verdade, as peças encaixam umas nas outras.

– Ó rapariga, tu vê lá no que nos estamos a meter. Parece que nos estamos, cada vez mais, a enterrar em coisas esquisitas.

– Eu também começo a achar tudo isto...por um lado demasiado irreal, por outro altamente apaixonante. Pensa nas possibilidades.

– Mas quais possibilidades? Tu não estás boa da cabeça? Já viste se fosse de facto verdade termos encontrado um livro, que vem descrito na Bíblia e que encerra os segredos do hipotético fim da Humanidade.

– Exactamente! Termos na nossa posse as actas do Juízo Final. Os códices da uma Nova Era.

– Enlouqueceste de vez. Mas porquê nós? Porquê eu? Porquê

o meu pai? Ele até nem era nada deste género de coisas. Assim como eu.

– Nunca ouviste dizer que Deus escreve direito por linhas tortas.

– Por favor, Juliana.

– Deixa-me examinar melhor o sonho de São João. Talvez estejamos a exagerar. – tentou acalmar a minha compreensível ansiedade.

Em perfeita sintonia, mergulhámos no ciberespaço para ler na íntegra o Livro do Apocalipse. As novas revelações foram ainda mais surpreendentes e preocupantes.

(…)"Eu vi também, na mão direita do que estava assentado no trono, um livro escrito por dentro e por fora, selado com sete selos."

(…)"Eu vi no meio do trono, dos quatro Animais e no meio dos Anciãos um Cordeiro de pé, como que imolado. Tinha ele sete chifres e sete olhos (que são os sete Espíritos de Deus, enviados por toda a terra)."

Algumas passagens foram repetidas várias vezes, tal era a incredulidade e a perplexidade que nos envolveu.

– O cordeiro com sete chifres e sete olhos?

Confrontámos a descrição de São João com o livro que tínhamos na nossa posse. O nosso cordeiro apenas tinha dois olhos, dos quais apenas um visível, e não tinha chifres.

– Olha bem para as conchas e para os peixes. – alertou-me ela.

Assim que o meu cérebro, agora guiado por imagens pré-concebidas, processou as ilustrações que rodeavam a figura central da capa, fiquei assombrado.

– Não são peixes, nem conchas…São olhos e chifres!

– Eu também concordo. A capa do livro corresponde à descrição de São João. Todos os sinais estão aqui.

– Olha lá, e se isto for uma brincadeira de mau gosto?

– Pode ser. Mas também pode não ser. – avisou ela.

– E o que fazemos agora? Ficamos com o livro? Entregamo-lo à igreja? Ele pertence à igreja. Nós roubámo-lo. – cada vez me sentia mais assustado.

– Cala-te. Fala baixo. Tem calma, vamos pensar sobre o assunto. Para já não roubámos nada. Apenas temos dado continuidade aos desígnios do Destino. Além disso não sabemos a quem pertence o livro. Os testemunhos e os actos do Novo Testamento não são propriedade exclusiva da Igreja católica. Foram, simplesmente, adoptados por ela. O facto do livro estar escondido na igreja de Santa Maria não quer dizer absolutamente nada.

– Pode ser como dizes, mas são segredos e profecias a mais para o meu gosto.

A professora riu-se – Saíste-me um detective muito fraquito.

Os minutos voaram e levaram as horas com eles. Nem nos sentimos incomodados pelas muitas investidas que as nossas barrigas devem ter feito durante toda a tarde e boa parte da noite. Era viciante a procura, a descoberta, o desconhecido. Mas o cansaço acabou por chegar.

– Vamos descansar que já é tarde. Já passa da meia-noite. – disse Juliana, espreguiçando-se para esticar os músculos tensos e esgotados dos maus posicionamentos em frente ao computador.

A mudança de assunto fez-me sair do aperto que ao longo da noite me fora asfixiando. – Sim. Vamos dormir.

– Vou à casa de banho. Quando voltar quero-te já na cama e virado para a parede. – agora era ela que se sentia pouco à vontade – Com camisola e cuecas. No mínimo.

– Vai lá e faz pouco barulho para não acordares a D. Noémia. Eu também preciso de ir. Fica descansada que vou vestir a samarra.

Não muito longe da pensão, numa casa pequena e humedecida pela velha muralha de pedra que lhe servia de parede, estavam já reunidos os sete irmãos que tinham por missão arruinar os planos de um casal que nem sequer sabia que os tinha.

– A partir de amanhã, vocês as duas não vão perder de vista o parzinho. – disse o irmão mais velho que agora tomava conta das operações, apontando para Carlota e para Sylvie – Nós vamos prepararmo-nos para as etapas seguintes.

Todos concordaram em silêncio, evidenciando um forte respeito pelo primogénito. A irmã que permanecera em Portugal, porém, escondia os seus verdadeiros sentimentos e desejos. Fazia-o com a mestria de muito anos de experiência. Sentia-se revoltada e desconsiderada. Tinha sido ela a encontrar o Caminho e agora era relegada para segundo plano, como qualquer um dos outros irmãos. Deveria ter sido ela a liderar a reunião e a distribuir as tarefas. O seu olhar vacilou entre o ódio e o medo.

Franco era um homem com um aspecto grotesco. Tinha uma cara de bébé e um corpo desmesuradamente grande. Quando a estas características se juntava um timbre de voz agudo, efeminado, percebia-se a razão da sua figura anormal. Era um dos últimos *castrati* concebidos em Itália. Antes da puberdade tinham-lhe sido extraídos os testículos para que a sua voz pudesse ganhar as qualidades de um sopranino. Estas vozes, nascidas da mutilação, eram imensamente apreciadas nas salas de ópera italianas nos séculos XVII e XVIII, e teriam supostamente caído em desuso. Todavia, aquele homem era a prova viva de que ainda havia quem se deleitasse, nos palcos mais ocultos, a ouvir os tons agudos das notas cantadas por estes seres condenados à aberração.

Seria Franco o mestre-de-cerimónias. O grande sacerdote desta pequena ordem, com grandiosos objectivos.

CAPÍTULO XIII

Finalmente estávamos os dois deitados. Na mesma cama. Não deixava de ser uma situação algo inquietante. Ela estava praticamente fora da cama. Ocupava uma pequeníssima área do colchão, uma estreita faixa com cerca de vinte centímetros. Vestia um pijama e um roupão. Perfeito para uma noite de Verão. Virara-me as costas, o que não me surpreendeu.

– Podemos conversar um bocadito ou... preferes que te deixe dormir. – inquiri com receio de que a minha pretensão fosse rejeitada.

– Não tenho lá grande sono. – respondeu ainda aparentemente amuada por partilhar a cama comigo. – Fala.

– Lembras-te de teres referido que nos estávamos a envolver num processo relacionado com uma espécie de iniciação?

– Sim. Claro que sim.

– Então e que tal se me esclarecesses sobre o assunto? Já agora gostava de saber em que é que sou iniciado.

– Bom... Para começar, posso estar enganada...

– Sim, já sei. Mas e se não estiveres...?

– Recordas-te do Hermes?

– O Trimegisto.

– Esse. Hermes é o patrono da Alquimia. Era um mestre grego que desenvolveu a Arte Real, como também muitos denominam a Alquimia. Esta, de acordo com relatos históricos, com alguns sombreados míticos à mistura, também tem origens egípcias. Primeiro no deus *Thot*, que ofereceu aos egípcios a escrita dos hieróglifos, o maior legado dos deuses. Depois aparece *Isís*, a quem os anjos trans-

mitiram o conhecimento dos mistérios do ouro e da prata. Ora é aqui que se tocam estas duas personagens. Um mítico, outro terreno, na concepção primária da busca do conhecimento. Essa é essência da Alquimia. A procura do conhecimento.
– Estou a ver... E o processo iniciático? – aproveitei o pequeno intervalo para me virar para o lado dela.
– Tens que ter paciência, senão as coisas depois não fazem sentido. – respondeu virando-se também para mim. Sorriu, empolgada com mais uma lição que começara a improvisar.
Sorri-lhe de volta e enrosquei-me na almofada.
– Então vamos ver... – enquanto ela tentava organizar o pensamento, percebi que a sua dificuldade seria expor tudo o que sabia de um modo simples, para que eu percebesse, mesmo ignorando muitos dos assuntos que fariam falta para a aula. Seria como tentar ensinar a multiplicação sem antes ter tido oportunidade de falar na adição. - Os grandes objectivos da Alquimia são três: a transmutação dos metais inferiores em ouro...
– A transformação de pedras em ouro?
– Não seriam pedras mas sim metais mais grosseiros, como o chumbo.
– Desculpa. Continua.
Ela aproximou-se um pouco, entusiasmada, e eu ajeitei-me para ficar mais perto dela e poder sentir-lhe o perfume. Depois prosseguiu.
– Outro é o Elixir da Longa Vida, a poção que cura todas as doenças e oferece vida eterna àqueles que o bebam. Estes dois primeiros propósitos estão ligados a outro conceito de que já ouviste várias vezes.
– Não... Nem penses. Eu estou completamente a leste destes assuntos.
– Estás enganado. – mostrou-se segura e como habitualmente estava certa. – Nunca ouviste o termo Pedra Filosofal?
– Pedra Filosofal?! Aquela do "Eles não sabem que o sonho é uma constante da vida..."?
– Sim. – e depois cantou baixinho. A sua voz tornara-se mais doce e melosa quando se aproximara de mim – "Eles não sabem, nem

sonham, que o sonho comanda a vida. Que sempre que um homem sonha, o mundo pula e avança como bola colorida entre as mãos de uma criança..."

– É muito bonito. – comentei em tom de gracejo.

– Pois é. É um poema lindíssimo do António Gedeão. Mas regressemos à Alquimia. A Pedra Filosofal, uma substância mítica, era a chave para chegar ao elixir e ao ouro.

– Falta o terceiro. – adiantei.

– Pois falta. O terceiro e último objectivo talvez seja o menos conhecido. O *Homunculus*.

– Como? – jamais ouvira tal vocábulo. – Repete lá, outra vez.

– *Homunculus*. A criação de vida artificial.

– Quem diria. *Homunculús*...

Ela riu-se com a acentuação fora do lugar e repetiu.

– *Homunculus*.

– Ou isso. Está bem.

– A Alquimia, que reúne áreas como a física, a astrologia, as artes, a metalurgia, a medicina, o misticismo, e a religião, foi também um pilar importante para o progresso de muitos dos procedimentos e conhecimentos que mais tarde seriam utilizados pela ciência química.

– Estou deslumbrado com a Alquimia. E com o Hermes, claro.

– Por conseguinte, além da perspectiva minimalista relacionada com os aspectos terrenos e materiais, devo dizer que existe um outro prisma que permite dissecar a Arte Real. Uma outra interpretação da arte hermética, que se desenvolve nos mundos psíquico, espiritual e simbólico.

– Ou seja, a tal busca do ouro pode representar a quimera do conhecimento. – tentei ter um papel mais participativo na aula daquela noite.

– Isso! Estás no caminho certo. A transformação da pedra bruta na pedra polida. Da ignorância ao conhecimento.

– Daí vêm então os rituais de iniciação. – o toque final.

– Muito bem! – ela mostrava um contentamento maternal pelas minhas deduções. – Para se poder chegar a esses níveis de conhecimento hermético, que envolvem as coisas da natureza e a natureza das coisas, são necessários cerimoniais de iniciação. Praxes, como nas academias. Basicamente, o que se pretende é enquadrar os indivíduos nos processos de transformação que eles próprios irão sofrer.

– É deveras interessante a forma como muitas coisas se cruzam.

– De facto... E repara que quantas mais coisas sabemos, mais elas se entrelaçam umas nas outras. Continuando na Alquimia... Compreender o exterior ao homem, mas também e acima de tudo o interior do homem. Descobrir o deus que há em nós. "Não sabeis que sois deuses?" dizia Hermes. Atingir o conhecimento supremo, estar com Deus, através de práticas de purificação espiritual, seria realizar a "Grande Obra". Os que o conseguissem seriam os verdadeiros alquimistas. Dizia-se que o próprio organismo destes homens iluminados produzia o Elixir da Longa Vida, prolongando-lhes indefinidamente a sua estadia no planeta.

– Não tenho palavras. – eu só queria prolongar o mais possível a curta distância que separava os meus lábios dos dela, já não pensava em mais nada.

Toda aquela história da alquimia e dos alquimistas era deliciosa e a maneira como Juliana a contava, tornava-a ainda mais fascinante. Mas o empolgamento da professora tinha sido contagiante e também eu me empolgara. Talvez demasiado.

Quando ela parou um pouco para recuperar o fôlego era demasiado tarde. Os meus olhos, já mergulhados nos dela, fecharam-se e foi como se tivessem dado rédeas ao galope desenfreado do meu coração. As borboletas. Essas pareciam estar num festival aéreo. Com manobras acrobáticas para todos os gostos e idades. Enfim, durante aquele par de segundos, que mais pareciam dois milénios, até que os meus lábios se unissem aos dela, o meu corpo resistiu ao maior ataque perpetrado por aqueles seres metamórficos. Os olhos de Juliana, encantados, enfeitiçados, seduzidos pelos meus, fecharam-se também, entregando-se às asas do desejo e ao fogo da paixão.

Depois, aliados num beijo sem fim, juntámos as forças do universo, enchendo de inveja o mar. Fizemos corar o céu, roubando-lhe todas as estrelas e deixando-o nu. Cabiam naquele quarto, na pensão da D. Noémia, naquela serena noite de estio, todas as juras de amor, todas as paixões declaradas e mesmo aquelas que nunca tiveram voz.

Todo o Universo se juntou em dois corpos, que transpiraram a única lei que alguma vez Deus pudera criar. O Amor. O nobre e leal recato das rainhas recebia no seu regaço mais um milagre do Criador. A perfeita união dos corpos, dos corações e das almas de um homem e de uma mulher. O verdadeiro prodígio da Natureza.

Quando a unidade se desfez, entregando à noite duas entidades inspiradas pelo Supremo Criador, o velho ajoelhou-se e anunciou aos céus:
– Seja feita a Tua vontade.

CAPÍTULO XIV

A manhã seguinte chegou depressa. Eu despertei primeiro com as cócegas do Sol, que teimava em me levantar as pálpebras. O meu cérebro tentou em vão comandar o meu corpo numa rotação que me escondesse do astro-rei. Porém, parecia que os meus braços e pernas estavam imobilizados por uma força estranha ou então, pior ainda, toda a energia que nos levara ao paraíso na noite anterior tinha-se esgotado. O mar e o céu tinham cobrado caro o nosso atrevimento.

Apesar do susto inicial, rapidamente percebi que era apenas o entorpecimento muscular provocado pela intensa batalha que travara com as borboletas. Estranhamente, senti que derrotadas ou vitoriosas tinham abandonado para sempre o meu estômago. Estava agora liberto de um cativeiro que me consumira durante muito tempo, mas prisioneiro de um outro cujas grades eram mais fortes e resistentes. Bastou um olhar para o rosto adormecido que descansava ao meu lado para perceber que ali estava a minha carcereira para o resto da vida.

Sentia-me como um qualquer boneco de cordas quando estreava um espectáculo. Meio desarticulado, com movimentos erráticos e espasmódicos, enquanto ainda digladiava com os raios de luz. Muito a custo, consegui sentar-me na cama. E ainda pensava nas dificuldades que teria em colocar-me de pé quando bateram à porta. – "Está tudo bem?" – era a D. Noémia. Quem mais poderia ser.

– Sim. Está tudo bem. – respondi surpreendido pela pergunta. – Aconteceu alguma coisa?

– Ah! Não! Só queria saber se ainda vão tomar o pequeno-almo-

ço ou se vão já direito ao almoço? – prosseguiu ela o interrogatório.
Continuei a estranhar as perguntas até que a senhora rematou
– É que já é meio-dia!
Fiquei ainda mais atordoado. Meio-dia? Já? Ou o tempo encolhera ou as horas e os minutos duravam apenas segundos naquele lugar maravilhoso por onde tínhamos viajado.
– Obrigado, D. Noémia. Acho que vamos já ao almoço. Desculpe o incómodo, foi sem intenção. Adormecemos. – respondi-lhe, tentando ainda equilibrar-me nas pernas que pareciam dois cotos direitos, sem dobras.
– Deve ter sido do quarto novo. – as palavras vinham acompanhadas de um riso buliçoso que já se afastava na direcção da cozinha.
"Bolas! Já é assim tão tarde?" – pensei, ao confirmar as horas nos ponteiros do meu relógio – "Ela vai ficar aborrecida. Ela gosta de se levantar cedo."
Bastaram uns breves momentos para verificar que estava redondamente enganado.
– Bom dia, Gabriel. Com quem estavas a falar? Pareceu-me uma voz de mulher. – o seu tom de censura não condizia com o semblante de felicidade.
– Era a D. Noémia. – disse apressadamente, desculpando-me.
– Já é tarde, não é? – e estendeu-me a mão, deixando que o lençol deslizasse um pouco, descobrindo metade do seu peito, revelando dos seus seios apenas o suficiente para me incendiar o espírito e o corpo com o calor e a doçura que o meu ser sentira durante grande parte da noite.
Deitei-me de novo ao seu lado, saboreando o toque da sua pele macia e sedosa. – Bom dia, Juliana. – queria falar sobre o que acontecera, contudo não sabia bem como começar.
Ela olhou para mim e adivinhando a minha aflição, confortou-me – Não é preciso dizer nada. Foi uma noite especial que jamais se apagará do meu coração, que nunca esquecerei por muitos anos que viva. – e beijou-me sem que eu pudesse dizer-lhe de viva voz que a amava.
Não fosse estarmos nos paços da D. Noémia, faríamos do dia outra noite e encetaríamos nova viagem pelos segredos escondidos

no mundo dos sentidos. Todavia, resistimos valentemente à imensurável tentação, não fosse a mulher voltar a bater à porta.

Estávamos esfomeados. A determinada altura os nossos estômagos resolveram manifestar-se em uníssono, reivindicando alimento. Era preciso cuidar do corpo agora que alma estava saciada.

– Vamos visitar a tua amiga. – desafiou Juliana.

– Se quiseres. Mas ela não é minha amiga. Tu não acreditas, mas eu apenas falei com ela uma vez e lá no restaurante.

– Sim, eu sei. – persistiu ela, simulando um olhar céptico.

Segurei-lhe a mão entre as minhas – Só tenho olhos para ti mas não vou deixar de ser simpático para as outras pessoas.

– Estou a brincar contigo. Além disso não sou ciumenta. Sinto-me segura e confiante perto de ti. Apesar de achar que como detective...

– Vai gozando. Talvez ainda te surpreenda. Um dia... Um dia...

E fomos sobre as pedras da Rua direita, que estavam estranhamente fofas como nuvens de algodão, até ao "1º de Dezembro".

Felizmente, a empregada do costume estava de folga o que impossibilitou a minha companheira de me judiar durante o almoço.

Enquanto esperávamos pela cozinheira, falámos do livro, de Óbidos e da D. Noémia. Depois, Juliana quis falar do que acontecera.

– Gabriel, quero falar sobre nós. - suspirou profundamente.

Eu olhei-a nos olhos. Ansioso. Os relógios pararam. E todo o ruído que enchia a vila foi abafado. O mundo parou à espera dela.

– Gabriel, a partir de ontem e se me aceitares eu sou tua mulher. Não quero perder-te agora que te encontrei. – a sua voz soou segura e delicada. Depois fez uma pausa. Esperou por mim.

– Juliana, eu é que te peço para me aceitares, com todos os meus defeitos. Quero estar contigo... Para sempre.

Talvez parecesse um acto precipitado, uma cena antecipada, um discurso fora de tempo. Mas o Destino, nunca se precipita, nem antecipa, nem acontece fora de tempo. O Destino não tem preconceitos ou julgamentos prévios. O Destino acontece e faz acontecer.

Demos as mãos, um ao outro. Entregámos o olhar, um ao outro. Eu levantei-me para a poder beijar com uma imensa ternura.

Celebrámos assim um casamento registado em todas as estrelas

do céu e apadrinhado por todas as ondas do mar. Testemunhas não faltaram. Os pardais-de-telhado que esvoaçavam pela praça de São Pedro; as flores dos vasos que ladeavam as janelas do casario branco; e as pedras, velhas como o tempo, que se deitavam aos nossos pés. Até a igreja de São Pedro, que estava mesmo ali ao lado, acabou por assistir.
    Depois fomos interrompidos pelo ritual da cerimónia. Cumpria-se a tradição. Seguiram-se os comes e bebes.
    Eu devorei umas espetadas de porco preto acompanhado com arroz de feijão e migas, enquanto que Juliana se deleitou com espetadas de tamboril com gambas e legumes. Ambos bebemos vinho tinto da região oeste.
    Ainda discutimos se seria do vinho ou da abençoada noite, o extraordinário despertar dos sentidos. A comida tinha um paladar especial. O cheiro dos condimentos era como incenso que aromatizava e purificava o ar. Qualquer fenómeno mágico, transcendental, tinha alterado o nosso organismo. Concordámos em eliminar o vinho do processo e culpabilizar o Cupido pela miraculosa transformação que tinha ocorrido.
    Sob a tutela do protocolo da ordem natural das coisas, e depois de contentar o filho de Vénus, o resto do almoço foi absorvido por várias questões, logísticas e administrativas, que precisavam de ser discutidas. A vida a dois requeria algumas preocupações e cuidados que até então eram perfeitamente escusadas por ambas as partes.
    – E agora? Depois deste esplêndido almoço apetece-me aproveitar o dia. Como se fosse o último. – ela estava recomposta e pronta para voltar às actividades que nos tinham trazido a Óbidos. – E a ti? O que é que te apetece fazer?
    O meu olhar sedutor, qual caricatura de um mal disfarçado Dom Juan, foi mais incisivo e denunciador que quaisquer palavras que pudesse ter proferido.
    – Não, não. Deixemos as emoções para outras ocasiões. Volta a imperar a razão e o meu instinto diz-me que devemos voltar ao trabalho.
    Imaginei um banho gelado percorrer-me a carne e os ossos. – Assim seja, os seus desejos são ordens. - E saímos de mão dada para ir à pensão buscar o livro e o portátil. Seriam estes os instrumentos que iriam dar forma ao enigma.

A vila era fértil em locais ocultos dos turistas, pelo que era relativamente fácil encontrar pequenos gabinetes de estudo ao ar livre e sempre com diferentes decorações, aliciando a inspiração. Naquela tarde fomos conduzidos pelo acaso até uma pequena varanda natural, em ruínas, junto à Porta da Traição. Ali nas traseiras do castelo, a que chamavam a Cerca, podia percorrer-se a paisagem desde os campos lavrados do Estim, até à cidade das Caldas da Rainha, passando pelo Monte de Santo Antão.

Sentámo-nos no chão aquecido pelo sol mas desta vez mais próximos um do outro. Tínhamos banido a distância que naturalmente existira entre os dois. Ela virou as costas para mim e usou-me como se as minhas costas fossem as costas de um sofá.

– Eu fico com o livro e tu vai andando pela internet. – voltava a colocar o chapéu de duas abas, de padrão em xadrez, só lhe faltava a lupa. – Procura pelas palavras...

– Eu sei quais as pistas deste caso. Com licença. – interrompi-a com delicadeza mas mostrando que me sentia competente. E de méritos reconhecidos, deveria ter acrescentado. Fora eu quem encontrara o verdadeiro "cordeiro".

Tínhamos chegado à conclusão de que havia sérios indícios de que o livro que tínhamos descoberto na igreja de Santa Maria poderia estar relacionado com o documento referido no Livro da Revelação, escrito por São João e que finalizava o Novo Testamento.

Não tinham passado ainda cinco minutos quando ela se levantou de um salto, quase histérica.

– Olha para aqui, Gabriel! – exclamou, apontando para a linha bordada que acompanhava o verso da capa.

– O que é que encontraste? – respondi, tentando encontrar alguma coisa na direcção do seu dedo. – É a linha?

– Não! – retorquiu impaciente. – Repara nas letras pequeninas.

Só a custo e guiado pelo dedo da professora, consegui vislumbrar um segmento da linha bordada composto por símbolos, letras, sem nexo. Rapidamente, ela retirou da sua mala uma lupa.

– Uma lupa? – estava atónito. – Só tu poderias lembrar-te de trazer uma lupa.

– O Sherlock Holmes também usava uma. Cala-te. – e assim

nos inclinámos os dois sobre o livro, com uma lupa pelo meio, que nos confessou mais um dos seus segredos.

– O que será? – questionei.

– Não sei. Aparentemente, parecem letras de um alfabeto latino. Mas...? Como é que só agora as vimos? – mostrou-se confusa.

– Não. É a luz. Esta é a primeira vez que inspeccionamos o livro com tanta luminosidade. Recorda-te: Primeiro, estávamos na igreja, imersos em escuridão. E depois, também com uma luz fraca, no quarto da pensão. Os pequenos cortes no couro, que agora surgem como letras, sempre nos pareceram ser próprios da costura. – argumentei com convicção.

– Tens razão! Só podes ter razão. Temos que transcrever a linha para o papel. Vamos, ajuda. – a excitação tinha tomado conta de nós outra vez. Abria-se uma nova porta à descoberta.

"SEPTEMSIGNAINPVMOPIDITERADLUCEM"

Os símbolos eram pequenos e confusos. E o pior era nem sequer saber qual o idioma utilizado, era muito difícil estabelecer o início e o final de eventuais palavras. Começámos então por definir quais as hipóteses para a língua. Tinha que ser algo antigo, como o Latim. Talvez inglês arcaico ou, até mesmo, uma espécie de francês. Grego não era, seguramente. Mas também poderia ser outra língua.

– Tu achas mesmo que pode ser inglês ou francês? – achava muito estranho num livro antigo aparecerem estas línguas.

– Porque não? – admirou-se de novo perante mais um ataque de insipiência. – O livro é antigo mas pode ter sido adulterado mais tarde. Há muitos documentos históricos, até códices, que foram alterados posteriormente à sua inicial produção, para servir determinados propósitos. Além disso, o inglês é uma língua falada há mais de quinze séculos. E nota que o quadro onde estava a primeira pista não era assim tão antigo.

– Quer dizer que esta linha de símbolos até pode servir apenas para nos desviar do caminho certo. – estava incrédulo. Quem poderia ter-se dado ao trabalho? E tinha sido muito porque as letras eram mesmo muito pequeninas.

– Mas também pode ser um sinal genuíno e estar aqui apenas para nos indicar o caminho. – voltava a trazer-me de novo à terra.
 – Portanto, vamos trabalhar nas letras? – perguntei meio baralhado.
 – A não ser que tenhas outras sugestões...
 – Vamos aos riscos!

"SEPT EM SIGN AINPV MOP IDI TERA DL UCEM"

"SEP TEM SIGNA IN PVMO PID ITE RADLUCEM"

"SEPTEM SIGNAIN PVMOPI DITER ADLU CEM"

Depois de várias páginas de testes, chegámos à conclusão que deveria ser Latim. Pelo menos essa era a hipótese onde se encontravam mais palavras. Eu tinha pensado na língua britânica. Talvez por defeito profissional. – "Olha que pode ser. A palavra *SIGN* salta logo à vista." – Ela achou pouco fundamentado o argumento e eu não consegui vislumbrar qualquer outro vocábulo anglo-saxónico com mais de duas ou três letras. Concordei que o inglês não devia ser. O francês não teve grande apoio por parte das duas facções. Excluído por unanimidade. O argumento era aliás dos mais fortes. – "Não gosto de francês." "E eu, também não."- acrescentei.

Ficámos com o Latim. Já a luz natural começava a desaparecer no horizonte quando definimos uma primeira suposição que incluía todos os símbolos inscritos na contra-capa. Uma vez mais, a Internet mostrara ser um auxiliar inestimável. Esta conjectura isolava uma palavra que não conseguíamos decifrar. Ou seja, havia qualquer coisa que nos escapava.

– Talvez seja mesmo assim. – referiu a esperançada professora. – Não somos peritos em Latim.
 – Era sorte a mais. Logo à primeira? E além disso, o meu sexto sentido... Sim, porque não é exclusividade do sexo feminino... – ela suspirou pouco convencida. – Diz-me que há qualquer coisa que não bate certo.

Através de vários dicionários *online*, identificámos seis palavras distintas e uma para a qual parecia não existir tradução.

"SEPTEM SIGNA IN PVMOPID ITER AD LUCEM"

A melhor tradução era – *"Sete sinais em PVMOPID são o caminho para a Luz"*. Alguns termos tinham vários significados, mas para começar decidimos não complicar muito. Iríamos explorar esta hipótese até à exaustão e depois se tomariam novos rumos. Agora que a noite tinha caído, colocava-se outro problema.

– Tenho que voltar a Lisboa, Gabriel. Já hoje pedi para me substituírem nas aulas, amanhã não posso faltar. O maestro Policarpo ficaria muito aborrecido. E um de nós tem que ganhar algum dinheiro.

– Claro. Tens o teu emprego e por muito arrebatador e empolgante que seja todo este mistério, tens as tuas responsabilidades. – eu já me esquecera que ela era professora de música. Ela, a vila e as pesquisas preenchiam a minha vida.

– Vem comigo. A minha casa é agora tua também. Aqui não ficas a fazer nada sozinho...

– Agradeço a sua confiança, Madame Sherlock. – soava distinto este novo epíteto.

– Gosto de "Madame"... Não é isso. Não sejas tonto. Se vieres comigo podemos estar juntos assim que eu saia do Conservatório e depois podemos escondermo-nos de novo... no nosso segredo.

Ela tinha razão. Eu não adiantaria nada sozinho. Depois havia também uma outra razão que ambos conhecíamos mas que ela por cortesia e delicadeza não quis dizer alto. Eu precisava de arranjar um emprego e abominava a ideia de viver à custa dela ou de quem fosse. Era impensável, inaceitável. Aos dezanove anos conquistara a minha autonomia e jamais iria abdicar dessa condição.

– Muito bem. Não faria sentido ficar aqui sem ti, a líder da expedição. E além de tudo mais, tenho que procurar um emprego. Anda. Fazemos as malas, despedimo-nos da D. Noémia e zarpamos para Lisboa. – o facto de viajarmos juntos e de podermos ficar um com o outro na capital, superava o afastamento da vila medieval e do seu oculto passado. - Mas tenho um pedido a fazer-te.

– Condições? – Juliana receava reservas e ultimatos.

– Não. Não tenho quaisquer condições a não ser o teu amor incondicional.
– Ufa! Assustaste-me. – respirou de alívio.
– Lembras-te da história do aeroclube e do rapaz que despoletou toda a situação que depois levou à minha demissão?
– Mais ou menos. O moço que se ia matando?
– Esse mesmo. O Bentes da Cunha.
– Sim… - ela estava intrigada. Qual seria o assunto com o Bentes da Cunha?
– Bom o rapaz tem muito pouco jeito para os aviões. Ele próprio o admitiu mas, como muitas vezes acontece, foi pressionado pelo pai, um comandante da TAP, e acabou por aceitar fazer o curso.
– E…
– E o desejo do rapaz era fazer um curso de música. Entrar para o Conservatório seria concretizar um sonho. Eu prometi-lhe que se ele tivesse coragem para desistir da pilotagem e confrontar o pai, falaria contigo.
– Então e só agora é que dizes?
– Ele é que ficou de me contactar, assim que resolvesse o assunto entre a família e até agora ainda não disse nada.
– Tenta tu falar com ele. Diz-lhe para ir ter comigo ao Conservatório.
– Obrigado, Juliana. Nem imaginas como será importante para o rapaz. – fiquei contente por ela ter aceitado receber o pobre Bentes da Cunha.
– Não tens nada que agradecer. Anda, temos que nos despachar. Amanhã é preciso levantar cedo.
– E a noite pode ser longa…
Além de um riso atrevido levei uma palmada na nuca, mas apenas para me apressar.

CAPÍTULO XV

A partilha de tempos e espaços com Juliana era uma leve brisa que nos ia embalando e até adormecendo num berço que balançava tranquilamente ao ritmo da Lua e do Sol. As nossas vidas tinham-se tocado devagar, depois tinham prosseguido paralelas, apenas por uns momentos, mas agora estavam completamente entrelaçadas e seguras por uma força maior. O amor.

As folhas do calendário foram caindo umas atrás das outras, complacentes, completando alguns meses, suficientes para a partida do Sol quente, das folhas das árvores, dos verdes e azuis, e o regresso da chuva, do frio e dos castanhos, amarelos e cinzentos.

Continuávamos concentrados numa única palavra. PVMOPID. Uma ponte que era preciso atravessar para progredir no caminho da descoberta. Aquele prometia ser mais um dia sem grande agitação. Pensava eu.

Tinha continuado a procurar um emprego, mas a área de Lisboa estava vacinada contra mim. As medidas profiláticas tomadas pelo meu antigo patrão tinham sido eficazes, de tal forma que os anticorpos abundavam até no mais ínfimo recanto aeronáutico. Restava-me apenas uma última tentativa, na qual eu tinha uma réstia de esperança. O aeródromo de Santa Cruz. Um pequeno campo de aviação, que ficava perto de Torres Vedras. Após alguns anos de pouca actividade, começava agora a ter uma grande afluência de alunos pilotos. A informação chegara por uma mensagem de telemóvel, enviada pelo Carlos.

Decidira, como em muitas outras ocasiões, ir almoçar com a

minha companheira. Enquanto esperava pela professora de Música, que entretanto se despedia do Maestro Policarpo, resolvi telefonar ao meu antigo companheiro de Tires. Digitei os números no teclado do pequeno sistema de comunicações e esperei pelo sinal de chamada. Ao fim de alguns toques ouvi a voz do Carlos:

— Estou?

— Olá, meu caro instrutor.

— Quem fala? – já não me conhecia a voz.

— É o teu líder espiritual. Muito me desiludes, rapaz. Bastaram algumas semanas para me apagares da tua memória.

— Gabriel? És tu?

— Sim, claro que sou eu. Como estás, meu velho? – sentia-me contente por ouvir de novo a sua voz.

— Está tudo bem. – a sua voz soara dissonante com as palavras proferidas.

— Olha estou a telefonar para te agradecer. Continuas a ser uma máquina. Como sempre.

— Ora nada tens a agradecer. O prazer é meu e a sorte será da rapaziada de Santa Cruz. – baixara o tom de voz e deixara transparecer uma enorme tristeza.

— De certeza que está tudo bem? – estranhei a repentina alteração de humor.

— Mais ou menos, Gabriel – o telefonema não fora pela razão que o Carlos antecipara.

— Que se passa, Carlos? Há crise em casa?

— Nem sei como te dizer… – o caso parecia sério e começava a intrigar-me, pois se ele estava com receio de me contar o que acontecera era porque, seguramente, me afectaria. E como ele tinha razão.

— Fala de uma vez. O que aconteceu?

— Houve um acidente…Com a Avioneta…

— A sério? Não brinques comigo. Partiram a Avioneta? – o meu coração sentia-se apertado, como se alguém de família tivesse inesperadamente partido – A minha Avioneta?

— É verdade, Gabriel. Jamais iria brincar contigo sobre uma coisa destas. Sei do estranho afecto que vos unia.

— Como é que foi…?

– Um aluno…no voo de largada. Entrou pelo mar dentro. Não se sabe mais nada. Deixou de falar com o controlo e…Não sei mais nada. O acidente está a ser investigado pelo GPIAA[3].

Durante a explicação do piloto instrutor as minhas pernas ficaram sem forças. O meu coração rebentara as correias que o reduziam e saltava descontrolado, atormentado por uma gigantesca agonia.

– Qual aluno?! Diz-me quem foi! – o volume alarmado da minha voz chegou aos ouvidos de Juliana que rapidamente se aproximou de mim.

Do lado de lá do telefone, o pobre rapaz sentia-se como um carrasco que vai cumprir uma sentença. Demasiado pesada. O Carlos tivera a certeza que a notícia acabaria por chegar, mais tarde ou mais cedo, pelos meios de comunicação social. Enganara-se. Eu nada sabia da terrível notícia que estava prestes a ecoar na minha cabeça.

– Foi o Bentes da Cunha. – e calou-se. Não disse mais uma palavra.

Não respondi. Afastei o telemóvel do ouvido. O profundo desespero e a imensa raiva que me envolveram, obrigaram-me a sentar. Tinha sido atropelado por um camião. Juliana manteve-se ao meu lado, confusa e sem saber como acalmar a minha evidente dor. Por diversas vezes, tentou perguntar-me o que sucedera mas eu não conseguia articular uma palavra. Por instantes fiquei surdo e mudo fechado em mim, recusando aceitar o que ouvira. Recusando aceitar o destino.

Como fora possível condenar aquele pobre infeliz a uma tão curta e sofrida existência. Dinheiro, vaidade, ignorância, falsidade, desrespeito, prepotência e arrogância. Uma mescla de pecados catalizadores de uma morte atroz e precoce.

– Gabriel, por favor, diz-me o que se passa. – ela estava aflita, pois desconhecia a razão da minha súbita angústia.

Finalmente, voltei ao passeio da rua do Conservatório e fitei Juliana:

– Desculpa… Desculpa. Nunca senti tamanha impotência, nem tanta vontade de matar alguém.

---

[3] Gabinete de Prevenção e Investigação de Acidentes com Aeronaves. Entidade governamental responsável pela investigação de acidentes com aeronaves.

— Que estás a dizer? Ficaste maluco? – ela estava agora ainda mais assustada – O que se passa?
— Não. Não estou maluco. Eu devia ter adivinhado que isto ia acontecer. Imbecis! Assassinos!
— Mas quem? Porquê tanta raiva? Nem te reconheço.
— Ouve. Recordas-te do rapaz que eu ia trazer ao Conservatório? O Bentes da Cunha? - a fúria e o ódio faziam-me falar depressa.
— Claro que sim. Não me digas que lhe aconteceu alguma coisa?
— Teve um acidente com o avião. Morreu…nem sei…morreu.
— Meu Deus. É horrível. – abraçou-me e tentou consolar-me o melhor que pode.
— Não há muito para dizer. Eu sinto que podia ter impedido esta tragédia. Se tivesse sido mais corajoso. Eu tinha o dever de ter relatado este assunto ao Gabinete de Segurança de Voo, ao INAC… Não sei…A quem quer que pudesse ter evitado esta desgraça. Era o que eu devia ter feito. – um sentimento de culpa e cobardia açoitava-me agora, sem perdão - Como fui estúpido e fraco. Estúpido!
— Pára com isso. Por favor. A culpa não foi tua. Não falaste com o director da escola?
— O director…Esse é um dos que eu gostava de apanhar. O outro é o pai do desgraçado do Bentes da Cunha. Como é que esse homem se deve estar a sentir. Entregou o filho nas mãos da morte. Como foi possível?

O resto da tarde foi desmedidamente doloroso. Culpei-me vezes sem conta, dizendo a Juliana que deveria ter ido falar com ele. Afinal, acabei por não lhe ter dado a oportunidade que lhe oferecera. No fim de contas, também eu o tinha abandonado. A professora tentou resgatar-me do mar de remorsos onde estava mergulhado, mas o melhor que conseguiu foi fazer-me telefonar de novo ao Carlos na tentativa de saber quando seria o funeral, para poder assim despedir-me do meu antigo aluno e, de alguma forma, expiar um pouco do meu sofrimento.

As cerimónias fúnebres ainda não tinham decorrido. Por força das circunstâncias, a autópsia do corpo do aluno piloto estava a demorar mais do que o habitual. O Comandante Bentes da Cunha queria que fossem excluídas todas as hipóteses que pudessem ter causado a morte do filho. Em boa verdade, ele não aceitava que o acidente tivesse sido originado por incompetência do rapaz. Defendia que a morte tinha ocorrido antes da colisão fatal com as águas do Atlântico, muito possivelmente devido a uma embolia cerebral ou uma qualquer outra situação semelhante. Todavia, o velho piloto referia que o filho tivera uma morte honrosa, como ele próprio desejava a sua, aos comandos de um avião.

A minha tese era outra. O jovem teria entrado em pânico, imóvel, sem reacção, no seu primeiro voo a solo. Eu já tinha testemunhado este comportamento e ainda estava por descobrir como tínhamos escapado.

A verdade, como sempre, não foi escrita pela tinta de uma única pena. Em ambas as alegações haviam partes da mesma verdade. O aluno piloto Bentes da Cunha ficara, de facto, paralisado, surdo e mudo aos comandos da Avioneta. Mas, quer o homem, quer a máquina, tiveram nos últimos momentos a companhia do Divino que os levou a evitar o embate fatal junto das habitações da Vila de Cascais, conseguindo voar até às águas do mar. Um final honroso para aquele par paradoxal. Uma máquina ávida de voar, dirigida por um homem que receava os céus. Os raios de Sol, período de luz, tinham aberto as portas da morte, o semi-círculo da escuridão.

Caiu a noite, ciclo de trevas, que viria afinal a revelar-se ciclo de vida. É curioso o Destino. Irónico e muitas vezes trocista. Durante muito tempo não acontecera nada de especial. Aquele dia ia ficar marcado por um turbilhão de sentimentos. Juliana também tinha novidades para mim que ela ansiara ter dado quando a fui buscar. Porém, fora forçada a calar-se até perceber que eu regressara ao meu estado normal.

– Senta-te aqui ao pé de mim. – pediu-me com ternura.

– Não te preocupes. Já estou melhor. Destroçado, mas melhor. – pensei que me iria continuar a acarinhar, tentando assim diminuir os estragos causados pelo sinistro acontecimento.

– Eu sei. E é mesmo por isso que te quero contar uma coisa. – não apresentava qualquer nervosismo na voz. Muito pelo contrário, estava muito calma e segura.

– Espero que seja algo de bom. – lembrei-me de Óbidos e do livro que não conseguíamos desvendar – Descobriste o que é PVMOPID?

– Infelizmente, ainda não. Mas acho que é bom...

– Vá lá então. O que é? – o seu semblante sereno evitou qualquer tensão. Apenas curiosidade – Olha que o meu pequeno coração pode não aguentar.

– Estou grávida. – a luz das estrelas iluminaram-lhe o rosto, desvendando o mais lindo sorriso do mundo.

– Estás... – era demais para um homem só.

– Grávida! Vamos ter um bébé. – estava radiante.

– Um bébé...

– Sim, um bébé.

– Mas...Como...

– Não estás contente? Eu estou felicíssima!

– Claro que estou contente. Mas não esperava... – vencido o choque inicial, aproximei-me dela.

– Pensei que estavas com medo de engravidar também. Não se pega, Watson.

– Querida Sherlock. – beijei-a para a felicitar e também para lhe mostrar quanto a amava.

Os momentos seguintes foram ocultados por dois anjos que resolveram fechar as cortinas do palco. O intervalo durou uma grande parte da noite, como facilmente se poderia constatar nos olhares cansados que ambos trazíamos pela manhã.

O pequeno-almoço foi comido à pressa, pois o tempo não era muito, mas ainda assim não hesitei em fazer perguntas, muitas perguntas, umas atrás das outras. Algumas não foram respondidas porque eram atropeladas por mais perguntas. Para outras, Juliana também não tinha resposta. A maternidade era um assunto que ambos ignorávamos.

– Quando soubeste? – questionei desconfiado.

– Só fiz o teste ontem de manhã, mas já suspeitava há algum tempo.

– E quando vai nascer o bébé?

– Segundo as contas de um calculador da Internet, em 14 de Julho.

– Será menino ou menina? – eu queria saber tudo naquele mesmo instante.

– Eu ainda não sei, Gabriel.

E lá continuei até nos despedirmos. Ela ia para o Conservatório. Eu ia até Santa Cruz, como previamente combinara com o director do Aeroclube. O dia seguinte seria marcado pelo último adeus, o derradeiro cumprimento ao Bentes da Cunha.

CAPÍTULO XVI

O padre proferia as últimas palavras do ritual católico que entregava os restos mortais à terra e enviava a alma ao paraíso, onde os Anjos e a Divina Trindade a deveriam receber. Particularmente, aquela alma que partira quase incólume, sem tempo para se tornar ímpia.

Ao meu redor, sentia o peso da morte em todas as gotas de chuva geladas pelo frio do Inverno que caíam sobre o cemitério, arremessada por um céu carregado de cinzento quase breu. Não consegui sequer escutar o sacerdote. Incomodavam-me os sinistros recortes de pedra sepulcral que sustentavam os túmulos, os mausoléus, as campas. Todas aquelas cruzes amontoadas, caoticamente ordenadas, expunham um quadro lúgubre e macabro. A água da chuva, incessante, não dava tréguas aos vivos e potenciava o cheiro da morte. Com um pouco de imaginação, podiam ver-se os habitantes daquele tétrico lugar, aguardando pelo novo inquilino, esperando pacientemente pelo corpo que a pequena multidão em luto lhes iria entregar.

Durante aquele penoso cerimonial, mantive-me afastado. Não me queria cruzar com a pessoa que podia ter evitado o fatídico desfecho, muito menos com os familiares. Com o velho piloto, não por recear condená-lo, pois também eu partilhava parte da culpa, mas porque preferia evitar palavras falsas e despropositadas. Com a família, porque obviamente não os conhecia ao ponto de lhes dizer que repartia com eles a imensa mágoa que sentiam.

Inevitavelmente, dei comigo a ler os epitáfios das casas mortuárias e das sepulturas. Era arrepiante, pois acabei por antecipar a minha própria lápide. Em breves frases e num par de datas resumiam-se vidas que em alguns casos se podiam recordar numa pequena fotografia. Um fugaz momento do semi-círculo da luz.

Uma campa coberta de mármore, que pertencia a uma jovem mulher, tinha uma estranha inscrição – *"Não vejas somente o que te mostram, procura o que te escondem." Para sempre Oppidum.*

Achei curiosa não só a expressão, mas também a palavra Oppidum. Tinha a certeza de já a ter visto antes, mas não conseguia lembrar-me de onde. Oppidum. Oppidum. Fui repetindo para mim mesmo a palavra, mas a minha cabeça sentia-se vazia, cansada. Nada. Apenas uma leve sensação de suspeita.

Antes de sair do cemitério, olhei de novo para a família Bentes da Cunha, transmitindo um franco sinal de pesar e lamento. Reparei numa jovem que olhava para mim, enquanto segredava algo à mãe do falecido jovem, fazendo com que também ela me fitasse e me agradecesse, com um curto sorriso entre um par de lágrimas, a fracassada tentativa para impedir o trágico acontecimento. Aquele inesperado gesto aliviou-me para o resto da vida. Era o perdão mais legítimo, além daquele que a minha própria consciência me viria ou não a conceder.

Andei a pé algum tempo, afastando-me do local e das pessoas. Acabava de virar uma página difícil do meu destino, esperançado de que as próximas trouxessem um colorido diferente, mais alegre, mais feliz.

– Oppidum. – compulsivamente voltei à inscrição em baixo relevo que me prendera a atenção. – Oppidum. OPPIDUM!

Já sabia de onde vinha. Nos vários livros e sites que lera durante as pesquisas que nos preenchiam as horas vagas, que para mim eram demasiadas, deparara-me com alguns nomes que possivelmente estavam na génese da actual designação da nossa vila amuralhada – Óbidos! Uma das hipóteses, quiçá a mais consistente, era precisamente Oppidum.

Apesar da minha natural admiração, ainda havia alguma coisa que me escapava. A sonoridade, a música do vocábulo "Oppidum" não me era totalmente desconhecida. Este facto fez-me parar e escrever várias vezes "Oppidum", enquanto o ia verbalizando. Quem reparasse em mim, com certeza julgaria que eu teria fugido do manicómio, tal era a minha figura.

Seguramente, por influência da Sherlock, dei largas ao meu delírio até ao ponto de me calar e ficar estupefacto. Era espantoso.

Voltei rapidamente para casa. Precisava de acabar o *puzzle* e ver como ficaria, com este novo dado, a frase inscrita no livro dos selos. Pelo caminho telefonei a Juliana. Relatei o que se passara no funeral e destapei um pouco do véu.

– Uma nova pista? Diz-me! – ficou em pulgas.

– Não te digo. Vem ter comigo, logo vês.

– Agora não posso. Talvez depois do almoço. Lá para as três da tarde. – ela mostrava-se desolada e impaciente – Mas diz lá. O que descobriste?

– Talvez nada. Mas tenho um palpite.

– Um palpite...

– Bem, talvez seja mais do que simples um palpite. Ainda assim, precisa do teu aval. Mas não te posso dizer pelo telefone. Pode ser demasiado importante.

– Bolas! Já não vou conseguir fazer nada de jeito. – o cerco do mistério voltava a subjugá-la.

Não muito longe de Gabriel, duas mulheres, uma delas serva do Senhor, transmitiam por telemóvel informações sobre os últimos passos do investigador. Também elas tinham assistido ao funeral, mas por diferentes razões.

A suposta freira ia falando, enquanto a secular não tirava os olhos do alvo, seguindo-o a todo o instante, como um radar.

– Tenho a certeza, Franco. Ele encontrou qualquer coisa no cemitério. – e depois descreveu-lhe a campa da jovem mulher, incluindo o singular epitáfio que tanto despertara a atenção de Gabriel.

– Muito bem. Eles continuam no Caminho. – O *castrato* ficara com dúvidas sobre o casal, pois tinham passado vários meses sem qualquer sinal de progressos, mas agora tudo parecia voltar a correr bem.

– Também acho que sim. – concordou ela.

– Não os percam de vista. Devem estar a preparar-se para viajar até ao próximo local.

    Franco sentia o sangue fervilhar. O bater do coração percorria-lhe o corpo todo. As frontes, o peito, as pontas dos dedos. Tudo vibrava ao ritmo arterial. O ritual estava estudado ao mais pequeno detalhe, faltava apenas conhecer o sítio onde deveria ocorrer o sacrifício. O final do Caminho. Em breve, o mundo iria conhecer um novo Soberano.

    O relógio ainda não tinha decretado as treze horas quando de repente ouvi uma chave rodar na fechadura. "Juliana" – pensei – "Não conseguiste esperar pela hora do almoço". A professora entrou de rompante na sala.

    – Vá, conta depressa o que há de novo! – disparou, enquanto despia o casaco e me dava um beijo apressado. – Espero que tenha valido a pena vir mais cedo e prometer ao Maestro Policarpo que lhe ficava a dever um lanche.

    – Viva, Sherlock. Acho que te vais pasmar com esta descoberta.

    – Sim. Já sei. Agora fala. – ela não estava para rodeios, desejava ouvir o que a trouxera prematuramente para casa. E depressa!

    Mas teria que esperar um pouco porque eu estava decidido a prolongar o meu momento de glória. Deixando para trás os momentos de amargura e tormento a que assistira durante a manhã, descrevi com detalhe todo o cenário do cemitério, até chegar à laje de uma jovem desconhecida, cuja memória evocara as palavras que repeti a Juliana:

    – *"Não vejas somente o que te mostram, procura o que te escondem." Para sempre Oppidum.*

    – Interessante, mas assim de repente não vislumbro qualquer rasto. – referiu indiferente ansiosa – Continua.

    – Ah! Ah! Muito bem. – como eu ambicionava, iria ter o prazer de a conduzir por todo o meu raciocínio. – Comecemos por Oppidum...

    – Oppidum – repetiu – não é de todo estranho. Oppidum...

    – É o nome antigo de um lugar. – agora liderava eu a investigação.

    – Oppidum é o nome de um lugar? Julguei ser uma seita ou uma ordem.

– Um lugar. Uma vila.
– Óbidos! – exclamou.
– Pois é. Óbidos.
– Não percebo o resto. Não vejas o que mostram… procura o que escondes… Achas que está relacionado com o livro? – perguntou desconfiada.
– Não. Não é isso. Só nos interessa a palavra Oppidum. – continuei vitorioso. Era um sentimento agradável este de estar na posse do conhecimento e perceber que ela estava perdida, como eu estivera em outras ocasiões.
– Estou completamente fora. – assentiu.
– Vamos lá então. Além da antiga designação de Óbidos, fiquei também intrigado com o som de Oppidum. Pareceu-me familiar e por isso comecei a escrever a palavra. Entre as várias palavras que fui derivando de "Oppidum", trocando letras de lugar, acabei por encontrar… PUMOPID.
– Pumopid?! – à primeira não tocaram campainhas na mente de Juliana, mas depois – PUMOPID!!
– Nem mais. Pumopid. E embora seja um detective de meia-tigela demorei apenas algumas décimas de segundo para relacionar o "U" de OPPIDUM e o "V" de PVMOPID.
– Claro! É uma mera questão de evolução da escrita. – estava pasmada. Comigo e com aquela fabulosa revelação – Inacreditável!
– Estou orgulhosa de ti. – abraçou-me com força e beijou-me.
Voltava a acender-se a chama. Fomos buscar o livro que continha os enigmáticos selos e pudemos juntar a última peça que nos faltava para concluir a frase.
"SEPTEM SIGNA IN PVMOPID ITER AD LUCEM" – passaria a ler-se - "SEPTEM SIGNA IN OPPIDUM ITER AD LUCEM".
A nova tradução era – *"Sete sinais em Óbidos são o caminho para a Luz"*. Este dado era extraordinariamente importante. Fosse o que fosse, estava em Óbidos. Nós já tínhamos levantado inúmeras hipóteses, questionando onde o livro nos iria levar. Seria necessário viajar pelo mundo? Andar de país em país, de cidade em cidade, seguindo novas pistas? Não. Afinal, às vezes os grandes mistérios estavam mesmo debaixo do nosso nariz. *Não vejas somente o que te*

mostram, procura o que te escondem.
   Por incrível que pareça, Juliana não se deu por satisfeita e convenceu-me a não aceitar aquela tradução como definitiva. Ela achava, com toda a razão, como rapidamente se viria a comprovar, que estávamos no caminho certo. A dimensão do problema merecia a apreciação de um perito. Só assim, sem quaisquer dúvidas ou pelo menos com todas as opções em aberto, seria possível avançar com um grau de certeza elevado, evitando desnecessárias perdas de tempo ou mesmo arriscar perder tudo.
   Uma vez mais, o seu sexto sentido provou toda a sua utilidade. No final da semana, depois da antiga expressão ter passado pelo crivo do amigo de Juliana, tivemos mais um motivo para ficarmos satisfeitos. De acordo com o experiente tradutor, a versão mais correcta seria de facto aquela que nós tínhamos apresentado, mas poderia ser considerada uma outra. A segunda versão parecia ter vindo de encomenda.

"SETE SELOS EM ÓBIDOS SÃO O CAMINHO DA LUZ"

   A antiga moradia das rainhas portuguesas recebeu-nos de novo. Durante o Inverno, as muralhas não eram tão acolhedoras. O vento gélido, cortante, penetrava as ruas e travessas da vila, retirando-lhes a graça de outras estações. Até as cores que recortavam o casario se tornavam mais pálidas, concorrendo para um cenário menos convidativo para as visitas ao velho burgo.
   Para nós, não fazia grande diferença. Estávamos ávidos de aventura e não seria a decoração natural daquele oculto povoado a demover a nossa determinação. E tal era a nossa vontade que Juliana acabou mesmo por pedir uma licença especial ao Conservatório, que a muito custo foi aprovada, muito por influência do Maestro Policarpo. Quem ficou, obviamente, satisfeita foi a D. Noémia, pois a pensão estava deserta, como era habitual naquela época do ano.
   A primeira noite serviu para fazer uma pequena retrospectiva sobre todos os acontecimentos. Era extraordinário o que se tinha passado desde a Páscoa de 2006. Era um relato fabuloso, cujo final pertencia ao insondável dono do futuro. Estávamos na posse de um

livro irreal, fechado a sete selos, cujas chaves estariam secretamente guardadas na frase: Sete selos em Óbidos são o caminho da luz.

Juliana deitara-se na cama com o livro na mão. De vez em quando mexia nos selos e repetia a enigmática indicação, deixada no verso do livro. Eu entretinha-me com a Internet, vasculhando páginas sobre oppidum, selos, São João e outros temas que ia julgando adequados.

– Já reparaste, Watson, que poderá haver uma analogia de raciocínio entre *Pumopid* e os versos de São João? – a pergunta foi demasiado discreta para que eu a pudesse processar nos primeiros momentos.

– Sim…

– Sim? Já tinhas pensado nisso?! – ficou perplexa.

– Sim… - eu continuava absorvido pela imensa quantidade de informação disponibilizada pelo computador.

– Watson! Ouviste o que eu disse.

– Sim… - parecia uma gravação monocórdica.

– Gabriel, olha para mim.

– Diz. – finalmente, tirara os olhos do monitor.

– Diz tu o que achas.

– Sobre o quê? – não estava a perceber nada do que ela queria.

– Já viste que poderá haver uma analogia de raciocínio entre *Pumopid* e os versos de São João? – repetiu pacientemente.

– Não. Não vejo qualquer correlação entre as duas.

– Como é que nos foi apresentado o poema? – era a sua vez de conduzir a dança.

– Tinha os versos trocados? – adiantei receoso.

– Isso mesmo. Os versos estavam trocados.

– *Pumopid* tem as letras trocadas. – percebi onde ela queria chegar.

– Ora aí está. – disse, levantando-se da cama – *Pumopid* vai dar-nos as próximas pistas, que se estiver certa se encontram em Óbidos.

– E o que será então *Pumopid*? Os versos eram as notas, mas não me parece que isto tenha a ver com música.

– Talvez não, mas têm uma coisa em comum.

– Partilha comigo, Sherlock. Não guardes para ti segredos. Isso faz-te mal.
– Sete. – desvendou a professora.
– Sete notas… Sete letras. – era na verdade uma relação curiosa – Novamente, sete. Já são demasiados setes. Sete notas; sete selos; duas vezes sete desenhos na capa do livro; o Livro do Apocalipse refere o número sete por diversas vezes; agora sete letras.
– É de facto curioso. E talvez seja o número sete a chave para *Pumopid*.
– Talvez. – anui, mais por falta de melhor argumento do que por não ter dúvidas.
– Ora, pensa comigo – pediu ela – *Pumopid* é um anagrama para Oppidum, que significa Óbidos. O que haverá em Óbidos em quantidade de sete?
– Sei lá. Deve haver tanta coisa. Olha, bares por exemplo.
– Não. Não. Devemos procurar por qualquer coisa que tenha existido no passado, tal como o poema. – corrigiu a Sherlock, tentando assim orientar o meu esforço mental.
– Coisa antigas. Sete coisas antigas. Ah! E começadas por aquelas letras. – acrescentei apontando para a palavra Oppidum.
– Isso. – constatou ela com tolerância.
– Igrejas?! Por ventura serão sete.
– Igrejas. Tu queres ver… Será? – ficou com aquele olhar meio sonhador, sedento.
– Vamos contá-las: Santa Maria, São Pedro… – comecei a enumerar com os dedos das mãos
– São Tiago.
– São…São João!
– Quatro. Faltam três. – também ela usava o mesmo método de registo.
– Igreja da Misericórdia. Faltam duas.
– Do Senhor da Pedra e da Ordem Terceira. Sete igrejas! – olhou para mim alvoroçada. Por pouco tempo.
– Lamento desiludir-te, mas são oito.
– Então…
– Também há uma igreja na parte de trás do castelo. – fiquei

desapontado. Contudo, não me poderia esquecer daquele templo. Tinha sido na sua vizinhança que as borboletas pela primeira vez me incomodaram. – Nossa Senhora do Carmo. Creio eu.

– Que pena. Era perfeito.

– Pois era. Temos que pensar em algo diferente.

Deitámo-nos lado a lado, inventando grupos de sete coisas que pudessem estar relacionados com o nosso enigma. Tentámos um grande número de temas, desde individualidades da história de Óbidos, Reis e Rainhas, até as entradas no cerco amuralhado. Concordámos que não seria fácil este novo passo que seria descobrir o significado da permuta das letras e depois o que cada uma delas significaria. Um novo obstáculo elevava-se diante de nós e uma vez mais parecia intransponível. Quando eu comecei a dar mostras de algum desânimo face às dificuldades que se adivinhavam, ela, serenamente, respondeu:

– Meu caro Watson, nunca supliques por cargas mais leves, reza sim para que te sejam concedidos ombros mais fortes.

Eram momentos sublimes, aqueles em que me era permitido estar junto à mulher que eu amava. À medida que os segundos passaram, o espaço em redor tornou-se mais acolhedor e eu senti-me liberto de tudo, de todos os pesos que me prendiam ao mundo terreno. A sua voz encantava-me, assim como as sereias encantaram os antigos navegadores portugueses, envolvendo-os em paixão, em perdição. Também eu, voluntariamente, me perdi. Olhei o seu rosto. Era perfeito. Cada pedaço de pele. Cada sobrancelha, cada pestana dos seus olhos eram obras-primas do Criador. Os seus lábios eram uma dádiva dos deuses. Passei a mão pelos seus cabelos, macios, sedosos, e não resisti. Fechei os meus olhos e acreditei com toda a devoção. Como era possível não acreditar em Deus. E só um Deus com uma infinita afeição, com um desmedido carinho, com uma eterna sabedoria, poderia projectar um ser tão magnífico como aquela mulher. Juliana era um capricho dos céus.

Ela acabou por também ceder ao calor que nos aconchegava e as palavras foram perdendo força, abrindo as portas aos sonhos que pouco a pouco nos foram inundando.

A noite foi generosa comigo. Levou-me longe, muito longe, sempre à beira-mar. Fui andando através de um entardecer que avermelhou o azul do céu e doirou o anil do mar. Quando as cores do horizonte se começaram a misturar numa lindíssima palete de escarlates e violetas, sentei-me e deixei-me fazer parte daquele admirável momento. Sem me causar sobressalto, dois homens, vestidos com uma túnica branca, vieram juntar-se a mim. O meu pai sorriu-me e deu-me a mão. Num segundo recordei a protecção e o conforto que sentia quando eu era pequeno e o meu pai passeava comigo. Do outro lado, uma cara também conhecida, mas de há muito menos tempo. Era o velho que eu vira na igreja de Santa Maria. Tinha os mesmos cabelos brancos e a mesma barba também branca, que embora farta estava muito bem cuidada. E os olhos azuis, penetrantes, intensos, cativantes. Também ele apertou a minha mão, com vigor mas sem me magoar.

Tentei falar com eles, mas não era capaz. A minha mente queria expressar-se, dar conta de tanta emoção, mas fui impotente contra uma outra vontade. O meu coração, como o de um passarinho, batia docemente. Porém, cada batimento era suficiente para transmitir a todas as células do meu corpo uma imensa energia.

– Não precisas dizer nada. – acalmou-me o velho, afagando a minha mão. – estás aqui para escutar e não para falar.

O meu pai fez um gesto suave com a cabeça, o suficiente para eu perceber que eram ambos cavaleiros na mesma cruzada.

– Não receies o Destino. – continuou o homem das barbas – Não encontres companhia na fraqueza e no esmorecimento.

As palavras que ele proferia eram como setas que certeiramente iam atingindo o meu espírito, não para o ferir mas para o cicatrizar.

– Agora que encontraste o Caminho, continua. Continua. – os seus olhos brilhavam como dois sóis, selando a ordem – Continua.

– Meu filho, vai. Não te preocupes, estaremos sempre ao teu lado. Vai. Falta cumprir-se Portugal... – e com estas palavras, assim como tinham aparecido, os dois homens desmaterializaram-se.

O Sol brilhava agora, bem alto, ofuscando tudo em seu redor. Quando consegui vencer a forte luz que me cegava, estava sentado nas pedras da muralha, na cerca do castelo de Óbidos. À minha frente estendiam-se os serenos campos da Várzea da Rainha. Em meu poder tinha ficado o livro dos sete selos.

CAPÍTULO XVII

Para Juliana, o meu sonho tinha sido apenas uma aliança que decretara a paz com a minha consciência e com a memória do meu pai. Tudo o resto eram adereços e actores que o cérebro encenava para nos ocupar o vazio de um sono profundo. Pensei que era um tanto ou quanto paradoxal esta posição tão objectiva sobre os sonhos, especialmente porque ela era uma espiritualista assumida. Enfim, também o método científico se mostrava irredutível e eterno opositor da subjectividade e da fé; porém, os grandes cientistas acabavam muitas vezes por se tornar profundos crentes e adeptos de filosofias transcendentais. Nada pude dizer para combater este argumento.

– Está bem. Seja como dizes. Mas não achas curioso o modo como o meu pai se despediu? *"Falta cumprir-se Portugal..."* – e mais estranho ainda, era o facto de eu me recordar, como se estivesse consciente, de todos os pormenores da minha fantasia nocturna.

– Talvez. Mas nós dizemos e ouvimos tanto disparate enquanto estamos a sonhar. Não sei... – parecia ter deixado uma pequena brecha de concordância.

– Há qualquer coisa que te inquieta. – insisti.

– Possivelmente...- aceitou ela, incapaz de segurar por mais tempo a sua hesitação – Nunca leste, nunca ouviste essa expressão?

– Não. Acho que não. É muito conhecida?

– Sim e não. A maioria dos portugueses nunca a terá ouvido, ou nunca terá prestado atenção. Sabes que, infelizmente, o mérito dos autores portugueses é mais reconhecido no estrangeiro do que no seu próprio país. O extraordinário valor da nossa obra literária não é considerado uma herança mas sim um castigo para os alunos. É inadmissível a forma como os sucessivos governos, as escolas e todos nós, não sabemos ir regando com cultura os campos de futuras gerações que serão o bastião da nação portuguesa. – as suas palavras e o seu tom exaltado tomavam formas de um discurso de "Oposição", que eu escutava com atenção, sem me atrever a contestar – Por outro lado, para quem se dá ao prazer de ler os grandes escritores, esta frase é sobejamente conhecida.

– Acho que me devo juntar à maioria dos portugueses – confessei com alguma tristeza e vergonha, porque concordava em absoluto com ela – Tudo o que li foi por obrigação, durante o Ensino Secundário.

– Pois...A culpa não é inteiramente tua. Mas recairá sobre ti a falha de não mostrares aos teus filhos o que de bom se fez neste país e de mau também. Agora, só se pensa na Europa, como se fosse a descoberta do século. Ser europeu não é um objectivo, é um caminho que percorremos desde a nacionalidade e que é compatível com os nossos valores mais intrínsecos. – ela tinha jeito para a política, pensei eu.

– Tens toda a razão, mas...

– Mas ainda não te disse de quem é a expressão, pois não?

– Ainda não. Mas gostava de saber. Já agora...

– Um dos mais geniais poetas portugueses escreveu um livro, publicado em 1934 e curiosamente o único publicado em vida, em português, cujas páginas inscrevem os mitos, os heróis e os símbolos de um Portugal notável – A Mensagem.

– Fernando Pessoa. – exclamei, muito satisfeito por poder participar naquele quase monólogo.

– Fernando Pessoa. – repetiu com nostalgia, como se o tivesse conhecido pessoalmente – Um homem fantástico que viveu e sentiu muito à frente do seu tempo.

– E foi então na Mensagem que ele escreveu *"Falta cumprir-se Portugal"*?

– Foi. Foi na Mensagem. Muito rapidamente, para não te maçar...

– Não maças nada. Não sejas ruim. Tu sabes que eu gosto de te ouvir. – respondi, fingindo-me aborrecido.

– Pois bem. Mas promete que assim que tiveres tempo vais ler o livro.

– Prometo.

– Bom… a obra, que tem mais de quarenta poemas, conta uma história de Portugal carregada de mitologia, desde os bem aventurados dias de glória até à decadência que vigorava no início do século em que viveu o poeta.

– Se ele vivesse no Portugal de hoje…

Ela sorriu, concordando comigo – Contudo, ele defende que Portugal voltará a ser determinante na história do mundo, como foi outrora quando o *mar sem fim era português*. Deste desejo, ou melhor desta certeza que dominava o espírito de Fernando Pessoa, vem a tal frase *"Falta cumprir-se Portugal"*.

– O poema era uma mensagem para o povo português?

– O poema era mais do que isso. Era um alerta para uma nação adormecida. Era um grito para desentorpecer os pensamentos, para vincar a verdadeira força universal – a mente humana. O nome da obra encerra uma extraordinária construção literária e simbólica. A palavra "Mensagem" deriva de uma expressão latina da Eneida. Umas das obras clássicas da Literatura.

– Um clássico de…Virgílio? – valeu-me a memória de elefante, que sempre me caracterizou, e os concursos da televisão que afinal sempre serviam para alguma coisa.

– Muito bem. Quando Anquises descreve a Eneias um dos princípios do Universo, diz-lhe *"Mens agitat molem"*, que significa "A mente move a matéria". Ora, se juntares a primeira palavra, as duas letras iniciais da segunda e as últimas duas da terceira, ficas com…

– Mensagem! Fabuloso. – passei naquele instante a admirar o Poeta.

– Pois é. Como vês existem, ou existiram, no nosso pequeno quintal, pessoas com dimensão mundial, criadores prodigiosos, que tu e tantos outros ignoram. – as suas palavras estavam cobertas por um manto de genuíno desalento e melancolia.

– Eu sei. E percebo agora a tua estranheza perante as palavras do sonho. São exactamente as mesmas do poema?

– Sem tirar nem pôr. Falta cumprir-se Portugal. Se a obra de Fernando Pessoa te fosse familiar eu não me espantaria nada, mas assim...e se juntarmos tudo aquilo que tem acontecido. Até arrepia. – o seu corpo estremeceu como se tivesse sido atingida por uma corrente de ar.
– Mas onde é que nos estamos a meter, ou com quem é que nos estamos a meter? Também eu fico todo eriçado, para não dizer pior.
– Vamos ver. Para já não há desistências e para a frente é que é caminho! – mostrava-se tão resoluta como sempre. Era uma batedora incansável.
– Pois. Essa também foi a recomendação dos meus dois protectores. Continuar, sem medos, para que se cumpra Portugal.

Esta coisa de cumprir Portugal era um fardo imensamente pesado. Primeiro, porque envolvia segredos, religião, livros com selos estranhos e muito misticismo à mistura. Domínios que eu ignorava. Segundo, porque não se sabia o que faltava cumprir.
Para mim, sempre fora essencial saber qual o objectivo que se pretendia alcançar, sem dúvidas, sem margens para grandes desvios. Um plano de voo, com um local de partida, um local de chegada, um nível de voo definido, uma velocidade desejada e fogo à peça. A única área onde havia alguma incerteza estava a cargo dos Meteorologistas que, apesar das tecnologias topo de gama, ainda conseguiam prever períodos de chuva, sem que existissem nuvens num raio de mil milhas náuticas. Eram bons rapazes, sempre prestáveis, dos quais guardava boas recordações.
Como dois cavaleiros, armados na noite anterior pela autoridade conferida pelo meu sonho, eu e Juliana não nos poupámos a esforços e continuámos arduamente a procurar uma saída para *Pumopid*. Exceptuando o período do almoço, estivemos toda a tarde no quarto. O dia estivera pouco convidativo. O Sol, preguiçoso, nem se dera ao trabalho de desfazer a neblina húmida e gelada que se instalara desde a madrugada.
O único barulho, que de vez em quando cortava o silêncio, era originado pelos passos da D. Noémia que faziam ranger o soalho. Já a noite tomava conta da vila quando finalmente se ouviram vozes.

Uma pertencia, distintamente, à dona da pensão a outra parecia ser de um homem. Seria, provavelmente, mais um candidato a inquilino, como se veio a confirmar na manhã seguinte ao pequeno-almoço.

O líder daquele estranho grupo estava confuso. As informações não se enquadravam nas suas expectativas:
– Mas vocês têm a certeza? – perguntou descrente.
– Claro que sim. Não temos dúvidas. Vieram para Óbidos, com malas e tudo. – respondeu uma delas.
– E foram hospedar-se na pensão. – reforçou a mais nova das duas irmãs, responsáveis por seguir o casal.
– Bom, não é como eu esperava. Ou andam perdidos ou tudo se vai passar aqui em Portugal. – conformou-se Franco. – É inesperado, porque esta gente nunca nos deu tréguas e isto está a tornar-se demasiado fácil.
Voltou-se para Miles e ordenou – Vais para a pensão e não lhes perdes o rasto. Nem por um instante. Toda a nossa vida, assim como a dos nossos antepassados, foi uma provação de muitos séculos que culminará em breve.
Miles nem sequer esboçou uma resposta. De pronto, dirigiu-se ao quarto que partilhava com os outros irmãos, preparou uma pequena mala, a mesma que trouxera de Stirling, e saiu. Sem um "adeus" ou "até logo". Tinha uma missão para cumprir.

– Retirado da povoação, como quase sempre permanecera ao longo de tantos anos e de tantas vidas, o velho prostrou-se no chão. Em seu redor, apenas os pinhais e alguns pardais que persistiam em não querer aceitar a chegada da noite, chilreando ruidosamente como se quisessem espantar a Lua e trazer de volta o Sol. As suas mãos, unidas numa profunda, generosa e humilde acção de graças, apontavam o céu estrelado. Pressentia o final do seu ciclo de luz que julgava ter sido excessivamente longo, para ele e para a Humanidade que não conseguia libertar-se das viciantes malhas do Demónio e dos seus discípulos.
– Sei que se aproxima o meu fim. Sei que, finalmente, vai cumprir-se a Tua vontade. – o seu rosto levantado não era sinal de altivez,

de soberba. Era uma modesta e dócil comunhão com os elementos universais. Com as estrelas, com a Lua, com Deus. Era receber a energia divina que sempre o inspirara, que sempre lhe trouxera a paz e o amor que lhe imprimiam o bater do coração. – Protege Senhor os seus passos e ilumina as sua mentes, para que possam ver como os cegos, ouvir como os surdos e falar como os mudos.

Depois, as aves calaram-se. O vento acalmou, emudecendo a voz das árvores. O tempo parou. E uma luz branca abriu a noite para vir acariciar a face do homem, concluindo assim a comunhão.

Quando o singelo e puro cerimonial terminou, o velho recolheu-se, num antigo moinho, já em ruínas, e deixou-se adormecer.

Há mesma hora, na pensão da Rua Direita, a D. Noémia, o espião e o enamorado casal de detectives dormiam profundamente. Apesar da proximidade, o enviado de Franco nada podia fazer para impedir ou para acompanhar os espíritos de Gabriel e Juliana, que voavam nas asas de um anjo, procurando por sete chaves que lhes iriam destrancar os sete selos.

CAPÍTULO XVIII

A manhã tinha despertado fria, colando uma fina camada de geada aos terrenos que se espalhavam pelas redondezas, mas o dia prometia aquecer e mostrar, com alguma vaidade, a sua melhor palete de cores de Inverno, emolduradas por um intenso azul celeste.

Eu e a minha companheira não estávamos dispostos a passar outro dia encarcerados pelas paredes de cal e pedra. Assim que os primeiros raios de luz inundaram o quarto, aceitámos o convite e despachamo-nos num ápice.

– Credo! Nem um pouco de preguiça? Isso é que é genica. – exclamou a hospedeira ao ouvir os nossos passos.

– Bom dia, D. Noémia. – cumprimentámos em uníssono.

– Bom dia. – depois chegou-se bem perto de nós e segredou-nos – Vocês levantaram-se cedinho, mas ali o Franciú nem deve ter pregado o olho. Eram cinco e meia e já andava de pé.

Rimo-nos da inocente intriga.

– Coitado do homem. Pode ter dormido mal. – adiantou Juliana – ou terá sido a D. Noémia que não dormiu a pensar nele. – e piscou-lhe o olho com um pouco de malícia.

– Ó minha querida, antes fossem esses males, mas não. Deus me livre e guarde destes homens estrangeiros. São uns esquisitos, uns picuinhas. Se ainda fosse algum portuguesito, meio perdido. – riu-se até a tosse a engasgar – Ai! Ai! O meu coração ainda me mata antes do tempo. Deixem-me mas é ir buscar o vosso pequeno-almoço.

O forasteiro estava a um canto da sala de refeições, simuladamente entretido com um livro, tão estático que poderia passar despercebido entre o mobiliário.

Ainda tentámos estabelecer contacto, mas a nossa saudação matinal acabou por se dissipar sem que da parte dele houvesse o menor sinal de resposta, nem sequer um pequeno acenar da cabeça. Nada, apenas indiferença que absolvemos com base na diversidade da língua e de uma eventual noite mal dormida.

Enquanto comíamos, fomos conversando, tentando traçar um plano que pudesse permitir o avanço das nossas pesquisas. Ela perguntou-me se desta vez não tivera visitas nocturnas. Respondi que não, embora tivesse a sensação de ter sonhado muito, toda a noite. Ela também tivera a mesma impressão ao acordar, sentindo-se até um pouco tonta.

Miles, apesar da aparente apatia, seguia com atenção o diálogo. Não importava se demorassem. Era paciente. O importante era não desiludir o irmão mais velho. A honra da família, a sua razão de existir, pendia sobre aqueles dois. Eram como peixe que já tinha mordido o anzol. Agora requeriam cuidados redobrados para que a linha do Destino não se quebrasse.

Entretanto, Franco e os restantes elementos do grupo também já tinham começado o dia. Ainda que apreensivo, ele pressentia que se aproximava o dia do sacrifício. Se os seguidores do Caminho voltavam a Óbidos, mais valia preparar tudo ali. Estariam, todavia, de sobreaviso para qualquer alteração de planos.

– Esta casa é muito pequena. Precisamos de uma maior. – o irmão mais velho não queria que um pequeno detalhe deitasse tudo a perder.

A morada de Carlota era acanhada, muito apertada, apropriada ao seu estatuto de figura menor. Ficava na Rua Nova, uma zona da vila onde se tinham refugiado alguns judeus no século XVI, após o grande terramoto de 1531. Tinha ficado para sempre com o carimbo de "Judiaria". E não seria por acaso, pois mesmo depois de convertidos, os cristãos novos mantiveram em segredo os costumes judaicos. Ligaram as exíguas casas umas às outras, através de passagens secretas que lhes permitiam realizar reuniões de culto sem que tivessem que sair à rua. Essas mesmas passagens serviam como saídas de emergência em caso de necessidade, uma vez que a forçada conversão não lhes garantia imunidade.

– Kuryados e Carmem devem procurar um local discreto que esteja disponível. Comprem ou aluguem. Não interessa o preço. Até ao final da semana quero ter tudo pronto.

Os dois enviados acenaram afirmativamente sem dizer uma palavra. Os outros irmãos ficaram também calados à excepção de Carlota que ainda tentou falar:

– E...

– Tu ficas aqui, obviamente. Não quero perguntas sobre nós. Miles ficará na pensão, a não ser que eles resolvam sair daqui. Nós os quatro – e apontou com o indicador um a um os restantes "pérfidos" – vamos para o sítio escolhido. E tu, Carlota, fazes exactamente o que tens feito até aqui. Alguém virá chamar-te quando for necessário.

A cólera tomou conta do peito da mulher. Se o olhar matasse, teria trespassado o irmão, sem piedade. "Ficar à espera que me chamem. Fui eu que os descobri. É um sinal." Sabia perfeitamente que o *castrato* era o legítimo herdeiro da posição de primazia que o grupo deveria respeitar. Para ela, também ele deveria ter tido a obrigação de lhe ter dado especial relevo. Torná-la o seu braço direito. Pedir-lhe a opinião. Apesar de Franco não lhe ter dado a oportunidade, iria fazer parte daquele trabalho sagrado.

– A casa assombrada. – disse de repente, sem levantar a cabeça.

– O que estás a dizer? – questionou o líder do grupo.

– A casa assombrada está vazia. Ninguém a quer comprar. – à volta da mesa todos olharam para ela. – Acho que tem um número de telefone nos portões para onde podem telefonar.

– E onde fica essa tal casa? – continuou Franco.

– Nas curvas dos Arrifes, logo a seguir à rotunda que dá acesso à auto-estrada.

– Pois vão lá ver se serve. – ordenou o padre romano aos nomeados para encontrar o local onde iria decorrer a macabra cerimónia.

Eu e Juliana sentámo-nos junto ao pelourinho, uma coluna cilíndrica construída em granito que outrora servira como palco para a execução da justiça e cujo topo ostentava duas faces ornamentadas.

Uma das faces expunha o escudo das armas reais. A outra guardava o camaroeiro de D. Leonor, símbolo da gratidão da rainha pelos pescadores que resgataram do Tejo o filho, o infante D. Afonso, morto num acidente de caça.

A luz do dia tornava a Praça de Santa Maria num cenário deslumbrante. À nossa frente, erguia-se a fachada renascentista da igreja matriz. Do lado esquerdo, a norte, o telheiro e o antigo Solar dos Aboins que agora acolhia o posto dos Correios. À direita, imponente, o edifício mais prestigiado pela monarquia portuguesa em Óbidos. O Solar de Santa Maria. A sua importância fora registada sobre o pórtico principal, onde se exibiam duas lápides que comemoravam a presença dos reis de Portugal no palácio urbano. Por baixo de nós, inutilizado pela modernidade, o Chafariz de D. Catarina, mandado construir pela rainha que lhe dera o nome, para abastecer os moradores através do aqueduto da Usseira. A praça marcava, inequivocamente, o centro do povoado.

– Andaste a estudar, Watson. – exclamou ela surpreendida.

– Pois andei. Acredito que para resolver este mistério vai ser determinante conhecer a história da vila.

– Não podia estar mais de acordo contigo. – admitiu, mostrando-se cada vez mais espantada com a minha iniciativa.

– Quanto às notas de rodapé sobre a praça, deixa-me terminar dizendo que D. Catarina de Áustria, esposa de D. João III, foi juntamente com D. Leonor de Lencastre das pessoas que mais procuraram desenvolver o burgo, investindo na criação de infra estruturas e no restauro das já existentes. Para muitos historiadores, D. Catarina terá sido dos melhores estadistas que passou pelo reino de Portugal.

– Muito me contas. Hoje tens tu, com todo o mérito, o título de professor.

Os meus serviços foram compensados com beijos e promessas de que, doravante, não mais seria tratado por Watson, mas sim por Hermano, em honra ao extraordinário e polémico investigador da História de Portugal, José Hermano Saraiva.

A lição de história ajudara a trazer um ambiente ainda mais nostálgico junto ao memorável símbolo de pedra. Mas não indiciara qualquer avanço na nossa viagem. Debatíamo-nos com os setes selos em Óbidos e com o caminho da luz. Resolvemos andar pelas ruas de pedra que constituíam uma confusa e disforme rede de vias entre o branco casario, também disposto numa espécie de níveis e sub níveis, que cobriam a encosta nascente do monte onde dominava o castelo e as suas sempre leais e vigilantes muralhas.

Tentámos passar tudo a pente fino, sob o olhar de um moderno Sherlock e de um jovem Hermano. As igrejas eram de facto um pólo de atracção para a nossa empresa, mas não batiam certo. As entradas, ou saídas, do cerco medieval não eram sete, curiosamente também eram oito e apenas a Porta da Vila e a porta do Arco da Senhora da Graça continham motivos religiosos. Também pensámos nos Passos do Calvário, mas eram só cinco.

Até ao momento, tudo apontava para que os selos que procurávamos estivessem relacionados com a simbologia cristã. Podíamos, porém, estar enganados e seguir desvios sem saída.

– Sabes, Juliana, pode ser tanta coisa.

– Pois pode, claro que sim. Mas não podemos esquecer que desde o início nos estamos a envolver com a igreja de Santa Maria, com São João, com o Apocalipse... – para ela era incontornável considerar a simbologia cristã como fio condutor de todo o enredo.

– E então o que fazemos? – precisava rapidamente de alguma orientação, pois começava a sentir uma sensação de descontrolo e de desnorte.

– Além disso, este tipo de situações nunca é planeado de forma fortuita e casual. O cérebro ou cérebros que desenharam o roteiro deste mistério terão, seguramente, tido o cuidado de manter um padrão que permita, ainda que com um grau de dificuldade elevado, chegar a uma solução final. Ninguém esconde um segredo para não ser partilhado, mais tarde ou mais cedo. Se assim não fosse, para quê deixar pistas e indícios.

– Faz sentido o que dizes. Mas... – não tive tempo de contrapor.

– Vá, acredita em mim. – a sua cabeça já tinha um rumo definido - Vamos investir nas igrejas.

– Roger. – aprovei no meu dialecto aeronáutico.

– Tu ficas com o computador. Tens obtido bons resultados com as tuas pesquisas, o que ainda está por explicar... – era bom começar o trabalho com boa disposição.

— Está bem. No fim, se alguma vez lá chegarmos, veremos quem é que merece o chapéu do Sherlock.

— Boa, Hermano. Nada como um saudável desafio, para trazer vigor e aumentar a vontade de vencer. — soava a treinadora de futebol ou a comandante em vésperas de combate.

— Até já. — e voltei-lhe as costas, pegando no computador, aceitando o duelo.

Enquanto eu iniciava a ligação com o mundo virtual da Internet, reparei que ela tinha começado a escrever os nomes das igrejas numa folha branca. O meu instinto, ou o meu sonho, também me dizia que os templos de Óbidos eram sigilosos custódios de antigos segredos por desvendar.

Os ponteiros do relógio foram rodando, marcando compassadamente o tempo que se agarrava aos grãos de areia de uma ampulheta imaginária, às ordens do Destino. Fomos alterando o nosso poiso, à medida que o sinal de satélite ia enfraquecendo e implorando outras paragens, mas nunca abandonámos a praça.

Ao ler inúmeros textos sobre a vila, fui pouco a pouco abrindo uma nova janela sobre o espaço medieval que cada vez mais nos aprisionava. Era como um buraco negro que nos ia sugando o corpo, o espírito e a alma. Quanto mais sabia, mais queria saber sobre a história de Óbidos. As peças avulsas que carregava na minha memória já se ligavam entre si, preenchendo um *puzzle* que ia aumentando segundo a segundo.

A certa altura, notei que nas minhas costas a minha parceira se mostrava inquieta, soltando uns monossílabos estranhos e não parando de me dar cotoveladas, que afinal eram apenas movimentos bruscos relacionados com a escrita nervosa de algumas palavras.

— Está tudo bem? Será que o bébé já está a dar um ar da sua graça? — procurei saber o que a apoquentava.

— Espera. Espera lá um minuto. Não me digas nada. — estava visivelmente demasiado concentrada e agitada — Não! Verifica quais as datas de construção das igrejas.

— De todas? — era uma pergunta desnecessária.

— Claro! De todas.

Ao fim de dois minutos, já estava na posse da informação que ela me tinha pedido.

– Santa Maria é provavelmente mais antiga que a própria nacionalidade. No entanto, a reforma que lhe deu, em grande parte, a aparência actual é do século XVII. – encetei as sucessivas referências cronológicas que ela ia anotando - São Pedro e São Tiago, terminadas no século XVII e reconstruídas posteriormente, por causa do terramoto de 1755; São João, século XIV e obras importantes no século XVII; Senhor da Pedra, século XVIII; Nossa Senhora do Carmo, século XIV e também alterações no século XVII; Misericórdia, século XVI e modificações no século XVII; e Ordem Terceira, século XVI, mas com restaurações no final do século XVII.

Aguardei durante alguns momentos para que se vislumbrasse algum fumo branco. Ela continuava entrincheirada entre os papéis e os pensamentos, não percebendo que me tinha deixado suspenso, à espera de algum desenvolvimento. Ao fim de alguns minutos, imensos:

– Estou quase, Gabriel.

– Quase onde? – esperava mais qualquer coisa, algo de substancial.

– Tenho a certeza de que são as igrejas, mas faltam alguns detalhes. Está quase. Se a minha teoria estiver certa, damos um grande passo em frente.

– Explica-te rapariga. – estávamos a ganhar proficiência em criar ansiedade um ao outro, qual despique de tormentação.

– As igrejas são só sete.

– Perdemos uma? – isso era de facto um grande progresso – Só atinge a classe de capela?

– Não é isso, até porque por vezes a classificação dos templos religiosos se confunde. O que é hoje uma capela, pode ser amanhã uma igreja. Embora, uma igreja possa estar ligada a um qualquer culto cristão e as capelas estão relacionadas com o catolicismo.

– Mais uma. – respondi elucidado.

– Parece-me que a igreja que não entra nas nossas contas é a do Senhor da Pedra, à qual inclusivamente é atribuída o título de santuário. Mas não será por isso.

– Não? – a confusão começava a instalar-se.

– Não. São as épocas em que foram edificadas.
– Claro. Por isso é que me pediste as datas. – só me faltavam as orelhas de asno.
– Sim. Todas as igrejas são do século XVII ou sofreram obras de restauro no século XVII.
– Formidável. A tua cabeça e a minha formosura tornam o futuro do nosso filho bastante auspicioso. – por agora era ela digna do chapéu do britânico detective.
– Mas... – nem tudo estava ainda no seu devido lugar.
– Mas...
– Mas agora falta relacionar as igrejas com...
– *Pumopid*!
– Exactamente. Se estivermos no caminho certo, cada letra corresponderá a uma igreja e cada igreja guarda um selo...
– Cada selo vai permitir abrir uma página do livro. – continuei, tentando seguir-lhe o raciocínio.
Ela acenou com a cabeça afirmativamente. – Falta...
– Descobrir como encontrar cada selo? – prosseguia sem falhar um centímetro.
– Faz-te bem a minha companhia. – percebeu que eu a acompanhava.
– Mas isso é o mais fácil. – exclamei com absoluta segurança, para seu grande espanto. – Já podias ter perguntado.
– Desculpa?... Como é o mais fácil? – estava incrédula e a sua expressão facial estava pintada de cepticismo.
– Ora, se formos coerentes, só há um sítio onde se poderá procurar pela localização dos selos. – eu respirava confiança.
– Estás a fazer-me de parva. – o facto de ser ela a perder-me e não me conseguir apanhar estava a afectar-lhe os dons de dedução.
Apontei para o seu colo, com determinação, o que lhe causou ainda mais estupefacção.
– O bébé?! - sugeriu ela.
– Não. Não é o bebé. O livro! O livro do Apocalipse! – o famoso chapéu passava-se agora para o meu lado.
– O livro de São João! Mas como é que...
– Pois é. E eu é que sou o Hermano.

– É tão óbvio… – reconheceu derrotada.

– Para pessoas com a minha capacidade dedutiva, claro está.

– Eu sei. Eu sei. Rendo-me a teus pés, mas não sabemos como alinhar as igrejas, pelo menos na sua totalidade.

– Já me esquecia desse pormenor. – tinha sido uma grande vitória, caso se verificasse a sua veracidade, mas para a glória da grande guerra era necessário pelejar muitas outras batalhas. – Mostra lá o que já conseguiste.

Ela deu-me a última folha onde estivera a rabiscar e tirou de dentro da sua mala o livro que continha sete páginas protegidas pelos deuses. Acariciou-o e apertou-o junto a si. Sentia que era seu dever protegê-lo como se fosse um filho.

Ela já tinha estabelecido a relação entre um "P" e Pedro, "O" e Ordem III, e "M" e Maria. Faltava ainda estabelecer um elo entre quatro pares. Regressámos aos postos de trabalho, devíamos aproveitar a maré que nos favorecia.

A minha actuação ainda não estava terminada. Aquela tarde iria trazer-me gratas recordações. Cumprindo a promessa de não desistir, agarrei-me ao computador e, passados poucos minutos, já tinha novidades para Juliana.

– Eu sabia. Querida Sherlock, apenas não consigo acertar com São João. Muito pelo contrário, acabei por baralhar ainda mais este novelo.

– Desembucha. Já se vê como resolver esse problema. – estava feliz, tudo parecia estar a correr de um modo incrivelmente simples e espontâneo.

– As igrejas nem sempre tiveram os nomes pelos quais são hoje conhecidas. – adiantei.

– Muito bem.

– Estive a reler os textos sobre os templos e a tentar descobrir os seus nomes no século XVII.

– Brilhante, Hermano!

Sorri-lhe, agradecendo a graça. – A igreja da Misericórdia era então chamada do Divino Espírito Santo. Já temos o "D". São Tiago denominava-se Iago, na Península Ibérica. Daí a forma Santiago, como também aparece, por vezes, escrito. E encontramos o "I".

— Hermano...És o maior! — apesar do gracejo estava encantada comigo e com a maneira escorreita como eu expunha as minhas convicções.
— Finalmente, quando tudo se baralha e confunde...A igreja de São João foi há três séculos a Capela de São Vicente.
— O "V" ou "U"! — antecipou-se Juliana.
— É também essa a minha suspeita. E o que fazemos ao outro "P"?
— E ao São João? — acrescentou.
— O São João resolve-se.
— Ah, sim? Como?
— A igreja que falta é a de Nossa Senhora do Carmo.
— Certo. — concordou a professora, conferindo os dados que tinha nas suas notas.
— Que no século XVII se chamava...
— São João. — adivinhou ela, rapidamente.
— Do Mocharro.
— São João do Mocharro. — e assim estava encontrado o São João que nos escapara durante alguns instantes. Afortunadamente, poucos, não chegando a causar grande desgraça. O que preocupava agora era como construir uma ponte entre a letra "P" e o nome "João".

Só a transição de um outro ciclo de morte e vida, de um hemisfério de cinzentos para um hemisfério de cores vivas e berrantes, iria unir as duas margens que apartavam o nosso Caminho. Quando o Inverno sucumbiu à explosão de vida da Primavera.

A alegria e a excitação dos dois parceiros não passaram despercebidas. Quer Carlota, quer Miles que tinha andado numa roda-viva indirectamente afectada pelo sinal de satélite e fingindo dedicar-se à pintura sobre os temas da lindíssima praça, tinham mantido uma permanente escolta ao casal. Também eles se tinham regozijado com as aparentes boas notícias. Franco ficaria agradado.

— Óptimo! Não perderam o Caminho. Isso é magnífico. — estava radiante, assim como todos os outros irmãos. Até Carlota se mostrava satisfeita, o que não tinha sido habitual nas últimas semanas.

A aquisição da "Casa Assombrada" fora um processo bastante simples, dada a inexistência de interessados. A vivenda, um prédio de dois andares com uma traça vulgar, localizada numa curva acentuada à saída da povoação, na direcção das Caldas da Rainha, ficara conhecida pelos estranhos fenómenos paranormais que surgiram por volta de 1975, após a morte do seu proprietário. Várias famílias tinham sido testemunhas dos fantasmas que reclamavam a exclusividade do condomínio para si.

O quadro de horror e receio em torno do lugar, tornava-o ideal para o propósito que lhe fora agora designado. A cave, escura e húmida, possuía uma câmara ampla onde facilmente se tinham instalado os ornamentos da cerimónia que ansiosamente os sete turcos aguardavam. No centro da sala, tinha sido colocada uma ara de pedra negra, sem quaisquer requintes ou adornos. Um bloco de granito, mal acabado, assente em quatro pés, fabricados com o mesmo material, que elevavam a peça principal até à cintura de um adulto de estatura normal. Em cada canto, havia uma vela com cerca de um metro de altura, da grossura de um braço e da cor da noite. Pretas como carvão.

Nada mais existia naquele antro de obscuridade, exceptuando um objecto metálico que o futuro sumo-sacerdote retirou das suas vestes. Uma adaga. Um instrumento de morte que servira de ícone à irmandade turca e que desde o primeiro ritual iniciático era guardado pelo decano da ordem, para cumprir uma única missão – destruir a vontade de Deus. Em rigor, aquele objecto era um *Pugio* que pertencera à horda romana que contribuíra para indelevelmente assinalar o moderno referencial do calendário ocidental. Aquele doloso objecto tinha assistido a um facto marcante do Novo Testamento da história da Humanidade. O início de um período de trevas. A crucificação de Jesus Cristo. Agora, iria permanecer em cima de uma laje, tão negra como o seu destino, tão fria como a morte, aguardando, imóvel e paciente, o calor de uma vida.

CAPÍTULO XIX

Os dias foram ficando mais quentes e longos. Por vezes, dava comigo olhando o céu azul. As minhas estradas favoritas. As saudades de voar tomavam conta desses momentos em que a tristeza me invadia. Há muito que não sentia o rugir dos motores nem as forças da natureza que me massajavam o corpo durante o voo. Não sabia quando voltaria a exercer a profissão de que tanto gostava. Mas tinha a certeza de que, mais tarde ou mais cedo, haveria de regressar aos comandos de um avião. Para já, tinha como ocupar o meu tempo.

O Sol de Verão ia também testemunhando a cada vez mais notória maternidade de Juliana. O seu semblante era resplandecente. Estava plena de vida. Estava repleta de paixão, a que eu a cada instante fazia questão de declarar e a que crescia no seu ventre. Era uma mulher feliz e transbordava essa luz à sua volta. Esse estado de transcendência e o modo imparável com que me influenciava terão sido decisivos para a continuação da demanda. O amor. O grande dínamo do Homem. O sangue do Universo.

A força da Primavera atingira o seu zénite. Os acantos, as murtas, os troviscos, as heras, os padres-nossos, as madressilvas e as buganvílias invadiam com grande exuberância os espaços anteriormente aprisionados pelo rigor do Inverno, agora decadente e deposto.

Só uma invulgar dose de fé nos manteve juntos no forte desígnio de perseverança. Durante muitas semanas não conseguimos discernir qualquer solução para o impasse que se instalara. Chegáramos a um beco sem saída. Já tínhamos revisto todos os dados. Já tínhamos praticamente decorado os vinte e dois capítulos do Livro da Revelação, incluindo numerosas e diversas interpretações, com particular interesse na descrição da abertura dos selos. A linguagem utilizada por São João era enigmática e isso poderia levar-nos a um infindável número de hipóteses que jamais conseguiríamos aferir.

Aparentemente, tudo parecia encaixar-se no seu devido lugar. Em cada igreja identificada pela letra inicial do seu nome na palavra PVMOPID, deveríamos encontrar um selo. Para o descobrir, bastaria seguir as instruções codificadas no Livro do Apocalipse, nos capítulos onde São João descrevia, precisamente, a abertura dos selos de um livro. A verificar-se esta suposição, seria genial pela maravilhosa simplicidade de processos. Todavia, não era fácil comprovar a teoria que julgávamos absolutamente irrepreensível.

Embora nos faltasse o elo entre o "J" de "JOÃO" e um dos "P" de "PVMOPID", deveria ter sido possível encontrar os selos nas restantes igrejas, pois a ordem estava definida quer na palavra em código, quer nas orientações do livro. As buscas tinham falhado redondamente. Nem o mais pequeno sinal de objectos redondos alquimicamente metálicos, do tamanho de uma moeda de dois euros. Nada.

Seria o vento, a voz dos deuses, a colocar uma nova pedra no Caminho invisível que afagava os nossos passos.

Os finais de tarde do mês Maio foram uma fiel companhia para os passeios que se foram tornando uma saudável e doce formalidade diária. Juliana seguia religiosamente os conselhos médicos que recomendavam caminhadas frequentes. Era saudável para mãe e para o bebé. Em boa verdade, eram também momentos que permitiam algum distanciamento do computador, das incansáveis buscas e pesquisas bibliográficas, dos exercícios de descodificação que até aquela data se mostravam parcos em resultados.

Assim, ao longo das veredas que circundavam o cerco do castelo, todos os dias íamos revisitando a nossa memória, recolocando as peças do jogo, deslocando os focos de projecção, discutindo de forma desapaixonada as incríveis quimeras que ainda estariam por conquistar. Por outro lado, eram também oportunidades para falar do futuro em família. Dentro em breve iríamos ter um pequeno e indefeso ser, pelo qual seríamos responsáveis. Por vezes, ainda me parecia ser mentira, mas bastava um ligeiro olhar para a barriga da futura mãe para me convencer de que era um facto irrefutável. Eu ia ser pai. Nos instantes de racionalidade era assustador. "Também me sinto receosa." - confessava Juliana sempre que me via tristemente apavorado. Mas depois, quando me deitava no colo da mulher que eu amava e pressentia a fascinação da terrena trindade, o meu coração acalmava e reclamava por momentos de eternidade, naquele imenso conforto.

Aquela fora uma tarde de nortada. Cheguei mesmo a sugerir que ficássemos pela pensão, a última ecografia poderia ficar para outro dia. Através da janela, víamos toda a gente num reboliço. Os expositores de postais caíam e rebolavam pelas pedras gastas da Rua Direita. As prateleiras de artesanato regional (nunca percebi porque tinham a inscrição *made in China*"?! Talvez fosse consequência do fenómeno global e a região já pertencesse à China?!) também sucumbiam à força da deslocação do ar que devido à configuração das vielas e travessas ia criando remoinhos à passagem pela vila.

– Tu queres mesmo sair? – questionei apontando pela vidraça quadriculada, tentando induzir uma resposta negativa – Eu posso telefonar para o consultório e marcar para amanhã ou depois.

– Não. Quero ir. Até vai ser engraçado ver alguns destes mercadores de meia tigela atrás dos supostos artigos de Óbidos. Olha que até parece castigo. – ela também era muito crítica ao comércio pouco exigente que se fazia no burgo medieval.

– Então vamos lá, antes que fique pior. Mas por mim... – avisei contrariado.

– Está bem. Eu sei que por ti ficávamos encarcerados nesta romântica cela. – agarrou-me por um braço e quase me arrastou escada abaixo.

A D. Noémia reparou na forçada saída e como sempre nada a impedia de dizer a sua graça:

– Boa tarde. Vai levá-lo ao altar, menina Juliana?

– Isso queria eu, mas não vê que ele é mais teimoso que uma mula. – respondeu ela à dona da pensão.

– Olhe que a criança tem que nascer num lar abençoado por Deus. – disse a senhora virando-se para mim com um ar reprovador.

Felizmente, nenhum dos dois queria ficar a discutir o assunto do matrimónio com a D. Noémia, o que nos impeliu a sair dali rapidamente. Logo que atravessámos a porta da rua, tivemos o primeiro embate com o forte vento que se fazia sentir. A realidade era bem pior do que o panorama que se percebia da janela do quarto. Virámos as costas ao vendaval e quase sem esforço fomos percorrendo a maior artéria do povoado.

A questão do casamento já fora apreciada por nós, sem que tivesse sido considerada um assunto de grande prioridade. Pesadas as vantagens e desvantagens, parecia existir um inesperado equilíbrio de forças, quando analisado pelos padrões de referência da sociedade ocidental. Contudo, eu próprio adiantei que um casamento poderia constituir um sólido e estável pilar do desenvolvimento humano. Quando reflectia uma relação madura, sustentada por relações de amor, de amizade e de respeito entre todos os seus membros. Para ela, o enlace legitimado pelo governo ou por uma ordem religiosa era acima de tudo a criação de um forte, cujas escoras eram as pessoas que o casamento ia construindo. Um novelo de relações pessoais que supostamente nos deveria proteger.

Embora concordássemos que o casamento era essencialmente um estado de espírito, nenhum de nós antagonizava a figura jurídica mas ambos sentíamos reservas quanto à evidente e exuberante exibição pública dos rituais religiosos. Não porque os julgássemos desprovidos de sentido ou ultrapassados pelos tempos, mas porque acreditávamos que deveriam ser respeitados pelo que significavam e não pelo espectáculo que proporcionavam. Certamente, muitos seriam os casos em que os nubentes apenas faziam a vontade da família, desperdiçando avultadas somas de dinheiro para passados alguns anos, às vezes meses, desfazerem os laços cuidadosamente elaborados nos céus.

– Já não falta muito tempo para o nascimento do bebé, Juliana. – a minha voz era quase imperceptível, abafada pelos silvos de ar impelidos contra o labirinto de pedras e cal que formavam o casario interior de Óbidos.

– Não percebo o que dizes. – gritou ela, com o corpo inclinado para trás, compensando a força do vento.

– Fiquei a pensar no bebé e no casamento. – falei mais alto, mas a voz fugiu rapidamente acompanhando a correria desenfreada dos elementos. – Tu não queres voltar para casa?

– Não! – exclamou – Gosto de andar ao vento. O corpo fica mais leve. É como se nos levassem ao colo. E além disso o bebé deve experimentar o mundo que o espera, para que nasça sem temores, nem complexos.

– Eu também gosto de andar ao colo. Não gosto é de levar com telhas na cabeça. – respondi, tentando convencê-la a regressar.

Percebi que nada a iria demover. Resolvi aproveitar a viagem o melhor que podia enquanto ia tentando conversar. De vez em quando a Natureza parecia querer amansar o Vento Norte, dando umas curtas tréguas aos mercadores que aproveitavam para tentar recolocar os seus haveres no lugar. Dirigimo-nos à Porta da Vila, onde nos esperava uma pequena multidão. Admiravam um espectáculo pouco comum naquelas paragens. Um pequeno tornado tinha-se formado no antigo campo de futebol, levantando uma enorme quantidade de pó e pequenos objectos que ia apanhando no seu remoinho. De repente, começou a deslocar-se na nossa direcção, provocando grande agitação entre os populares. A gritaria inicial de algumas mulheres contagiou-se rapidamente, originando uma histérica debandada para o interior do cerco de pedra. Para proteger a minha companheira de todo aquele reboliço, puxei-a para debaixo de um pequeno alpendre que ficava a um canto da praça. Ali ficámos, durante uns minutos, ouvindo o rugir dos ares em completa convulsão e sentindo o chicotear de latas, pedras e tudo o que evoluía dentro daquele invulgar fenómeno.

Depois, instalou-se algum sossego. Apenas restavam laivos de vento que iam arrastando o lixo que teimava em rebolar-se pelas pedras do chão. Ouvia-se também um ligeiro chiar, por cima de nós. Eram as letras douradas, em ferro forjado, há muito sujeitas à chuva e ao Sol, que anunciavam uma agência do Banco Espírito Santo. Como podia ser irónico o Destino. Alguns dos caracteres estavam virados ao contrário ou baloiçavam ao sabor da intempérie. Dos dois rebites que os prendiam à parede, apenas um sobrava para os impedir de se estatelarem no empedrado. Não fosse o ícone da instituição, que ainda se mantinha em bom estado, seria difícil, à primeira tentativa, compreender a inscrição.

Estávamos entretidos com a insólita posição das estropiadas letras quando um velhote passou por nós e deu um pequeno toque numa letra fazendo-a rodopiar por uns instantes. Eu fiquei congelado a olhar para o velho que sem demora atravessou a muralha para o interior da vila. A professora ficou atónita observando o pedaço de ferro a rodar.

– Juliana! – fui o primeiro a quebrar o feitiço que nos abalroara.
– Gabriel! – bradou ela.
– O homem do meu sonho! – continuei à espera que me ouvisse.
– O "P" de João! – não me ouvia.

Como dois fantoches nas mãos da mesma pessoa, virámo-nos simultaneamente um para o outro e repetimos as mesmas frases, sem prestar atenção ao que o outro dizia. Finalmente, consegui parar de falar e dei-lhe a primazia. Iria ouvi-la mas sabia de antemão que o que tinha para dizer era muito mais importante. Um erro comum do processo de comunicação.

Ela referiu excitada a letra a rodar, o "P" de São João, o livro. Se a minha mente a escutasse, eu tinha ficado deslumbrado com a novidade. Mas eu estava a transbordar de inquietação. Precisava de falar para não rebentar.

– Já acabaste? – perguntei ansioso.
– Já. – ela mal podia acreditar na minha falta de entusiasmo com a boa nova.
– Este homem era o velho do meu sonho! – fiquei à espera de uma grande exclamação. Ela pagou na mesma moeda.

Durante uns segundos, hesitámos entre continuar a falar e assim causar o efeito esperado ou compreender porque esse efeito falhara na primeira vez. Aquele homem tinha conseguido, com um simples gesto, erguer uma barreira entre nós que, felizmente, se foi dissipando.

– Desculpa. Eu não te escutei. O que eu tenho para te dizer é extraordinário, mas pode esperar um minuto. – desviei o olhar para garantir que o velho já não estava por ali. Tinha sido engolido pelo cerco de pedra.

- Olha para mim. – pediu Juliana, com os cabelos todos desgrenhados – Acho que sei como o "P" pode ser de "João".

As palavras ressoavam agora na minha cabeça com grande clareza. O "P" que faltava encontrar. – Como? Como descobriste?

- Foi o velho! Pôs o "P" do "Espírito" a rodar. Numa meia volta era o "P", na outra era um claramente um "J". – ao relatar-me o sucedido, repetiu o gesto do homem de barbas brancas. Eu vi o "P", ao qual já faltava um pedaço que unia a parte inferior do círculo à perna direita, transformar-se em "J", durante meio período da rotação.

Pd

Foi a minha vez falar. O largo voltou a ser fustigado pelas incessantes e caóticas correntes de ar. Um turbilhão de papéis esvoaçava em desalinho pelos ares.

- O tal homem... – disse-lhe, apontando a direcção por onde se tinha evaporado.

- Aquele velhote, que acabou de nos ajudar... – sorriu ao recordar o gesto elegante com que lhe tinha mostrado o Caminho.

- Aquele é o velho do meu sonho! – agarrei-a pelo casaco.

- Tu tens a certeza do que estás a dizer?

- Por muito estranho que possa soar, tenho a certeza absoluta! – eu não tinha qualquer dúvida. Fui percorrido por arrepios. Fossem nervos, fosse o frio, não interessava. Tomei uma decisão naquele momento – Acho que devíamos casar antes do nascimento.

- Mas porquê esse assunto agora? – ficou surpreendida pelo repentino e pouco romântico pedido de casamento.

- Imagina que alguma coisa me acontece...

- O quê? – a surpresa dava lugar à perturbação. – Passa-se alguma coisa que eu não saiba?

- Não. Não. Não se passa nada. – não pensava alarmá-la daquele modo – Apenas ficaria mais...Não sei...Acho que era melhor para o bebé.

– Foi o velho, não foi? – era óbvio o motivo da minha preocupação.

– Sim...e é o livro. Não sei se estamos seguros neste mistério. Para te dizer a verdade, gostava que daqui para a frente não te envolvesses mais. Pelo menos nos trabalhos de campo. – receava pelo desconhecido que representava prosseguir as investigações. Desconhecíamos de todo com o quê e com quem estávamos a lidar.

– Não estás a falar a sério, pois não? – enquanto proferia estas palavras, encostou-me a uma parede, empurrando-me os ombros energicamente – Este temporal afectou-te o cérebro.

– Nunca falei tão sério. Quero casar-me contigo. Depressa. E quero-te longe dos lugares onde este mistério nos levar.

– Mas...? – estava incrédula com as minhas inesperadas palavras.

– Não há "mas" Juliana. O bebé é mais importante que tudo isto.

Afastou-se um pouco, desorientada. Depois de alguns metros voltou para trás. Olhou para mim e levou-me até ao improvisado abrigo.

– Eu percebo. Eu caso-me contigo. Amanhã se quiseres. Mas não entendo porque não posso procurar pelos selos. Com certeza que não vou andar aos saltos nem a fazer acrobacias, mas enquanto puder andar... – a sua voz implorava o meu consentimento.

Abracei-a. Encostei a sua cabeça no meu peito e passei os meus dedos pelos seus cabelos. Depois beijei-a e confirmei os meus votos de amor eterno. Confessei-lhe que não a podia perder. Que não os podia perder.

O velho, de cabelos e barbas alvas como a neve, percorreria as lajes da rua principal que pouco mudara desde que viera para Óbidos, cerca de trezentos anos antes. As forças da Natureza não o perturbavam, parecia voar numa bola de sabão, suavemente, indiferente à confusão e desordem que o rodeava.

Tudo acontecia como fora premeditado. Seguiam o Caminho como era esperado. Já pouco faltaria para se juntar ao seu mestre e carrasco. O seu único desassossego era o grupo de sete demónios que tal como ele acompanhavam de perto as passadas daquele par de jovens apaixonados. "Não temais. O Senhor está no meio de nós." –

era a única prece que ia repetindo para si, enquanto caminhava.

Não fosse a muito desejada ecografia e teríamos prontamente regressado ao quarto. Mais uma barreira tinha sido derrubada. Cada vez estava mais próximo o dia de libertar as páginas do livro selado a sete chaves. O curto trajecto até às Caldas da Rainha, onde ficava o consultório, encheu-se de pequenas conversas entrelaçadas. Em dez minutos, desfolhámos o misterioso documento, os selos, São João, um eventual casamento e, naturalmente, o bebé. Estava a ficar acalorada a discussão quando estacionei o carro. Falava-se agora do inevitável afastamento da Sherlock.

– Está decidido. – declarei com determinação.

– Logo se vê. – respondeu ela entre dentes. Aquela não era a ocasião adequada para discutir. Agora apenas desejava confirmar a vida que crescia dentro de si.

Entrámos para uma sala de espera, onde facilmente se podiam adivinhar os casais repetentes e os debutantes. Bastava perder uns segundos para perceber o nervosismo iniciático, próprio de quem ignora e receia o desconhecido. O silêncio era incómodo. Apenas uma mulher aguardava a sua vez sem que tivesse companhia. Estava aparentemente sozinha, com a cabeça entre as mãos e os seu olhar procurava o infinito na parede à sua frente. Não a reconheci quando a observei pela primeira vez, mas quando retirou as mãos para se poder apoiar e mudar de posição achei-a familiar. Quando os seus olhos se cruzaram com os meus, identifiquei o seu rosto. Era a minha empregada de mesa. Estava bastante mais forte, contudo o seu sorriso era o mesmo que me recebeu quando pela primeira vez almocei no 1º de Dezembro.

– Olá. Boa tarde. – saudou-me com delicadeza.

– Olá. Como está? – respondi, meio embaraçado pela presença de Juliana. – Parabéns pelo bebé.

– Muito obrigado. Para vós também. – continuou, incluindo propositadamente a mulher que estava ao meu lado.

Juliana não se fez rogada – Muito obrigado. Ainda falta muito para o fim do tempo? – prosseguiu ela.

– Deve ser para o fim de Junho. E a senhora?

– Para meados de Julho. E já sabe se é menino ou menina?
– É um rapaz. – pareceu triste ao responder.
– Nós ainda não sabemos, mas palpita-me que também deve ser rapaz.
– Parece que é o ano dos rapazes. – calou-se por uns instantes.

Eu, assim como os restantes pares de futuros pais, seguíamos o diálogo com algum interesse. Algumas mães concordavam com pequenos acenos de cabeça com a citada e invulgar supremacia masculina na taxa de natalidade. Para ter alguma participação na conversa, resolvi perguntar se o pai estaria contente por ser um menino. A rapariga, que voltara a fixar a parede, não disse nada. Eu insisti:

– E o pai está contente? Normalmente, gostamos mais de meninos.

Ela permaneceu estática, com toda a gente na sala de espera suspensa para saber o juízo do progenitor, até que finalmente lá reagiu – O pai está longe, muito longe.

Juliana apertou-me a mão e ambos lamentámos o facto do pai não poder estar presente. Todos voltaram às páginas de revista com que se iam entretendo enquanto não chegava a sua vez de devassar o âmago materno para espreitar a criação divina. Felizmente, a empregada de mesa foi a próxima na linha de produção do consultório, o que permitiu aliviar a desconfortável sensação de piedade que pairou sobre a sala em relação à solidão da futura mãe.

– Pobre rapariga. - murmurou a professora.
– Pode ser que tudo corra bem. – referi, esperançado num fado risonho para aquela mulher que tinha sido simpática comigo no meu trágico e sombrio regresso a Óbidos.
– Se Deus quiser. – acompanhou-me Juliana.

Na "casa assombrada", os sete irmãos estavam de novo reunidos. As boas novas foram acolhidas com grande satisfação por todos. Franco estava especialmente gentil. Foram várias as referências elogiosas a Carlota e ao grande serviço prestado à causa milenar que os guiava.

– O velho missionário! É o último sinal. – o idoso sacerdote esfregava as mãos, ansioso pelo grande dia, de morte e ressurreição.
– Caríssima "sorella" foste bafejada pelo Mestre. Os teus olhos cansa-

dos ainda são como os de uma águia.

– Obrigado. Apenas cumpri o meu dever. – estava orgulhosa por ter sido ela a descobrir o homem que sempre lhes fora anunciado como o seu mais forte e poderoso opositor. O depositário das preciosas informações de que necessitavam. Escondia, porém, o facto de se ter cruzado anteriormente com ele, sem o identificar na altura. Precisamente na Igreja de Santa Maria. Essa pequena falta ficaria só para si.

– E para ti Miles, também vão as minhas felicitações. Tens feito um bom trabalho.

– Faço o que me compete. – ao contrário da irmã, não deixou transparecer qualquer sentimento.

– Ah! Devias estar satisfeito. Também tu pudeste ver o velho. – a convicção de que já nada o poderia deter, incendiou-lhe o sangue, incutindo-lhe uma enorme vontade de cantar. – Perdoem irmãos, mas as excelentes notícias devem ser celebradas com júbilo. Permitam, por isso, que vos brinde com uma ária de Johann Sebastian Bach...

Nos minutos que se seguiram, o castrato deu voz a *"Et incarnatus est"*. A harmoniosa e suave interpretação, cuja melodia se ia encadeando em motivos que se repetiam numa configuração descendente, representando a vinda de Jesus Cristo à Terra. Um acto estranho, paradoxal e premonitório que encheu o espaço vazio daquele improvisado delubro.

– Está tudo muito bem. O bebé está perfeito. Todos os valores se encontram dentro da normalidade para esta fase de gestação. Resta-nos esperar pelo tempo certo. E lamento uma vez mais não vos conseguir dizer qual o sexo do bebé. Por vezes acontece. Poderia dizer-vos que tem uma probabilidade maior ou menor de ser rapaz ou rapariga, mas nunca estive tão hesitante em fazê-lo. As imagens são muito contraditórias... – e assim o médico resumiu o exame ecográfico da Juliana.

– Paciência. É porque ele não quer. – respondeu a futura mãe.

– Ah! A mãe acha que vai ser um rapaz. – o médico riu-se com a resposta. – E o pai o que acha?

– Não sei. Nesta fase não tem grande importância. O que importa é sabermos que está tudo bem.

CAPÍTULO XX

De regresso ao nosso quartel-general, aprovámos tacitamente e por unanimidade um período de tréguas. Era tempo de mergulhar nos livros. O Apocalipse de São João e a Revelação do meu pai.

O nosso quarto afundou-se no mais recôndito canto do mundo. Tornou-se uma oficina de segredos. A pouca luz que ia brigando com a noite era a de um pequeno candeeiro e a do monitor do computador portátil. Juliana nem parecia estar grávida, tal era a energia, felizmente contagiosa, com que vencia aquela etapa de trevas.

Ter descoberto o "P" de João não nos transportara directamente para outro nível. Não sabíamos a que "P" deveria ser atribuída a igreja de São João. Obviamente, era absolutamente necessário determinar qual o "P" que deveria ser invertido e tornar-se um "J". Só dessa forma poderíamos procurar pelos selos. Até porque a ordem com que os tínhamos começado a procurar não estaria exacta. Faltava um pequeno detalhe, que o nosso amigo não revelara, para perceber o enigma. PVMOPID. Onde estaria João? Na primeira, ou na quinta letra?

Ao fim de pouco mais de duas horas, a resposta surgiu naturalmente. Estivera sempre à frente do nosso nariz. Bastou trazê-la mais perto da luz e olhá-la através da lupa da Sherlock. *"Não vejas somente o que te mostram, procura o que te escondem."* A palavra "PVMOPID", na frase inscrita na contracapa do livro que recolhêramos na igreja matriz, tinha uma característica denunciadora. Quando observada com rigor, era possível verificar que a perna redonda do primeiro "P", exactamente como na letra do Banco Espírito Santo que o velho fizera girar, não fechava o semicírculo. Facilmente, imaginei-a, invertida. Batia certo com a informação do intruso dos meus sonhos. Estava completo o quadro que correlacionava as letras de PVMOPID e as sete igrejas da monumental vila de Óbidos.

– É espantoso, Gabriel. – era realmente admirável a complexa simplicidade de recursos utilizada pelo autor daquele infindável dédalo.

– Bem podes dizê-lo. – estava assombrado, olhando a obra que segurava nas minhas mãos. Quem seria responsável pelo livro? Com quem nos teríamos de encontrar para prestar contas pelo nosso atrevimento? E pela audácia do meu pai? Estaria ele a pagar já a sua pena? – E olha...acho que sei qual é a sequência pela qual devem ser ordenadas as igrejas. – o chapéu em tecido xadrez, voltava ao meu poder.

– Espera! Não me digas ainda. – ela não queria ficar para trás. – Tenho que descobrir. Não estás a inventar, pois não?

– Não. Não estou. Claro que posso estar enganado. Mas...

– O teu processo dedutivo tornou-se sagaz. Muito fiável. – tinha um olho semicerrado e perscrutava todos os indícios que o livro pudesse ocultar.

– Frio. Está muito frio. Nem precisas dele para nada. Basta pensar. – deitei-me na cama e espreguicei-me. O cansaço começava a tomar conta dos meus músculos. – Dou-te cinco minutos. Depois acorda-me.

– Como? Nem penses que vais dormir. – e tentou abafar-me com uma almofada.

– Está bem. Vá lá. Eu espero. Cinco minutos! – no meu pulso o relógio marcava duas horas e vinte minutos.

Permaneci calado e quieto, observando os gestos e as expressões do anjo que Deus me enviara. De vez em quando murmurava pequenas frases que só ela percebia. Acabou vencida pelo ponteiro grande, quando este acabou de percorrer um duodécimo do círculo das horas. Eu não disse nada. Esperei pela declaração de derrota que veio segundos depois acompanhada por um olhar desgostoso e amargurado.

– Estou a perder qualidades, Hermano. – disse ela desolada.

– Por ventura, não serei eu...talvez...merecedor do cognome de Sherlock? – não me levantei.

– Estou demasiado ansiosa para esperar mais tempo...

– Eu sei...

– Não, não sabes. É precisamente pela tua pressão que eu não consigo raciocinar.

– Eu sei...

– Vá lá. Ganhaste. – a sua curiosidade tinha vencido a sua vontade de descobrir mais uma brecha naquele muro aparentemente inultrapassável.

– Então vamos lá. A primeira letra, o primeiro "P", não é um "P" mas sim um "J" de pernas para o ar. Está ao contrário.

– Até aí não tenho dificuldade em acompanhar...

– Ora, nós começámos o nosso périplo pelas igrejas, que julgamos serem as guardiãs dos selos, pela ordem da palavra "PVMOPID".

– Sim. E pelos vistos estávamos enganados.

– Pois é. Segundo a minha teoria... – alinhei os meus olhos com os dela que me fitavam com impaciência.

– Não sejas assim. Gostas de me torturar. – agarrou-me com força, prendendo-me os braços e colocando-se em cima de mim com um ar ameaçador. – Fala de uma vez...

Puxei-a para mim e deitei-a a meu lado. Depois, segredei-lhe ao ouvido – "A palavra também está ao contrário."

– Como?! Não pode ser! Seria tão óbvio! – quis levantar-se mas eu abracei-a. – Espera eu só quero...

– DIPOMUP. – adivinhei os seus pensamentos.

– DIPOMUP?

– Não era o que ias fazer? Realinhar as letras e assim encontrar o novo roteiro dos selos?

– Estás a ficar muito esperto. – percebeu que eu começava a conhecê-la e isso não a incomodou, pelo contrário, aconchegou-se no meu peito e foi, uma a uma, elencando por ordem as igrejas que deveríamos visitar. – Divino Espírito Santo ou Misericórdia; São Tiago; São Pedro; Ordem Terceira; Santa Maria; São Vicente ou São João; e finalmente São João ou Nossa Senhora do Carmo.

Seriam aqueles os novos passos do Caminho. E ali naquele

pequeno quarto, enlaçados um ao outro, compreendemos como tudo fazia sentido. O Destino corria, oleado e preciso como um mecanismo de relojoeiro, numa direcção que nós desconhecíamos, mas em perfeita sintonia com os desígnios de um Arquitecto Maior.

A magnífica bonança do dia seguinte era um bom agoiro. Apesar de eu não querer que Juliana se cansasse ou corresse riscos desnecessários, seria imoral pedir-lhe para ficar em casa com tamanha dádiva da Natureza.

– Não te preocupes comigo. – descansou-me ela – Se eu me sentir cansada ou indisposta, volto para o quarto.

– Está bem. Mas por favor não abuses. O bebé é mais importante que tudo isto... – pouco a pouco as minhas preocupações com o meu futuro filho iam aumentando.

– Eu sei. – interrompeu - Mas creio que o bebé não se importa, muito pelo contrário, até gosta destas aventuras.

– ...e se por ventura houver o mínimo sinal de perigo...

– Eu saio de cena.

Acenei em concordância. Agora que tínhamos estabelecido um novo protocolo de entendimento podiam continuar as acções de investigação.

A sequência dos próximos eventos estava definida. Como auxiliares, trouxemos as cópias da Revelação de São João, o eventual tesouro do meu pai e um mapa de Óbidos, além da habitual diversidade de ferramentas próprias dos detectives que agora não dispensava o computador portátil. Todos estes objectos estavam enfiados numa mochila que eu transportava.

Caminhámos de mão dada pelo corredor central da Rua Direita, aproveitando o piso mais nivelado e facilitando as passadas de Juliana que assim evitava as pedras mais incertas das faixas laterais. O nosso objectivo era a igreja da Misericórdia ou do Divino Espírito Santo.

Descemos com cuidado a acentuada rampa que descia desde a Praça de Santa Maria até à Calçada da Misericórdia. A outra opção era a escadaria junto ao Museu Municipal, que nos pareceu ainda mais arriscada. Sentámo-nos junto ao Cruzeiro que fica junto à porta do templo. Em frente a nós erguia-se a famosa casa medieval e o antigo Hospital de S. Vicente que amparava a velha estrutura da igreja. Este quadro intemporal desenhava um dos recantos mais fantasiosos e extravagantes da vila. Retirámos da mochila a página onde estava descrita a abertura do primeiro selo.

O desafio que agora se nos deparava era retirar uma palavra ou um sentido daquele e dos próximos trechos, que apontasse a localização dos selos.

A fachada da antiga Capela do Divino Espírito Santo possuía um portal simples e singular, testemunha do barroco renascentista, de onde se evidenciava, ao cimo, um nicho adornado com estilo joanino que guardava uma curiosa imagem de louça. Teria sido esta representação da Virgem uma das paixões de Rafael Bordalo Pinheiro, de acordo com as notas que eu coligira da *Internet*. Para mim não passava de uma vulgar santa de altar, um pouco mais tosca do que o habitual, construída em cerâmica característica da zona de Caldas da Rainha.

No seu interior, o templo era escuro e aparentemente despojado de grandiosos ornamentos. As paredes estavam revestidas de azulejos azuis e amarelos do século XVII. O altar, ladeado por invocações ao Senhor dos Passos e a Nossa Senhora das Dores, era enriquecido com retábulos em talha dourada que incluíam pinturas de um ilustre pintor – André Reinoso. As lajes do piso cobriam, incognitamente, os túmulos dos confrades do Divino Espírito Santo e duas campas nas coxias: uma da família dos Condes de Cavaleiros, onde jaziam os restos mortais de D. Luísa Guerra; e outra pertencente a um benfeitor e antigo provedor da Santa Casa da Misericórdia, o Padre Faustino das Neves. Existiam ainda outras obras de pintura que nos remetiam para o calvário de Cristo. O nosso era encontrar no meio deste delicado cenário o primeiro selo.

Olhámos em redor, um para cada lado, em busca de um sinal evidente e inequívoco. Decorridos alguns minutos, voltámos um ao outro na expectativa de uma surpreendente notícia. O silêncio de poucos segundos e ar interrogador de cada um de nós foi revelador.

– Ideias? – propus a Juliana.

Ela esboçou inicialmente um esgar desapontado mas rapidamente

se recompôs – Já sabíamos que não seria fácil ainda que não deva ser de todo impossível.
– Inteligentemente simples.
– Isso. Creio que devemos usar a inteligência e a simplicidade. – anuiu.
– E o Apocalipse. – continuei baixinho, levantando a cópia da página do Novo Testamento, para não divulgar o nosso segredo à senhora de idade que tomava conta do templo e que parecia indiferente à nossa presença.
– E o Apocalipse. – concordou, tirando-me a folha das mãos. Depois de ler para si, repetiu em voz alta, como se rezasse, as instruções de S. João:

"E vi quando o Cordeiro abriu um dos sete selos, e ouvi um dos quatro seres viventes dizer numa voz como de trovão: Vem! Olhei, e eis um cavalo branco; e o que estava montado nele tinha um arco; e foi-lhe dada uma coroa, e saiu vencendo, e para vencer."

Fomos até junto do púlpito, de cantaria lavrada, constituído por um gazofilácio. Em frente ficava o cadeiral onde facilmente se imaginavam os beneficiados, que durante séculos ali tinham tido assento. Permanecemos por algum tempo naquele local, tentando ao abrigo do chão sagrado obter indícios para o Caminho. Tentámos relacionar as palavras do texto – "Cavalo branco, arco, coroa..." – com todos os objectos, figuras ou estruturas da igreja.

Cavalos não eram visíveis. Arcos também não. Quanto à coroa, havia uma, esplendorosa, pintada no tecto de berço em madeira, cercada por vários ornatos.

– Será que está ali? – questionou-se a detective – Não seria demasiado óbvio?

– Talvez. E porquê a coroa? - indaguei, ao pensar em todos os outros motivos explícitos ou implícitos descritos no excerto e tentando encontrar uma razão que o justificasse.

– Não sei. Mas porque não? – e puxou por umas notas que elaborara sobre o Livro da Revelação e que também faziam parte do espólio da mochila. – Vamos ver...

Enquanto ela revia as suas anotações eu peguei na máquina fotográfica digital e tentei ampliar a imagem e os detalhes da coroa.

– Cá está. – tinha encontrado o que pretendia, uma interpretação da descrição do primeiro selo – "*...Olhei, e eis um cavalo branco; e o que estava montado nele tinha um arco; e foi-lhe dada uma coroa, e saiu vencendo, e para vencer...*". Existem duas grandes linhas de interpretação...

De repente um clarão iluminou todo o interior do templo, como um raio de tempestade no meio da noite. Juliana deu um salto, deixando cair os papéis que tinha na mão, e agarrou-se a mim assustada – Meus Deus! O que foi isto?

– Desculpa. Fui eu. Foi o flash da máquina. – olhei de repente para a idosa vigilante do santuário e, como um vulgar miúdo depois de realizar mais uma diabrura, pensei – "Não se pode usar o flash! A velhota vai correr connosco!"

Juliana, tal como eu, virou-se num reflexo para a improvisada guarda e rispidamente trocou por palavras os meus receios – Esconde a máquina! Depressa! Ela vai aborrecer-se e mandar-nos sair.

Esperámos como condenados pela execução da sentença, que estava prevista de forma bem visível nas portas da entrada. Um "X" vermelho estava estampado por cima de figuras como o flash das máquinas fotográficas e de vídeo ou de um cão que simbolizava o mundo animal que frequentemente partilha muitas das actividades dos humanos. Nada aconteceu. A senhora, apesar do proibido fenómeno luminoso, não se mexeu, nem se ouviu. Continuou sentada, imóvel, com os braços cruzados sobre as pernas e a cara escondida por detrás de uns óculos, cujas lentes esverdeadas e tão espessas como fundos de garrafa não permitiam ver os olhos. A sua respiração leve e ritmada confirmou as suspeitas. A sua displicência e apatia ficavam a dever-se ao profundo sono que a assolava, mas que ela disfarçava quase na perfeição com uma pose intocável, mantendo a cabeça direita, como se o crânio estivesse cravado na coluna vertebral.

Aliviados pela inesperada amnistia, sorrimos um para o outro. Por pouco tempo, porque eu não escapei ao olhar incriminador da minha companheira.

– Devemos ter muito cuidado... – atirou-me ela entre dentes, não fosse a velhota acordar.
– Dizias que...havia duas interpretações... – desviei o olhar e escondi a máquina atrás de mim.
– Sim. Há duas interpretações...entre muitas outras, claro. Mas estas reúnem um alargado consenso. – e lá continuou – Alguns acham que o homem montado no cavalo branco representa Cristo; o cavalo será a guerra, a violência, a tragédia; a cor branca estará relacionada com a pureza celestial; a coroa, a realeza; e o arco será o seu modo de vencer os inimigos. Outros julgam que o homem será o Anticristo, imitando o verdadeiro Cristo com falsa pureza e incerta paz, empregando o seu arco como um instrumento de longo alcance para persuadir e contaminar todas as nações.
– Muito bem. Vamos procurar nas coroas, nos cavalos, nos arcos, nas figuras de Cristo ou Anticristo e nas cenas de violência, como a crucificação. – referi, apontando para uma pintura onde Jesus pendia, crucificado.
– Mas antes dessa árdua tarefa, explica-me o que é que andavas a fazer para tirares fotografias com flash. – perguntou Juliana.
– Se por acaso o selo estivesse lá em cima, e como em princípio é metálico, iria brilhar na fotografia por causa do flash. O que, infelizmente, não aconteceu.
– Brilhante.
– O selo?
– Não. O teu raciocínio. – condescendeu ela, depois esperou uns segundos e disparou – E é chumbo!
– O meu raciocínio? – estranhei a interjeição.
– Não. O selo!
– Deixas-me confuso, Sherlock.
– O teu raciocínio foi brilhante, pois não sei como poderíamos analisar de perto a coroa no tecto, sem ter que utilizar uns andaimes, o que não seria muito praticável. Por outro lado, os sete selos estão ligados aos sete metais alquímicos. Recordas-te? – estava outra vez sujeita ao encantamento do mistério que se deixava desnudar aos poucos – De acordo com a ordem do ciclo de transmutação dos metais, o chumbo será o mais grosseiro, o princípio do processo alquímico.

– Não avançámos muito, mas já sabemos que então o nosso selo será de chumbo.

– Aposto que sim. – garantiu ela. – E depois seguir-se-ão o estanho, o ferro, o cobre, o mercúrio, a prata e o ouro.

– Ajudava ter uma espécie de detector de metais que também os identificasse. – adiantei eu.

– Pois ajudava. Mas teremos que continuar mesmo sem essa preciosidade. Se é que ela existe.

Aproveitando o bem-aventurado repouso da guardiã, pudemos perscrutar quase todo o interior da antiga construção religiosa. Verificámos os quadros, o altar, as coxias, as sepulturas. Tudo o que eventualmente fosse susceptível de corresponder aos critérios que tínhamos estabelecido. Nada.

– Inteligentemente simples. – a rapariga já estava cansada.

– Ou talvez não. É melhor irmos dar uma volta, comer qualquer coisa e depois regressar. – aconselhei, percebendo que o distanciamento poderia ser benéfico – Até porque este ar pesado e este cheiro a incenso já me estão a deixar mal disposto.

– A mim também, para dizer a verdade. – confessou ela, enquanto começava a juntar o material para dentro da mochila – Preciso de respirar ar fresco e ver a luz do Sol.

Já quase com um pé nas pedras quentes da calçada, fomos interpelados por uma voz do interior – Então já vão embora. Se quiserem perguntar alguma coisa estão à vontade.

Virámo-nos para trás, surpreendidos, pois não tínhamos observado ninguém dentro da igreja, a não ser a velha guarda.

– São estrangeiros, não é? Não percebem nada do que a gente diz. – era ela, a bela adormecida, que tinha acordado como se tivesse apenas passado pelas brasas durante uns segundos – Eu bem digo que deviam trazer para aqui era rapaziada nova que fala tudo e mais alguma coisa. Até falam demais. – foi conversando sozinha até chegar ao pé de nós.

– Não somos... – tentei dizer-lhe que também éramos descendentes do nobre povo e da nação valente, mas ela não me escutou. Já nos tinha rotulado.

– Gude Bai! Gude Bai! E boa viagem. – e assim se ia despedindo.

— Somos portugueses, minha senhora. — Juliana não queria ir embora como estrangeira, até porque íamos com certeza regressar e quem sabe talvez ela nos pudesse ajudar.
— Ah! São portugueses! Desculpem, pensei que...
— Não tem importância. — respondeu a minha companheira — Posso fazer-lhe uma pergunta?
— Ou duas, ou três, minha filha. O que quiser. Desde que eu saiba responder. — enquanto falava, ia limpando a baba que se tinha acumulado aos cantos da boca, durante a sua ausência.
— Existe alguma coisa de especial aqui na igreja com cavalos, ou coroas, ou com arcos daqueles que os índios usavam contra os *cowboys*.
— Cóbóis! Ó minha querida, isto é a casa do Senhor. Aqui não há cóbóis! Nem índios!
Eu, entretanto, encostara-me a uma das portas da entrada observando a conversa entre as duas mulheres e não consegui suster uma risada.
— Eu sei. Eu sei. — respondeu Juliana, disparando-me um olhar reprovador — Não é isso. Só procuramos os arcos que são parecidos com esses de que eu falava.
— Sim. Mas porquê? — a velhota estava intrigada e desconfiada.
— É para uma reportagem sobre Óbidos.
— É para a televisão? Hoje em dia a vila anda sempre na televisão. Ou é no Natal, ou na Páscoa. Até por causa do chocolate, veja lá.
— Não. Não. É uma reportagem sobre os monumentos religiosos.
— Ah. Está bem...Bom, de arcos não conheço nada. De cavalos, também não me lembro. As coroas...está uma aqui em cima que vem do tempo da Casa das Rainhas — disse, apontando com o dedo indicador para cima.
— Casa das Rainhas, disse?
— Sim. Óbidos foi durante muito tempo a Casa das Rainhas. Desde a Rainha Santa Isabel até D. Maria II. Era a prenda de casamento do Rei para a Rainha. Começou com D. Dinis que ofereceu a vila à Rainha Santa. Conta-se até que foi durante a noite de núpcias. Parece que a Rainha gostou tanto deste lugar que não se queria deitar. Estava encantada. Ora ele para não se deitar sozinho disse que lhe oferecia a vila. E pronto, daí em diante tornou-se um hábito.

– Curioso...

– Pois é.

Durante as nossas investigações descobrimos que a Casa das Senhoras Rainhas, sedeada em Óbidos, seria a correcta designação atribuída a todos os bens concedidos pelos monarcas portugueses às suas consortes. Deste modo, era possível garantir uma regular fonte de rendimentos para comportar as despesas da Rainha durante o reinado, bem como após a ascensão dos filhos ao trono. A implementação do Liberalismo em Portugal, em 1834, acabaria por ditar a extinção daquela figura real.

– Houve rainhas que adoravam a vila e muito fizeram para a melhorar. D. Leonor Teles, D. Leonor de Lencastre, D. Catarina de Áustria... - ficou pensativa.

Ficámos a aguardar mais algumas soberanas.

– Estas. – o seu olhar estava perdido no infinito, procurando por mais rainhas, enquanto coçava a farta cabeleira de caracóis - Só me lembro destas. Por exemplo, a D. Leonor de Lencastre foi quem ajudou a reconstruir esta igreja.

– Ah, sim? – a professora ia puxando pela idosa senhora.

– Pois foi. E criou a "Misecórdia" aqui em Óbidos e o hospital das termas nas Caldas. Pois é. – estava visivelmente satisfeita por poder mostrar toda a sua sapiência sobre as rainhas de Óbidos.

– A Misericórdia?

– Pois foi. A "Misecórdia".

– A senhora é muito simpática. É possível que voltemos. Talvez ainda hoje.

– Muito obrigado, menina. Até logo ou até outro dia. – e acenou com a mão enquanto nos dirigíamos para a luz do dia – Olhem é ela que está aí em cima da porta.

– Quem? – perguntámos em uníssono.

– A D. Leonor.

– Então não é uma santa? – Juliana ficou espantada pois a imagem era própria de uma santa.

– Os padres dizem que sim, que é a Virgem Maria. Mas na verdade é a Rainha D. Leonor de Lencastre que também era uma santa.

– Como assim?

— É que foi ela que arranjou o dinheiro para consertar a igreja naquela altura, que estava uma miséria. A cair aos bocados. E fez a Santa Casa da "Misecórdia". É o que dizem.

— Sim...

— E então, o povo para lhe agradecer mandou fazer uma figura da rainha e colocou-a aí em cima.

— É muito interessante essa história. Obrigado.

— Adeus. Um bom dia para vocês.

— Adeus, obrigado. – e lá nos despedimos, finalmente.

CAPÍTULO XXI

Eu ia começar a subir a travessa quando a Sherlock me chamou
– Onde é que vais?
– Comer qualquer coisa?! – hesitei, pois percebi que ainda não era hora de ir comer, algo tinha feito Juliana mudar o rumo dos acontecimentos.
– Achas? – inquiriu com desdém.
– Não. Acho que não. – corrigi apressadamente.
– Pois eu também acho que não. E porquê? – agora, apontava-me um dedo indicador como se fosse uma espingarda aguardando a ordem de disparo que seria eu a dar.
– Porque…a santa não é uma santa, mas sim uma rainha… – encolhi a cabeça entre os ombros na expectativa do impacto imaginário.
– Muito bem. Muito bem. E… – a arma continuava apontada e o disparo suspenso por mais uns segundos…
– E… como é uma rainha… é uma rainha, pronto.
– É uma rainha, pronto?! – era evidente que desta vez eu estava a milhas de distância do seu pensamento – A coroa! Faz sentido que seja a coroa de uma rainha e não de uma santa. As coroas de ouro, cravadas de jóias, que os santos a santas ostentam são obviamente uma das grandes contradições da Igreja. Os santos só são santos porque se despojaram dos valores materiais. Porque se aproximaram do reino de Deus, onde não consta existirem tesouros palpáveis mas sim a pureza do espírito e a grandeza do amor.
– Crês então que será ali naquela coroa – apontei para a figura

que se abrigava no nicho por cima das portas do templo – à chuva, ao vento e ao sol, que se encontra um dos selos. – estava incrédulo, pois não fazia muito sentido.

– Vamos ver. – desafiou ela enquanto tirava da mochila a máquina fotográfica.

– Vais usar a técnica do flash? Aqui fora não dará grande resultado.

– Vou usar a máquina para ampliar a imagem da coroa. Talvez resulte.

Depois de três cliques, sem flash, juntámo-nos para observar as imagens digitais da coroa cerâmica da Rainha D. Leonor. Não se vislumbrava nada de estranho. Nenhum círculo metálico, supostamente de chumbo. Porém, concordámos que a imagem era demasiado pequena. Subimos então à praça que se elevava a um nível superior e abrimos o computador portátil em cima do mural que na maioria das vezes servia de banco para os viajantes.

Passados dois minutos, o pequeno computador estava pronto a receber as imagens da máquina. A união filar entre os dois dispositivos permitiu ampliar a imagem dezenas de vezes. Depois, fomos analisando a reprodução, agora com grande pormenor, deslizando-a de um lado para o outro, de cima para baixo. Foram suficientes apenas alguns segundos para notar uma pequena diferença nos ornatos pintados no símbolo da realeza.

– Aqui! Estás a ver?! – gritou a professora. – São todas azuis, menos esta! – apontava para uma pequena auréola do lado direito da coroa.

De facto, as linhas adornadas no alvo diadema de loiça eram todas de um azul-escuro, cuja tonalidade se assemelhava à cor da azulejaria portuguesa, à excepção de uma sombra acinzentada, como o chumbo.

– Será? – eu ainda duvidava.

– Não duvides, Gabriel. Este é o primeiro Selo! – a sua voz soou com intensa solenidade.

– Só quando lhe tocar é que eu acredito. – sentia-me arrepiado até às entranhas – Pode ser apenas sujidade. – a minha convicção era fraca perante a certeza dela.

– Já lhe vais tocar. Mas tens que esperar até logo à noite.

De repente, curvou-se e gemeu. A sua face torceu-se, dolorosa. Rapidamente, apoiou-se com uma mão no muro caiado, enquanto a outra segurou o ventre.

– O que tens Juliana? O que se passa? – fiquei assustado, sem saber muito bem o que fazer.

Continuou a gemer, sem dizer uma palavra. Respirava depressa e profundamente, em hiperventilação. O seu corpo contraía-se a espaços.

– Por favor, diz-me o que se passa! O que posso fazer para te ajudar? – eu continuava ali de volta dela, de um lado para o outro, sem lhe tocar, pois temia piorar o seu estado.

– Espera. Não me faças falar. Não podes fazer nada. – suspirou pungentemente outra vez – são…são contracções.

– É o bebé! É melhor chamar uma ambulância! – precisava de avisar alguém.

– Não! Espera. Não me deixes sozinha.

Um casal de estrangeiros, indiscutivelmente nórdico, apercebeu-se de que Juliana não estava bem e num inglês perfeito tentaram inteirar-se sobre o que se passava. Eu respondi muito atrapalhado que ela ia ter um bebé e que precisava de ir buscar alguém para a levar ao hospital.

– Não! Já te disse para esperares. – depois tentou acalmar o casal, também já infectado pelo alarme e pela aflição, dizendo que eram apenas pequenas contracções e que estavam a desaparecer.

Ao fim de alguns minutos, a futura mãe começou a respirar mais tranquilamente. O seu corpo já não se mostrava tão arqueado e retraído. Um grande alívio começou finalmente a tomar conta de nós.

– Não é mais prudente ir ao hospital? – eu não ficaria descansado enquanto não ouvisse um médico certificar o seu estado de saúde – apesar de estarmos no princípio de Junho, o bebé pode querer vir mais cedo.

– Não vale a pena. Foi uma coisa ligeira e já passou.

Agradecemos a preocupação do simpático e prestável casal que concordava comigo sobre a ida preventiva ao hospital e nos fez prometer uma visita ao médico, logo que possível. Despedimo-nos

com votos de boa estadia.
— Vês? Até eles acham que é melhor seres consultada por um médico. — insisti.
— Eu sei. Mas é normal começarem a aparecer contracções no final do tempo. O problema surge quando acontecem com muita regularidade e pouco espaçadas. Para já, não é esse o caso.
— Está bem. À próxima, não há discussão.
— Combinado. Quando acontecer outra vez, vamos ao hospital. — concordou algo contrariada, apenas para me despachar.

Aguardámos mais uns minutos até ela se sentir restabelecida. Resolvemos ir para o quarto, assim poderia deitar-se na tentativa de evitar novos incidentes. O caminho de regresso, embora curto, foi penoso para Juliana. De tal forma, que nem sequer mencionámos a provável descoberta do selo.

Pese embora os acontecimentos, o vazio do estômago não cedeu, o que era bom sinal, e fui então buscar almoço para ambos ao restaurante "1.º de Dezembro".

Dei de caras com Maria. A simpática e ciumenta empregada, também ela de esperanças.
— Bom dia. Como está? — estava visivelmente mais animada do que no dia das ecografias.
— Olá. Bom dia. Estou bem e a menina?
— Mais ou menos. Como Deus quer. Vem sozinho, hoje?
— Venho buscar almoço. A minha mulher... — foi a primeira vez que me referi a Juliana naqueles termos, "a minha mulher", como se precisasse de anunciar publicamente o meu comprometimento com ela — está cansada e não pode cá vir. Se não se importar...
— Mas com certeza que se arranja qualquer coisa para levar.

O prato do dia consistia num típico pitéu das regiões costeiras — chocos grelhados com tinta, batatas cozidas e legumes. A confecção simples não lhe retirava o riquíssimo paladar característico. O sabor do mar que há muitos séculos deliciava os portugueses. Não foi necessário recorrer à lista. Fiquei à espera de uma dose que seria mais do que suficiente para os dois. A avançada gravidez da professora de música reduzira-lhe o apetite e incrementara-lhe a sede. A D. Noémia espantava-se sempre que me via carregar as paletes de água para o quarto.

Depressa me preparou um embrulho em folha de alumínio com o almoço. Depois de concluir o pagamento, despedi-me de Maria e dirigi-me para a exígua saída, uma porta baixa e estreita. Fiz um pequeno compasso de espera para que um homem entrasse.

– Muito obrigado. – agradeceu a cortesia.

Aquela voz era inconfundível. Fiquei paralisado. O tempo ficou suspenso enquanto eu contemplei o imenso azul dos seus olhos. Queria reter mais detalhes daquela pessoa, o que vestia, o que calçava, se era alto ou baixo, se era gordo ou magro. Mas nada. Tal como antes, o meu cérebro apenas processava os olhos apaziguantes e dominadores, os cabelos brancos e a voz serena, sedutora e cativante.

– Desejo que tenha um bom apetite. – sorriu para mim.

O sorriso. O sorriso também ficou na minha memória, desde o primeiro encontro na igreja de Santa Maria. Tal como o cinzel na pedra. Para sempre. Não consegui dizer uma palavra que fosse. Apenas respondi com um leve baixar de cabeça. Uma pequena vénia. Como um servo a um amo, como um aluno a um mestre. Sem submissão. Com admiração, com respeito e com genuína reverência. E sorri também. A minha alma estava de tal maneira recheada e completa que me apeteceu chorar. Sem razão aparente, quis chorar. Não de tristeza, mas por sentir uma intensa felicidade na presença daquele homem. Só por vergonha escondi esta vontade, tudo o resto contei a Juliana. Também ela estranhou tamanho efeito sobre mim, do qual nunca duvidou.

Após os fortes abalos da manhã, e ainda que o magnífico dia convidasse a todo o instante, não arriscámos nova saída. A tarde seria cúmplice do plano que a noite ajudaria a concretizar. Seria a primeira vez que eu teria que agir sem a companhia da Sherlock.

As diversas opções que inicialmente foram colocadas na mesa, foram sendo eliminadas até chegar aquela que julgámos mais simples, mas mais arrojada. Pesado o risco e a facilidade de processos, o compromisso era aceitável. Bastaria uma escada extensível e eventualmente uma faca para extrair o pequeno selo. Na opinião optimista de Juliana, era coisa para cinco minutos. Até a escada estava encontrada, sem grande transtorno ou engenho. As obras do Museu Municipal, mesmo ao lado da igreja, não tinham passado despercebidas à detective, assim como a panóplia de material de apoio que guardavam junto ao edifício, que incluía uma escada de alumínio com dois lanços. Nem de propósito. Melhor só de encomenda.

Seriam cerca de onze horas da noite quando saí do quarto. A última meia-hora tinha sido dedicada a tentar adivinhar as possibilidades de evasão, na eventualidade de ser surpreendido com uma escada à porta da igreja. Juliana tinha engendrado as desculpas mais mirabolantes que a mim pareciam pouco verosímeis. Disse-lhe que se algo sucedesse seguramente iria improvisar um argumento mais credível.
– Vai lá e tem cuidado. Não te quero cá sem o selo.
– Não te preocupes. Eu cá me hei-de arranjar.
Abracei-a e dei-lhe um beijo, demorado, tal como um marujo que se ausenta para navegar os sete mares, deixando para trás o coração e a saudade. Mas aquela viagem seria bastante mais curta.
Desci as escadas devagar para não acordar ninguém. Preparava-me para uma missão sigilosa e que deveria ser ignorada pelo resto do mundo. Contudo, durou pouco a minha pretensiosa invisibilidade, pois no mesmo instante em que eu atravessava a porta da pensão, o inquilino estrangeiro pensou fazer o mesmo, mas em sentido contrário. Tentámos contrariar uma das mais devastadoras leis do universo. A impossível presença de dois corpos no mesmo momento de espaço e tempo. O choque foi violento e inesperado. Eu entrei de novo e ele voltou a sair.

"Mas o que…" Miles ficou tonto por uns segundos. Parecia ter sido atropelado por um camião. Depois de recuperar a compostura espreitou para dentro, tentando perceber a causa de tamanho encontrão. "Ah! És tu. Mas onde irás a estas horas?" Ficou desconfiado. Regressava de um jantar na Casa Assombrada e as recomendações eram as mesmas. Não perder a sombra daquele par. Os seus planos para uma noite sossegada estavam, obviamente, cancelados.

Eu acabei sentado na escada, com um ombro dorido. Ironicamente, pensei que para quem queria passar despercebido, o sucesso estava garantido. Pedi desculpa pela distracção. O senhor retribuiu as desculpas e, aparentemente, seguiu cada qual o seu caminho.

O calor que se fazia sentir e o magnífico luar eram um mau presságio para os meus intentos. Nem lá para as cinco da manhã as ruas ficariam desertas. Esperei, até ao desespero, uma janela de tempo que me permitisse levar a escada emprestada e subir até à imagem de loiça que permanecia imóvel, serena, aguardando a minha investida.

A Praça de Santa Maria esteve sempre repleta de gente. Uns chegavam. Outros partiam. Quase todos com copos de cerveja, que iam substituindo a um ritmo alucinante. Nem chegava a aquecer-lhe nas mãos. Tal como um guarda-nocturno, eu marchava de um lado para o outro, palmilhando as desgastadas pedras da calçada.

"Não percebo. O que é que este imbecil anda a tramar? Será que já nos descobriu" – naquele décimo de segundo um arrepio percorreu a espinha de Miles, depois sossegou – "Não. Não pode ser. Passa-se aqui qualquer coisa." O alegado sacerdote britânico mantinha uma distância segura. Fizera do Pelourinho o seu posto de observação. Embora algo receoso, estava seguro de que não tinha sido descoberto.

"Vem para cima outra vez?! Mas afinal estivemos aqui metade da noite para quê?"

"Já perdi umas horas de sono para nada." Desabafei com os meus botões aquele perfeito desperdício. Não tivera qualquer oportunidade para tentar, discretamente, obter o selo. Assim, não seria possível. Durante os próximos meses, as noites iriam estar apinhadas de gente. Quando acabasse o turno da cerveja e da ginja, estaria a começar o turno dos madrugadores, das gentes de trabalho. Não. A solução teria que obrigatoriamente passar por outro estratagema. E seria na manhã seguinte que tudo se tornaria incrivelmente simples. Bastou um fato de macaco e um chapéu.

– Bom dia. O senhor desculpe mas precisava de um favor. – dirigi-me a um dos homens que se encontravam junto ao museu, envolvidos nos trabalhos de alvenaria. Era um rapaz novo, com a pele castigada pelo Sol.

– Bom dia. – respondeu rispidamente, com ar de poucos amigos, levantando a pala do boné – Diga lá o que quer.

– Espero não incomodar mas mandaram-me aqui à igreja para limpar a santa que está à entrada e esqueceram-se de me dizer que a imagem fica em cima da porta.

– Sim. E o que eu tenho a ver com isso?

– Bom, como eu reparei que têm aí uma escada e não estão a usá-la, se a pudessem emprestar por cinco minutos, eu agradecia. Caso contrário tenho que voltar à Câmara.

– Ó homem leve lá a escada. Se fossem tão preocupados com os pobres como são com os santos... – de uma só braçada pegou na escada e esperou que eu lhe pegasse. As suas mãos eram enormes, gretadas do cimento e massacradas pelas pancadas do ofício.

Agarrei na escada e coloquei-a mesmo em frente à porta do santuário. O meu coração ecoava no meu peito com força. Esperava que ninguém aparecesse com perguntas para as quais eu não teria grandes respostas. Porém, ainda mal começava a trepar os primeiros degraus, senti um pequeno puxão no meu invulgar traje.

– Ouça lá, o que é vai fazer? – era a velhota com a doença do sono.

– Viva, minha senhora. Sou empregado da Câmara e ando a limpar as entradas das igrejas. Aqui a santa já não vê pano há muito tempo. – além do pulso acelerado, caíram-me umas gotas de suor pelo rosto. Era agora ou nunca. E se ela me reconhecesse...

– Até que enfim! Nem parece obra desta gente que só pensa é em estradas e campos de futebol.

– Pois é. Isto é coisa para pouco tempo. Fique descansada que já me vou embora.

– Deixe-se estar homem. Limpe as coisas como deve ser. É pena é ser só cá fora, lá dentro é que dava jeito, para ver se eu aliviava as minhas costas.

– Talvez para a próxima. Deixe estar que eu falo nisso ao chefe.

– Fale. Fale. – parou um pouco e depois... - A sua cara não me é estranha. Onde será que eu já o vi?

– Não me posso demorar... – comecei a subir outra vez e enterrei o chapéu na cabeça para esconder a cara.

Sem resposta, acabou por entrar na igreja. Estava, com certeza, a chegar a hora da sesta da manhã.

Não foi necessário chegar aos últimos degraus para alcançar a coroa da rainha. Depressa encontrei a mancha cinzenta. Tirei uma navalha do bolso do fato e ocultei-a por debaixo de um pano de limpeza. Olhei em redor. Os homens das obras do museu estavam entretidos com as suas tarefas, as pessoas que passavam pela praça, ou desciam a viela, nem me ligavam. Estava só, no meio daquela pequena multidão. Por vezes a luz do dia é melhor cortina de fumo.

Com a navalha mascarada pelo pano, fui raspando com cuidado a extremidade do pequeno círculo que agora, ao toque da lâmina, não dava lugar a qualquer dúvida. Era mesmo uma peça metálica. Pouco a pouco foi começando a soltar-se do barro cozido. Bastou ir passando o bico afiado à volta da união dos materiais. De repente a peça despegou-se totalmente e caiu-me na mão que fechei com força. Verifiquei de novo se alguém reparava em mim. Não. Estava tudo bem.

Para terminar o serviço, e por ideia de Juliana, coloquei um pouco de massa de vidro no buraco que ficara exposto. Deste modo, passaria despercebida a falta da mancha cinzenta.

– Formidável! – Franco não cabia em si de contente – Um selo! Formidável! Meus irmãos, aproxima-se a hora.

– Franco, porque… – era Karl, o sacerdote alemão.

– Sim, Karl.

– Porque não os matamos já? – sempre fora pragmático.

O primogénito da Ordem fixou-o com rudeza – Estúpido! Como é possível tamanho absurdo? – virou-se para todos os outros e vociferou – Ninguém toca num cabelo sequer daqueles três. Ouviram?

Todos os irmãos baixaram a cabeça em concordância. Nenhum teve a coragem ou a ousadia de proferir uma palavra contra Franco.

– Estúpidos! Ignorantes! Não sabeis vós que estes não valem nada? São mais insignificantes que esta barata. – e ao dizer isto pegou no pequeno e negro insecto que atravessava o piso de laje – Não são nada. – e esmagou o bicho entre o dedo indicador e o polegar.

O grupo manteve a postura subserviente e nem o crepitar da inesperada execução os fez mexer. Sentiam-se humilhados pela insolente proposta.

Mais calmo, Franco virou-se para Karl e assentou a mão sobre o seu ombro – Sei que tens pressa. Que queres fazer o melhor. Neste caso, a paciência é uma virtude. No momento certo, o *Pugio* irá rasgar a odiosa carne. No momento certo. – os seus dedos apertaram com vigor a espádua do irmão.

Umas horas mais tarde, um velho de barbas brancas entrou na igreja da Misericórdia. Ajoelhou-se em frente ao altar e dobrou-se até ficar com a cabeça junto ao chão de pedra. Assim permaneceu durante algum tempo. Não incomodou o sono da velha funcionária, nem o sono desta o incomodou a ele.

– Dai-me, Senhor, forças e destemor para não tremer nos momentos finais, como fizeste a teu Filho. Agora que a vela se acaba não deixais que a chama se extinga. Aquece o meu coração e fortalece a minha Fé. Envia os Teus anjos para até Ti me guiarem. – acabou deste modo a sua conversa com Deus. Manteve-se curvado, em profunda reverência, durante mais uns minutos. Depois ergueu-se, foi passar a mão pela cabeça da adormecida mulher e abençoou-a, sorrindo.

CAPÍTULO XXII

– Eu tinha a certeza! – a professora de música estava radiante. Beijou-me a mim, ao selo e beijaria todos quantos ali estivessem.
– Pois tinhas. Tinhas razão.
– Gabriel, este é o primeiro selo. Já reparaste nos três caracteres. – o redondo artefacto possuía em baixo relevo os mesmos símbolos que se existiam nas peças do livro.
– Já. Já tinha visto. São os mesmos do livro.
– Pois são. O que significarão? – ela esfregava o pequeno tesouro entre os dedos, afagando-o com cuidado, para não o estragar.

Agora que tínhamos um dos selos era preciso experimentá-lo no livro. Sentámo-nos na cama e olhámos um para o outro. Eu tinha o livro e ela o selo. Sem prévio acordo, eu estendi-lhe a anónima obra e ela simultaneamente entregou-me a sagrada chancela.
– Não, tu. – disse-me.
– Quero que sejas tu. – contrariei.
– Por favor, Gabriel. – insistiu.
– Os dois. -
– Está bem. Sejamos então os dois.

Enquanto eu pegava no livro ela colocou o selo de chumbo no encaixe feito do mesmo metal. O primeiro na parte inferior da extraordinária obra. Depois, o que aconteceu pertence ao mundo da magia, à dimensão do inexplicável, aos mistérios da Criação.

Logo que as duas partes de chumbo se tocaram uma aura de luz foi circundando a quase inexistente fresta entre as duas e fundiu-as. Perfeito o toque daquele invisível forjador. Ao mesmo tempo os três símbolos iam mudando de cor até ficarem dourados. Tinham-se transformado em ouro. E tudo aconteceu lentamente, defronte dos nossos olhos, num diminuto quarto de Óbidos que se viu inundado de aromas doces, inebriantes, vindos sabe-se lá de onde. Absolutamente admirável. Alquimia.

Mas não foi tudo. O episódio seguinte terá sido porventura ainda mais fantástico. Após aquele extraordinário fenómeno, aquela demonstração de Crisopeia, o selo que fora de duas peças e que agora era uma só, quebrou-se. A primeira página fora libertada do seu grilhão.

Não foi preciso grande incentivo para eu colocar um dedo por debaixo da folha que em poucos segundos iria anunciar um novo sinal. Era uma folha antiga, uma espécie de papiro, que continha algo escrito a negro. Uma escrita desenhada, com uma fácil analogia ao trabalho dos frades copistas. A parte posterior da folha, onde normalmente se inscrevem as páginas pares, estava aparentemente vazia. A mensagem era curta. Uma palavra apenas que se encontrava a meio da página.

$$\eta\varepsilon\pi\tau\alpha$$

Respirámos em silêncio. O que significaria aquela palavra? Seria uma palavra? Já nenhum de nós duvidava da imensidão daquele mistério. Cada pedra que pisávamos daquele insondável Caminho ia marcando cada vez mais fundo o nosso destino. Eram simultâneos os arrepios do desconhecido e as ânsias do conhecimento. Seria importante saber o que era aquela sequência de símbolos para continuar? Talvez não.

– Não sei, Gabriel. Mas amanhã prosseguimos.

– Não. Eu prossigo. Tu ficas e tentarás saber o que quer dizer isto. – ordenei, apontando para o negrume da tinta que traçava o antigo e grosso pergaminho.

O olhar de Juliana concordou comigo. Depois de confirmar a ausência de qualquer outro vestígio, copiámos para uma folha de papel a primeira mensagem do Livro e guardámo-lo. Era para nós o maior tesouro do mundo. Não trocaríamos aquele objeto por dinheiro algum. Passara a ser a nossa vida e, embora não desconfiássemos, era de facto a nossa vida a única moeda de troca.

– Eu já vou. – disse-me a professora enquanto eu me deitava – Deixa-me ver só uma coisa na *net*.

– Não te demores. Precisas de descansar. – Mais do que nunca, as preocupações com ela e com o bébé aumentavam a cada segundo que passava.

Acordei assustado. Adorava receber o amanhecer com o meu corpo junto ao da mulher que eu amava, mas naquela manhã não encontrei a pele quente e macia do costume. Apenas o vazio dos lençóis. Sentei-me sobressaltado. Felizmente, os meus olhos demoraram pouco mais de um par de segundos para encontrar a silhueta de Juliana.

– Então? Não te deitaste?

Ela olhou para mim sorridente – Claro que me deitei e dormi profundamente.

– Adormeci contigo ao computador e acordo contigo ao computador, pensei...

– Não. Fica descansado que estou bem. – veio beijar-me – Bom dia, meu amor.

– Bom dia. Não me estás a enganar pois não? – passei as mãos pelo seu rosto e entrelacei os meus dedos nos seus cabelos.

– Se te enganar tenho que casar contigo, não é?

– Pois tens. Mas mesmo que não me enganes tens que casar comigo.

– Roger. - respondeu com um tom aeronáutico que me trouxe a saudade dos aviões.

– E já tens novidades? – tentei desviar o assunto para não entristecer o dia.

– Algumas. – adiantou, virando-se de novo para o portátil.

De um salto aproximei-me da pequena cómoda que servia de secretária.

– Olha que é melhor vestires qualquer coisa não vá aparecer a D. Noémia. – riu-se apontando a minha masculinidade desnudada.

Instintivamente, puxei um lençol e cobri-me como um governador de Roma – Desembucha.

– São, quase de certeza, letras gregas.

– Achas?

– Andei pela *Internet* a pesquisar diversos tipos de escrita, mais antigos e menos antigos, e não tenho grandes dúvidas. Consegui relacionar todas as letras com o alfabeto grego.

– Faz sentido. São João escreveu o Apocalipse em grego, segundo creio.

– Tens razão. Também pensei nisso. O grande problema é sobrepôr as formas da letra à época com as formas actuais, que são muito mais estilizadas. A palavra do Livro parece ser um intermédio, ou seja, alguém que sabia grego a terá inscrito naquela página nos séculos XV...XVI....

– ... Século XVII!!

– Muito provavelmente. E parecem ser estas as letras. – indicou o monitor, onde se abriu um ficheiro com caracteres helénicos – ηεπτα.

– O que quer isso dizer? – era mesmo grego.

– Não sei. Andava a fazer a relação entre os abecadários grego e latino, para ver o que saía.

Um pouco mais abaixo, na folha digital, já se podiam ler um "H", um "E" e um "P", que correspondiam ao "η", ao "ε" e ao "π". A minha companheira ia acompanhando com uma pequena lição da notável e intemporal língua mediterrânica.

– Este é o *ita*. Este conheces é o *épsilon* e este é o...

– *Pi*.

– Hum... Hum... É o *Pi*. Vamos ver os que faltam.

Num sítio da rede global tinha encontrado uma tabela que apresentava a correlação directa entre as duas convenções da escrita. Rapidamente concluímos a palavra. O "τ" (*taf*) correspondia ao T e o "α" (*alfa*) ao "A". Estes últimos caracteres iniciavam respectivamente os seus alfabetos.

– Ficamos com... HEPTA. – referiu ela.

– Que significa...?

– Não sei. – confessou decepcionada.

– Mas eu sei. – ergui um aponta do lençol e passei-a para trás do meu ombro, num gesto teatral próprio de um genuíno romano... ou talvez grego.

– Tu sabes?! – ficou incrédula, uma vez mais.

– Sei pois. É curioso como as coisas são difíceis de ver quando batem repentinamente no nosso nariz. Tens que as afastar da tua frente e olhá-las de longe.

– O queres dizer com isso?

– Estávamos à espera de algo em grego, que seguramente não conseguíssemos traduzir.

– E tu sabes traduzir HEPTA?

– E tu também. Apenas tens o pensamento orientado para uma coisa muito complicada.

- Por favor deixa-te de filosofias e diz lá o que é. – tinha os olhos arregalados, pregados em mim, repletos de ansiedade.

– Pentágono.

– Pentágono?!

– O que é um pentágono?

– Um polígono com cinco lados...

– Muito bem. Heptágono?

– Um polígono com sete lados! – esperou por novo desafio, mas depressa percebeu e concluíu - Sete!!

– Sete. – era isso, exactamente.

– Hepta quer dizer sete! – agarrou-me as mãos e repetiu – Sete! Vamos confirmar.

– Se quiseres. – e num instante pedi ao Google para me dar informações sobre Hepta. Digitei "hepta sete". Bastaram uns segundos para o fluxo de informação digital me permitir abrir no meu computador um texto de um blogue, onde se traduzia "Ta hepta Thaemata" como *"as sete coisas dignas de serem vistas"*. As sete maravilhas do mundo, elencadas por um engenheiro grego de Bizâncio, Philon, no século II AC, referindo-se às Pirâmides de Gizé, aos Jardins suspensos da Babilónia, à Estátua de Zeus em Olímpia, ao Templo de Ártemis em Éfeso, ao Mausoléu de Halicarnasso, ao Colosso de Rodes e ao Farol de Alexandria.

– Sete. – referiu Juliana - Mais um sete que se nos atrevessa à frente. – tudo girava à volta do número sete.

– Sete. Gosto de desenhar o sete. É o número mais bonito. – era de facto assim, de todos os números, o sete era aquele que mais prazer me dava imprimir no papel. Era nobre e elegante.

O dia começara auspicioso. Avisei a futura mãe que não me demoraria ao pequeno-almoço. O templo de São Tiago esperava por mim. Antes de sair peguei na mochila de investigação e verifiquei que incluía as instruções para o segundo selo. O selo de estanho.

"E, havendo aberto o segundo selo, ouvi o segundo animal, dizendo: - Vem, e vê.
E saiu outro cavalo, vermelho; e ao que estava assentado sobre ele foi dado que tirasse a paz da terra, e que se matassem uns aos outros; e foi-lhe dada uma grande espada."

À mesa do pequeno-almoço, a atenção de Miles dividia-se entre o estaladiço e apetitoso pão, o aroma quente e tropical do café e a alegria estampada na cara do seu contendor. Esperava-o, certamente, mais uma etapa do Caminho.

Toda aquela felicidade representava um grande avanço, ainda que não desconfiasse qual. Era singular aquela tarefa de seguir os passos de alguém, sem saber exactamente o que fazia. No seu íntimo, desejava poder remexer o quarto onde aqueles dois erguerem o seu covil e assim descobrir o que conjuravam. O medo de Franco era, contudo, maior e negava-lhe a satisfação do instinto. "Nada fareis que possa causar a mínima desconfiança. Se os afugentarem agora, perde-se a oportunidade. Única em dois milénios. Matar-vos-ei a todos se tal acontecer. O vosso sangue derramado nada vale perante o meu compromisso com o Mestre." Não seria ele, Miles, a causar a morte da irmandade, mas não estava tão seguro quanto aos outros. Temia principalmente por Carlota. Era impetuosa e percebia-se o sentimento de indiferença que Franco lhe dispensava. Mulheres. Miles odiava-as visceralmente. Eram fracas, falsas e demasiado caprichosas.

Entretanto, o homem do Caminho levantou-se, cumprimentando a dona da hospedaria, obrigando o falso britânico a engolir, de uma vez só, uma carcaça recheada de marmelada.

Apesar de curta, a viagem pela Rua Direita até São Tiago era absolutamente admirável. As buganvílias multicolores escalavam as paredes caiadas de branco e iam beijar os vasos que no alto enfeitavam as janelas. Vasos que transbordavam sardinheiras de folhas verdes aveludadas, tingidas de pétalas rosa e vermelho. As portas e janelas eram decoradas no interior por bordados de renda que caíam docemente, arredondando os traços perpendiculares das cruzetas. Qualquer que fosse o ângulo, a perspectiva ou o olhar, ao palmilhar a rua de pedra iam irrompendo a todo o instante, pequenas memórias de um glorioso passado, recordações de uma paixão que a realeza lusitana devotou a Óbidos, assinalada nos brasões, nos portais góticos, nas aldrabas e nas lápides que eternizavam na pedra rude a presença de famílias ilustres. Era impressionante a beleza dos detalhes que por si só passariam despercebidos. A traça do casario, as berrantes cores caiadas nas arestas dos edifícios, os exíguos varandins de pedra e ferro forjado, os encaracolados candeeiros outrora iluminados à mão, os beirados trabalhados com telha romana, as largas chaminés que despontavam dos telhados. E por entre todo este esplendor, criado com requintes simples e despretensiosos, sobressaíam salpicos da magnífica obra de um povo – as muralhas de um castelo medieval, os templos sagrados e tantas outras delícias da mesclada arquitectura da vila. Ícones de uma nação valente e imortal.

Ao chegar ao pelourinho observei ao longe a igreja de São Tiago, cerrada entre a Torre de D. Fernando I e a muralha defronte à Torre Albarrã. Era o templo que com altivez fechava a Rua Direita. Terá sido o segundo templo a ser erguido em Óbidos, após a reconquista.

Deparei-me com a igreja fechada, um letreiro na porta anunciava a nova função daquele lugar sagrado – *Exposição de Pintura Sacra. Aberto aos fins-de-semana entre as 10H00 e as 18H00.* Como seria possível entrar a uma quarta-feira? O ruído de vozes vindo da nave lateral daria a resposta. Passei o Arco do Castelo e logo vi meia dúzia de escuteiros junto a uma porta que possibilitava a entrada na igreja.

– Olá. Bom dia.

– Bom dia. – responderam quase em uníssono algumas crianças, trajadas a rigor com fardas de escuteiro.

– Posso interromper-vos por um minuto?

– Claro! Está a contar. – era o mais pequeno do grupo e o mais atrevido. A sua alegria e o brilho nos olhos eram mais do que suficientes para não conseguir deixar de simpatizar com ele.

– Então aqui vai... – olhei para o relógio e inspirei fundo – Será que posso espreitar a igreja por dentro? Cinco segundos.

– Estava a brincar. – respondeu com uma risada que contagiou os restantes elementos do grupo.

Uma rapariga, que seria a mais graduada, não se mostrou muito contente com a ideia – Sabe que a igreja está fechada ao público.

– Já percebi. Mas não demoro muito. Ando a fazer um trabalho que requer alguma pesquisa e necessitava mesmo de dar uma vista de olhos. Prometo que serei rápido.

O simpático escuteiro deu uma cotovelada na rapariga e fez-lhe uma cara de pedinte. Ela também não era imune ao charme natural do pequeno e atendeu ao meu pedido. – Cinco minutos. E se alguém o apanhar lá dentro, eu não sei de nada.

– Combinado. Vocês salvaram o meu dia.

– É para isso que aqui estamos. – retorquiu o miúdo piscando o olho, enquanto levava uma palmada na nuca da sua guia.

O templo estava vazio, desnudado. Não existiam santos ou altar. Nada. Por ventura, seria o templo perfeito, à imagem de Jesus. Apenas alguns expositores que ostentavam as peças em exibição. Observei à minha volta, desiludido. Qualquer sinal do selo, ou mesmo o próprio selo podiam ter sido retirados ou até destruídos. Sentei-me num banco e suspirei. Agora que parecia estar tudo a acontecer tão depressa, a um ritmo alucinante... Não era possível acabar assim.

Retirei o papel da mochila e tornei a ler: *"...cavalo, vermelho... tirasse a paz da terra...matassem uns aos outros...grande espada."* Percorri de novo a estrutura que me enclausurava. Nada. Nem o mais leve indício. Estaria enterrado naquelas grossas paredes de pedra e cal?

– Estava à espera de outra coisa? – a voz de criança veio acompanhada por um toque no ombro.

– És tu? – era o jovem lobito – Não esperava nada, a não ser uma igreja normal.

– O meu pai diz que transformaram a igreja numa sala de ex-

posições. Ele também não gosta disto assim. – confortou-me o rapaz.
— Por mim não faz mal. Desde que se continuem a respeitar os locais, as tradições, as vontades das populações...
— Ele diz que as igrejas são casas de Deus e por isso não se deveriam fazer estes espectáculos. – continuou.
— Talvez tenha razão. Tu sabes há quanto tempo a igreja está assim?
— Há muito tempo. A minha mãe diz que quando era miúda vinha para cá cantar com o coro.
— O coro...? Portanto, há muito que tudo se foi.
— Tudo o quê? – perguntou o miúdo admirado.
— As imagens, os quadros nas paredes... as coisas próprias das igrejas. – respondi desconsolado.
— Há isso. Pois, se calhar...
Afaguei a cabeça do gracioso petiz e despedi-me – Obrigado por me ajudares a entrar. Até outro dia.
— Adeus. Boa sorte.

Saí pela mesma porta lateral. Voltei a ser bombardeado pela grandiosa luz do Sol, cada vez mais quente naquela época do ano. Antes de ir dar a má notícia a Juliana, resolvi dar uma volta pelo exterior, para descargo de consciência, pois tinha a certeza que ela me iria perguntar se tinha apurado tudo, ao ínfimo detalhe. A entrada principal era pouco adornada, demasiado simples até. Depois, uma escadaria, também sem grandes pormenores. E, finalmente, uma torre à direita com um sino e um relógio que marcava oito horas quando deveria apontar para as dez. Nada digno de registo.

Encetei a viagem de regresso, rua abaixo, como o meu pai fizera vezes sem conta a uma velocidade estonteante e com um calçado muito mais natural e quiçá adequado. A sola dos pés.

Mentalmente, tentei eleger a chave para o segundo selo entre as palavras das instruções do Apocalipse. "Qual será a chave do enigma? O cavalo? A cor vermelha? A paz? A morte? A grande espada?" Qual delas? Lembrei-me que no primeiro selo fora a "coroa". Se houver algum elo de ligação entre as diversas pistas, o que poderá relacionar-se com a "coroa"? Exceptuando à partida a "paz" e a "morte", pois teriam uma ligação mais rebuscada, resta o "cavalo", o "vermelho" e a "espada". A minha intuição não pendia para coisa nenhuma. Podia ser o "cavalo", pois os reis e rainhas gostavam e andavam a cavalo; o "vermelho" também não era descabido, pois o brasão da monarquia portuguesa sempre foi recortado a vermelho; a "espada" era um óbvio objecto de culto entre a nobreza.

Embora não fosse muito fácil descortinar um elemento mais ajustado, não me estava a apetecer ir para o quarto de mãos a abanar. Chegado à privilegiada varanda que dava para a Praça de Santa Maria, sentei-me nos degraus do Pelourinho. Rebati com os meus botões argumentos contra e a favor dos três símbolos que aleatoriamente tinha eleito. Talvez nunca viesse a saber a resposta.

O som de música celta esvoaçou até mim. A loja de Óbidos tinha aberto as portas. Vendia produtos associados à imagem medieval da vila. O ritmo e a melodia tiveram um efeito tranquilizante. Fechei os olhos por momentos. Soube-me bem o calor do dia e a harmonia do som. Fui capaz de me afastar, de levar o pensamento ao mar, ao céu, a Juliana. A dona do meu coração. A mulher por quem eu teria feito tudo e afinal por quem eu não tivera de fazer nada. Tinha entrado em mim sem o mais pequeno esforço. Apenas o Destino acontecera.

Depois de saborear o meu ser e a minha vida, depois de momentos de felicidade, olhei de novo para as entranhas da Cinta de Ouro, o modo como D. João V se referia à muralha de pedra cinzenta e acastanhada que mudava de cor ao longo do dia até se deixar dourar pelo Sol. Observei à minha frente as lojas e fui percorrendo a rua, com o olhar, até chegar ao topo, à igreja de São Tiago.

Fixei a fachada do templo o tempo suficiente para tudo se ir desvanecendo, as casas, a torre, a igreja... Na minha mente restaram a porta da igreja, a escadaria e a rua. Estes três pedaços do mundo foram ganhando forma, lentamente, até que... límpida e perfeita surgiu...uma espada. A grande espada! Não quis acreditar. Cerrei os olhos, com força. Tornei a abri-los.

Desta vez a figura inequívoca de uma espada evidenciou-se mais rapidamente. Era fabuloso o modo como estava oculta, ainda que à vista de toda a gente. Com pouco esforço, era possível imaginar os dedos de uma imensa mão segurando as cantarias e a porta da igreja, como um punho de uma espada; os degraus da redonda escadaria ajustavam-se, como um copo de protecção; a folha de aço crescia pela rua abaixo, afiada pelo tempo e pelas solas dos pés e dos sapatos dos habitantes e turistas, transformados em pedra de amolar. Era de arrepiar. Contudo, apenas encontrara a "grande espada". Mais importante do que essa admirável descoberta era achar o segundo selo.

A lâmina da "espada" era demasiado extensa e embora não devesse ser desprezada, ficaria para o fim. Uma rápida observação pelos degraus do portal de São Tiago, permitiu concluir que muito provavelmente seria na porta de madeira ou nos torneados das trabalhadas cantarias de pedra, em arco de volta perfeita e encimado por um frontão contra curvado, que estaria incrustado o pequeno círculo metálico.

Não demorei muito tempo a reparar na aduela da abóbada. Era rasgada por três sulcos longitudinais. No topo do sulco central era notória uma pequena protuberância, cujo tamanho me causou uma repentina inquietação. Tinha a certeza de que era ali que estava o segundo selo. Mais uma vez, por cima da entrada do templo. E mais uma vez, alto demais para lhe chegar com alguma discrição.

É só esperar que alguém da Câmara Municipal venha para aqui trabalhar. O meu pensamento foi célere no procedimento análogo, seguido no primeiro selo. Mas, obviamente, não poderíamos estar à mercê do plano de obras do município.

Fui interrompido nas minhas reflexões:

– Então, ainda por aqui? – era o meu jovem fiador.

– Olá. Sim, ainda estou por aqui.

O pequeno escuteiro sentou-se junto a mim, na escadaria de São Tiago – Vejo que continua pensativo.

Sorri para ele. Era engraçada a maneira como entoava as palavras, cheias de vida e de intenção – É verdade, meu rapaz. Sabes, já encontrei o que procurava…

– Então, isso é bom. E o que é? – ficou visivelmente interessado na minha demanda.

– Ando a fazer um trabalho sobre as igrejas de Óbidos. Coisas relacionadas com Arquitectura, Engenharia, materiais de construção… – não gostava de mentir, mas era impensável envolver uma criança em todo aquele enredo.

— Estou a ver. Parece interessante.

— Pois é. E agora precisava de subir ao cimo da porta da entrada — e apontei com o polegar para trás de nós — para tirar umas amostras e umas medidas.

— E porque não vai? — respondeu por mim, logo a seguir — Burro! Claro que precisa de um escadote.

— Sim. E além disso as pessoas cá da terra não gostam muito de intrusos a remexer nas suas coisas.

— Não. Nada disso. Já estão habituadas. Andam sempre por aí milhões de cientistas...

— Ai é? — fiz-me desentendido.

— Ah, pois é! Eu até já andei a ajudar nas escavações. E achei que era bué de giro.

— Pois deve ser. — resolvi tentar a minha sorte — Então e se me ajudasses só por um bocadito.

— Fixe. Diga-me o que precisa. — levantou-se rapidamente e arregaçou as mangas da camisa bege, característica do fardamento do Corpo de Nacional de Escutas. No braço direito possuía um emblema em pano com o número 753, correspondente ao agrupamento de Óbidos. "Curioso", pensei, "Mais um sete".

Creio que a ansiedade, e a curta distância que me separava do mágico círculo, me toldaram o raciocínio. Passado uns minutos, o roliço miúdo trazia uma escada de alumínio.

— Espero que sirva. — disse o pequeno com o rosto molhado de suor.

— Deixa-me ajudar-te. Pensei que apenas fosses saber onde se poderia arranjar uma escada.

— Eu sei, mas assim é mais depressa. — e cheio de genica, o empreendor escuteiro passou-me a escada.

— Então achas que ninguém vai reparar nas nossas investigações. — reconheci que ele merecia fazer parte daquele trabalho.

— Ninguém mesmo. Pode crer.

— Vamos lá então. — abri os dois lanços da escada e encostei-a ao lado da cunha de pedra que unia as duas partes da abóbada.

— Eu fico a segurar a escada não se preocupe. — descansou-me o rapaz enquanto se apoiava nos primeiros degraus.

Subi até quase ao cimo do segundo lanço, até conseguir alcançar a aduela. Peguei numa fita que trazia na mochila e fingi realizar algumas medições. Quando notei que o miúdo se cansara de olhar para cima, retirei a navalha e iniciei um novo procedimento cirúrgico. A extracção do selo do sacro corpo. A lâmina raspou, com cuidado, a camada exterior da ligeira proeminência e depressa desvendou uma superfície metálica de cor branca, prateada, própria do estanho em elevado grau de pureza.

– Está a desfazer a igreja? – a voz soou grave e ameaçadora. Não era, evidentemente, o garoto. Olhei para trás receoso. O selo ainda estava nas entranhas de pedra e o que eu menos precisava naquela altura era uma discussão sobre o que andava a fazer.

– Perdão? – respondi ao homem fardado que me interpelava.

– Perguntei se estava a desfazer as paredes da igreja. Estou a ver uma faca na sua mão e bocados de pedra a cair...- prosseguiu o militar da GNR que se aproximara do local.

– Não senhor. – respondeu o meu recente ajudante que entretanto se colocara em sentido largando a escada. – É um cientista.

– Não estou a falar contigo rapaz. Cala-te. – rapidamente se percebeu que o homem não era muito dado a simpatias e delicadezas.

– O senhor guarda desculpe mas... – eu tentava desesperadamente encontrar uma saída para aquele inesperado interrogatório.

– Sim... – olhava fixamente para mim, enrolando as pontas de um bigode farfalhudo que lhe escondia os lábios.

– Estou a fazer um trabalho para uma investigação. – continuei.

– Mas qual investigação? – cerrou os olhos e esticou o pescoço na minha direcção, como uma tartaruga que tenta escapar ao seu perene cárcere – Eu não o vi já por aqui? – mostrava-se cada vez mais desconfiado.

– É possível. Tenho andado por Óbidos neste últimos meses. A investigar...

– As igrejas! – interrompeu o jovem escuteiro, apontando um dedo para o céu, pensando salvar-me do inculto fulano.

– As igrejas...E para isso é necessário andar a descascá-las? – permanecia impávido, porfiando o aglomerado de pêlos que lhe separava o nariz do queixo.

Agora olhavam os dois para mim, esperando por uma resposta mais convincente. Um seguro de si e dos seus dotes inquisitores, o outro vacilava hesitante.

– Sabe o senhor guarda... – aproveitei para respirar calmamente, com cerimonial, e assim ganhar algum tempo – os trabalhos de investigação requerem algumas tarefas de campo, como é o caso.

O homem encolheu o pescoço para dentro da carapaça e o miúdo começou a esboçar um leve sorriso.

Prossegui – Encontro-me...ou melhor, encontramo-nos, pois o educado, instruído e precioso escuteiro que tem perante vós é uma entidade inestimável neste processo científico. Ora, dizia eu que nos encontramos a colher amostras para análise. E claro está que estamos autorizados pela mais alta ordenação da paróquia.

– Até pelo Papa! – disparou o rapaz, pleno de convicção.

– Pelo Papa?! – o GNR voltou ao estado de suspeição inicial.

O pequeno voltou-se para mim, suplicando por ajuda. Eu retribuí com um olhar reprovador.

– Não é que esta investigação não seja do agrado de Sua Santidade, mas de facto o Patriarca de Lisboa ainda não obteve resposta do Vaticano. O que acontecerá brevemente. Estamos apenas a ganhar algum tempo.

– Logo vi que não podia ser do Papa. – disse o militar com desdém para o escuteiro, continuando a afagar o bigode com ar vitorioso.

– Ainda... – retorquiu o miúdo com desenvoltura.

– Bem. Eu vou fingir que não sei de nada... porque se quisesse podia desde já levar-vos ao posto e mandar parar os trabalhos até tudo estar esclarecido.

– Ficamos agradecidos pela sua gentileza e compreensão. – agradeci na esperança de o ver desaparecer rapidamente.

– Só os quero ver aí por mais cinco minutos. No máximo! – dito isto, regressou ao Posto da GNR que ficava a cerca de vinte metros de distância.

O meu ajudante ainda experimentou fazer-lhe uma continência quando o viu pelas costas. Porém, o guarda como que adivinhando o atrevimento do rapaz olhou por cima do ombro obrigando a um prematuro desfazer do cumprimento característico da instituição castrense.

– Então do Papa? - inquiri o miúdo com um riso aliviado.

– Desculpe. Entusiasmei-me. Eu detesto este fulano. Só arranja confusão.

– Acredito que sim, mas tens que perceber que está a cumprir a sua missão. Agora voltemos ao trabalho.

– OK! – e tornou a segurar os degraus da escada agora com mais vigor.

Coloquei o corpo de forma a esconder o meu propósito. Depois de destapar por completo o círculo metálico, bastou um pequeno toque lateral para o fazer cair na minha mão que logo se fechou, como um cofre bem guardado. Verifiquei que ao meu redor ninguém se apercebera do forçoso e indeclinável furto que acabara de realizar.

De novo com os pés no solo apenas desejava ir ter com Juliana e levar a minha descoberta ao seu devido lugar.

– Meu caro…

– Francisco. – apercebeu-se que eu procurava pelo seu nome.

– Francisco. Eu sou o Gabriel. – apresentámo-nos assim, no final, invertendo o protocolo socialmente estabelecido – Meu caro Francisco, não sei como te agradecer. Sem ti, os trabalhos teriam ficado parados. Fico a dever-te um gelado dos grandes.

– Combinado! – estava visivelmente feliz por ter participado em algo de muito importante que desconhecia de todo. Mas isso não importava. Sabia que a sua colaboração fora importante e isso era suficiente.

Apenas os sete insidiosos irmãos também eram conhecedores dos avanços registados na Vila de Óbidos. As "pedras" do Caminho iam ficando assentes, uma após outra, como esteios de uma ponte imensa que iria permitir um novo período de luz. A morte que iria transpor um rio de sombras para se tornar Vida.

Entrei na Pensão da D. Noémia de rompante. Caso a senhora fosse aficionada pelos heróis da clássica banda desenhada norte--americana, ter-me-ia prontamente identificado com o *Flash*, tal a pressa com que subi os degraus e trespassei o corredor para me enfiar no quarto onde me esperava a minha amada.

– O que se passa?! Vens com pressa. Aconteceu alguma coisa? – ficou inicialmente preocupada. Porém, o meu semblante vitorioso denunciou a razão da minha arrebatada entrada.

– Claro que aconteceu!

Estendeu a sua mão para que eu partilhasse o novo selo com ela. Sentiu uma vez mais a perfeição do mesteiral que criara aqueles pequenos prodígios.

– Estanho. Como é suave e quente ao toque. Os selos são diferentes em tudo quando comparados com os metais que já sentimos.

– Tens razão. É de facto enigmático. Vai buscar o Livro. – estava ansioso por tornar a experimentar aquele momento único que fora a libertação da primeira página.

Juliana trouxe o precioso objecto e colocou-o em cima da cama. Olhámos um para o outro. Ela ia entregar-me o selo para que eu o colocasse no espaço que lhe fora reservado.

– Não. É a tua vez. – tinha sido eu a começar a abertura do velho e misterioso volume.

Tal como da primeira vez, assim que ela aproximou o pequeno selo de estanho do seu tálamo, este pareceu compelido para o seu interior como se uma estranha força o aspirasse. Depois aconteceu a brisa de luz que envolveu as duas peças, tornando-as unas. Os mesmos três sinais que estavam centrados em ambas as partes, foram-se aloirando até se tornarem ouro. O quarto ficou também repleto de fragrâncias melífluas que suavemente nos embriagaram numa completa felicidade. Seria assim, com toda a certeza, estar na presença do Divino. Um espectáculo de luz, de cor, de perfumes, de suaves toques, de doces sabores. A perfeição dos sentidos.

Depois partiu-se o selo. Uma nova página do Livro ficou à mercê de dois comuns mortais. Abrimo-la com cuidado e temor.

Tal como previamente encontrado, a segunda folha do Livro apenas continha um conjunto de três símbolos, mais ou menos centrados, que supusemos ser uma palavra.

שׁ ת ב

A professora de música ficou pensativa ao observar o conteúdo revelado pelo segundo selo – Sabes Gabriel, creio que estes caracteres se assemelham muito às marcas inscritas nos selos. – apontou para o primeiro dos círculos mágicos que tínhamos usado.

Mais de perto reparei nas letras de um alfabeto desconhecido que, de facto, quando comparadas com as que estavam naquela velha folha do manuscrito tinham um traço muito semelhante. Melhor do que isso, o último sinal dos selos correspondia com rigor ao início da pretensa palavra impressa na folha.

– Eu penso que são letras de um mesmo alfabeto. – confirmei a hipótese de Juliana. – Quase de certeza.

– Eu também. E até digo mais...são letras em hebraico.

– Por favor...Já foi o grego, agora o hebraico. O que mais faltará?

– O que for necessário para desvendar tudo isto.

– Claro que sim. O problema é decifrar estes estranhos códigos.

– Pode não ser tão difícil assim. – ela voltou-se para o computador e puxou o seu bloco de notas.

– Não me digas que sabes o que está aqui escrito?!

– Ainda não, mas vais ver que não demora muito. – estava plenamente convencida da validade do seu raciocínio.

– Não descansaste enquanto estive fora, pois não?

– Ó Gabriel, como achas que eu posso ficar quieta com todo este enredo a desenrolar-se à minha volta?

– Eu sei, mas preocupa-me o bebé. Não quero que nasça envolto em ansiedade e desassossego.

– Fica tranquilo, porque eu sinto-me óptima! Faz-me bem estar ocupada. – entretanto já tinha encontrado as notas que procurava. – Vamos ao que interessa.

– Está bem, teimosa. – recostei-me a uma almofada e preparei-me para mais uma sessão de Canal História.

– Os três símbolos marcados nos selos são três letras em hebraico. A primeira (א) é o alefe; a segunda (מ) é o mem; e a terceira (ת) é o tav. Curiosamente, o alefe marca o início do alfabeto hebraico, o mem é a letra do meio e o tav é a última.

– E como é que de repente te tornaste perita em hebraico?

– Através da internet. Fiz uma busca por alfabetos antigos.

Depois, por comparação, fui excluindo alguns códigos mais antigos até que, ao fim de poucos minutos, lá apareceram o alef, o mem e o tav.
– Muito bem e...
– E depois? Não é? – percebeu que aquela informação não adiantava muito.
– Sim...
– Bom, o melhor da história vem agora. Esta relação entre as letras do alfabeto e o lugar que nele ocupam aparece num livro da Bíblia.
– O Livro do Apocalipse?!
– Exactamente. João refere que Jesus se intitulou como o Alfa e o Ómega, letras do alfabeto grego. O Princípio e o Fim. O Primeiro e o Último. Ora o alfa corresponde ao Alef e o ómega ao Tav. Até aqui nada de extraordinário, exceptuando a relação entre os alfabetos e a parábola de Jesus.
– Então mas Jesus disse que era o Alfa e o Ómega e não o Alef e o Tav.
– Sim, mas até hoje persiste alguma controvérsia acerca da língua ou línguas nas quais Jesus se terá expressado. Talvez Ele tenha usado os termos hebraicos e a Bíblia por limitações de tradução tenha usado o grego.
– Faz sentido. – concordei.
– Ou talvez não. Não teria sido impossível para Jesus falar grego.
– Aposto que não. Fez com certeza milagres mais complicados.
– Depois de mais umas buscas, dei de caras com uns *sites* sobre o "Selo de Deus"...
– O "Selo de Deus"?! – deixei a minha almofada e deslizei até à professora.
– Sim...Mas há mais. Deus terá dito a Moisés que era o Princípio, o Meio e o Fim. E que só ele era a Verdade. – falava com solenidade e ia respirando fundo enquanto puxava o fio do novelo – A cereja no topo do bolo é que "verdade" em hebraico se diz EMET e se escreve com três letras...

Peguei no nosso Livro e apontei para as três letras inscritas e nos selos e olhei para Juliana – EMET!
– ...O Alef, o Mem e o Tav. – ao proferir estas palavras pegou-me nas mãos. – Estes são Selos de Deus, a Sua distinta marca.

– Juliana, por favor, eu até estou mal disposto. – as emoções começavam a ser demasiadas – Tu ouviste bem o que disseste?

– Ouvi. E se queres a minha opinião, acho que tudo faz sentido.

– Mas tudo o quê? Temos nas mãos uma mensagem de Deus?! Não pode ser verdade! Estás a tentar e a conseguir deixar-me maluco.

– Talvez esteja, mas como explicas estes fenómenos dos selos, a luz, os cheiros a perfume, a transformação em ouro…

– Eu sei lá. Podem ser bruxarias. Magias brancas ou negras… Não sei. Mas daí até estarmos na posse de um livro com a marca de Deus… – eu só podia estar a enlouquecer.

Juliana abraçou-me. Acariciou-me a face com uma mão e beijou-me ao de leve. – De que tens medo? E se for mesmo assim?

– Tenho medo de tudo e de todos. Tenho medo por ti e pelo bebé. Detesto coisas que não controlo e este caso está a ficar completamente descontrolado.

– Não é preciso ficar nesse estado. Para já está tudo bem. Nada de mal aconteceu.

– Até agora. – avisei com exaltação. Andava de um lado para o outro percorrendo o exíguo quarto, como um leão enjaulado.

Ela voltou-se para o portátil. A tarde não iria terminar sem antes interpretar a segunda mensagem do livro. Um outro grupo de três símbolos hebraicos. Num abrir e piscar de olhos, Juliana parecia ter encontrado a solução.

– Anda cá, não vais acreditar. Acho que já sei o querem dizer estas três letras. – ela era incansável.

Eu ainda não me recompusera das novidades e já a Sherlock se tinha embrenhado na selva de *bits* e *bytes*. – Diz lá.

Ela guardara a página do alfabeto hebraico e bastara-lhe juntar os três símbolos na janela de busca do *Google*. À distância de um toque na tecla "enter" ficaram inúmeros sítios na rede global, onde se elaborava sobre aquele trio que era afinal tão famoso. Houve, todavia, que alterar a configuração inicial da busca porque o monitor tinha-se enchido de caracteres hebraicos impossíveis de ler, até para Juliana.

À segunda, passados poucos segundos depois de ter seleccionado páginas escritas em português, tudo ficou mais claro e esclarecedor. As três letras significavam "Sabat" ou "Shabat", ou ainda "Shabbat".

— O Sábado. O dia sabático. O dia de descanso. O sétimo dia. — ela ia devorando e lendo a informação electrónica.
— Boa, o sétimo dia. Outro sete, para variar. — senti-me vencido por um Destino que não dominava.
— Pois é... e este sétimo dia, na tradição judaica, deve iniciar-se com o pôr-do-sol e terminar com o pôr-do-sol seguinte. Pelo que o Sabat se inicia com o pôr-do-sol da sexta-feira comum e termina com o pôr-do-sol do sábado comum. De acordo com os costumes hebreus, e de forma análoga ao cristianismo, o dia de Sabat foi ordenado por Deus como um dia de descanso após a Criação. É inclusivamente o quarto mandamento do *Tanakh*, que equivale ao nosso Velho Testamento. Mais ou menos.

Os momentos seguintes foram cobertos por um silêncio absoluto, cortado por salpicos de uma dança ondulante que uma leve brisa ia ordenando às folhas das trepadeiras. Os dois deitados na cama, lado a lado, íamos assimilando todo o manancial de informação, sentimentos e desejos que em turbilhão nos tinham apanhado de surpresa. Mais minha do que dela. Embora nada tenha feito para tal, encontrava-me cansado. Mais grávido que Juliana que aparentemente estava em boas condições, pronta para o que desse e viesse. Daí que não tenha estranhado a pergunta:

— Meu caro Hermano, ainda não me contaste como conseguiste encontrar o selo.

— Com dificuldade, como podes imaginar. Cheguei até pensar em desistir. Mas o Francisco deu uma grande ajuda.

— Quem é o Francisco? — levantou a cabeça da almofada receando que eu tivesse revelado o nosso segredo a mais alguém.

— Não te apoquentes. O Francisco é um jovem escuteiro aqui de Óbidos que estava na igreja de São Tiago na altura. Devo dizer que não fosse o seu desembaraço ainda estaria à espera de oportunidade para tirar o selo.

— O que eu quero saber é onde estava o selo e como é que lá chegaste. — era a forma de poder participar na aventura.

Durante mais de meia-hora relatei os acontecimentos da manhã, incluindo todos os pormenores que ainda brilhavam na minha memória. Como qualquer bom contador de histórias fiz um enorme *suspense* sobre a descoberta da Grande Espada, o que me valeu um bom par de almofadadas, a que não pude resistir face à condição da minha rival. Depois de completada a crónica de Hermano, como ela a apelidou, começámos a pensar no terceiro selo – o círculo de ferro.

Uma vez que já havia dois antecedentes, talvez fosse possível e até desejável estabelecer um padrão, definir uma relação entre os dados do Livro da Revelação de São João e a localização dos selos.

No primeiro caso, o selo estava dissimulado na "coroa" da Rainha D. Leonor; o segundo selo estava oculto na "grande espada" de São Tiago. Era a partir desta informação que deveríamos construir o nosso subsequente raciocínio. Para mim, até podia não haver qualquer ligação, mas para ela era absolutamente claro que todos os dados se relacionavam entre si. Tudo fora planeado num magnífico tear que entrelaçara um só fio que nós, por mero acaso ou por deliberação do Destino, começáramos a puxar, eliminando assim, passo a passo, os nódulos que escondiam o dédalo cenário.

Estaria no rol de artefactos, próprios de um monarca, o segredo do refúgio dos selos? Procurámos mais indícios no legado de João. Analisámos, palavra a palavra, os textos do Apocalipse, onde presumivelmente estariam as instruções para chegar às desejadas chaves, hipoteticamente assinadas pelo Criador do Universo.

Obviamente, acabou por ser Juliana a sugerir um princípio, a constante da equação. Para ela, o inventor daquele notável e complexo jogo usara a antítese para encobrir os selos.

– A antítese? – a gramática da língua portuguesa nunca fora o meu forte.

– A contradição. O oposto. O contrário.

– Continuo a não perceber. Desculpa.

– Perdemos algumas horas a tentar compreender a que pessoas ou coisas poderíamos associar os tais objectos. Mas e se...

– Não os tentarmos associar! – era a tal antítese.

– Não. E se arranjarmos alguém ou uma coisa aos quais não os possamos ligar, ou que não façam sentido.

– Tal como?

– Tal como Deus, ou Jesus.

– Hum...Podes traduzir?

– Caro Hermano, conheces mais ou menos as características de Jesus. Deixemos, para já, Deus de fora. Jesus, sendo o Seu Filho, servirá para exemplificar.
– Muito bem. Ficamos com Jesus. – concordei, pois nem sequer sabia para onde ela ia.
– Achas que Jesus alguma vez foi, ou seria, um rei, na verdadeira acepção da palavra, como um dos outros que nós conhecemos ou são retratados nas histórias que nos contam quando somos crianças?
– Daqueles com uma coroa de jóias, queres tu dizer.
– Isso mesmo. Com uma coroa de ouro, incrustada de pedras preciosas.
– Não. Pelo que sei, a sua única coroa foi de espinhos.
– Pois foi. Era uma coroa de espinhos. E não me parece que no Reino dos Céus se usem as coroas da Terra.
– Ou seja, Jesus jamais usaria uma coroa, digamos, normal.
– Ora aí está. A primeira contradição.
– Já percebi. Jesus também nunca usaria uma espada.
– Assim como qualquer outra arma. Jesus digladiava com amor e nunca com ódio.
– Ora, se assim for, bastará encontrar nos textos seguintes algo que não seja compatível com Cristo.
– Eu acho que sim. Quero acreditar que sim. Vamos ver. – e leu o excerto seguinte a explicação da abertura do terceiro selo, nas palavras de São João Evangelista:

Quando Ele abriu o terceiro selo, ouvi o terceiro ser vivente que dizia: «Vem!» Na visão apareceu um cavalo negro. O cavaleiro tinha na mão uma balança. E ouvi algo semelhante a uma voz no meio dos quatro seres viventes que dizia: «Uma medida de trigo por um dinheiro e três medidas de cevada por um dinheiro. Mas não estragues o azeite nem o vinho.»

Em uníssono, admitimos que a palavra seria "dinheiro". Tudo o resto era perfeitamente admissível na vida do Filho de Deus. Mas nunca o dinheiro. A futura mãe recordou-me o episódio de Jesus junto ao Templo de Jerusalém de onde expulsara os cambistas e mercadores, derrubando as suas bancas e desprezando as moedas caídas no chão. O terceiro selo estaria em São Pedro, envolto em… dinheiro.

Não perdemos tempo. Voltámos às escrituras do Novo Testamento, desta vez para descobrir o quarto selo.

E, quando Ele abriu o quarto selo, ouvi a voz do quarto ser vivente que dizia: «Vem!» Na visão apareceu um cavalo esverdeado. O cavaleiro chamava-se «Morte»; e o «Abismo» seguia atrás dele. Foi-lhes dado poder sobre a quarta parte da terra, para matar pela espada, pela fome, pela morte e pelas feras da terra.

Esta nova descrição, que finalizava a apresentação dos bem conhecidos e estudados quatro Cavaleiros do Apocalipse, reclamou mais tempo. Havia não uma, mas várias palavras que se podiam enquadrar na constante previamente designada. Algo que não pertencesse a Jesus.

Podia ser a "morte", com fortes argumentos contra e a favor. Teria Jesus realmente morrido ou apenas enganado as negras trevas? Por outro lado, só faria sentido falar em ressurreição depois da morte. Pesados os fundamentos, decidimos descartar a "morte". Como se isso fosse possível…

Aparecia também uma nova "espada". Seria, contudo, credível que o autor quisesse usar de novo a mesma chave? Porque não? Resolvemos olhar para a terceira conjectura, sem embainhar desde logo a "espada".

A última palavra que nos chamou a atenção foi a "fome". Alguém com o poder de Jesus não passaria fome ou sede, com toda a certeza. Recuperámos o milagre da multiplicação dos pães e dos peixes. Curiosamente, todos os evangelistas testemunharam a distribuição de pão e peixe a uma multidão que se juntara para escutar o Mestre. Os escritos de Mateus, falariam mesmo em cinco mil pessoas. Mas depois, Juliana falou sobre a ida de Jesus para o deserto, onde durante quarenta dias e quarenta noites terá experimentado a fome, como um homem comum. Não. Provavelmente, não seria "fome".

Iríamos apostar de novo na "espada". Agora, já não uma grande espada, mas simplesmente uma espada, logo se veria qual.

A vontade de continuar era imensa, mas precisávamos ambos de descansar. A noite envolveu-nos depressa. Os nossos corpos quentes, deitaram-se e uniram-se, acabando por nos enfeitiçar e nem eu nem Juliana demos por adormecer e embarcar num profundo mar de sonhos.

CAPÍTULO XXIII

No dia seguinte, tudo recomeçou. Um banho refrescante. Um beijo. Um óptimo pequeno-almoço, que me saciou até a alma. Um outro beijo. E as entranhas de Óbidos, outra vez, de mochila às costas. A vila ainda acordava, lentamente. As lojas começavam, pouco a pouco, a abrir as portas para mais um dia de mercado.

O meu primeiro *checkpoint* seria a igreja de São Pedro. Ainda que nos casos anteriores os divinos artefactos tivessem sido alojados no exterior dos templos, resolvi começar pelo interior, verificando ao pormenor a existência de imagens, peças ou alusões a dinheiro.

O templo estava vazio, oco, com um cheiro frio e húmido que contrastava com o calor seco que lá fora ia incendiando o dia. À entrada, solene e grave, apresentava-se uma das velhas mulheres que guardavam as igrejas de Óbidos. O seu posto de vigia era composto por um espartano conjunto de peças de mobiliário, estrategicamente colocado depois de uma câmara baptismal que ficava no lado esquerdo do átrio do templo. Uma cadeira de madeira e uma pequena mesa, onde se expunham velas que qualquer visitante podia adquirir, a troco de umas dezenas de cêntimos, e que depois se acenderiam para iluminar os mais íntimos pedidos. Só Deus, na Sua infinita sabedoria, sabia porque tremeluzia cada um dos milhões de pequenas candeias que a cada segundo se ateavam por todo o mundo católico. Por vivos, por defuntos, por amor, por desamor, por glória, por desejo, por devoção, por inocência, por perdão, por carência, por abundância, por louvor, por desespero, por morte e por vida. E por tantas outras dores e fortunas.

Cumprimentei a senhora e reparei no seu semblante carregado, acusador, que supus ser originado pelo meu incorrecto procedimento. Deveria ter unido a testa ao peito e o ombro esquerdo ao ombro direito, alinhando o sinal da cruz. Ou seria ao contrário? Teria assim provado o meu respeito e assinalado a presença de mais um cristão em solo sagrado. Todavia, a minha ignorância impedia-me de arriscar sem ter a certeza do protocolo. Considerava ser mais sensato, e até mais respeitoso, não tentar qualquer movimento, mesmo correndo o risco de ser tratado como um vil infiel.

Afastei o meu olhar da intimidante protectora e caminhei vagarosamente por entre os compridos bancos desocupados. Observei cuidadosamente os cantos e recantos da igreja. O tecto, as paredes, os santos, o riquíssimo altar. Do que tinha lido sobre a igreja de São Pedro, recordava-me do valioso retábulo seiscentista que abraçava um enorme quadro onde Cristo concedia ao Santo as chaves dos Céus. Havia uma curiosidade relativa à presença, algo polémica, da campa da pintora Josefa d'Ayalla e Cabrera, a célebre e ilustre Josefa d'Óbidos. As dúvidas criadas em torno deste facto, recaíam na quase total destruição do templo, durante o terramoto de 1755, do qual restavam agora unicamente algumas pedras marcadas pela arte dos antigos cinzeladores.

Uma das mencionadas pedras estava imersa na fachada da igreja, no lado direito do pórtico. Era uma pedra que distintamente ostentava um signo-saimão, a estrela de cinco pontas, por vezes adoptada como o "Sinal de Salomão". Estranhamente, a estrela de Salomão, símbolo do Judaismo, tinha na verdade seis pontas, tal como ainda hoje se pode confirmar na bandeira de Israel. Estes assuntos foram sendo abordados por Juliana, ao longo das muitas lições que contínua e pacientemente me foi ministrando. Aprendi, por exemplo, que estes tais signo-saimões, nós infinitos, eram também conhecidos como pentagramas, muitas vezes denegridos por gente mal intencionada que os ligavam a cultos satânicos ou práticas negras. Tal também acontecia com os crucifixos, ou cruzes romanas. De facto, apenas quando representados numa forma invertida se podiam associar a actividades maléficas e negativas.

Levado pelo nosso fado, continuei as buscas, dissecando os

mínimos detalhes à espera de encontrar "dinheiro". Ao mesmo tempo ia pensando que tipo de dinheiro poderia estar ali representado. Cheques ou notas estavam fora de questão, pois não eram sequer usados naquela época. À partida, seriam moedas ou então qualquer outro objecto que mesmo rebuscadamente pudesse significar dinheiro. Mas, não. Pensando melhor, até àquele instante, não havia nada de rebuscado. Muito pelo contrário, as pistas tinham sido perfeitamente elaboradas, seguindo um padrão constante e consistente. Concentrei-me então em moedas.

As figuras presentes nos diversos altares dispostos lateralmente no espaço reservado aos fiéis estavam de "bolsos vazios". As paredes, cujos enfeites pareciam ser apenas dois medalhões com santos pintados em madeira e umas estranhas cruzes arredondadas, tinham sido "saqueadas". O tecto e o piso também estavam privados de "dinheiro". Aparentemente, e outra vez, nada.

Ia já no átrio, em direcção ao exterior, quando vi, por cima da mulher que se despedia com veladas promessas de excomunhão, uma das provectas pedras sobreviventes. Quando observadas com atenção, exibiam as mesmas redondas cruzes de madeira que se espalhavam pelas paredes do templo.

– São cruzes templárias. – respondeu com desagrado a guarda. Apesar de não gostar do interlocutor não ia deixar de aproveitar a oportunidade para impor os seus conhecimentos perante tão infame sujeito. – E atrás de si está outra. – concluiu com desprezo voltando ao livro que a entretinha nas horas menos movimentadas.

Cá estavam as outras pedras referenciadas no artigo da internet como fazendo parte do espólio do monumento gótico original. Existiam afinal três exemplares gravados com cruzes templárias. Uma partilhava a direita do pórtico com o signo-saimão, as outras duas ladeavam a passagem da entrada do templo para a nave central, como dois óculos para o passado. Duas vigias pertencentes à Ordem dos Pobres Cavaleiros de Cristo e do Templo de Salomão. A Ordem dos Templários. Seria a igreja de São Pedro um templo da proscrita Ordem? A resposta ficaria para uma outra altura. Agora não parecia ser muito importante.

O que ressaltava aos meus olhos é que estes dois pedaços de

história se assemelhavam venturosamente a duas moedas. Tinha a certeza de que o que eu procurava estaria numa delas. Comecei a ficar nervoso pois não vislumbrava maneira de tirar dali a minha opositora e poder desenterrar o terceiro selo. E qual das cruzes o esconderia?

Como eu não fazia grande intenção de me ir embora e já tinha ultrapassado os padrões de tempo de visita do turista comum, a velha mulher resolveu perguntar o que eu desejava:

– Posso ajudar em alguma coisa? – a sua voz continuava tão áspera como anteriormente. Eu estava nitidamente a atrapalhar a leitura.

– Bom... Eu ando a realizar uns trabalhos...

– Já percebi. Com tanta falta de educação, só podia ser cientista ou gentio.

– Eu peço desculpa. É que não fui habituado...

– Pois claro, é o costume. É no que dão as modernices. Mas diga lá.

– Humm... – não sabia muito bem o que dizer – são curiosas estas pedras, mas o que queria mesmo saber é se é verdade a história do túmulo da Josefa d'Óbidos. – era melhor afastar a sua atenção do meu alvo.

– Vêm sempre pelo mesmo. Não a deixam em paz. – fechou o livro, visivelmente contrariada, e levantou-se – Pelo que dizem está enterrada ali. – referiu ela enquanto apontava para o pequeno nicho à esquerda do altar-mor. – Por baixo do soalho junto à entrada da sacristia e ao altar de Nossa Senhora do Rosário.

– E o quadro grande no altar é dela? – tentava apenas fazer conversa para amenizar a nossa recente relação.

– Não. Segundo os entendidos é de um pintor também obidense chamado João da Costa, do século XVII. – depois deu uns passos em frente para poder olhar para cima, na direcção de uma varanda coral. – Aquelas duas pinturas, está a ver?

– Sim. – Eram os dois medalhões que eu já vira.

– Foram pintadas por ela. A da esquerda é São João Evangelista. A da direita é São Marcos.

Nem queria acreditar. A mulher acabava de me resolver a ambiguidade das "moedas" dos templários. São João! Naquela fase, não era difícil estabelecer relações óbvias entre os sinais dispersos pelo autor da espinhosa obra. Mesmo para mim. São João designava a moeda que no seu âmago trazia mais um selo.

A pseudo guia turística insistia no seu discurso. Eu porém, já não a escutava. Necessitava de sair dali para pensar. Era imperioso articular um plano para me poder aproximar da pedra da cruz, sem ninguém perceber. Especialmente aquela agreste vigilante.

Os Paços do Concelho, que faziam companhia ao castigado templo, pulsavam de gente. Entravam e saíam da Câmara Municipal, ou dirigiam-se ao "1º de Dezembro". Uns mais preguiçosos, outros mais apressados. À minha vista trespassavam-se como fantasmas. Imateriais. Uns para um lado, outros para o outro. Na Rua Direita, que se estendia altiva, ouviam-se alegres cantares de jovens rapazes e raparigas. Vinham do lado do castelo. Desceram a íngreme travessa que terminava nas portas de São Pedro. A sua alegria transbordava e era contangiante. Vestes características denunciavam claramente a identidade do grupo. Eram os escuteiros do agrupamento 753. No meio deles reconheci o Francisco. Também ele me identificou de imediato.

– Bom dia, Gabriel. – tinha um imenso contentamento estampado no rosto.

– Ora viva, Francisco. – estendi a mão para o cumprimentar.

– Então, e as suas pesquisas como vão? – deixou-se ficar para trás enquanto o grupo seguia em direcção a um anexo da igreja.

– Ó Francisco, não vamos ficar à tua espera. Não te demores. – era a líder do pequeno bando que não desejava baixas no seu turno.

– Já vou. – respondeu prontamente o rapaz.

– Vê lá, não te atrases por minha causa. – a disciplina imposta pela rapariga era suficiente para me impressionar.

– Era o que faltava! Eu vou quando estiver pronto. Primeiro os amigos. – fez uma careta para a guia que já tinha desaparecido à esquina da igreja.

Fiquei com a sensação de que ele não era um grande adepto dos escuteiros, mas podia ser só impressão – Os meus trabalhos estão a correr bem, ainda que no momento esteja num impasse.

– Ora bolas, e porquê? – mostrou-se sinceramente desolado, mas pronto para acudir – Posso ajudar?
– Não sei, Francisco. – os pensamentos mais perversos começaram a sondar a minha cabeça – "Será que posso usar o pequeno outra vez? Não. Não seria correcto. Mas...Por outro lado, porque não? Não vamos cometer nenhum crime. Em princípio...".
A minha hesitação deu forças ao jovem escuteiro para insistir – Vá lá, Gabriel. Aproveite. Daqui a bocado aparece a chata da Generala e depois é mais difícil desenfiar-me.
A oferta, mesmo que franca e generosa, era um pouco precipitada porque eu não tinha nada planeado e não podia, obviamente, partilhar com o miúdo toda a informação. Precisava de algum tempo para matutar no assunto.
Todavia, a necessidade aguça o engenho. O meu cérebro conseguiu num curto período de tempo levar o bico do lápis desde a entrada à saída do labirinto, sem tocar nas linhas limite.
– Muito bem, Francisco. Queres mesmo ajudar?
– Claro que sim. – ficou excitadassímo com o convite.
– Sabes, já tentei falar com a senhora que está a guardar esta igreja, para tirar uma amostra de uma pedra muito antiga que está lá dentro. Mas ela não simpatizou muito comigo e diz que não pode ser.
– É a rezingona da D. Elvira. A minha mãe diz que é uma beata de primeira. Ela também não gosta nada de mim. Mas eu quero lá saber, também não gosto nada dela. Ficamos quites. Agora até ficamos quites os três.
O Francisco era de facto um miúdo com graça. A sua astúcia elevou as minhas esperanças em solucionar aquele caso com alguma celeridade.
– Ora bem vamos fazer o seguinte...

O escuteiro entrou primeiro. Ajoelhou-se e benzeu-se virado para o altar. Não demorou um segundo até que ouvi, por detrás da barreira de madeira, a voz da D. Elvira:
– O que é que estás aqui a fazer? Os escuteiros não têm nada marcado para hoje. – puxou da sua mala para confirmar numa agenda que a sua memória não a atraiçoara. – Pois não!

– Eu sei. Venho rezar. – disse o rapaz passando por ela e dirigindo-se aos bancos da frente.

– Tu?! Rezar?! Deves ter feito das boas. Ou então está um santo para cair do altar. – riu-se entre dentes, pois pensou que o miúdo estava a fazer um enorme sacrifício. Voltou para o seu livro, apesar de não estar totalmente convencida. Iria deitar um olho ao irrequieto petiz que não era de fiar.

Enquanto isto, eu estava cá fora à porta, pronto para entrar e à espera que ninguém tivesse grande urgência em consultar o Divino.

De repente, começaram a ouvir-se alguns gemidos e uma voz esganiçada que entoava um cântico estranho, numa língua estranhíssima. O ruído de uma cadeira arrastada pelo chão veio logo a seguir. Era o sinal para a minha entrada.

– Mas o que é que se passa? Ó Francisco deixa-te de brincadeiras. Isto aqui não é o recreio! – e correu para junto do local onde o rapaz estava caído.

Tal como tínhamos combinado, ele tremia, simulava espasmos e cantava versos num dialecto improvisado, com uma magnífica mistura de línguas latinas e anglo-saxónicas. Era excelente a improvisada representação de uma possessão espiritual.

– Ó meu Deus. Mas o que tu tens rapaz? – ela estava muito assustada e, sem saber o que fazer, começou a abaná-lo. Ele tinha-se deitado precisamente no canto oposto à entrada da sacristia, que consistia no ponto mais favorável para encobrir a minha secreta missão. Também era conveniente para não incomodar o eterno descanso da artista espanhola que se havia radicado na vila, uns séculos antes.

Como nos filmes de espionagem, entrei como um agente furtivo colado à parede da igreja. Já tinha a navalha na mão, atrás de mim. Suava por todos os lados e o coração parecia uma bola de *flipper* ressaltando por todos os ossos do tronco. Embora a acção se desenrolasse no melhor ângulo para mim, o jovem tinha que manter a mulher junto dele durante algum tempo, uma vez que o recanto da igreja não a impediria de me ver.

Após verificar que ela estava completamente absorvida pela inesperada situação, iniciei a operação. O centro da pedra era o meu alvo. O tamanho era exacto. O procedimento foi semelhante.

Passados uns dois minutos o selo de ferro estava completamente visível, como uma pequena moeda de cor cinza prateada.

Umas dezenas de metros à frente, o rapaz já estava agarrado à velha guarda que lutava para se libertar do enganador abraço do Além.

– Minha Nossa Senhora! Larga-me! Larga-me! Socorro! Está possesso!

O miúdo continuava o seu extraordinário embuste que teria iludido qualquer um. Alterava o tom e o volume da voz, tentando levar a mulher à loucura.

– Alómitecá! Velhámalucá! Xatimandurá! Béatá do canecó! Iésse Iésse!...

Com o terceiro selo na mão, esperei que o meu ajudante olhasse para mim para lhe estender o polegar em sinal de missão cumprida. No mesmo instante pararam as convulsões e o rapaz estranhou a D. Elvira em cima dele.

– Onde é que eu estou? Ai!! O que é a senhora está fazer? Acudam! A velha quer-me matar! Acudam! – e com isto deu-lhe um safanão, tombando-a para o lado. Ela ficou estarrecida. Com o olhar vidrado pela estupefacção, viu o garoto correr desalmadamente pela igreja fora. Aqueles breves minutos da sua vida nunca foram totalmente esclarecidos e ela também nunca terá feito questão de tornar a falar no assunto. A partir desse dia começou a olhar o Francisco com algum receio, tentando evitá-lo a todo o custo.

Tínhamos combinado um ponto de encontro na Porta da Vila. O meu parceiro não demorou muito a chegar.

– Conseguiu, Gabriel?

– Com a tua preciosa ajuda. – afaguei a cabeça do escuteiro que tinha sido na verdade determinante na recolha de mais um selo. – Muito obrigado. Não sei como te agradecer.

– Não se preocupe. Sempre que precisar é só dizer. E se for para chatear aquelas velhas jarretas, melhor.

– Bom, acho que deves regressar ao teu grupo. – aconselhei ao pequeno, pois remoía-me um sentimento de culpa por lhe roubar alguns momentos de escutismo, sem lhe dizer quais as verdadeiras razões.

– É melhor é. E a Guia vai encher-me os ouvidos. De certeza!! – depois fez uma careta de desdém, pois considerava ser mais importante esta esporádica relação com um cientista.

E lá foi. Enquanto se afastava, pensei se não me faria falta na próxima paragem. A igreja da Ordem Terceira de São Francisco.

CAPÍTULO XXIV

A igreja da Ordem Terceira de São Francisco de Assis fora também conhecida como a Ermida de Nossa Senhora de Monserrate. Era um templo pequeno que possuía um gracioso adro, enquadrado por casas floridas e humildes, habituais nos arrabaldes da vila. A entrada desenhava um portal harmonioso, barroco, rematado com um distinto emblema franciscano. Entrei no interior da pequena igreja entregue à guarda de uma senhora já idosa, tal como nos casos anteriores. Pareciam todas irmãs de uma mesma confraria, não fosse a indumentária secular que, ainda assim, evidenciava traços comuns. O simples casaco de malha, a blusa discreta, a saia comprida e as meias de lã que tapavam as pernas até aos joelhos. Tudo em cores negras, sóbrias e esbatidas.

Uma única nave, revestida de azulejos do século XVI. Azuis e amarelos, numa camada superior; azuis e brancos na parte inferior. Logo à entrada, o coro erguia-se sustentado por quatro altas e elegantes colunas. De todas as igrejas visitadas era seguramente a mais espartana. Privada de requintes arquitectónicos e despida de faustosos adornos. Nem sequer existiam bancos para os fiéis, ou ara para os sacerdotes. Mereciam especial destaque as pinturas que o retábulo central exibia. De acordo com a informação recebida, teriam sido pinceladas por um grande artista do século XVII, Belchior de Matos.

A simpática e prestável vigilante foi adiantando que ficava muito contente sempre que a visitavam, pois a localização da igreja não era muito conveniente. Ficava fora do habitual roteiro turístico que não incluía a antiga zona habitada pelos pobres e marginais.

– Lá em cima...O senhor está a ver? É São João Evangelista. Dizem que estava numa ilha. Desterrado.

"Patmos", pensei. A ilha grega das revelações. A ilha do Apocalipse. O que faria João, ali na igreja de São Francisco? Mais uma pegada, mais um indício de que estava no caminho certo. Olhei durante alguns segundos para a sua figura. Quase que podia jurar que ele acabaria por piscar um olho, cúmplice da minha aventura. Não esperei por ele. Continuei a visita guiada pelos exemplares de arte sacra. Em cima, à esquerda, São Francisco numa estranha pose, empunhando uma cruz. Em baixo, uma imagem do Santo de Assis e depois Santo António de Lisboa. À esquerda, moravam Santa Clara e Santa Rosa. Na edícula central presidia a Virgem Maria com o Menino Jesus. Este conjunto era rematado com um par de inocentes e idílicos anjos.

Nem "espadas", nem "fome", nem "morte". A única coisa que me prendia a atenção era João na ilha grega de Patmos. Pedi à senhora se podia tirar umas fotografias às figuras e aos quadros. Inicialmente, mostrou-se incomodada com o pedido, mas depois autorizou-me com uma condição:

– Está bem. Mas só porque quase que não vem cá ninguém. Por isso acho que não fará grande mal. Só lhe peço que as fotografias não apareçam no jornal. Ainda me arranjava problemas.

– Pode ficar descansada. Tem a minha palavra de honra.

– Vá lá. Tire isso depressa. Hoje em dia a honra tem menos valor que um cheque careca.

Nem discuti. Apressei-me a colocar no cartão de memória da máquina digital pedaços do templo que mais tarde seriam dissecados pelo criterioso olhar da minha Sherlock.

– Hoje é um dia muito especial. Duas visitas numa manhã só! – a senhora dirigia-se a um novo visitante de São Francisco. Mas este não era nem tão simpático, nem tão comunicativo como o primeiro. Saiu após uns breves minutos, tão carrancudo e silencioso como tinha entrado.

"Que fulano estranho este", cogitou ela, "Até parece que veio fiscalizar o que o rapaz fez."

– Então continua a agir sozinho o nosso rapaz? – Franco não se mostrou muito surpreendido com as notícias de Miles. – Provavelmente ela pressente que se aproxima o final do tempo, o que nos deve tornar mais atentos e preparados para o grande dia.

– Também pode ser alguma estratégia, para nos confundir. – adiantou Kuryados, acompanhado pelos acenares de cabeça concordantes de Cármen e Silvie.

– Porque não acabamos com isto agora? Estão à nossa mercê! – reiterou Karl.

Carlota manteve-se calada, adivinhando a cena que se seguiu. Franco detestava ser contrariado. Olhou com um esgar lancinante para os dois irmãos mais impacientes. A voz embebida em cólera trespassou-os sem piedade:

– Criaturas miseráveis! Por vós, desperdiçariam a única oportunidade de acabar com este podre reino de Deus. Estais cegos de ódio! Também eu os odeio. Execráveis seres, estes que adoram um Deus fraco e doente.

– Mas… – Karl ainda tentou debater o decano irmão.

– Silêncio! Nem mais um sopro sobre este assunto! Eu! Eu direi quando e como. Basta que os tenhamos controlados. Deixai-os andar. Deixai-os percorrer de novo o calvário. Deixai-os erguer a sua cruz!

A noite caíra sobre os canudos dos telhados da vila. Eu tinha chegado ao quartel-general umas horas antes. Assistíramos ao terceiro milagre dos sentidos. À terceira união dos metais. À revelação da terceira página do Livro, envolvida de novo num processo alquímico impróprio do nosso mundo. Um processo divinamente mágico.

Ιυλιυσ

A experiência anterior tornou a descoberta um pouco mais fácil. Os grafismos eram da família da primeira palavra. Grego. Rapidamente chegámos à conversão para o alfabeto latino. I – u – l – i – u – s. Iulius.

– Talvez Julius. – leu Juliana.

– Julius? – repeti em interrogação.

– Sim. A letra "J" não existe no alfabeto grego.
– Então e os nomes que começam por "J", como: Jeremias; Jacó; Jerusalém...
– Os judeus da Dispersão, empenhados em traduzir as escrituras hebraicas para o grego – a Septuaginta...
– A Septuaginta... – procurei sentar-me confortavelmente porque ou muito me enganava ou ia começar mais uma lição.

Ela agarrou a imensa barriga com as duas mãos, ajeitou-a como se a estivesse a colocar no devido lugar, e também se aninhou nas almofadas. Depois, já aconchegada, prosseguiu:

– Septuaginta é o nome daquela que terá sido a mais antiga tradução da bíblia hebraica para o grego. Uma versão da Bíblia hebraica, escrita em grego *koiné*, um dialecto helénico do tempo de Alexandre, entre o terceiro e o primeiro século antes de Cristo, em Alexandria. Septuaginta, que significa "setenta" em Latim, refere-se à versão elaborada por 72 rabinos que, segundo a lenda, teriam completado a tradução em setenta e dois dias.

– Ora aí estão mais uns setes... – registei eu.

Ela parecia já não se admirar muito com tanta coincidência de setes. E lá continuou.

– A Septuaginta foi a base para a criação de muitas outras versões da Bíblia, encerrando mesmo alguns livros não existentes na bíblia hebraica. Aliás, devo dizer que existem diferentes versões do Velho Testamento. Umas são fiéis ao cânone judaico e excluem estes livros adicionais. Outras apenas incluem alguns destes livros, como as católicas romanas. A Igreja ortodoxa está de acordo com a Septuaginta. Os Anglicanos retiraram apenas o Salmo 151... E até James, rei de Inglaterra, teve direito à sua própria versão, onde surgem estes livros adicionais, na chamada *Apocrypha*.

– Aprócrifra?!! – uma vez mais...completamente siderado!!

– Apócrifa. – riu-se ao ver o doloroso retorcer da minha língua ao tentar proferir aquele estranho vocábulo. – mas fica para outro dia.

– É melhor. – anuí prontamente.

E prosseguiu – Estávamos nos jotas, não era? Bom, como não encontraram nesse tal dialecto, o *koiné*, uma consoante que correspondesse ao *yodh* do hebraico, o nosso jota, a solução foi recorrer à vogal grega *iota*, que corresponde ao nosso i.

– Como sabes tudo isto? – como era possível.

– Não fico parada enquanto te divertes lá fora. Deixa-me acabar.

– Vá lá, então.

– Então escreveram Ieremias, Iacó, Ierusalém, Iesous e todos os outros nomes, começando com "i" maiúsculo. Daí, eu considerar possível que seja "Julius".

– Quem sabe terás razão. – revisitei as páginas já desvendadas – Hepta, Sabat e agora Julius…

– Faz todo o sentido, não é? – olhou-me desgostosa. Não conseguia vislumbrar um fio condutor, uma ténue linha que pudesse unir as três palavras.

– Claro que faz. – respondi com ironia - Oxalá as outras folhas tragam alguma luz sobre tudo isto, senão…ficamos com uma história interessante para contar aos netos e pouco mais.

– Não acredito. Apesar de tudo…será um pouco mais do que uma simples história. – o seu semblante era um misto de maravilha e preocupação.

Afinal, o desconhecido teima sempre em nos confundir, em nos testar. Provoca, inevitavelmente, um atroz combate entre a vontade da vitoriosa conquista e o receio da humilhante derrota ou, pior do que isso, da deprimente evidência das nossas próprias fraquezas.

Era preciso rapidamente renunciar àqueles momentos de alguma fragilidade que ameaçavam começar a entorpecer os nossos pensamentos. E para isso, nada melhor do que meter os pés ao Caminho, prosseguindo a peregrinação imposta pelo Destino.

– Então e as fotos da igreja da Ordem Terceira? – senti-me de volta à aventura.

– É verdade. Já me esquecia. A minha cabeça já estava a pedir uma almofada.

– Se quiseres fica para amanhã… – reparei que estava, obviamente, cansada. Não bastava o seu estado pré-maternal, como ainda as intensas pesquisas na *Internet*, que seguramente duravam enquanto eu estava fora. Mas não deu parte de fraca.

– Nem pensar. Amanhã tens muito que fazer.

E assim regressámos ao computador portátil, onde examinámos vezes sem conta as fotografias que eu tinha obtido no pequeno templo dos arrebaldes.

Observámos em detalhe as pinturas que o retábulo central exibia. Juliana estava inclinada para elas, mas não víamos qualquer espada grande ou pequena. A dúvida começou a infectar o nosso raciocínio. Quando ela se encostou para trás e suspirou, pensei que seria um sinal de desistência. Mas bem pelo contrário era o descanso do guerreiro. A professora tinha encontrado a pista final para o quarto selo.

– Será? – não se poderia dizer que eu não estivesse de acordo, mas seria assim tão simples? Enfim, como eu também não tinha qualquer teoria a contrapor – Só pode ser. É impressionante! Não pára de nos surpreender este enigmático encenador.

A resposta parecia estar em São Francisco e na forma pouco comum de agarrar uma cruz. Em boa verdade, a cruz parecia ser empunhada como uma espada, apontada para alto, seguindo a linha dos olhos do seu detentor.

– Faz todo o sentido – defendeu Juliana – Uma espada, levantada para os céus, na forma de uma cruz. Não é difícil interpretar este quadro numa perspectiva antagónica, perante os ideais de Jesus Cristo. Deves procurar nesta pintura.

Inspeccionei com renovado rigor a fotografia da pintura de São Francisco. Procurei por um pequeno círculo que indiciasse a presença de mais um selo. Numa primeira análise, não eram visíveis grandes indícios. Depois...os meus olhos, guiados pelo fio de uma "espada" cristã, foram bater num dos dourados caracóis de madeira trabalhada que adornava o retábulo.

O centro do redondo adereço era um perfeito esconderijo para um dos selos de São João. Juliana estava certa. Não restava a menor dúvida. Era brilhante a forma como se ia levantando suavemente o longo véu do Caminho. Como se de vez em quando um doce sopro fosse obrigando o divino tecido a curvar-se, criando assim bolsas que nos permitiam respirar, avançando um pouco mais.

Como iria eu chegar à dissimulada "espada" de São Francisco? Desejei que a noite me trouxesse algumas ideias. Uma alternativa ao primeiro impulso. O Francisco.

Contrariamente ao habitual, fui eu que esperei pela D. Maria José. Era assim que se chamava a porteira, guarda e guia da igreja da Ordem Terceira de São Francisco de Assis. Depois dos protocolares votos de bom dia, trocámos umas breves palavras de circunstância.

– Para os dias que eu espero por alguém que nos visite, a mim e aos meus Santos... – admirou-se ela, não só pela prematuridade da hora mas também pelo inesperado e pronto regresso – Até que enfim, alguém espera por mim!

Ajudei a abrir as velhas portas de madeira que aos poucos foi permitindo aos raios de sol inundar a escuridão e secar o ar húmido e bolorento do templo. A talha amarelada, que ao cruzar-se servia de caixilho aos quadros dos companheiros da D. Maria José, permanecia na penumbra, recatada, protegida da luz e dos homens. Até àquela manhã.

– Então, diga-me lá ao que vem. – estava curiosa, pois os interessados eram poucos, quanto mais os que vinham por uma segunda vez.

– Recorda-se das fotografias que tirei?

– Claro! Nem sei como as deixei tirar...Espero não me arrepender. – e apontou para mim com ar de poucos amigos.

– Ora essa. É por isso mesmo que aqui estou. As pinturas são muito interessantes e precisava de as estudar um pouco melhor. Só com as fotos não consigo. – esperava que ela acreditasse e não criasse quaisquer obstáculos.

– Pois são interessantes. Mas sabe que ontem não foi lá muito interessante... – hesitou.

– Não foi interessante? O quê? – fiquei intrigado.

– É que apareceu por aqui, logo depois de o senhor ter saído, um homem muito estranho. Nem bom dia, nem boa tarde. Olhou para todo o lado. Parecia estar à procura de alguma coisa. Parecia que estava a ver o que o senhor tinha feito.

– Eu?!

– Foi a impressão que tive.

– Mas eu nem sequer conheço ninguém por aqui. – e de facto desconhecia a identidade de tal personagem. Ou não? Seria o velho de barbas brancas?

– Não, não. Era um homem quase careca. Com ar de poucos

amigos. – esclareceu ela prontamente.
– Lamento, mas não sei de quem se trata.
– Bom. Não se apoquente mais com o assunto.
Disse-lhe que iria ficar por ali algum tempo, se isso não constituísse um problema. Iria confirmar o local onde estaria o selo e esperar que um milagre acontecesse. O que sucedeu logo a seguir.
– O senhor importa-se de ficar sozinho por uns minutos, enquanto eu vou beber um cafezinho? É mesmo aqui ao lado. – apesar de insegura, estava convicta da minha boa fé e, além disso, não havia nada para roubar.
– Não se incomode comigo. Vá à vontade. – eu nem queria acreditar. Como coisas aparentemente tão complicadas se podiam tornar tão simples. Naquele dia bastou uma noite mal dormida e a certeza de que um café iria ajudar a manter os olhos abertos.
Depois da senhora sair, fui directo ao que ali me trouxera. Passei com os dedos por cima da cruz erguida por São Francisco e continuei na mesma direcção até parar sobre a madeira marcada e retorcida pelo artesão. Depressa percebi um pequeno rasgo circular que desenhava uma tampa colocada sob pressão. Bastou um ligeiro aperto com a lâmina da minha navalha e...como se tivesse sido colocada há uns segundos atrás, saltou para a palma da minha mão uma peça metálica, alaranjada – o Selo de Cobre.
Voltei a recolocar a tampa de talha dourada. A austera igreja permaneceu, aparentemente, inviolada. Passados alguns minutos, como tinha previsto, a velha funcionária da Paróquia regressou, excitada pela ínfima dose de cafeína que iria garantir o seu estado de alerta até ao almoço. Conversei com ela por uns instantes. Quis saber exactamente qual era a matéria da minha investigação, entre muitas outras coisas, a que eu fui subtilmente escapando através de resposta inócuas e curtas, pois explodia de inquietação, antecipando por uma nova palavra. Livre do interrogatório, estabeleci o regresso ao quartel-general.
Não demorou muito, a minha viagem até à hospedaria, onde me aguardava a grávida Sherlock.
– Foi assim tão fácil? – estranhava tamanha agilidade e desembaraço.

– Acho que tive uma ajuda lá de cima. – apontei com o dedo indicador para o tecto do quarto, indicando um lugar que seguramente ficaria muito mais distante.

– Vejo que começas a acreditar em forças e poderes que jamais ousaste aceitar. – desafiou ela.

– Talvez... Talvez... Estes truques de Alquimia são demasiado perturbadores. – concordei, enquanto dispus o círculo de cobre no seu divino receptáculo.

Fizemos silêncio. Assistimos a mais uma cena de extraordinários efeitos especiais, em todas as dimensões imagináveis e inimagináveis. Depois uma nova palavra.

MIVIM

Desta vez, parecia claro. A palavra estava escrita no alfabeto imposto pelos Romanos. Encetámos buscas em diversos dicionários de Latim disponíveis *on-line*, espicaçados pelos céleres progressos dos últimos dias. O frenesim da descoberta estava patente no nervosismo e na impaciência com que devorámos sítios e páginas da rede global de informação. Todavia, parecia não haver saída para MIVIM. Seria preciso dedicar tempo e neurónios à recente pegada do trilho.

– É curioso. Já notaste que é uma capicua. – achei que talvez essa característica pudesse retirar alguns ramos da frente.

– Pois é. Tens razão. Talvez possa ter algum significado. – concordou esperançada. – Agora vai a Santa Maria...

Ela ficaria responsável por descobrir o sentido de MIVIM. Eu voltei ao campo de batalha, em busca do quinto selo.

O templo de Santa Maria ainda permanecia envolto em alguma incerteza, embora ambos estivéssemos inclinados para a "vingança". Este vil acto, próprio da primária vontade dos homens em provocar no próximo os danos que este lhe terá causado, jamais ocuparia o coração de Jesus. O Filho de Deus, perante a ofensa e o castigo, ensinara a oferecer a outra face. Até nos derradeiros momentos, unido de forma atroz à madeira da cruz, quando lhe infligiam uma morte abominável, Cristo pediu perdão para os homens que lenta e sordidamente lhe retiravam a Vida.

Enquanto me dirigia para a igreja onde principiáramos o Caminho, fui relendo, uma vez após outra, as palavras-chave que a obra de São João nos entregava:

E, quando Ele abriu o quinto selo, viu debaixo do altar as almas dos que tinham sido mortos, por causa da Palavra de Deus e por causa do testemunho que deram. E clamavam em alta voz:
«Tu, que és o Poderoso, o Santo, o Verdadeiro! Até quando esperarás para julgar e tirar vingança do nosso sangue sobre os habitantes da terra?»

"Será a vingança? Como se representa a vingança? Onde estará escondida?" – Ia falando comigo mesmo. Esperando que as respostas surgissem naturalmente. Mas teimavam em não aparecer. Passei horas dentro e fora do santo edifício. Vasculhei ao detalhe o interior. O piso. As paredes forradas de azulejo azul e branco. Os tectos. As pinturas. Cheguei a implorar a São João por um sinal. Desta vez, o Santo zombava de mim, pois nem o mais pequeno indício. Não se via qualquer traço ou rasto de vindicta.

Questionei, quase vencido, a absoluta convicção do vestígio eleito por unanimidade. Seriam os "mortos"? Existiam de facto alguns locais onde estavam sepultados homens e mulheres, falecidos séculos antes.

Restariam poucos minutos para ser corrido da igreja quando no meio dos rendilhados azulejos, na parede lateral esquerda, vi um estranho par de olhos, fitando-me através de um espelho. Ao princípio apenas achei curioso. Depois, uma luz encheu-me o espírito. Por momentos senti-me dentro da cabeça do homem que teria gizado aquele intrincado *puzzle*. Tudo ficou claro. Que objecto melhor traduziria o sentimento de vingança, represália ou retaliação, senão um espelho. Se lhe damos beleza, devolve-nos beleza. Se lhe mostramos o feio, o indecente, o indecoroso, retribui na mesma medida. Vingança é pagar na mesma moeda. Dor com dor. Violência com violência. Encontrara o quinto selo.

– O senhor desculpe, mas vai ter que sair. São horas de fechar.

– era uma das minha amigas.

– Peço perdão. – apesar da exaltação, que tentei disfarçar, aceitei de bom grado a implícita ordem – Se não vier incomodá-la, voltarei amanhã.

– A mim não incomoda nada. A casa não é minha. É do Senhor. Todos são bem-vindos, desde que de boa fé.

Desejei um bom resto de tarde e apressei-me a reunir com a mulher que me aguardava.

– Muito bem, meu rapaz. Eu própria não faria melhor. – Juliana falava com sinceridade. Os seus olhos fitaram-me com admiração. Deu-me um beijo – Estou orgulhosa de ti. Que pena não te poder acompanhar. – Depois sentou-se visivelmente cansada. O final da gravidez adivinhava-se. Mais alguns dias e um novo ser iria nascer. O nosso bebé.

– Descansa. Não deves esforçar-te. – ficava preocupado sempre que a via em sofrimento, o que ela ia disfarçando o melhor que podia.

– Não te preocupes. Eu estou bem. A gravidez não é uma doença é um estado de graça que exige sacrifícios.

– Eu sei, mas custa-me ver-te assim.

Recostou-se nas almofadas e pediu-me para tornar a contar a história do quinto selo que estaria nas nossas mãos na manhã seguinte, se não irrompesse nenhum contratempo. Era a maneira de se sentir incluída na misteriosa caminhada marcada pelos templos de Óbidos. Depois repeti, com o maior detalhe possível e algum mistério à mistura, os passos daquela tarde.

Enquanto narrava a minha proeza, fui-me enroscando junto a ela, abraçando-a e provocando a doce fusão dos nossos corpos que, inebriados com as palavras cada vez mais arrastadas e com o calor que gerávamos, acabou por nos adormecer no encanto de uma tarde de Verão.

Sonhámos. Ela com bebés, quartos de criança, roupas pequeninas, sapatos pequeninos, flores cor-de-rosa. Eu fui perseguido por homens e mulheres vestidos de negro, como sacerdotes, todos empunhavam punhais e atentavam contra a minha vida, debaixo da gélida luz de um sol enegrecido. Cada um falava um idioma diferente mas todos pareciam entender-se naquele estranho conluio. Curiosamente eram sete. Quatro homens e três mulheres. Um sonho bizarro que eu quis esquecer rapidamente.

Acordámos fora de horas para jantar e a proposta da D. Noémia para uma ceia com pão caseiro ainda quente, acompanhado com requeijão, doce de abóbora e chá de cidreira com mel, era irrecusável. Deliciámo-nos com aquele pequeno e tardio banquete. Juliana satisfez a vontade a dois e depressa voltou ao mundo de mamã.

Eu ainda estive acordado algum tempo, relendo o Livro do Apocalipse, admirando a forma simples e simultaneamente sofisticada com que as palavras serviam de guia para ir percorrendo o Caminho.

CAPÍTULO XXV

Acordei cedo. Estava entusiasmado e ansioso pela recolha de um novo selo que eu julgava estar atrás do estranho espelho de Santa Maria. Levantei-me sem fazer muito barulho, para que a futura mãe prolongasse um pouco mais o seu repouso. O seu semblante cintilava aos primeiros raios de Sol. A maternidade revelara toda a beleza daquela extraordinária mulher. Estava seguro de que todas as grandes obras de Deus invejariam a perfeição daquele rosto. Para mim era ela a grande obra do Criador.

Percorri as ruas da vila, enquanto esperava pela hora da abertura das igrejas paroquiais. A manhã ainda jovem deixava que das rudes pedras de calcário brotasse um ar fresco e renovado que aos poucos iria sendo abafado pelo intenso calor que abraçava toda a região. As pessoas começavam a sair do velho casario, outras chegavam de fora procurando os serviços municipais, todas contribuindo para vencer a inércia da noite e assim retomar o ciclo de vida que ao longo do dia iria fervilhar nas veias do burgo.

Sentei-me no altaneiro pelourinho que se sobrepunha à Praça de Santa Maria, como uma águia que pacientemente aguarda pela oportunidade de atacar. Antecipei por diversas vezes a chegada da mulher que iria abrir as portas do templo, permitindo mais um pequeno avanço na descoberta. Tal como quase sempre acontece, a mulher apareceu de onde eu não previra e quando dei por isso já a igreja recebia as visitas matinais. Se eu fosse de facto uma águia, creio que acabaria por morrer à fome.

Sem mais demoras, desci apressado a travessa lateral que

conduzia ao patamar inferior de onde se erguia o antigo edifício. Transpus em silêncio a imensa portada e percebi imediatamente que não seria fácil retirar o selo, pois as três pessoas, que já privavam com o Divino, resolveram ocupar bancos da ala esquerda. Precisamente onde eu julgava encontrar a quinta peça metálica, de mercúrio, que desvendaria mais uma página do Livro.

– Bom dia. Por cá outra vez?

Nem me tinha apercebido da presença da guarda, tal era a minha obsessão. – Bom dia. – respondi atrapalhadamente – Pois é. Ainda não acabei o trabalho. Os azulejos são tantos e tão curiosos.

– Pois são. Veja lá se os deixa cá todos. – acautelou com veemência.

– Claro que sim! Fique descansada. – esperava deixar tudo como estava, à excepção do pequeno círculo mágico que seguramente estava relacionado com aquele intrigante azulejo, embora ainda nem desconfiasse como iria cumprir a minha missão. E dirigi-me para perto da minha área de interesse.

Tentei descortinar alguma falha nas extremidades do diminuto quadrado cerâmico, alguma protuberância, algo diferente. Mas não vislumbrava nada. A olho nu, mesmo nada. Passei então os meus dedos, ao de leve pela superfície artesanalmente vidrada. O meu olhar varreu disfarçadamente todo o interior do templo, particularmente a zona da entrada e os pousos dos madrugadores fiéis. Tudo estava calmo. Fui sentindo algum frenesim, próprio da proximidade da minha meta. Estaria por detrás do azulejo? Como poderia retirar o azulejo dali, sem estragar nada? A minha mão continuou a massajar o velho mosaico sem grande sucesso até que por mero acaso, assim como devido a alguma descoordenação motora, toquei no azulejo que estava na posição imediatamente abaixo. Senti que com alguma pressão ele entrava um pouco para dentro da parede. Repeti instintivamente a busca circular, verificando se alguém teria notado aquele gesto incriminador. Continuava sem ser observado. A custódia da igreja sentara-se no seu posto de vigia e as restantes pessoas pareciam em perfeita harmonia com o Sagrado, ajoelhadas em sinal de humildade e devoção.

Empurrei um pouco mais, deslocando o azulejo cerca de dois

ou três centímetros, mas não encontrei qualquer selo. Coloquei-me numa posição mais favorável, de modo a não ser incomodado. Notei que quando deixava de exercer pressão sobre a peça de cerâmica, esta regressava à posição inicial. Não tinha dúvidas, perante aquele engenhoso dispositivo, de que estava perto do quinto selo. Ainda demorei alguns minutos, tentando imaginar a forma de atingir o meu objectivo. Os jogos de paciência, constituídos por peças que se deslocam numa pequena moldura, aproveitando a propositada falta de uma peça, e que quando movidas para o sítio certo nos apresentam uma imagem, trouxeram a solução.

 Voltei a embutir, com a mão esquerda, o azulejo inferior na grossa parede do templo, desta vez um pouco mais, até ouvir um ligeiro clique. Depois coloquei a palma da mão direita sobre o espelho desenhado em tons de azul e deslizei-o para baixo. Inacreditável. O azulejo da vingança obedeceu docemente, descendo sem sobressaltos e ocupando o lugar do seu vizinho de baixo. Este movimento deixou à vista uma exígua câmara de madeira escura. Lá dentro o que eu esperava encontrar. Uma cápsula vidrada que encerrava um líquido de cor metálica. Mercúrio.

 Guardei a peça dentro do saco e inverti o movimento dos azulejos. O espelho subiu para o seu devido lugar e deixando de fazer força o outro regressou ao nível da parede. Tudo permaneceu como no princípio, aparentemente intocado. Respirei fundo, vitorioso.

 – Então, já vai? – estranhou a mulher que controlava as entradas e saídas.

 – Por agora já. Tenho outros compromissos. Volto outro dia.

 – Cá estarei à sua espera. – brincou ela.

 – Com certeza. – não me apetecia ficar à conversa, mas também não queria ser indelicado. – Eu peço desculpa, mas tenho mesmo que ir.

 – Vá lá homem. Não sou eu que o impeço. – disse prontamente, libertando-me de qualquer imposição auto-determinada.

 No quarto da pensão, eu e Juliana assistimos uma vez mais a uma espantosa e inconcebível demonstração de forças misteriosas. E mais uma página se revelou.

OPPIDUM

Desta vez não foi difícil adivinhar. Em uníssono elegemos Óbidos como provável significado. Algo teria acontecido, estava a acontecer ou iria acontecer em Óbidos. Ou talvez não. Poderíamos estar a tirar conclusões demasiado precipitadas. Para já tínhamos: HEPTA – SABAT – JULIUS – MIVIM – OPPIDUM.
– Sete. – descodificou ela.
– Sete – conferi eu.
– Sábado.
– Sétimo dia.
– Julius.
– César.
– César? – a professora parou surpreendida.
– Julius César. O imperador de Roma. – adiantei com algum receio de ter dito algum disparate.
– Exactamente. Júlio César, imperador de Roma. Qual foi o maior legado que nos deixou?
Agora tinha de dizer qualquer coisa. – O circo de Roma?
– Não.
– A cultura romana…a numeração romana?
– Não. Não. – estava a ficar impaciente – O calendário.
– O calendário? – eu não era assim tão ignorante, mas de facto apanhara-me desprevenido.
– Gabriel – olhou para mim desiludida e com um ar maternalista prosseguiu – o Calendário Juliano.
– Pois claro. O Calendário Juliano. – recordei-me de alguns conceitos relacionados com calendários, inscritos no Manual de Navegação Aérea que estudara anos atrás, durante o curso de Pilotagem. – Mas não é o Gregoriano…?
– Sim. Actualmente utilizamos o Calendário Gregoriano que deriva do Calendário Juliano. – dirigiu-se ao computador e ao fim de uns segundos… – No século XVI, o Papa Gregório XIII por recomendação de uma comissão de astrónomos, decretou através da bula *Inter Gravissimas* que quinta-feira, dia 4 de Outubro de 1582, seria imediatamente seguido de sexta-feira, 15 de Outubro do mesmo ano. Este arranjo permitiu compensar a diferença que se acumulara ao longo de séculos entre o Calendário Juliano, que vinha desde o

século I a.C. e os acontecimentos astronómicos que anunciavam a marcha do tempo.

– Muito interessante, mas para dizer a verdade ainda não percebi a relação entre o "JULIUS" e o Calendário. Achas que é o calendário? – continuava tão intrigado como antes, apenas estava um pouco mais esclarecido relativamente à génese dos métodos de datação.

– A relação não é de facto imediata mas é, no mínimo, espantosa. No Calendário Juliano foram dados nomes de imperadores aos meses de Julho e Agosto. Julius e Augustus.

– Tens razão. E...

– Julho ou Julius é o mês...

– Sete! – exclamei de repente.

– Exactamente. Sete. - a professora de música recomeçou a descrição das palavras até então descobertas – Hepta, sete. Sabat, Sábado, sétimo dia. Julius, Julho, sétimo mês.

– Será uma data? O livro vai dar-nos uma data?

– Não sei. Depois é o Mivim. O que será Mivim?

A internet não tinha dado grande ajuda sobre aquele vocábulo. Mivim poderia ser, de acordo com uma agência de pesquisa canadiana, a Visão Infravermelha Multipolar ou um jovem membro de uma comunidade de jogos Nintendo, os *Wiihacks*, entre muitos outros assuntos que descartáramos sem hesitar.

Concordámos em esperar, também não tínhamos outro remédio, para ver o que nos reservavam os restantes selos.

Franco andava nervoso, irritadiço, mal-humorado. Não saía da malfadada casa que se não fosse assombrada, iria seguramente ficar. A sua figura e o seu estado estariam, com toda a certeza, a atrair uma grande carga de negatividade para aquele local. Por ventura, seria até esse o objectivo.

Os irmãos já nem se atreviam a falar com ele. Desejavam ardentemente que tudo acontecesse o mais rapidamente possível, para que o resto das suas vidas pudesse continuar. Apesar da longínqua e pesada tradição que tinham herdado, alguns achavam que o sacrifício já era o bastante. Não seriam muitos os anos que os separavam da morte e ainda que presos a uma gloriosa missão, intimamente ansiavam por alguns dos prazeres do mundo terreno.

Só Miles permanecia perto de Franco. Era ele que o servia e a quem o líder do grupo dirigia olhares e grunhidos que conduziam e controlavam as actividades diárias. Religiosamente escutava a voz límpida do *castrato* que todos os dias, ao anoitecer, entoava o mesmo cântico, premonitório da grande tragédia que o seu cérebro revia a cada minuto. A proximidade do cumprimento do seu alto mandato era cada vez mais evidente. Cada batida do seu coração indiciava, mais forte, a chegada do momento que lhe fora superiormente determinado. Era essa impaciência, essa inquietação, que lhe provocava um estado quase delirante. Visitava, vezes sem conta, a sala preparada para o sacrifício. Empunhava a adaga que alteraria o ciclo do mundo e apertava-a com força, dominante. Fechava os olhos e passava a cuidada lâmina pelo rosto, experimentando a lisura fria do metal. Sentia um estranho prazer percorrer-lhe a carne, os ossos e o espírito. Como o êxtase que invade o corpo e a mente dos amantes. Era o único instante em que se permitia relaxar, atinando com uma demoníaca paz interior. A certeza do seu encontro com o Destino.

CAPÍTULO XXVI

Faltava encontrar os sexto e sétimo selos. O sexto foi estranhamente fácil, apesar da complexidade do texto sagrado. Talvez o Destino não pudesse esperar, talvez o suposto acontecimento ainda não tivesse ocorrido e estivesse próximo.

> *E, havendo aberto o sexto selo, olhei, e eis que houve um grande tremor de terra; e o sol tornou-se negro como saco de cilício, e a lua tornou-se como sangue;*
> *E as estrelas do céu caíram sobre a terra, como quando a figueira lança de si os seus figos verdes, abalada por um vento forte.*
> *E o céu retirou-se como um livro que se enrola; e todos os montes e ilhas foram removidos dos seus lugares.*
> *E os reis da terra, e os grandes, e os ricos, e os tribunos, e os poderosos, e todo o servo, e todo o livre, se esconderam nas cavernas e nas rochas das montanhas;*
> *E diziam aos montes e aos rochedos: Caí sobre nós, e escondei-nos do rosto daquele que está assentado sobre o trono, e da ira do Cordeiro;*
> *Porque é vindo o grande dia da sua ira; e quem poderá subsistir?*
> *E depois destas coisas vi quatro anjos que estavam sobre os quatro cantos da terra, retendo os quatro ventos da terra, para que nenhum vento soprasse sobre a terra, nem sobre o mar, nem contra árvore alguma.*

E vi outro anjo subir do lado do sol nascente, e que tinha o selo do Deus vivo; e clamou com grande voz aos quatro anjos, a quem fora dado o poder de danificar a terra e o mar,
Dizendo: Não danifiqueis a terra, nem o mar, nem as árvores, até que hajamos assinalado nas suas testas os servos do nosso Deus.
E ouvi o número dos assinalados, e eram cento e quarenta e quatro mil assinalados, de todas as tribos dos filhos de Israel.
Da tribo de Judá, havia doze mil assinalados; da tribo de Rúben, doze mil assinalados; da tribo de Gade, doze mil assinalados;
Da tribo de Aser, doze mil assinalados; da tribo de Naftali, doze mil assinalados; da tribo de Manassés, doze mil assinalados;
Da tribo de Simeão, doze mil assinalados; da tribo de Levi, doze mil assinalados; da tribo de Issacar, doze mil assinalados;
Da tribo de Zebulom, doze mil assinalados; da tribo de José, doze mil assinalados; da tribo de Benjamim, doze mil assinalados.
Depois destas coisas olhei, e eis aqui uma multidão, a qual ninguém podia contar, de todas as nações, e tribos, e povos, e línguas, que estavam diante do trono, e perante o Cordeiro, trajando vestes brancas e com palmas nas suas mãos;
E clamavam com grande voz, dizendo: Salvação ao nosso Deus, que está assentado no trono, e ao Cordeiro.
E todos os anjos estavam ao redor do trono, e dos anciãos, e dos quatro animais; e prostraram-se diante do trono sobre os seus rostos, e adoraram a Deus,
Dizendo: Amém. Louvor, e glória, e sabedoria, e ação de graças, e honra, e poder, e força ao nosso Deus, para todo o sempre. Amém.
E um dos anciãos me falou, dizendo: Estes que estão vestidos de vestes brancas, quem são, e de onde vieram?
E eu disse-lhe: Senhor, tu sabes. E ele disse-me: Estes são os que vieram da grande tribulação, e lavaram as suas vestes e as branquearam no sangue do Cordeiro.
Por isso estão diante do trono de Deus, e o servem de dia e de

noite no seu templo; e aquele que está assentado sobre o trono os cobrirá com a sua sombra.
Nunca mais terão fome, nunca mais terão sede; nem sol nem calma alguma cairá sobre eles.
Porque o Cordeiro que está no meio do trono os apascentará, e lhes servirá de guia para as fontes das águas da vida; e Deus limpará de seus olhos toda a lágrima.

Lêramos e relêramos o excerto do sexto selo. Usámos o mesmo critério de antagonismo, perante os actos ou situações que poderíamos atribuir à figura ou vontade de Jesus Cristo. A parte que mais nos chamou a atenção e na qual centrámos o nosso cuidado tinham sido as frases iniciais que registavam a ruína do Céu, o Sol negro, a Lua ensanguentada, a queda das estrelas, o próprio desaparecimento do Céu. Era também mencionado o tremor de terra e o deslocamento de ilhas e montes. Havia ainda uma referência explícita ao número 144.000. Depois era uma descrição detalhada de um encontro de anjos, servos e anciãos, com Deus e com o Cordeiro.

Juliana, antes de eu sair, dissera-me que embora não parecesse fácil, confiava em mim e que tudo correria bem. Eu não me deveria preocupar. Todavia, foi com pouca fé que encetei mais uma etapa do Caminho. Havia demasiadas variáveis. Poderia ser tanta coisa. Todas as tormentas descritas por São João poderiam estar de acordo com o critério previamente estabelecido. Por entre um turbilhão de pensamentos, dúvidas e incertezas, percorri a curta distância que me levou até à antiga Igreja de São Vicente, actualmente conhecida por Igreja de São João Baptista, que ficava fora da muralha junto ao tradicional nobre casario à entrada da vila. Agora era um museu dedicado a temáticas religiosas, o que poderia tornar-se um obstáculo.

Entrei como um vulgar turista e paguei o bilhete para visitar a exposição de arte sacra que estava em exibição. Fui recebido por uma jovem que fazia as funções de recepcionista e de guia do museu. Como não havia mais visitantes fiquei com a exclusividade da sua atenção.

– A Igreja de São João Baptista, uma das mais antigas de Óbidos, foi mandada edificar em 1309 pela Rainha Santa Isabel, reza a história oficial, pois existem algumas crónicas que remontam a origem do templo à época da presença visigótica. Porém, nada existe, actualmente, que nos dê sinais de uma traça desse tempo. – ela continuou com entusiasmo, relatando pormenores e curiosidades das peças expostas e do espólio da própria igreja que estava em permanente exibição.

Eu mostrei-me muito mais interessado na igreja, tentando retirar das palavras da guia e das partes visíveis da sagrada estrutura algum elemento que pudesse correlacionar com o texto do Apocalipse.

– O interior é constituído por uma só nave, revestida por madeira de três panos. Ali temos a capela-mor, encimada por uma abóbada da época quinhentista. Depois o magnífico retábulo renascentista, de talha dourada. Representa o orago de São João Baptista e diz-se ter sido criado por Josefa d'Óbidos. Ladeiam o retábulo, duas mísulas. Uma com São Vicente e outra com São João. São Vicente foi o primeiro padroeiro do templo, só muito mais tarde foi invocado São João.

– Claro. – eu já conhecia esta pequena nuance que nos tinha feito queimar alguns neurónios.

– Se quiser posso também mostrar-lhe um pouco do exterior. – percebeu que eu estava de facto pouco interessado na exposição temporária.

– Agradeço a sua gentileza. Gostaria muito.

E saímos para o largo, onde o calor nos abafou a respiração. Começava a tornar-se um Verão particularmente abrasador. As garrafas de água eram um objecto obrigatório para quem se atrevia ou necessitava de andar na rua.

– A frontaria é diversa dos outros templos em Óbidos, apresenta uma empena em bico, com fogaréus nos acrotérios, sobre os cunhais.

"Fogaréus nos acrotérios". Não percebi nada do que dizia. Eram termos próprios de uma arquitectura religiosa, ou então demasiado profunda para os meus parcos conhecimentos sobre a matéria.

– O portal do tipo quinhentista é contra-moldado. – e, dito isto, fez um gesto que anunciou o final do seu discurso – Se tiver qualquer questão, faça o favor, se eu souber responder...

– Muito obrigado. São fantásticos os seus conhecimentos sobre este local.

– Deixe-me confidenciar-lhe que não há muitos visitantes. O museu fica um pouco escondido e longe do traçado turístico. Acabo por ter imenso tempo para ler.

– É uma pena que mais pessoas não a possam escutar.

Ficou visivelmente lisonjeada com o elogio e escusou-se de seguida, dizendo que precisava de voltar para a portaria por causa de um eventual telefonema, mas ainda assim estaria à minha disposição.

Agradeci e adiantei que ficaria por ali mais um pouco até para aproveitar a sombra das árvores que se dispunham ao longo do caminho que conduzia ao velho cemitério de Óbidos.

Depois de ficar sozinho, sentei-me num dos bancos recortados no muro de onde se podia observar o movimento de gente e viaturas que usavam a rua empedrada que levava à Porta da Vila. "Não vai ser tão fácil assim, minha querida Juliana" – pensei ao rever as palavras do sexto selo impressas numa folha A4. Não conseguia estabelecer relações coerentes com nada e ao mesmo tempo podia encontrar ligações com quase tudo, bastaria um pouco de imaginação. Teria que ser algo evidente. O fresco do meu recanto contrastava com o suor que abundava nos corpos da via inferior. Parecia que estava no céu, com um sofisticado sistema de ar condicionado, enquanto os pobres de baixo, derretiam no inferno.

Fechei os olhos por uns instantes, sentindo uma leve brisa que remexia as verdes folhas das árvores, provocando um suave fragor que me foi relaxando. A minha mente foi vagueando por diferentes tempos e locais. Durante uns minutos uma tranquila paz ocupou-me o espírito. Depois um repentino tremor. Tudo escureceu. Revivi intensamente o último pesadelo de que me recordava. A ameaça dos sete perseguidores vestidos de negro, o sol enegrecido. Imediatamente abri os olhos. O sol escurecido do meu sonho! Era o sinal que eu precisava. Abri a folha de papel que ainda pendia na minha mão. Lá estava – "*…e o sol tornou-se negro como saco de cilício…*".

Tinha que encontrar um Sol negro. Voltei para dentro do templo museu e tentei junto da jovem saber se ela já vira um sol negro, pintado, esculpido, ou até algo que sugerisse o tal estranho astro.

— Não. Sol negro? Nunca vi, nem ouvi falar. – ficou surpreendida pela pergunta.

— Tem que ver com umas pesquisas que ando a fazer. Era apenas uma curiosidade. Não a incomodo mais. Um resto de bom dia para si e faço votos para que tenha muitas visitas.

— Obrigado. Talvez o calor ajude, pois aqui dentro está muito fresquinho.

E estava de facto muito aprazível mas eu estava a ferver. Onde iria encontrar o sol negro? As paredes exteriores nada tinham que se confundisse com tal aberração. Observei depois, sem grande convicção, a torre escurecida pelos elementos e pela falta de cal. No topo, um galo cata-vento, sobreposto a uma cruz de ferro. Achei esquisita a presença do galo. Mais tarde, aprendi com a minha professora que existiam galos cata-vento em muitas igrejas, até nos pináculos das catedrais, tendo sido adoptados desde o primeiro milénio como símbolo da divina vigilância. O garante de uma chamada à oração, uma acção de graças pelo nascer de um novo dia. Por outro lado, o galo ficara também marcado como mensageiro da vitória contra o mal e a mentira, quando Cristo anunciou a Pedro que ele iria negá-lo por três vezes até ao canto do nobre animal. Na primeira divisão legal do dia, a hora inicial era a do canto do galo – o *gallicinium*. Melhor não havia para, do ponto mais alto da urbe, afirmar o poder da igreja.

Embora o galo não passasse de uma pequena distracção, fez com que o meu olhar parasse o tempo suficiente naquele ponto, onde também se erguia a tal cruz. Do centro da cruz, escapavam quatro raios de um possível sol. Negro como breu. O Sol negro! Estava ali à vista de todos um sol sombrio, um astro de trevas que me levaria a outra página do Livro de São João. Agora só faltava subir à torre.

Tal como Juliana vaticinara, parecia que tudo me estava a ser facilitado. Aparentemente, seria uma tarefa complexa chegar até à cruz, vigiada pelo galo que também anunciava as direcções dos ventos. Contudo, bastaram uns passos na direcção do cemitério para me aperceber que andavam a fazer uns trabalhos na torre, do lado da velha necrópole. Haviam colocado uns andaimes sobre uma casa que servia de apoio ao coveiro e que permitiam um fácil acesso ao cimo da torre. Para melhorar a situação, verifiquei que ninguém estava por ali.

Bastariam uns minutos e eu teria na minha posse o penúltimo selo.

E assim foi. A minha condição física foi suficiente para rapidamente atingir o meu objectivo. O Selo de Prata. O meu precioso canivete apenas cortou três pontos de união que possibilitaram a presença daquela redonda chave durante centenas de anos, escurecendo o astro-rei que agora, face ao repentino orifício, se incendiara de luz, continuando porém a irradiar quatro tenebrosos raios.

Desci tão célere como tinha subido. Em redor permanecia o habitual silêncio das almas em descanso. Voltei vitorioso até junto da Juliana, para lhe mostrar o resultado do último saque.

O fantástico ritual repetiu-se pela sexta vez e uma nova palavra juntou-se ao rol de enigmas que nos dominava por completo.

JESUS

Para nosso total espanto, o Caminho tornara-se mesmo muito mais inteligível. Ficámos mudos e quietos por momentos. Não havia grandes hesitações. Na minha mente ainda trespassou um pensamento de hesitação – "Será? Talvez não seja assim evidente."

– Meu caro Gabriel, vamos continuar com JESUS. Depois logo se vê. – ela tinha percebido o retorcer do meu nariz. – Concentremo-nos no sétimo selo.

– Não consigo ligar Jesus a sete, como fizemos…

– Em quase todos os outros. Conseguiste ligar sete a Mivim?

– Não.

– Mas deixa-me dizer-te que Jesus também está ligado ao número sete… – voltou à carga – Na hora da sua morte, pregado na cruz, falou sete vezes. Os próprios Evangelhos atribuem uma relação forte entre Jesus e o número sete. Jesus cura sete cegos, ao longo dos relatos da Bíblia. Maria Madalena pediu sete vezes ajuda a Jesus, quando a queriam apedrejar até à morte. O milagre dos pães começou com sete pães. E, para Jesus, quantas vezes deves perdoar quando te ofendem?

– Sete! – era óbvia a resposta.

– Não. Setenta vezes sete!

Afinal a resposta não era assim tão óbvia e para mudar de as-

sunto, ou quase, voltei um pouco atrás:
— Não me digas que sabes o que disse Jesus antes de morrer.
— De cor não sei tudo, mas é fácil saber.
Decididamente aquela mulher era uma biblioteca ambulante em matéria de história religiosa. — Como é que tu te dedicaste à música? Eu diria que tens um doutoramento em Teologia ou qualquer coisa desse género.

Juliana negou fazendo um pequeno gesto com a cabeça — Apenas me interesso por estes assuntos, já te disse e repito. E desde há uns tempos que ando também às voltas com o número sete, como é óbvio. Ora, juntando, estes dois interesses...
— E que disse Jesus?
— Espera. — enquanto pesquisava a rede digital de informação.
— O que deve dizer um homem ao ser crucificado? — por instantes deixei que os pregos trespassassem a minha carne e me fixassem em traves de madeira. Fui varado por uma dor excruciante que apenas me feriu a alma e o pensamento — Só poderão ser coisas sem qualquer nexo, impregnadas de dor e tormento.
— Se for um homem comum... provavelmente. — concordou ela — Mas se for Cristo...
— Sim... — ela tinha encontrado o que queria.
— "Pai, perdoa-lhes, porque não sabem o que fazem." Foi a primeira Palavra que Jesus proferiu na Cruz. A súplica do perdão para uma humanidade devastada pelo pecado, para um povo enganado que pedia a morte do Cordeiro inocente e, num sinal de profunda paixão e compaixão pelos homens, para aqueles que o condenam.
— A segunda...?
— "Em verdade te digo: hoje estarás comigo no paraíso." Cristo estava a ser crucificado juntamente com dois ladrões, Dimas e Gestas. Os dois tiveram posturas diferentes perante os castigos impostos. À esquerda de Jesus, Gestas continuou zombando de tudo e de todos, indiferente à dor, alheio ao arrependimento. À direita do Filho de Deus, Dimas mostrou resignação e remorso, confessando o pecado. Foi para ele, esta segunda palavra.
— Terceira? — parecia um exame, à antiga portuguesa.
— "Mulher, eis aí teu filho. Eis aí tua Mãe." Primeiro dirigiu-se

a Sua Mãe, Maria, concedendo-lhe um novo amparo, o Seu amado discípulo, João. Depois, falou para João, que desde então tomou conta de Maria.

– São João. Nunca pensei estar tão perto de São João, ou qualquer outro Santo. E depois?

– Depois, veio a quarta palavra. Controversa. "Meu Deus, meu Deus, por que Me abandonaste?" Algumas interpretações referem aqui o único momento de fraqueza de Cristo-homem, o seu desespero perante as pavorosas e horrendas dores do ferro que castigava o seu debilitado corpo. Para outros, é a ocasião em que, uma vez mais Cristo-Deus, mostra a sua grandeza, ao carregar todos os pecados do mundo, toda a dor dos homens, numa morte sem alívio.

– Não é fácil perceber.

– Ainda hoje se discutem estes assuntos e já lá vão dois mil anos. Não queiras perceber tudo num só dia. Seguidamente, Jesus disse - "Tenho sede." Naquela altura o Seu corpo já teria perdido muitos líquidos e a sede seria como a de qualquer homem. Pedia um pouco de água, que Lhe foi recusada e substituída por vinagre.

– Vinagre? Como é possível sermos tão cruéis?

– Esta sede também é interpretada como uma ânsia divina não por água mas por almas, que possam acompanhá-Lo no Reino dos Céus.

– Não me espantam todas as atrocidades cometidas nas guerras e conflitos. Somos filhos de tudo menos de um Deus de amor. – começava a incomodar-me a história da Crucificação, que afinal continha detalhes que sempre desconhecera.

– A sexta palavra. "Tudo está consumado." Cumpria-se assim o Sacrifício da Nova Aliança, depois de oferecido o corpo e derramado o sangue sobre o Calvário. Restava a sétima e última palavra - "Pai, nas tuas mãos, entrego o meu espírito." Consumadas as Escrituras, Jesus Cristo livremente entrega o espírito a Deus-Pai, concretizando assim a definitiva redenção da humanidade. A realização do sacrifício da Nova e Eterna Aliança.

Quando Juliana terminou de falar, notei que estava gelado, até ao mais distante ponto da minha alma. Sentia-me culpado daquela infame morte, como se fosse um dos sórdidos romanos ou um dos falsos adoradores das Escrituras. Senti-me vazio, desprezível, desprovido de humanidade.

Ela pressentiu o meu estado e consolou-me, abraçando-me – a História do mundo, dos homens, é um livro negro salpicado de estrelas. Como a noite. Quando olhamos a noite nunca nos perdemos no escuro manto do céu, apesar de ser imenso, procuramos antes pelos pontos de luz que nos fascinam e que nos fazem sonhar - as estrelas. É assim que eu vejo o mundo, carregado de dor e sofrimento, mas onde paro o meu olhar é nos milhões estrelas que vão brilhando, por toda a parte, e que tentam vencer o negro pasto da terra. Uma descoberta que pode curar o cancro, uma criança sem pais que encontra uma família, a música...tantas coisas. Tantas estrelas. É delas que eu me alimento. E quando todos olharmos para esses pontos de luz, em vez de mergulharmos no denso e escuro buraco negro que consome a Humanidade, então viveremos em paz, em harmonia, em verdadeiro amor.

Só o inesperado beijo cálido e sereno daquela linda mulher poderia mostrar-me o que ela queria dizer. Paz, harmonia e amor. E a minha noite tornou-se dia, onde não se notavam quaisquer pontos negros.

Por outro lado, agora mais virado para a nossa pesquisa, também aquela trindade era um sinal. Paz, harmonia e amor. Jesus. Não restou a menor dúvida na minha cabeça. Era de facto Jesus a mensagem da sexta página.

CAPÍTULO XXVII

A tarde chegou rapidamente e foi preenchida pelo derradeiro selo. O sétimo selo. O texto que lhe foi dedicado por São João era ainda mais obscuro:

Quando abriu o sétimo selo, fez-se silêncio no céu, quase por meia hora.
E vi os sete anjos que estavam em pé diante de Deus, e lhes foram dadas sete trombetas.
Veio outro anjo, e pôs-se junto ao altar, tendo um incensário de ouro; e foi-lhe dado muito incenso, para que o oferecesse com as orações de todos os santos sobre o altar de ouro que está diante do trono.
E da mão do anjo subiu diante de Deus a fumaça do incenso com as orações dos santos.
Depois do anjo tomou o incensário, encheu-o do fogo do altar e o lançou sobre a terra; e houve trovões, vozes, relâmpagos e um terramoto.
Então os sete anjos que tinham as sete trombetas prepararam-se para tocar. O primeiro anjo tocou a sua trombeta, e houve saraiva e fogo misturado com sangue,(...)

A descrição do sétimo selo e do restante texto do Livro da Revelação eram palco para novos "setes", para um sem fim de tragédias que iam destruindo a Terra e os homens. Uma enigmática, estranha e bizarra sucessão de acontecimentos que culminavam na criação de um novo mundo e um novo céu. Puros, cristalinos, verdadeiramente novos.

A última igreja, de São João do Mocharro, era a que estava em pior estado de conservação. E, pior do que isso, estava completamente fechada, impedindo a entrada de qualquer visitante. Erguia-se no lado poente da vila, de onde dominava a Várzea da Rainha, os Estins. De acordo com a tradição, teria sido construída sob a protecção de Júpiter Hospitaleiro. A reconquista cristã transformou-a na freguesia de São João do Mocharro e mais tarde na Ermida de Nossa Senhora do Carmo. O estilo gótico do portal era evidente até para mim, tudo o resto era uma confrangedora e decadente imagem de um templo que já fora beijado pelo mar. Era a igreja mais isolada da povoação. As poucas pessoas que por ali passavam apenas faziam uso da serventia alcatroada que circundava as muralhas e as conduzia à Porta da Cerca, deixando o velho templo só e abandonado na encosta.

Apesar desta grande vantagem, eu estava aprisionado no exterior da sagrada construção. Observei com atenção todos os pormenores que se encontravam visíveis. As paredes tinham sido recuperadas há pouco anos, era notório o reboco de cimento. O telhado também aparentava a mão do homem moderno. Pouca coisa restava de tempos passados que pudesse sequer levantar a hipótese da presença do selo. Uma espécie de gárgulas nos quatro cantos do edifício, o portal e...nada mais.

Aquilo que eventualmente se podia associar às palavras de São João era o próprio estado do templo, também ele muito próximo da sua total destruição. Tirei várias fotografias, de diferentes ângulos, para que também a Sherlock pudesse ter oportunidade de retalhar a igreja. Ainda não era naquele dia que iríamos ter todo o Livro revelado.

Fiquei desolado, agora que estava tão perto do final...Seria com certeza lá dentro do templo que o selo descansava, à minha espera. Arrombar a porta não era de todo uma solução que me agradasse e um pequeno aviso indicava que a ermida estava à guarda da Câmara Municipal de Óbidos. Uma autorização para entrar na igreja iria demorar tempo e requerer permissões de entidades oficiais. Enfim, seria um processo moroso que eu queria evitar. Estava de facto desconsolado. "Como será possível encontrar o sétimo selo?" – pensei.

A resposta veio, uma vez mais, como uma mensagem dos Céus. Uma voz forte e doce abriu-me o Caminho para o último metal. O ouro.

– Não te preocupes. Tenho comigo o que procuras.

Voltei-me surpreendido e assustado. Fiquei arrepiado, sem pinga de sangue. À minha frente encontrava-se o velho de barbas brancas e de olhos azuis. Aquele que de vez em quando fazia umas estranhas aparições.

– O senhor...?

– Sim. Eu. – transbordava tranquilidade.

– Mas... – o sangue começou a invadir-me, pouco a pouco, o que já me permitia pensar o que dizia – Quem é o senhor? Como sabe aquilo que procuro?

– Desde a primeira pedra do Caminho que sei o que procuras. Tu é que não sabias, nem sabes.

– Desde a primeira pedra...?

– Desde o primeiro passo dado pelo teu pai. – corrigiu.

As emoções começaram a tolher-me de novo o espírito. – O meu pai?

– O teu pai... Era um homem bom, puro, e por isso foi ele a dar o primeiro passo. Depois vós continuastes o Caminho.

– Mas qual caminho? – as lágrimas humedeceram-me o rosto, ao ritmo das imagens do meu pai que o meu cérebro ia trazendo.

– O Caminho da Salvação. – tudo parecia tão natural para aquele estranho homem.

– Por favor, explique-me tudo antes que eu rebente.

– Explicar-te-ei o que precisares, para que possas compreender.

– Como sabe o que ando a fazer? Como sabe do meu pai?

– Fui eu quem guardou o Livro e escondeu os selos.

– O senhor?!! – nada fazia sentido algum.

– Mas o Livro e os selos foram colocados agora?

– Não. Há cerca de trezentos anos.

Mais uma facada no meu pobre coração. Há trezentos anos?!!!! Como era possível? Que idade teria aquele homem?

– Por favor, não troce de mim. Já me falou do meu pai, agora diz que já viveu trezentos anos...

— Não, não vivi trezentos anos. Para ser mais exacto já estou na Terra há cerca de dois mil e vinte e sete anos. — precisou o velho com um misto de alegria e tristeza.

Eu sentei-me, como se tivesse sido atingido por uma pedra que me esmagava contra o solo. Não fui capaz de proferir palavra durante largos segundos.

— Não queres saber mais? Posso dar-te o selo que procuras e deixar-te ir embora, em paz.

O convite era apetecível. Cada vez me intimidava mais a sua presença. Porém, tudo nele era luz e conforto. Os meus medos relacionavam-se com o facto de eu começar a ter conhecimento de coisas que julgava impossíveis. Toda a minha estrutura mental abanava e ameaçava ruir a qualquer instante. Sentia-me enlouquecer.

— Quem é o senhor? — era a pergunta que podia resolver o meu dilema. Ir ou ficar.

— João.

— João. — era um nome normal. Até que enfim havia algo normal naquele homem. Um João com dois mil e vinte e sete anos de idade. — Eu sou o Gabriel.

— Eu sei. Gabriel, esposo de Juliana.

— Também conhece a Juliana? — claro que conhecia, senti-me um idiota — Mas ainda não sou seu marido.

— Um casamento de amor não é celebrado na Terra, nem legitimado pelos homens. O vosso casamento há muito que foi abençoado. Sois, portanto, marido e mulher.

Permaneci sentado, tentando com muito esforço ir digerindo as extraordinárias palavras proferidas com uma imensa tranquilidade por aquele velho homem. Era muita informação inesperada que ia colidindo com o meu ser até arranjar o seu espaço na minha mente.

Ele sorriu para mim e, percebendo a minha aflição, foi falando para que eu me ajustasse e fosse capaz de suportar o que faltava saber — Os meus primeiros anos de vida foram passados junto aos meus pais e ao meu irmão Tiago. Aprendi a consertar redes de pesca e por vezes também ia pescar.

— Aqui, em Portugal?

– Não. Longe daqui. Muito longe. Na Galileia.

Quando ele disse aquela última palavra, a minha alma incendiou-se. Não era possível. "João. Tiago. Galileia. Dois mil anos..."

– O senhor é...?

– Sim. Sou eu, João, um dos apóstolos de Jesus Cristo.

– Foi o senhor que...? – as lágrimas regressaram, agora numa incontida catadupa, perante a presença daquele homem santo.

– Fui eu que escrevi o Livro da Revelação. – ele ia respondendo às perguntas que eu formulava na minha mente mas que não conseguia verbalizar.

– Eu não sou digno de estar sequer perto do senhor... – ajoelhei-me aos seus pés.

Ele levantou-me e disse-me – És tão digno de estar ao pé de mim, como eu sou digno de estar perto de ti.

– Não. Não. Eu sou... – ia começar uma confissão demasiado primária, talvez até infantil, mas fui interrompido pelas suas mãos que me tocaram os ombros e me puxaram para um abraço fraterno que encheu o coração, a alma, o espírito e toda a mais pequena centelha de vida que eu possuía. Pouco a pouco, estava a converter-me. Não a uma religião. Mas a Deus. A Cristo. A São João, o seu discípulo amado.

– Acalma-te Gabriel. Eu sei que é tudo muito confuso, mas tu próprio já leste que a minha morte nunca existiu. – estas palavras pretendiam serenar a minha alma e o meu incontrolável sobressalto.

– Eu já li...? – veio-me à cabeça um excerto do artigo que lera há uns meses sobre São João – *"...após o enterro, vieram outros discípulos visitar a sua sepultura para se despedirem. Ao abrir a cova, ela estava vazia..."*

– Existem vários escritos que me denunciam. Embora tu sejas o primeiro a quem eu me entrego.

Tornei a amedrontar-me. Porquê eu?

– Não estás só. Tu e Juliana têm uma missão importante a cumprir. Irás perceber quando chegar o dia. E o dia está muito próximo.

– Está relacionado com os selos?

– Sim. – estendeu a mão e entregou-me a última peça do estranho enigma. O selo de ouro.

– Gostava que a Juliana te conhecesse.

– Já não há tempo. O Destino vai cumprir-se.

– Mas há tantas coisas para saber. Há tanto para perguntar... – estava agora a ficar ansioso por pensar que ele se ia embora, sem ter tempo de responder às perguntas que ainda nem sabia que pudessem atravessar a minha mente.

– Podes acompanhar-me, se assim o desejares. – e começou a subir a pequena ladeira que ligava o templo à estrada que circundava a muralha poente do castelo.

Ao longo do percurso, João foi falando sobre a sua longuíssima vida. A sua curta experiência nas artes de pesca dera lugar ao período mais rico da sua existência na Terra. A convivência com Jesus, a quem amava profundamente. Depois, a pior dor jamais sentida, a terrível crucifixação de Cristo e a sua partida, para junto do Pai. Viajara por todo o mundo. Conhecera povos e culturas. Civilizações que nasceram e desapareceram, em dois mil anos. Aprendera a riqueza do mundo e descobrira todas as suas misérias. Testemunhara o paraíso e o inferno, tudo no mesmo redondo planeta.

– Porque é que nunca morreu? Vai morrer, um dia?

– Vou morrer. Brevemente. – não havia, nem pesar, nem perturbação, na sua voz.

– Sabe quando?

– Na hora em que Jesus voltar.

Fiquei de novo estarrecido. "Jesus vai voltar?!"

Olhou para mim e anuiu com a cabeça. – Vai voltar. Recordo-me das Suas palavras como se as tivesse escutado ontem. Um dia, disse-me que iria permanecer até que Ele voltasse. Eu não entendi, naquela ocasião, o que Ele queria dizer. Mais tarde, dias antes de ser preso, perguntei-Lhe o que significavam aquelas palavras. Repetiu a mesma coisa – "Irás permanecer até que Eu volte." – Só durante a caminhada pelas ruas de Jerusalém, carregando a cruz, me voltou a falar nesse assunto – "A tua morte será o Meu nascimento. Até lá cuidarás do Meu reino".

– Quer dizer que...

– Jesus irá voltar, em breve. E nesse dia eu irei deixar a Terra.

– No dia em que o senhor morrer, Jesus irá nascer outra vez?

– eu precisava de alguma objectividade para esclarecer o meu pobre cérebro.

– A hora da minha morte será a hora do regresso do Filho de Deus nosso Pai.

– Vai partir então para Jerusalém?

– Não sei. O meu destino está nas mensagens do Livro que vós tendes e que devereis desvendar.

– Mas quem escreveu o Livro? Não foi o senhor? – fiquei mais confuso ainda.

– Não, Gabriel. Não fui eu que as escrevi. Apenas fiz o Livro de acordo com as instruções que fui recebendo através do Arcanjo Miguel. As mensagens foram inscritas com o Livro já encerrado. A escolha dos lugares que acolheram o Livro e os selos também foi minha. De resto, fui apenas um instrumento da vontade Divina. Como sempre.

– E como saberemos onde vai nascer Jesus? E quem será a sua mãe? O seu pai? – sentia-me agora inquieto pois mais do que tudo queria saber porque me cabia a mim estar a falar com São João sobre a nova vinda de Jesus.

– Vós tereis todas as respostas ao entender a mensagem.

– Não pode então ajudar-nos com o Livro? – tentei aliciar João, sabendo à partida que não iria ser bem sucedido.

Acenou com a cabeça negativamente. Reparei que entretanto tínhamos abandonado a povoação. Atravessáramos os arrebaldes da vila e estávamos embrenhados num pomar de macieiras que se estendia num baixio, ao longo da margem do Rio Arnóia. Íamos, aproximadamente, em direcção à barragem.

– Onde vamos? – estava intrigado com o passeio, mas já nada me iria surpreender.

– Tenho estado ali, naquele pequeno monte. – disse apontando para a encosta que ficava à direita da barragem.

– Existe ali alguma casa?

– Não. Há muito tempo que não possuo nada. Vou ficando pelos mais diversos lugares, entre palácios e barracas. Sempre por convite. Até hoje nunca tive necessidade de tocar em dinheiro. O Senhor sempre providenciou para que nada me faltasse.

— Mas então, onde vive agora? — não vislumbrava, nem conhecia, qualquer casa na área que ele tinha indicado.

— Ali mesmo. No lugar de onde posso admirar e proteger todos os dias o Santo Graal — sorriu — como lhe têm chamado.

— O Santo Graal? Sempre existe o Santo Graal? — apesar de pouco interessado pela religião, gostava de cinema e sabia da demanda pelo cálice sagrado.

— Já o verás. — e continuou firme na passada que nos levaria até à sua morada.

Pensei que certamente ainda faltaria algum tempo até que me fosse concedida a graça de ver e tocar o Santo Graal. Resolvi continuar o interrogatório, por entre as macieiras desnudadas de fruto. São João foi bombardeado por perguntas e mais perguntas. Relatou episódios riquíssimos, sobre os seus encontros com eminentes personalidades da História, como Leonardo da Vinci, Gauss, Mozart, entre tantos outros que o engrandeceram como homem. Depois, pedi para que falasse de Jesus. Não haveria ninguém melhor que ele.

— Demoraste. — tornou a sorrir, pois este seria o pedido mais óbvio — Jesus era uma força do Universo. Tudo nele era paz. Tudo nele era amor. Amava tudo e todos, incondicionalmente. Muito se escreveu e escreve sobre Jesus, mas pouco se acerta. Não que esteja tudo errado, mas porque não compreendem. Jesus era simplicidade, como tudo aquilo que Deus criou. Belo, puro e simples. Para que todos compreendam. Para que todos possam admirar a Sua obra.

— E as coisas que se dizem estar escritas em velhos pergaminhos? A paixão por Maria Madalena? A descendência de Jesus?

João não se mostrou nada incomodado pelas perguntas, nem as tentou evitar. — Jesus amava Madalena como a qualquer outra mulher. Era alguém muito próximo com quem Ele gostava de conversar e de partilhar os Seus momentos mais íntimos.

— Mas nunca foram marido e mulher. — adiantei.

— Não. Nunca se relacionaram dessa forma e por isso não houve qualquer descendente de Jesus. Por outro lado, todos nós somos descendentes de Jesus, pois foi pelo Seu sacrifício e pelo Seu amor que Deus permitiu que o mundo continuasse a girar. Sem a presença de Jesus entre nós, já não existíamos.

– Então, tudo o que se conta sobre os dois…?

– Tudo é proveniente de uma necessidade imensa de Jesus. Embora fosse a morte de Jesus a fonte de vida dos homens, a Terra ficou órfã desde então. Jesus é como o Sol. Sem ele, a nossa existência é incompleta, para não dizer vazia.

A certa altura questionei o antigo apóstolo sobre algo que me incomodava - Porquê tantos "setes"?

– Ah! O número sete. Na Bíblia, o sete é o número perfeito; a palavra hebraica *chéba* significa, ao mesmo tempo, *"sete"* e *"Aliança"*. O sete é o número sagrado do Antigo Testamento. A Criação dura sete dias, se incluirmos o dia do descanso do Criador. Nas instruções transmitidas a Moisés o número sete é constante, como na execução do candelabro de sete braços ou o respeito pelo sétimo dia, o *sabbath*, e pelo ano sabático, a cada sete anos. Junta-se o ano do Jubileu: «Contarás sete semanas de anos, ou seja, sete vezes sete anos...». O número sete não deixa de estar presente na narrativa bíblica, para renovar a Aliança. Josué, para fazer cair os muros de Jericó, esperou pelo sétimo dia, para que sete sacerdotes dessem sete voltas à cidade com a Arca da Aliança, tocando sete trombetas. Nas conversas de Jesus, o número sete ocupava um lugar proeminente, para anunciar a nova Aliança. Sete foram as imprecações que o Mestre lançou aos doutores da Lei e aos Fariseus hipócritas. À lei de Talião, Jesus opôs a exigência do perdão sistemático das ofensas. Pedro fez a pergunta: «Perdoarei até sete vezes?». A resposta de Cristo, pegando no motivo simbólico do número sete, foi: «Eu não disse sete vezes, mas até setenta vezes sete». O sete da Lei e dos Profetas é, pois, o número perfeito do Evangelho. A tradição cristã tem permanecido fiel à perfeição do número sete. São sete as Virtudes, as teologais com as morais, e são sete os pecados capitais, os dons do Espírito Santo representados por sete pombas, os sacramentos da Igreja Católica e os Concílios Ecuménicos reconhecidos pelos Ortodoxos.

– O seu livro também tem muitos setes. – referi.

– Os meus heptas. O Apocalipse foi escrito em grego, em Patmos, e "hepta" era o meu número sete. Uma palavra perfeita. O sete é uma combinação do três com o quatro; o três, representado por um triângulo, é o Espírito; o quatro, representado por um quadrado, é a Matéria. O sete é o Espírito, na Terra, apoiado nos quatro Elementos, ou a Matéria "iluminada pelo Espírito". É a Alma servida pela Natureza. O sete, também chamado o "setenário", é o número sagrado em todas as teogonias, em todas as filosofias, em todas as religiões, desde a mais remota antiguidade. Os sete dias da semana, as sete cores do espectro solar, o Arco-íris, as sete notas musicais, as sete maravilhas do mundo antigo, os sete planetas da Astrologia exotérica, os sete Mares, as sete Obras de Misericórdia, os sete Arcanjos – Miguel, Jofiel, Samuel, Gabriel, Rafael, Uriel e Ezequiel, as sete Leis Universais – Natureza, Harmonia, Correspondência, Evolução, Polaridade, Manifestação e Amor, os sete dons do Espírito Santo – Sabedoria, Entendimento, Conselho, Força, Ciência, Piedade e Temor a Deus, as sete glândulas endócrinas, os sete chacras, a Lua tem quatro fases de sete dias cada. O sete é o símbolo da totalidade perfeita, do anúncio de uma mudança. Hipócrates disse: "O número sete, pelas suas virtudes escondidas, mantém no ser todas as coisas; dá vida e movimento; influencia seres terrenos e até os conjuntos celestes". O sete é o número da conclusão cíclica e da renovação positiva, evocando todos os conjuntos perfeitos.

"Conclusão cíclica". Era curioso, pois vinha de encontro aos meus mais profundos anseios. Os ciclos de vida e morte. Os ciclos de luz e escuridão.

São João continuou a descrever o número sete – O sete é um número com uma simbologia bíblica muito forte, figurando setenta e sete vezes no Antigo testamento, em momentos diversos. – repetiu alguns exemplos e indicou outros – Salomão construiu o templo em sete anos; Eliseu espirrou sete vezes e a criança ressuscitou; um doente mergulhou sete vezes no Jordão e saiu curado; o justo caiu sete vezes e levantou-se perdoado; José sonhou com a profecia das sete vacas gordas e as sete vacas magras e sete anos de fartura e sete anos de miséria se seguiram; sete animais puros de cada espécie seriam salvos no dilúvio. Entre os egípcios, o sete era símbolo da vida eterna, simbolizando um ciclo completo, numa perfeição dinâmica. Na China, as festas populares tinham lugar num sétimo dia e os chineses relacionam as sete estrelas da Ursa Maior com as sete aberturas do corpo e as sete aberturas do coração. No Islão, o sete é igualmente um número esperançoso, símbolo de perfeição: sete céus, sete terras, sete mares. No Irão, no momento do parto, coloca-se sobre uma toalha uma lâmpada acesa com sete espécies de frutos e sete espécies de grãos aromáticos. A criança recebe geralmente o seu nome ao sétimo dia. Em Cuzco, o antigo panteão Inca, um muro tinha, junto da árvore cósmica, um desenho que representava sete olhos, chamados "os olhos de todas as coisas". Em África, sete é símbolo da perfeição e da unidade, da união dos contrários (quatro é o feminino e três é o masculino) e também símbolo da fecundação. Na Grécia, o sete aparece em inúmeras tradições e lendas: as sete Hespérides; as sete portas de Tebas; os sete filhos e as sete filhas de Niobe; as sete cordas da lira. Sete é o número dos raios do Sol numa tradição hindu: seis correspondem às direcções do espaço e o sétimo ao centro. Na química, PH neutro e equilibrado.

Parou um pouco para retomar o fôlego e eu aproveitei para o questionar de novo:

– A nova vinda de Jesus é um bom ou mau presságio?

– É um óptimo presságio. É a chegada de uma nova era. A era do amor. A era espiritual. A descoberta da Quinta Essência.

– A Quinta Essência? – já ouvira falar disto mas nem desconfiava o que era.

– Aristóteles considerava que o universo era composto por quatro elementos principais – a Terra, o Fogo, a Água e o Ar. Defendia que haveria mais um quinto elemento, uma substância etérea que permeava tudo e impedia os corpos celestes de caírem sobre o planeta. Quando pensamos nos quatro elementos, podemos associá-los às conquistas do homem sobre o mundo que o rodeia. A primeira conquista foi a Terra, o homem dominou a superfície à sua volta. Depois, subjugou o fogo e usou-o em seu proveito. A conquista da água não demorou muito mais e, finalmente, durante o século passado, avassalou o ar. Aristóteles tinha razão quando afirmava sobre a existência de um outro elemento. O mais importante. A cola que nos une a tudo e a todos. O amor. Ao fim de tantos anos ainda não sabemos lidar com o amor. Ainda não concebemos o seu poder. O amor é a arma de Deus. Tudo aquilo que a nossa vista alcança, que as nossas mãos palpam, que o nosso nariz cheira, que os nossos ouvidos escutam, que o nosso coração sente, é amor. Ou falta dele. Dizia Einstein…

– Também conheceu Einstein? – Claro que conhecera, estupidez a minha. Provavelmente, até fora João a influenciar o rumo que por vezes o mundo fora seguindo.

– Sim. Era um bom homem. Dizia que a escuridão não existia, era apenas a ausência de luz. O frio não existia, era só a ausência de calor. Da mesma forma, o mal também não era um conceito com vida própria, correspondia apenas à ausência do bem, à falta de Deus no coração dos homens. O mal é a falta de amor.

– Então tudo é amor ou falta dele! - concluí.

– Tudo é amor. É a massa do Universo. A Prima Materia. É a Quinta Essência, da qual derivam todas as outras. Será a grande descoberta do homem. A esperança de um mundo novo.

– O qual já não verá.

– O lugar para onde vou é revestido de amor. – respondeu o velho homem. – Por outro lado, estou cansado de tanto sofrimento e de tanta dor que os homens infligem uns aos outros. Cegos, surdos e mudos.

– Como os macacos. – atirei sem pensar.

– Isso mesmo. – concordou João – Como os três macacos.

Passados alguns instantes o homem santo parou junto a uma pequena clareira que se abria no seio do bosque de oliveiras. Sentou-se, respirou fundo e disse – É aqui. É neste lugar que tenho descansado.

Olhei em redor. Nada indiciava a presença do homem por ali. Mas como é que ele ali ficava? – Não percebo. Se Deus lhe tem dado tudo o que precisa, porque tem dormido aqui?

– Não preciso mais do que aquilo que vês. – e abriu os braços revelando o espaço tridimensional que lhe pertencia - Vivo coberto pelas estrelas. Abrigado pelas árvores. Na companhia dos animais. E como te disse aqui tenho o Santo Graal só para mim.

Esperei que me mostrasse o objecto que, provavelmente, fora alvo da maior quimera do homem ocidental. Ele parecia olhar o infinito, na direcção do mar que ao longe se afirmava. Tentei acompanhá-lo. Pensei que de repente surgisse à nossa frente o sagrado cálice. Mas nada.

– Não o vês, Gabriel?

– Não. Está escondido nas árvores?

– Está de fronte dos teus olhos.

– Daqui só vejo arvoredo, a vila de Óbidos, a aldeia do Sobral, os montes, os vales, a igreja do Senhor da Pedra... - seria a igreja?

– Os teus olhos já viram o Santo Graal, mas tu não o encontraste.

– É a igreja do Senhor da Pedra?! – mas não se parecia nada com um cálice. Talvez invertido, mas ainda assim era um pouco rebuscado.

– Não. Não é a igreja. Senta-te. – e começou com a mão direita a desenhar no ar a forma de um cálice.

– Não percebo. Não consigo ver nada.

– Coloca-te atrás de mim e olha para a minha mão.

Sentei-me por detrás dele e observei por cima do seu ombro. O cálice que ia formando com o seu gesto seguro e ondulado sobrepôs-se sem mácula sobre uma estrutura que eu via praticamente todos os dias. Que milhões de pessoas terão visto ao longo de séculos. Um traçado de pedra sobre pedra. A muralha de Óbidos! A vila das Rainhas era o Santo Graal. De outro ângulo não passava de uma belíssima construção medieval. Dali, do lugar onde nos encontrávamos era a divina revelação.

– O Santo Graal... – senti-me pequeno perante tamanha beleza – Óbidos guardou entre muros o maior segredo do Cristianismo... talvez da Humanidade.

– Assim é, por vontade do Senhor, nosso Deus. – confirmou João.

– É perfeita a ligação. As rainhas de Portugal guardaram no seu regaço...

– O sagrado cálice que contém a nova vinda de Cristo. O Seu sangue renascido. A confirmação da Sua eterna aliança com os homens. – o apóstolo amado concluiu o que eu não seria capaz. – Portugal está prestes a cumprir o seu grande desígnio, o seu divino Destino.

Ficámos sentados por largos momentos, em silêncio, admirando a maravilhosa obra do Criador. Contemplando Óbidos.

– Não tenho palavras para descrever o que sinto. – confessei.

– Eu sei o que sentes. – descansou-me o santo homem – Mas nem tudo são boas notícias. Não sou eu o único a saber do regresso de Jesus à Terra. Existem forças ocultas que tentam evitar esse acontecimento. O desejo de destruir a obra de Deus é imenso. E tal como há dois mil anos atrás, tudo será feito para matar a criança que acolhe o Espírito Santo.

Aquela última revelação era de todo desnecessária. Todo o encanto que nos envolvera fora agora manchado pelo medo de um combate para o qual eu jamais estaria preparado.

– Mas que forças são essas?! Está alguém em Óbidos para nos fazer mal?!

– Estão em Óbidos para matar uma criança. Para matar Jesus.

Uma dor intensa percorreu o meu corpo. A minha cabeça parecia estalar sob a pressão do meu sangue. Uma dúvida terrível assaltara-me repentinamente o espírito:

– Jesus vai renascer em Óbidos?!!!

– Não sei, Gabriel. A Verdade foi escrita no Livro. Estão em Óbidos porque também nós aqui estamos.

– Por favor, qual verdade? – supliquei.

– Por Deus, não sei. Cumpre a tua missão o melhor que puderes. O Senhor estará sempre junto a ti. Junto de vós e daqueles que forem escolhidos.

Depois veio o momento que o Destino não deixou escapar. A separação entre dois elos fundamentais daquela inacreditável aventura. Sabia que não tornaria a encontrar São João. E ele também tinha a certeza de que não voltaria a estar connosco. A sua longa missão estaria a terminar muito em breve.

– Agora vai para junto da tua mulher, pois ainda está por decifrar a mensagem do Apocalipse.

– Se nada mais posso fazer pelo senhor, vou ter com a Juliana e, ainda não sei como, vou relatar-lhe estas últimas horas. – estendi a mão para o cumprimentar. Ele correspondeu ao meu cumprimento e enquanto as nossas mãos selaram um acordo de paz e de esperança, ele concedeu-me o último selo. O sétimo selo. O selo de Ouro. Depois abraçou-me, forte, como um velho irmão. As suas derradeiras palavras foram a minha bênção:

– Que Deus te acompanhe.

Regressei ao velho burgo profundamente transtornado. Desconfiei de mim próprio, dos meus sentidos, da minha memória. Como fora possível eu ter presenciado tudo aquilo? Logo eu, um descrente convicto.

Escusado será dizer que passei horas repetindo a Juliana tudo o que se tinha passado. Primeiro duvidou de tudo. Eu deveria ter enlouquecido ou estado sob o efeito de produtos alucinogénicos. Depois, começou a perceber uma linha de racionalidade em tudo o que contara, embora tudo estivesse debaixo de um manto de uma fantasia sem fim. Quis, então, todos os pormenores, o mais ínfimo detalhe. Chegou a desesperar, referindo incessantemente que não era justo não ter tido a oportunidade de falar e de ouvir São João. Não demos pela noite chegar.

– Acho que ainda não temos consciência do que se passa. Tenho medo. – pela primeira vez ela também confessava temor.

– Pelo bebé. Achas que…?

– Eu sei lá. Nem sei que pensar.

– Não pode ser Juliana. O nosso bebé não pode ser Jesus. É impensável! É inconcebível!

– Pois. Como tantas outras coisas que entretanto já aconteceram.

– Mas tu estás a ver bem o que dizes? Nós… pai e mãe de Jesus.

– Eu sei! Eu sei! Mas estás a imaginar-te a falar com São João ou assistir aos fenómenos da abertura dos selos?

– Não! Claro que não. Quem me dera acordar e ver que tudo não passa de um enorme pesadelo.

- Ou um sonho delicado e gracioso. – era outra perspectiva.

Com todo o natural alvoroço, quase nos esquecíamos do selo que afinal nos iria permitir abrir a página em falta. Todo o estranho cerimonial se renovou até à abertura do livro, na sua totalidade. Desta vez não havia qualquer espécie de letra. Apenas um símbolo, representado por dois simples círculos que se intersectavam.

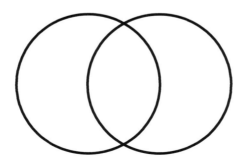

– E agora? – perguntei desolado. Esperava que tudo fosse claro ao afastar o derradeiro véu, mas afinal adensava-se o enigma.
– Agora, vamos procurar em tudo o que são *sites* de simbologia. Alguma coisa há-de aparecer. Deus não nos irá abandonar.

Aquelas foram as palavras que subitamente desencadearam uma série de acontecimentos.

CAPÍTULO XXVIII

Juliana começou a contorcer-se com dores, gemendo desesperadamente. – Gabriel! Vai nascer o bebé!

Franco, que presidia a uma reunião da irmandade na casa assombrada, tomou uma decisão. – Vamos ter o máximo cuidado. A partir de agora quero saber de todos os bebés varões que nasçam aqui pelas redondezas. O único hospital aqui perto é o de Caldas da Rainha. Se não o encontramos rapidamente, matam-se todos. Ele está a chegar. Vamos iniciar a caçada – ordenou aos irmãos. Sentia o peito apertado. Sentia a presença de algo superior. Pressentia que novas vidas brotavam na Terra. Aproximava-se o grande momento. Depois apontou para Cármen e Silvie – Quero a sala preparada a partir desta noite.

Sobrava Carlota. – Tu também vens comigo. Vamos seguir as duas mulheres grávidas. Sinto que estão prestes a parir. Não quero surpresas. Desta vez não haverá surpresas.

Num recanto escuro de uma velha casa de Óbidos, uma outra mulher sentia as contracções da maternidade. Maria. A empregada do 1º de Dezembro ia parir ali, escondida do mundo, sozinha como se tivesse sido excomungada pela gravidez de um bastardo. – Sai de uma vez por todas. Só espero que não demorem muito. – enquanto gemia tolhida pelo sofrimento, tentava digitar números no telemóvel, uma tarefa que não era fácil pois as dores eram cada vez mais fortes e impediam a normal destreza dos seus dedos. Reparou na hora e data que o pequeno dispositivo de comunicações lhe fornecia constantemente – 23 horas e 32 minutos, do dia 06 de Julho de 2007. O parto estava marcado para 19 de Julho. Esta antecipação acabava por ser responsável pela inesperada solidão naqueles dolorosos instantes.

Eu corri pela pensão. Gritava pela D. Noémia. Já marcara dezenas de vezes o número dos bombeiros e continuava a receber um estranho sinal. Um toque contínuo, como se o telefone estivesse cortado. Talvez a D. Noémia conseguisse. Juliana continuava em aflição:
– Gabriel! Ajuda-me! O bebé vai nascer! – bradava ela do quarto.
– Respira! Respira! – era tudo o que me vinha à cabeça – D. Noémia!!

Parecia que tudo estava a correr mal. Eu não sabia muito bem o que fazer. Sem uma ambulância eu não conseguia levar a futura mãe para o hospital. Por outro lado, eu nem imaginava o que fazer numa situação daquelas. Tudo o que presenciara sobre partos era pouco mais do que umas poucas e breves imagens de televisão. Recordei-me que seriam necessárias toalhas, muitas toalhas e água quente. Fui à cozinha, onde descobri uma pequena bacia que enchi de água quente e uns panos da loiça. Não tinha tempo para descobrir as toalhas.

Quando entrei no quarto o meu coração disparou. Juliana, completamente ensopada em lágrimas e suor, já se encontrava na posição correcta para a expulsão do bebé. Respirava forçadamente, por entre gritos e gemidos.
- Faz qualquer coisa! – implorou ela – Ajuda-me!

Não sabia muito bem o que dizer. Cheguei-me junto a ela e deixei que as minhas mãos fossem guiadas pelos anjos de Deus.

Todavia, ao fim de alguns minutos de agonia, pois o bebé ainda esperava pelo momento do seu nascimento, a porta do quarto abriu-se.
– D. Noémia! – para mim era um alívio – Por favor ajude-nos. A minha mulher vai ter o bebé agora, aqui.

A senhora veio logo em nosso auxílio, lavando as mãos na bacia de água quente e pegando num dos panos que eu trouxera.
– Calma. – aconselhou ela ao aproximar-se de Juliana – Tudo vai correr bem.

Na outra ponta da vila, como que em perfeita sintonia, Maria praguejava entre as paredes da sombria habitação. Os dois supostos ajudantes não iriam chegar a tempo.

– Tu, aguenta! – vociferava ela para o filho que iria nascer a qualquer momento – Não quero que morras nas minhas mãos! Aguenta!

Na pensão, ouviu-se o choro de um recém-nascido, que acabava de deixar o ventre da sua mãe e estava nas mãos da D. Noémia, embrulhado num modesto pano da loiça. Para mim tinha acontecido um milagre. As lágrimas escorriam-me pelo rosto. A dona da pensão não conseguiu suster os seus mais profundos sentimentos, recordando os instantes em que também ela se tornara mãe.

– É um bebé lindo! – anunciou ela com grande solenidade.

Juliana já mal a ouviu. Cerrou os olhos, estava exausta e feliz. Eu ia concordar com a minha ajudante parteira quando, inesperadamente, a porta se tornou a abrir.

– Mas... – não tive tempo para dizer mais nada.

Quatro homens vestidos de negro, como sacerdotes, entraram de rompante.

– Calem-se! – disse o que entrara primeiro. – Tu, mulher, dá-me a criança.

– Como? – fiquei paralisado. Aqueles homens eram os enviados do Diabo. Saltei para a frente, de modo a colocar-me entre eles e o pequeno ser ameaçado, com intenções de lutar enquanto as minhas forças deixassem. Todavia, os quatro homens dominaram-me sem grande dificuldade. Eram fortes e muito ágeis, demasiado até para a idade que aparentavam. Identifiquei um deles. Era o hóspede estrangeiro. Aos outros, nunca os vira. Felizmente, Juliana, meio adormecida, não deu conta de todo o burburinho que entretanto se gerara naquele exíguo espaço.

– Dá-me a criança, mulher! – repetiu Franco.

A mulher ia obedecer, estendendo os braços com o bebé, mas parou. - Carlota! O que fazes aqui?!

Encostada à ombreira da porta estava a irmã daquele sombrio quarteto, bem conhecida da D. Noémia. Para minha absoluta estupefacção, também eu a reconheci. Era a velha guarda da Igreja de Santa Maria. A pobre devota de quem eu sentira tanta pena, por ser tão maltratada pelo padre.

Carlota avançou uns passos e repetiu a ordem anterior – Cumpro o meu dever. Como todos nós, afinal. Agora faz o que te dizem e dá-me essa criança.

Eu bem espernava, tentando desesperadamente soltar-me daqueles humanos grilhões. Gritei-lhes enraivecido – Parem!! Parem, por favor. Esse bebé não é o Filho de Deus. – Um valente soco torceu-me o pescoço e silenciou a minha voz.

Um novo milagre rompeu aquela dramática cena, através das palavras da cruel mulher – Ele tem razão. Esta criança não é o varão que procuramos.

– O que dizes? Como não é esta a criança? – O irmão mais velho ficou incrédulo, assim como os restantes.

– Não é esta a criança que procuramos. – repetiu ela.

Eu cada vez estava mais confuso. Chegara a pensar que o nosso filho poderia ser o filho de Deus. Mas Ele estava a poupar-me a esse pesado fardo. Parecia que afinal haveria algo que o impedia.

– Não sejas idiota! – e empurrou-a, puxando para si a criança.

Ao pegar desajeitadamente no pequeno ser, deixou cair a toalha que o embrulhava e protegia do novo ambiente. Os seus olhos faiscaram de raiva. Virou-se para os irmãos e anunciou:

– Podem largá-lo.

Liberto da força dos homens de negro que me mantinham colado ao soalho, levantei-me para pegar no meu bebé ainda envolto no líquidos que o tinham aconchegado no ventre da mãe. Dentro de mim pairava o alívio de não ser o pai de um novo Jesus e a curiosidade para saber a razão que os levara a tomar essa consciência.

– É uma mulher! A criança é uma mulher. Este Deus é mais esperto do que imaginávamos. – disse Franco que continuava convicto do nascimento do pretenso Salvador. – Vamos procurar pelo outro. Sinto que já respira.

E saíram os cinco, apressadamente, para continuar uma busca milenar que parecia estar próxima do fim.

São João ajoelhou-se à ordem do Divino que se revelou numa estranha dor no peito. – Finalmente. – inspirou profundamente, cerrou os olhos e ergueu a cabeça para o Alto – Estou pronto Senhor. Faça-se a Tua vontade.

Depois, sem tumulto e sem pressa, a vida terrena foi abandonando o corpo de São João, obrigando-o a deitar-se no chão de terra que tão bem conhecia. Abriu os olhos que pela última vez ficaram presos nas estrelas do Céu, como se esperasse ver os anjos que o vinham buscar. Alguns segundos depois deixou de respirar, os seus olhos fecharam-se e ali permaneceu sem vida, até que dias mais tarde o seu corpo foi descoberto e sepultado numa campa comum.

No desconfortável cubículo de pedra, a outra recente mãe jazia extenuada, com o filho nos braços.

– Eu não devia estar a olhar para ti. – um pranto leve e soluçado cobria-lhe a face – Assim vai custar muito mais. – passava as mãos pela sua cabeça coberta por uma farta cabeleira escurecida.

A porta que a protegia da noite abriu-se com um estrondo, fazendo-a saltar com o susto.

– Mas o que é isto?!

– Somos nós. – era o casal com quem ela tinha combinado a venda da criança. Afinal, nunca iria ter condições para criar convenientemente o seu filho. Por isso mesmo, há muito que resolvera entregá-lo a uma família mais abastada e se pudesse ganhar algum dinheiro com isso, melhor.

– Como foi possível abandonarem-me aqui sozinha? – se pudesse tê-los-ia esbofeteado.

– Desculpa, Maria. Ficámos sem bateria no telemóvel e só reparámos há pouco. – desculpou-se o homem que teria perto de quarenta anos – E não contávamos que o bebé nascesse agora.

– Podemos levar o bebé? – perguntou a mulher que vinha carregada com todo o material necessário para o confortável transporte da criança.

– Não sei. – o terno descanso do seu rebento aquecia-lhe o corpo e a alma. Por alguns instantes duvidou da sua anterior decisão.

A mulher, que também andaria pela idade do marido, estremeceu da cabeça aos pés. - Mas...tínhamos combinado...e até já recebeu metade do dinheiro.

Era verdade. De facto, já tinha recebido dez mil euros adiantados e embora não gostasse do que estava a fazer, era uma mulher de palavra. Além disso, tinha a certeza de que seria o melhor para o seu filho.

– Desapareçam daqui! Nunca mais os quero ver à frente! – essa condição também fizera parte do acordo inicial e o casal iria cumpri-la.

A nova família fugiu daquele lugar abrigada pela noite e por muito pouco não se cruzou com o grupo que, instigado por um obscuro desejo, procurava em todos os recantos o renascido Salvador.

Embora com dificuldade, acabaram por encontrar a jovem mulher já mutilada do seu fruto. Tinham chegado tarde demais.

– Onde está a criança? – a pergunta repetiu-se durante alguns minutos.

A resposta foi sempre a mesma. – Não sei, nem quero saber.

– O que fazemos com ela? – perguntou Miles, na ânsia de uma permissão para a matar. A sede de sangue devorava-lhe a alma.

– Para que a queres matar? – questionou Franco – Essa seria a sua absolvição. Não. Deixa-a viver. Deixa-a sofrer.

Aquelas palavras ressoaram na cabeça de Maria como que impelidas por um pesado martelo, como uma sentença que a iria perseguir para o resto da vida. Nunca chegou a perceber qual fora a razão pela qual o sinistro e intimidante grupo queria o seu filho. Qual seria o interesse que teriam pelo seu bebé? Porém, a mágoa que lhe dilacerava a alma e o sofrimento físico causado pelo parto, eram mais do que suficientes para a absorver e afastar daquele mistério.

Umas horas mais tarde, sob o lusco-fusco da alvorada, os irmãos turcos descobriram um bebé do sexo masculino que nascera numa ambulância, a caminho do hospital. Os bombeiros foram barbaramente agredidos. Os pobres pais, que residiam numa aldeia do Concelho de Óbidos, em A-dos-Negros, estavam em estado de choque. O seu primogénito tinha-lhes sido retirado antes de o poderem abraçar, muito antes de o verem andar e falar. Seria o primeiro a sentir a fria lâmina do *pugio*.

Ao longo da noite, a maternidade do hospital de Caldas da Rainha foi palco da maior tragédia jamais ocorrida na região. Todas as crianças do sexo masculino nascidas naquelas fatídicas horas tiveram a mesma sorte. A morte pelo frio golpe do *pugio*. Sete crianças morreram às mãos da quadrilha otomana. Sete inocentes almas pereceram, como cordeiros de Deus, para que Jesus voltasse ao reino dos homens.

O nascer do dia iria trazer uma outra notícia que, embora jamais pudesse compensar a dor e o assombro que Portugal sentia naquela manhã, deixava no ar um pequeno traço de justiça. Uma carrinha de sete lugares sofrera um aparatoso acidente, tendo os sete ocupantes morrido esmagados e queimados, sem que fosse possível identificar os seus corpos. Aparentemente, a viatura que deslocava a grande velocidade embatera com invulgar violência contra um carro da empresa de saúde "Anjos da Noite", que se encontrava avariada e parada na estrada sem que o condutor tivesse tido tempo de assinalar a sua presença.

CAPÍTULO XXIX

O quarto da maternidade do Centro Hospitalar de Caldas da Rainha, onde Juliana tinha passado os últimos dias, estava repleto de ramos de flores. A maioria tinha sido enviada e trazida por mim. Outros eram...

– Da D. Noémia que está felicíssima. Diz que ajudou a trazer a este mundo uma grande mulher. Não se cansa de proclamar aos sete ventos a sua façanha. – relatei eu à deslumbrada mãe, que pouco a pouco ia recuperando - E está esperançada que o acontecimento seja um bom prenúncio para o negócio. Até porque vai perder os seus melhores hóspedes.

O nosso plano era partir da vila medieval logo que tudo estivesse bem com Juliana e com a pequena Jasmim. Era tão formosa como a mãe. Tinha uns olhos grandes, muito azuis. Os lábios desenhados por um pintor renascentista, italiano talvez. Os cabelos de um castanho claro, encaracolados. Era linda.

– Olha lá, Gabriel, já foste registar a Jasmim? – questionou ela, sabendo de antemão a resposta.

– Desculpa. Nunca mais me lembrei. Mas hoje vou tratar disso. – assegurei-lhe.

– É melhor, pois creio que há um limite qualquer para o fazer.

– Fica descansada. Logo que chegue a Óbidos, vou à Conservatória.

Conversámos mais um pouco. Fizemos planos para o nosso futuro a três. Irradiávamos felicidade por todos os poros, apesar de ainda se falar do terramoto que fizera tremer todo o país e que tivera o seu epicentro ali mesmo, no lugar onde nos encontrávamos.

Ao fim de quase uma hora, despedi-me das duas mulheres da minha vida. No dia seguinte, se tudo corresse dentro da normalidade, viria buscá-las para regressarmos a Lisboa. Estava já no corredor, quando Juliana me chamou:

– Gabriel.

– Está tudo bem? – perguntei ansioso.

– Está. Apenas queria que me deixasses o computador. Sempre me vou entretendo, enquanto a Jasmim me deixa.

– E eu trouxe-o comigo para o deixar contigo. – beijei-as uma vez mais e dirigi-me ao antigo burgo.

Quando passava na auto-estrada, já perto da saída para Óbidos, lembrei-me dos momentos que passei com São João. Olhei para o recorte das muralhas e rapidamente visualizei o Santo Graal. Ao pensar nas mortes dos bebés, a dúvida assaltava-me sempre que pensava no assunto. Estaria Jesus morto? Ou estaria vivo? E se estivesse vivo, onde estaria? Por onde andariam os falsos sacerdotes? Teriam sido eles as vítimas do violento acidente? Eu ainda não estava descansado. Faltavam encaixar algumas peças do *puzzle*.

Estacionei o carro junto à pequena entrada da muralha, do lado nascente, conhecido por "postigo". Dali até à Conservatória não demoraria mais do que dois ou três minutos.

Assim que acabei de subir a escadaria, já no interior da cinta de pedra, dei de caras com o meu amigo Francisco.

– Ora viva meu caro escuteiro. – cumprimentei-o com sincera alegria pelo reencontro.

– Olá, Gabriel. Já não o via há muito tempo. Pensei que já tinha terminado as suas investigações.

– E terminei. Mas fiquei um pouco mais. Sabes que entretanto fui pai de uma menina.

– Fixe! Muitos parabéns! E como se chama ela?

– Jasmim.

– Jasmim? - replicou ele com genuína desconfiança - Mas que raio de nome esse.

– Não gostas?

– Bom...não é que não goste...é diferente. – desculpou-se o

miúdo, coçando a cabeça.

– Pois é. É diferente. – concordei eu. – Vou agora mesmo à Conservatória registá-la. Se quiseres esperar, pois não deve demorar muito, vamos depois comer o gelado há muito prometido. A não ser que estejam à tua espera.

– Não. Não. A reunião dos escuteiros acabou mais cedo. Por isso, tenho tempo.

– Então anda daí. Faz-me companhia.

Depois de aguardar cerca de vinte minutos, lá chamaram – "Setenta e dois." – que correspondia ao número inscrito na senha que eu tinha na mão.

– É a nossa vez. – disse eu ao jovem escuteiro, enquanto me levantava para me dirigir ao balcão.

– Boa tarde. Queria registar a minha filha, por favor.

– Boa tarde. – a mulher que me atendia estava manifestamente enfadada, pois o dia convidava muito mais às delícias da praia, do que ao atendimento ao público. – Traz consigo a declaração do hospital?

Entreguei-lhe o papel que confirmava o nascimento da menina

– Aqui tem.

Fez uma careta, que supus estar relacionada com o nome. E tinha razão.

– Estes nomes modernos...Deviam ser proibidos. – referiu ela entre dentes.

– Há algum problema com o nome? – indaguei, um pouco aborrecido.

O Francisco sorriu. Afinal não era só ele a achar esquisito o nome que fora escolhido para baptizar a minha filha.

– Não. Não há problema nenhum. O senhor é que sabe. Confirme que o nome completo é Jasmim Eckart de Sousa Ulisses Sampaio.

– Exactamente. – confirmei.

– Filha de Gabriel Ulisses Sampaio e de Juliana Eduarda Eckart de Sousa.

– Correcto.

– Aguarde um pouco. Trago-lhe já a certidão de nascimento.

Olhei para o meu jovem companheiro e fiz uma cara de susto,

transmitindo a minha opinião sobre a fulana. Ele riu-se e logo de seguida fez um comentário que me fez estremecer.
— Jesus. O nome da sua filha dá Jesus.
Fitei-o atónito. "Jesus?? Mas como Jesus??" — Desculpa lá, Francisco. Mas que conversa vem a ser essa?
— Se juntar as primeiras letras de cada palavra do nome, dá JESUS. Jasmim, jota. Ecáte…
— Eckart. — corrigi, mas mesmo assim o resultado era o mesmo.
— Isso. É um "é". Sousa, dá um "ésse". Ulisses, é um "u" e depois Sampaio é outra vez um "ésse". JESUS. — repetiu com satisfação.

Precisava de falar com Juliana rapidamente. O meu cérebro não parava de congeminar cenários e mais cenários. Temi estar a ser perseguido pela malvada trupe de negro. Já não conseguia pensar acertadamente.

Recebi a certidão das mãos da funcionária e disse ao Francisco que necessitava urgentemente de fazer uma coisa de que me tinha esquecido.

Voei até ao quarto do hospital. Felizmente, os pais não tinham horário para visitas. O pior estava ainda para vir. Logo que entrei no quarto, reparei que Juliana estava branca como a cal.

— Gabriel, ainda bem que vieste! Não vais acreditar…
— Nem tu! — não sabia se a devia deixar falar primeiro. Receei ouvir as novidades. - Fala. O que eu tenho para contar não são boas notícias, ou melhor…Não sei…Talvez não sejam más…Diz lá o que tens para dizer.
— Bom. Nem sei como começar. Juntei as palavras que decifrámos no Livro. Hepta. Sabath. Julius. Mivim. Oppidum. Jesus. E os círculos.
— E… — desejava que tudo aquilo que ela fosse revelar não coincidisse com os meus piores desassossegos.
— Sete. Sábado. Julho. Dois mil e sete!
— Dois mil e sete?? Mivim, dois mil e sete? Não estou a ver a relação.
— Mivim! Uma capicua em numeração romana, cuja única possível tradução é dois mil e sete.
— Meu Deus…Sábado, sete de Julho de dois mil e sete. O dia em

que nasceu Jasmim! – depois adiantei as restantes palavras – Óbidos. Jesus e os símbolos.

– Isso mesmo! Jesus voltou para nós! No dia em que a nossa filha nasceu, no local em que a nossa filha nasceu. – já não estava tão pálida e mostrava-se até excitada.

Será que eu devia contar-lhe sobre o que acontecera na Conservatória? Não. Era melhor não. Até porque era apenas uma curiosidade. Mais ainda me descansaram as notícias seguintes.

– E agora o melhor. – disse ela com a voz embargada – Recordaste da Maria, a empregada do restaurante?

– Claro! Também deve estar para ter o bebé.

– Já teve. No mesmo dia. Um rapaz como ela esperava. E em Óbidos.

– Não me digas que...

– Parece que sim. E tudo aconteceu à frente do nosso nariz, sem que suspeitássemos de nada.

– E onde está ela? E o menino?

– Esse é o grande mistério. Ela está aqui no hospital. Quase morreu devido à grande perda de sangue. Sabes que combinou vender o filho a um casal e para fugir à vergonha e à acusação do povo, resolveu ter o bebé sozinha, numa casa abandonada, no centro da vila.

– E como sabes tudo isso?

– Acabou por contar tudo. Acreditava que ia morrer e pensou que a confissão seria um último acto de remissão do pecado que cometera.

– Maria...O nome era um sinal tão evidente.

– Pois era. Nunca pensámos nisso. Mas também não tínhamos a certeza de nada. Agora é mais fácil desvendar todo o enredo e descobrir o modo como Deus escreve as suas linhas. Tudo parece fácil e transparente depois de revelado.

Senti-me estúpido. Como era possível pensar que a Jasmim poderia ser Jesus. O Filho de Deus teria que ser, obviamente, um homem.

Havia, todavia, dois detalhes por esclarecer: qual o nome que tinha sido dado ao menino de Maria e o que significavam os dois círculos que se intersectavam.

CAPÍTULO XXX

Luís era um pai babado. Olhava para aquela criança como se fosse carne da sua carne, sangue do seu sangue. Nunca ninguém saberia que não era seu filho. Beijou-o com ternura e soprou-lhe ao ouvido, como já se habituara a fazer vezes sem conta.
– Meu filho. Meu querido filho.
A mulher olhava para os dois e bebia da felicidade do marido. No seu íntimo continuava a desejar que o seu corpo pudesse um dia gerar uma criança. Mas por agora chegava-lhe aquele quadro familiar e as tarefas próprias de uma mãe. Afinal aquela criança salvara o seu casamento. Seria sempre uma criança muito especial.
Deixou-os a sós e dirigiu-se à varanda. O final de tarde estava quente, muito quente. Fechou os olhos e deixou que o calor lhe tocasse o rosto. Pensou na mulher que trocara um filho por vinte mil euros. Teria pago o dobro se ela assim o exigisse. "Como é possível uma mulher vender um filho? Ou como é possível uma mulher amar tanto um filho, ao ponto de o ver partir para uma vida aparentemente melhor e ficar com uma dor incurável, para sempre, até à morte?"
Deixou-se ficar por momentos, levada pela incerteza das motivações da mulher, sem poder sequer imaginar que a decisão da pobre mãe tinha salvado o filho de um precoce e trágico final. Sentiu um arrepio na espinha e resolveu voltar para dentro, para junto dos seus homens.
- Luís, está tudo bem com o menino?
- Não te preocupes, o nosso pequeno Pedro está óptimo. Quase a dormir.

O par de círculos sobrepostos:

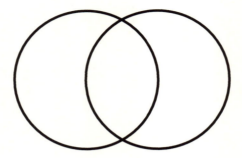

"*A Vesica Piscis é o modelo básico da criação, o mais significativo de todos os símbolos. É o símbolo que constitui a base da Geometria Sagrada e de inúmeros outros símbolos. Representa a manifestação do próprio universo. Símbolo que representa o Útero da Grande Mãe, do qual se origina toda vida. Símbolo do Principio Feminino da Natureza.*"

Tinha-se cumprido Portugal.

Este livro foi composto em Gagalin
e Mninon Pro e impresso em maio
de 2022